KB147048

고양이가 제일 좋아하리~

냥대진

귀여움이
세상을
구원하리라

귀여움이
세상을
구원하리라

박애진 소설

폴라북스

목차

I
선천적 교집합

낙원

『U, ROBOT 유, 로봇』, 황금가지, 2009 「파라다이스」로 발표.
『원초적 본능 feat. 미소년』, 온우주, 2013 수록.

너는 엎드린 채 자고 있었다. 나는 네가 깰세라 솟아오른 네 날개 뼈를 가만가만 어루만졌다. 너는 고른 숨을 내쉬었다. 나는 네 등에 머리를 기댔다. 내 귀와 뺨, 옆머리가 네 등에 닿았다. 몰랐다. 등에서도 심장 뛰는 소리가 들린다는 걸. 네 등에서 잠에 취한 나른한 냄새가 났다. 너는 잠에서 깨어 소리 없이 웃었다. 네 어깨가 부드럽게 흔들렸다.

조종석에서 작업손이 일하는 걸 지켜보다 보면 종종 거대한 거미 머리에 앉은 초파리가 된 기분이 들곤 한다. 거미 다리를 닮은 기계손이 건물의 잔해를 해체하고 성분을 분석해 종류별로 분리한다. 느리지만 꾸준히 시멘트에서 철근을 분리해 게걸스레 몸 안에 쑤셔 담는다.

내가 생각한 거지만 이상한 말이야. 나는 화면에서 눈을 떼지 않으며 생각했다. 화면을 통해 보이는 기계손들은 거미 다리를 닮았다. 하지만 난 저것들을 손이라고 부른다. '게걸스레'는 음식을 급하게 탐할 때 쓰는 표현이다. 하지만 난 그걸 입에 쑤셔 넣는다고 생각하지 않았다. 몸에 넣는다고 생각했지.

일이 익숙해지니 자꾸 쓸데없는 생각이 머릿속을 파고든다.

거미는 초파리가 없어도 자기 일을 할 수 있다. 하지만 나는 여기에 앉아 작업 공정을 지켜봐야 한다.

"정지."

기계손이 동작을 멈춘다. 나는 이 자리에 내가 있어야 할 이유를 발견했다. 기계손을 수동으로 전환했다. 가벼운 긴장감이 몸을 감쌌다. 나는 벽에 붙은 액자에 카메라 초점을 맞추고 확대했다. 가족사진이었다.

기계손 안에서 작은 기계손이 나왔다. 작은 기계손은 부드러운 천으로 감싸여 액자에 흠집을 내지 않고 옮길 수 있다.

하나를 찾으면 또 다른 걸 찾을 수 있으리라는 희망을 갖게 된다. 예상은 틀리지 않았다. 나는 불에 그슬린 앨범 몇 개를 찾아낼 수 있었다. 이미 오래전부터 디지털 기술이 상용화되었음에도 사람들은 손에 쥘 수 있는 걸 원했다.

「네 시간 동안 안 쉬었어요. 간식을 드시는 게 어떨까요?」

새로 바꾼 목소리는 영 간지러웠다. 30분 전에도 비슷한 말을 했다. 이번에도 무시하면 15분 뒤에 같은 말을 하겠지. 나는 자리에서 일어섰다.

「오늘 카페인 함량이 높아요. 우유를 드시면 어떨까요?」

나는 다정한 목소리 3번의 충고를 무시하고 커피를 끓였다.

「혈당치가 내려갔어요. 간식을 드세요.」

나는 커피에 설탕을 듬뿍 넣었다.

「내일 아침 식단은 영양을 풍부하게 조절하겠습니다.」

다정한 목소리 3번이 더 이상은 타협할 수 없다는 듯 말했다. 나는 잠자코 커피를 마셨다.

다양한 색이 들어 있는 팔레트와 크고 작은 붓을 찾았다. 성분을 검사한 분석기가 화장 용품이라고 말했다. 미술 용품이 아니라 아쉬웠다. 값을 제일 많이 쳐주는 건 그림과 조각이다. 미술 도구와 사진들도 괜찮다. 음악이 제일 대접을 못 받는다. 달에도 제법 많은 지구 음악들이 들어와 있었기 때문이다.

나는 팔레트를 찬찬히 살폈다. 지구에 오기 전 학습실에서 본 화장품 팔레트와는 조금도 닮지 않았다. 이 팔레트는 3단으로 되어 열여덟 가지 색이 들어 있었다. 다시 생각해 보니 미술용 팔레트로 보기엔 작았다. 이 정도로 원형이 보존된 걸 직접 보는 건 처음이었다. 기계손이 팔레트를 생활용품 저장고에 넣었다. 지구생활용품박물관 쪽에서 좋아할 법하다. 큰돈을 받지는 못하겠지만 상관없다. 나는 돈 때문에 이곳에 오지 않았다.

그럼 무엇을 위해 왔지?

내가 지구환경보존협회에 가입하겠다고 했을 때, 주위 사람들의 반응은 둘로 나뉘었다. 그걸로 인해 그 사람들과 내가 얼마나 가까웠는지 알 수 있었다.

많은 이들이 날 만류했다. 지구환경보존협회? 거기 가면 조종 기술 다 망가진다던데? 하는 일 아무것도 없고, 눈 빠지게 화면만 보다 온대. 우주선조종사협회에서는 거기 안 좋아해. 알면서 그래. 경력 망쳐, 다시 생각해. 왜 갑자기 그런 생각을 했어? 무슨 일 있어?

호기심에 가득 찬 얼굴들. 갑자기 잦아진 연락들. 그냥, 우리 본 지 오래됐잖아. 기다리는 눈빛. 밥을 먹고, 차를 마시고 헤어질 때 보이는 아쉬운 태도.

내가 무슨 이야기를 해야 했을까?

나와 너를 아는 사람들은 마지못해 고개를 끄덕이거나 과장되게 잘 생각했다고 말했다. 그래, 잘 갔다 와. 거기서 잘 건져 오면 10년 치 돈 한 번에 벌 수도 있다더라. 근데 꼭 거기까지…… 아니다, 네가 잘 생각했겠지, 몸조리 잘해라, 조종사 너무 부려 먹는다더라. 왜 갑자기?

답을 안다고 생각하며 묻는 질문들. 확인하기 위한 질문들. 참, 멀리까지도 간다. 말 속에 숨은 말들. 책망하는 어깻짓. 인사를 가장한 위로 섞인 다독임.

내가 그런 걸 바랐던가? 내가 그래서 떠났던가? 나는 지구로 떠난 걸까, 지구로 온 게 아니라?

아마, 모두 사실일 거라고, 나는 기계손들이 건물을 해체하는 것보다 느리게 고개를 끄덕였다. 사람들은 모두 다른 사람들 앞에서는 가식을 부린다고 생각하지. 본모습은 감추고 보여주지 않는다고 진짜 나는 다르다고 말하곤 해. 아니, 사람들의 눈에 비친 내가 진짜 나다. 그래서 이곳에 왔다. 나는 나를 보고 싶지 않았다.

아니. 그게 아니야.

몸을 웅크렸다. 히터가 작동되었다. 추운 게 아닌데. 아니, 추운가?

자기 자신에게 솔직하기란 얼마나 힘든가. 아무도 날 보지도 듣지도 못할 곳에서조차.

「민에게 통신이 들어왔습니다. 연결할까요?」

머리가 아찔했다. 나는 가까스로 턱짓했다. 네가 아주 작게 내 눈앞에 나타났다.

『뭐 해? 지금 바빠? 나올래?』

너는 늘 그러듯 인사 없이 물었다.

하필 지금……. 나는 그때 네가 있는 곳에서 24.5km 떨어진 상공에 있었다. 테스트 비행이었다. 원래 내 차례가 아니었다. 하지만 채영 씨가 급한 사정이 생겼다며 대신해 줄 수 있느냐고 물었다. 시간도 비고, 다른 할 일도 없어 선선히 수락했고, 그래서 나는 당장 갈게, 라고 말하는 대신 미안하다고 지금은 힘들다고 사과해야 했다. 너는 대수롭지 않다는 듯 그래? 하고 말겠지만 나는 아쉬웠다. 모처럼 네가 먼저 한 연락인데…….

『그래?』

너는 머뭇거렸다. 아주 잠시, 1초보다도 짧은 시간 동안 네게서 길 잃은 강아지의 표정을 본 것 같았다.

『그래, 그럼.』

너는 인사 없이 통신을 끊었다. 나는 멍하니 회색으로 바뀐 화면을 바라보았다. 그때도 조종실엔 나밖에 없었다. 한 사람이면 충분한 테스트 비행이었다. 나는 숨을 들이켜며 손목을 바라보았다. 이걸 구입하기 위해 많은 돈을 지불했다. 어디 있든 네가 날 찾으면 연락이 닿길 바랐기 때문이었다. 하지만 너와 연락이 닿았는데도 널 보러 갈 수 없었다. 지금은 아니더라도 다섯 시간 후면 가능했다. 세 시간 후면 착륙할 거다. 네가 있는 곳까지 가려면 두 시간 정도 걸린다. 보고서를 작성해야 하지만, 원래는 채영 씨 일이었으니까 사정이 있다고 미룰 수도 있다. 나는 손톱 끝을 깨물었다. 한마디만 하면 돼. 민, 이라고. 아주 작게 말해도 이 기계는 알아들을 거야. 아무도 듣지 못할 거야. 반경 수 킬로미터 내에 살아 숨 쉬는 인간이라고는 나 하나뿐이야. 내 귀에도 들리지 않을 정도로 작게 말해도 괜찮아. 그러라고 비싼 값을 들인 기계니까.

무슨 일 있어?

나 세 시간이면 착륙할 거야.

조금만 기다려 줄래?

당장 보러 가지는 못해도 이야기는 할 수 있는데…….

수없이 많은 말이 입안을 맴돌았지만 민, 단 한 글자를 발음하지 못해 많은 대가를 치르고 손에 넣은 기계는 너에게 나를 연결시켜 주지 않았다.

캔 김치를 꺼냈다. 버튼을 살짝 누르면 뚜껑이 열린다. 간혹 너무 빨리 열리는 캔이 있어 다치고 싶지 않으면 손가락을 바로 떼야 한다. 재활용 공정이 완벽하지 않은 탓이다. 하지만 불평할 수는 없다. 달은 자원이 부족하다. 갑작스레 지구에서 아무것도 받지 못하게 되어 더 심해졌다. 지구환경보존협회가 만들어진 건 그 뒤 한참이 지나서다. 환경론자들은 아직 위험하다고 펄펄 뛰었지만 지구환경보존협회는 물러서지 않았다. 그들은 달에 얼마나 많은 것들이 부족한지, 작은 공정을 거치면 쓸 만한 물품들이 지구에 얼마나 많은지 몇몇 과학자와 기자들까지 동원해 사설을 늘어 놓았다. 하지만 그들이 정말 원한 건 따로 있었다. 지구환경보존협회는 예술품에 미친 대기업 총수들의 모임이었다. 재활용품 따위는 핑계에 불과했다. 그들은 달에 필요한 물건도 가져오겠다는 조건을 붙여 끝내 정부의 승낙을 얻어 냈다. 그리고 조종사를 섭외해 지구에 남은 그림과 조각을 걸신들린 듯 탐색하기 시작했다. 중요한 유적지와 박물관은 지구의 거의 모든 곳이 그러하듯이 제대로 남아 있지 않았다. 그들은 모조품이라도 좋다고 했다. 어차피 진품 여부를 판별할 수 있는 전문가도 없었다. 달에 갓 도시가 만들어졌을 때의 이야기이다. 대부분이 기술자와 과학자와 그들의 가족이었다. 지구 역사에 대한 기록도 많지 않다. 기록해야 할 필요를 못 느꼈기 때문이다. 실시간 통신이 가능했으니 아무 문제없을 줄 알았다.

몇 해 전 달에서 가장 큰 공기공급업체이자 지구환경보존협회의 큰 손인 KG의 회장 고古 김기택은 간송미술관의 잔해에서 기적처럼 혜원 신윤복의 〈삼각관계: 월야밀회月夜密會〉를 발견했다고 발표했다. 언론은 열광적으로 오래전 죽은 화가의 살아남은 그림에 대해 아는 정보, 모르는 정보 다 껴 넣어 찬사를 퍼부었다. 그때 이변이 벌어졌다. 지구에서 가져온 개인 PC의 하드웨어를 복원하는 과정에서 스물두 살 대학생이 쓴 파리 여행기가 발견되었다. 그는 파리에서 신윤복 전시회를 관람했고, 이국에서 보니 감회가 남달랐다고 썼다. 가장 인상 깊었던 그림으로 "조선시대 최고의 키스신이 있는 작품"이라며 신윤복의 〈삼각관계〉를 꼽았다. 파리에서 건질 수 있는 건 재밖에 없다는 걸 모두 알았다. 당연히 김기택이 손에 넣은 신윤복의 〈삼각관계〉는 진품 논쟁이 벌어졌다. 많은 과학자들이 그림의 진품 여부를 감정하겠노라 나섰다. 여론은 어설픈 취미 화가까지 인터뷰했다. 그 정도로 달에는 예술가가 없었다. 달은 생존의 장이었지, 생활의 장이 아니었다. 김기택은 신윤복의 〈삼각관계〉는 "조선시대 최초의 키스신"이 있는 그림이라며 그림에 대해 문외한이 쓴, 날짜도 불명확한 글을 가지고 진품인지 의심하는 건 말도 안 된다고 항변하면서도 감정 받는 건 거부했다. 달에는 제대로 된 감정사가 없다는 게 이유였다. 당시 지구에서 그림을 회수해 온 조종사 역시 인터뷰를 거부했다. 인터뷰를 거부하라고 김기택한테 고액의 돈을 받았다는 정황이 나오자 김기택은 추가 보수라고 잘라 말했다.

"지구에서였다면 여러분, 이런 논쟁은 있을 수 없습니다."

김기택의 말은 달을 휩쓸고 유행이 되었다. 사람들은 어이없는 일이 생길 때마다 조롱조로 "지구에서였다면 절대 있을 수 없는 일이야."라고 말했다.

그나마 지구에 남은 예술품이 있을 거라는 희망이 있었을 때 이야기다. 지금은 진품이든 복제품이든 아무도 상관하지 않는다. 최후의 만찬을 그린 사람을 묻는 초등학교 시험문제에서 답을 미켈란젤로로 처리했던 게 뒤늦게 알려져 회자되었을 정도다. 온갖 뉴스에서 이구동성으로 우리는 인류의 위대한 문화유산을 잃고 있다고 "지구에서였다면 이런 일은 있을 수도 없는 일"이라며 떠들었다.

돈이 조금이라도 있는 자들은 지구에 남은 예술품들을 갈구했다. 그들은 협회를 만들고 조종사를 고용했다. 가치 있는 미술품을 찾으면 보너스를 받을 수 있다. 하지만 자원하는 조종사는 많지 않았다. 지구의 대기는 극도로 불안했다. 사고는 잊을 만하면 한 번씩 터졌다. 나 역시 먼 후배의 장례식에 참석한 적이 있다.

특별히 지정된 좌표도 없다. 조종사들은 오래전 지구에서 화석을 탐사하던 때처럼, 가능성 있어 보이는 곳을 점찍어 인내심을 가지고 파 내려갈 뿐이었다. 내가 지금 하고 있듯이 말이다.

차분한 목소리 4번이 달에서 개인 통신이 들어왔다고 알렸다. 나는 거절했다.

「지구에 오신 후 한 번도 개인 통신을 받지 않으셨습니다. 문제가 있으신가요? 상담사에게 연결해 드릴까요?」

상담사에게 연락하면 귀찮은 기록이 남는다. 고민한 끝에 5분 후 연락을 받겠다고 말했다. 머리를 빗으며, 나 자신을 단장하기 위해 거울 앞에 선 게 정말 오랜만이라는 걸 알았다.

『어이구, 귀하신 몸이 납시었어그래.』

"미안, 좀 바빴어."

『바쁘긴. 거기 일 되게 한가하다던데? 뭐 근사한 것 좀 찾았어?』

"그냥 그래."

마른침을 삼켰다. 내 목소리가 낯설었다.

"어떻게 지내? 별일 없고?"

『나 요새 아주 사치스러운 취미가 생겼다는 거 아니겠니.』

"어떤 거?"

나는 한참 고민한 끝에 물었다. 사실은 아주 짧은 시간일수도 있다. 상대방이 어떤 말을 하면 특정한 반응을 한다. 기억도 나지 않는 어린 시절, 능숙하게 대화를 할 수 있게 되면서부터 몸에 익혀 온 것들이다. 너무 자연스러워서 의식하지 않고 하게 되는 말들, 행동들. 그게 잘 되지 않았다. 모처럼 꺼내 찬 팔찌가 팔목에서 걸리적거리는 것처럼, 한 마디 한 마디가 어색하고 삐걱거렸다.

『나 요리한다! 너 요리해 본 적 있어?』

나는 이럴 땐 웃으며 놀라 줘야 한다는 걸 떠올렸고, 그렇게 했다. 세영은 깔깔대고 웃으며 냄비에도 여러 종류가 있다거나, 국자도 세 가지, 프라이팬도 크기별로 구입했다거나 하는 이야기를 늘어 놓았다. 이곳에 온 지 몇 달 지나지도 않았는데 달에서의 일은 까마득하게 멀게만 느껴진다. 세영과 이야기하는 게 아니라 끝없이 대화만 이어지는 지루한 영화를 하릴없이 틀어 놓고 있는 것 같았다.

『정민 씨 소식 들었어?』

이건 반칙이야. 나는 커피가 옆에 있다는 사실에, 잠시 시선을 피할 핑계가 있다는 점에 안도하며 생각했다. 이제 겨우 대화에 익숙해져 가고 있었다고. 어느 시점에서 웃으면 되는

지, 어느 지점에서 맞장구치면 되는지 말이야. 갑자기 이렇게
나오면 안 되잖아.

"아니."

『궁금하지 않아?』

네게 무슨 일이 생겼다. 좋은 일인지, 나쁜 일인지는 들어
보면 알 수 있을 거다.

"아니."

세영은 실망한 기색을 감추지 못하더니, 몇 가지 더 시시콜
콜한 이야기를 하다가 요금이 너무 많이 부과되겠다며 화면
에서 사라졌다.

나는 커피 잔을 들었다. 잔을 기울였지만 아무것도 입안으
로 들어오지 않았다. 조금 전에도 입에 댔다가 빈 잔이라 그냥
내려놨던 게 기억났다.

궁금했다. 물어보고 싶었다. 하지만 그렇게 하지 않았다.
지나간 일이니까, 이제 정리해야 하니까. 아니, 내가 묻지 않
은 건 그래서가 아니다. 그 말을 했을 때 내 반응이 보고 싶어
서, 그 비싼 요금을 감수하며 날 찾은 세영 때문이었다. 기습
하듯 물어 내 반응을 살피던 얼굴 때문이었다. 그저 그 순간
그 애의 호기심을 충족시켜 주고 싶지 않았다.

민, 나는 네 이름을 말했다. 큰소리는 아니었지만 도둑처럼

작게 말하지도 않았다. 화면이 바뀌고 네 아바타가 모습을 나타냈다. 그날 네 아바타는 기운 없이 축 처져 있었다. 한참을 그러다가 고개를 들더니 회사 동료가 사고를 당해 병원에 다녀왔다고 말했다. 그 말을 끝으로 다시 고개를 숙이더니 더 이상 움직이지 않았다. 나는 팔목을 들고 다시 네 이름을 말했다. 네가 화면에 나타났다.

『왜?』

나는 네가 흔히 하는 안녕, 같은 말을 했으면 좋겠다고 생각했다. 하지만 그때는 그런 걸 따질 여력이 없었다.

"저기…… 뭐 안 좋은 일 있나 해서……."

짜증 섞인 한숨을 쉰 너는 내가 세상에서 제일 어이없는 소리를 하기라도 한 듯 말했다.

『트리에 올렸잖아?』

그렇게까지 말할 필요는 없었을 텐데……. 그래, 나는 얼마나 가까운 사람인지, 어떤 사고를 당했는지, 병원에 갔더니 어땠는지, 자세한 이야기를 듣고 싶었어. 하지만 그건 저열한 호기심 따위가 아니었어. 내게 이야기하면서 네가 위로받기를 바랐어. 마음이 심란할 널 다독이고 싶었어. 우린 사람들이 흔히 서로에게 그런 존재이리라 생각하는 사이였잖아.

나는 한 번도 네 트리에 방문한다고 이야기한 적이 없어. 거기에 내 아바타를 보낸 적도 없지. 하지만 너는 내가 네 트리에 자주 간다는 걸 알고 있었을 거야. 그걸 그런 식으로 우습다는 듯 표현할 필요까진 없었잖아.

너도 그렇게 느꼈니? 내가 너와 가깝다는 걸 증명하고 싶어서 물어보는 것 같았어? 아니야, 넌 그런 게 아니라는 걸 알고 있었어. 넌 알아야 했어.

나는 달을 떠나기 전 갑작스런 내 결정을 전해 듣고 연락하는 지인들을 매정하게 내쳤다. 상처받아 본 사람만이 타인의 상처를 이해한다는 건 거짓말이다. 상처받아 본 사람은 타인에게 상처 입히는 법을 안다.

무릎을 의자 위에 올리고 머리를 묻었다. 제발, 이제 그만 울고 싶었다.

이 일을 아무리 오래 해도 시신들에는 익숙해지지 못할 것 같다. 아이들의 시체가 특히 괴롭다. 까맣게 타버려서, 남자앤지 여자앤지는 알 수 없어도 아이라는 건 알 수 있다. 이제 막 걸음걸이를 시작했을 아이들, 유치원에 입학했을 아이들, 말도 제대로 못했을 아이들.

시신처리반이 생긴 건 조종사들이 시체를 견디지 못했기 때문이다. 기계들이 시체를 내동댕이치고, 컴퓨터 부품, 도자기와 유리 그릇 따위를 정성스레 모으는 걸 본 많은 조종사가 위약금을 물고 일을 그만뒀다. 달에는 매장 풍습이 없다. 지구는 인구가 폭발해 산 사람들이 살 집이 모자라도 묘지들은 굳건히 제자리를 지켰다. 달은 지구의 선례를 따르지 않았다. 시신은 모두 화장해 우주에 뿌린다. 하얗게 흩날리는 재는 아름답다. 저렇게 뭉그러진 모습을 그대로 방치한다는 건 죽음에 대한 모독이고, 죽음에 대한 모독은 산 자에 대한 모독이었다.

지구환경보존협회는 대책을 마련해야 했다. 그들은 시신만 처리할 조종사를 뽑았다. 시신처리반은 시신을 인수받아 발견 장소와 성별, 대략의 나이를 적은 기록을 남기고 화장해 우주에 뿌려준다. 우리가 발견하는 시신들의 가족도 이미 다 사라졌다. 신원도 확인할 수 없는 오래전에 죽은 사람들일 뿐이다. 그런데도 장례를 치러 준다는 사실이 위안을 주었고 조종사들이 자기 일에 집중하게 했다.

나는 시신을, 부서지고 조각난 사람의 육신을 거두었다. 조용한 목소리 7번이 시신보관함이 다 차 태우 선배에게 만날 장소와 시간을 정해 달라고 메시지를 보냈다는 사실을 알렸다. 태우 선배는 바로 답신을 보냈다.

며칠 뒤 선배는 약속한 시간에 맞춰 왔다. 태우 선배는 조종학교 선배이자 내 조종 강사였다. 그는 기록에 남을 만큼 뛰어난 조종사는 아니었지만 가장 잘 가르치는 사람 중 하나였다. 5년 전 은퇴해 자연스레 잊고 지낸 그가 지구에 갔다는 이야기를 들었을 때는 조금 이상하다고 생각했다. 그는 돈에 조종술을 팔 사람이 아니었다. 그래, 많은 조종사들이 지구환경보존협회를 위해 일하는 것은 조종술을 파는 행위라고 말한다. 나중에 그가 시신처리반에서 일한다는 말을 듣자 이상하게 납득이 되었다. 시신처리반은 숙련된 조종사의 두 배에 해당하는 연봉을 받는다. 자원하는 사람도 드물고, 유물을 찾았을 때 생기는 부수입도 없다.

가끔 지구환경보존협회에서 초기에 조종사를 구하기 어려웠다는 이유로 그렇게 높은 연봉을 부르지만 않았어도 일이 이렇게 어렵게 되지는 않았을 거라 생각한다. 모험으로 받아들여질 수도 있는 일이 돈을 위한 일이 되었다. 우주선조종사는 엄격하게 선발된 사람이 길고 지난한 훈련을 거친 뒤에 받을 수 있는 명칭이다. 조종사는 돈에 연연해서는 안 된다는 암묵적인 협약이 있었다. 어떤 이들은 인류는 필연적으로 예술을 필요로 하며, 예술가가 없는 달에서 조종사를 예술가로 승화시켰다고 말한다. 나는 잘 모르겠다. 나는 우주가 좋아서 조종사가 되었을 뿐……. 그래, 그뿐이다.

문득 내가 조종사가 된 걸 진심으로 잘한 일이라고 생각한 때가 다음 지시를 기다리며 조종실의 불을 모두 끄고 우주를 바라보던 순간이라는 걸 기억해 냈다. 그건 조종 기술과도 먹고사는 것과도 아무런 상관이 없는데도 말이다. 어쩌면 삶에서 중요한 건, 사는데 아무 쓸모없어 보이는 것에 있는지도 모른다.

나는 태우 선배에게 인사했다. 그는 형식적으로 인사를 받고는 바로 일로 들어갔다. 변하지 않았다고 생각하며 속으로 살짝 웃었다.

태우 선배의 기계손이 시신보관함의 열린 문을 통해 들어왔다. 이 일이 두 시간이면 끝날 줄 알았으나 내 생각은 보기 좋게 빗나갔다.

태우 선배의 기계손은 느리고 조심스럽게 안으로 들어왔다. 기계손은 한 번에 몇 사람이고 움켜쥘 수 있다. 그러나 그는 아이의 시신 하나만 두 손으로 부드럽게 가져갔다. 그리고 또 다른 아이, 여자의 시신, 썩은 다리 하나.

그 다리를 시신보관함에 넣을까 말까 망설였다. 시신이라고 부르기엔 부족했다. 그렇다고 그냥 내버려 두기도 뭣했다. 만일 주변에 다른 시신들이 더 있지 않았다면 못 본 척 넘어갔을지도 모른다. 태우 선배는 내가 다른 시신을 모으는 김에 집은 다리 하나를 온전한 시신을 다룰 때 그러했듯이 정중하게 가져갔다. 나는 시신보관함에 시신들이 어떻게 쌓이는지 본적이 없었다. 하지만 태우 선배가 작업하는 모습을 보며 선배는 절대 나처럼 쌓아 놓지 않으리라는 걸 알 수 있었다. 작업은 한밤중이 되어서야 끝났다. 그는 짧게 인사하고 그들을 보내주기 위해 하늘로 올라갔다.

나는 부끄러웠다.

조종학교를 차석으로 졸업하던 날, 교장이 졸업장을 건네며 제일 존경하는 조종사가 누구인지 물었다. 그때 나는 태우 선배라고 대답하고 싶었다. 제목은 잘 기억나지 않지만 어렸을 때 본 지구 소설 중 "그에게서는 바다 냄새가 났다."라는 구절이 있다. 지구체험관에서 바다 냄새를 맡아본 적은 있지만, 바다 냄새가 나는 사람이라는 건 상상하기 어려웠다. 바다 냄새라는 건 그다지 맡기 좋은 냄새가 아니었다. 오랜 시간이

지나 우주선조종학교에 들어와 태우 선배를 보며 그 구절을 이해했다. 그에게서는 우주 냄새가 났다. 그는 땅에 발을 딛고 있을 때보다 지상에서 수십 킬로미터 떨어진 곳에 있을 때 빛이 나는 그런 사람이었다. 막연하게 그를 동경했다. 내가 조종간을 잡고 있을 때도 그런 분위기가 나길 바랐다.

그래서 그때 누구라고 대답했지? 딱히 눈에 띄는 성과를 낸 적 없는 선배 이름을 거론하려니 부연 설명이 길고 구차했고, 선배 얼굴 보기도 낯 뜨거웠다. 무난히 납득할 만한 사람을 이야기했던 것 같다.

커피를 타서 관측실로 갔다. 낮도 밤도 없이 거무스름한 지구의 하늘에서 별 같은 건 볼 수 없지만 그래도 그 방에서 불을 끄고 있으면 마음이 편해지곤 했다. 흡연 또한 가능했다. 물려받지 말아야 할 지구의 악습 1순위로 꼽히는 그것 말이다.

아주 조용할 때면 숨을 들이마실 때마다 종이와 담배가 타 들어가는 소리를 들을 수 있다. 고요함, 평온함, 이런 단어들이 나를 채우는 이런 순간에조차 네가 치밀어 올라 마음을 찢어 놓는다.

그날 너는 나를 눕히고 가만히 내려다보다가 이마에 입술을 가져다 대었다. 눈썹과 눈썹 사이에, 양 눈두덩에, 코끝에, 그리고 마지막으로 아끼고 아껴두었던 것처럼 내 입술에 네 입술을 포갰다. 부드럽고 긴 입맞춤이었다. 너는 셔츠 위에서 오래도록 내 가슴을 어루만졌다. 시간이 충분히 지났다는 생각이 들어서야 너는 내 셔츠 단추를 풀었고, 네 손이 내 가슴에 닿았다.

마침내 너는 긴 숨을 토하며 내 위로 쓰러졌다. 너는 나를 향해 한 팔을 내밀었다. 나는 네 팔에 목을 올렸다. 너는 우리가 마지막으로 함께한 날 이래 너에게 있었던 소소한 일들을 이야기했다. 그리고 나는 어떻게 지냈느냐고 물었다. 나는 생각나는 몇 가지 일화를 이야기했다. 너는 고개를 끄덕이거나 맞장구를 쳤고, 작게 웃기도 했다. 어느덧 화제가 떨어졌고, 침묵 속에서 네 숨소리가 고르게 안정되어 갔다. 나는 잠들지 않으려고 노력했다. 밤새도록 잠들지 않고 널 바라보고 싶었다.

생각이 멈추질 않는다. 나는 그만두려고 한다. 하지만 그럴 수가 없다. 나는 다리를 당겨 무릎을 끌어안고 소리죽여 울었다. 한동안 너로 인해 울지 않았는데 감정이 북받쳐 올라 제어가 되지 않았다. 그냥 울도록 나를 내버려 두는 것 외에 다른 방법이 없었다.

놀랍게도 울고 나니 후련해졌다. 예전에는 그렇게 울고 나면 오히려 더 비참한 기분에 휩싸이곤 했다. 울었다는 사실에 화가 났다. 하지만 이번엔 달랐다. 나는 시원하게 코를 풀고, 식어버린 커피를 단숨에 마시고 샤워를 했다. 침대에 눕자마자 꿈도 꾸지 않고 깊은 잠에 빠졌다.

지금 작업하는 아파트 단지를 처음 발견했을 때 든 생각은 해체하는 데 1년은 걸리겠구나, 였다. 헤매며 돌아다닐 필요가 없다는 이유로 눌러앉았는데 커다란 건물을 해체하는 일은 제법 재미있었다. 시멘트는 버리고 철근과 쇳조각은 모은다. 텔레비전, 컴퓨터, 냉장고, 세탁기 등 가전제품 중 형태를 알아볼 만한 건 일단 다 수거한다. 소파와 침대에서 천은 버리고 스프링은 모은다. 불에 타는 것들이 어느 정도 모이면 태운다. 타지 않는 것들이나 유독가스를 배출하는 것은 한곳에 묻는다.

그렇게 하나를 해체하고 나면 다음 건물로 이동해 같은 걸 반복한다. 놔둬도 기계손들이 알아서 잘하지만 종종 수동모드로 바꿔 직접 한다. 가만히 보는 것보다 시간이 잘 가기도 하고 무엇보다 더 깔끔하게 되기 때문이다. 보기 흉하게 널브러져 있던 건물이 하나둘 사라진다. 하지만 대지가 입은 손상, 시커멓게 변한 하늘은 어쩔 수 없다. 정말로 저곳에서 누군가, 아니 많은 사람들이 걷고, 숨 쉬고, 웃고, 떠들고, 싸우고, 사랑하고, 먹고, 잠들었을까? 돔 없이 하늘을 바로 보고, 광고들이 어지럽게 불을 밝히는 반구형 통로를 따라 걷지 않고, 마음대로 걷는 건 어떤 느낌이었을까?

바닥에서 지지대를 뽑아내자 시커먼 것들이 기계손으로 달려들었다. 그것들이 치고 간 건 카메라인데도 내가 맞은 것처럼 놀라 뒤로 물러섰다. 심장이 거세게 뛰었다. 기형이 된 동물들이었다. 대부분이 원래는 쥐였던 것들이라고 한다. 지구에 오기 전 교육을 받으며 영상으로 물리게 봤는데도 직접 본 충격은 작지 않았다. 뭘 먹고 사는지도 모른다. 그저 자기들끼리 잡아먹는 게 아닌가 막연한 추측만 할 뿐이었다. 나는 놀란 가슴을 가라앉히고 작업을 마무리 지었다. 대지에 흉한 구멍이 뚫렸다.

언젠가 지구에 다시 사람이 살 수 있을까? 기상학자들은 지구의 대지가 정화되기까지 수백 년은 걸릴 거라고 말했다. 수백 년 안에만 되어도 기적처럼 느껴질 것 같다.

달에서 정기 통신이 들어왔다. 발견 목록에 대한 답신이었다. 자리를 옮겨 좀 더 쓸 만한 게 나올 곳을 찾아보라는 권고였다. 다른 대안이 없어 먹을 수밖에 없는 유전자 변형 식품이 최근 늘어나는 기형아의 원인이냐 아니냐 말이 많은데, 이 사람들은 불에 타다 만 그림 쪼가리 외에는 보이는 게 없는 걸까? 여기에 쏟아부은 돈의 반만 합성식량 개발에 써도 사람들의 삶은 한결 나아질 거다.

권고는 권고일 뿐 강제가 아니다. 결정을 내리기 위해 모선을 조종해 하늘로 올라갔다. 위에서 내려다보고 깜짝 놀랐다. 어느덧 반 이상이 정리되었다. 건물의 잔해가 사라진 곳에 시커먼 구멍만 보일 뿐이다. 비가, 바람이, 눈이 구멍을 메우겠지. 어쩌면 다시 식물이 자랄지도 모른다. 나는 이곳을 떠나지 않기로 결정했다. 부지런히 하면 계약 기간 만료 전에 이 단지는 말끔하게 마무리할 수 있을 것 같았다. 작은 완결을 짓고 싶었는지도 모른다.

☙

　지구에 온 조종사들 간의 통신 채널에서 다른 사람이 작업하는 구역에 대한 이야기를 들었다. 쥐 비슷한 동물을 봤다는 사람들이 몇 있었다. 어린아이만 한 크기도 있었다고 한다. 몇몇이 촬영한 영상을 틀어 달라고 했다. 굳이 보고 싶지는 않아 인사를 하고 채널을 나왔다.

　커피를 뽑는데 문득 오래도록 널 생각하지 않았다는 걸, 네가 갑자기 파고들어 날 괴롭히지 않은 지 한참 되었다는 걸 깨달았다. 이젠 꺼내 봐도 상관없을 것 같아 네 추억이 깃든 상자를 꺼냈다. 상자는 진짜 나무처럼 생겼다. 이걸 받은 날은 네 생일이었다. 나는 전부터 너와 함께 가고 싶던 인도 레스토랑 강가에 가기로 했다. 가는 날이 장날이라고 전산에 오류가 발생해, 사람들이 줄지어 늘어서 있었다. 직원들이 예약자 명단을 기억할 리 만무해 우리도 기다려야 했다. 나는 잠시 화장실에 다녀왔다. 그 동안 우리 뒤로 줄이 늘어졌다. 나는 네 뒤에 섰다. 뒤에 있던 여자가 짜증을 냈다.

　"저기요, 지금 새치기하셨거든요?"

　나는 당황해서 너와 일행이라고 했다. 여자는 못 믿겠다는 듯 우리를 노려봤다. 마침내 자리를 배정받았다. 너와 함께 앉

앉지만, 여자는 어디 앉았는지 보이지 않았다. 점원이 음식을 내오며 오늘이 인도 강가우 축제 날이라고 했다.

"결혼과 관련한 큰 축제예요. 인생의 동반자를 구하는 축제라서 젊은이들이 가장 좋아하죠. 두 분 커플이시죠?"

나는 그 말에 아까 일은 잊고 기쁘게 고개를 끄덕였다. 점원은 오늘 손님 중 커플에게만 드리는 거라며 모조 나무 상자를 주었다. 안에는 초콜릿이 들어 있었다.

"즐거운 시간 되세요."

점원은 처음과 달리 어색한 얼굴로 자리를 떠났다.

나는 쓰게 웃었다. 어떻게 그렇게 멍청할 수가 있었을까? 넌 언제나 그랬지. 같이 극장에 가서도 낯선 사람처럼 굴었어. 나는 커플석에 앉아서도 손잡이를 단단히 잡곤 했어. 화면에 맞춰 자리가 움직여, 보통 자기 애인에게 매달리는 바로 그때 말이야. 넌 한 번도 커플석에서 내게 팔짱을 낀 적이 없어. 마치 우연찮게 같이 앉게 된 것처럼 생뚱맞게 앉아 있곤 했지. 내 뒤에 섰던 여자가 짜증을 낼 때도, 직원이 커플이냐고 물을 때도 못 들은 척 했던 것처럼 말이지.

나는 상자를 열었다. 상자 안에는 밸런타인데이 때 함께 간 극장에서 나눠 준 종이학이 들어 있었다. 지구에서는 종이학 천 마리를 접으면 소원이 이뤄진다고 믿었다고 했다. 진짜 종이로 학을 천 마리나 접을 생각을 하다니. 나무가 넘쳐났을 때 이야기다.

그러고 보니 우리, 생일도 챙기고 밸런타인데이 때도 만났구나. 나는 서글픈 미소를 지었다. 상자 안에 들어 있는 건 그게 전부였다.

이게 다라고?

나는 당황스러웠다. 달을 떠난 후 한 번도 열어 본 적이 없던 상자, 이 안에 들어 있던 게 정말로 합성 종이로 만든 학 몇 마리뿐이었어? 그걸 이렇게 애지중지하며 여기까지 들고 온 거야? 노여움과 나 자신에 대한 환멸이 온몸을 휘감고 돌았다. 너는 늘 그런 식이었는데도, 남처럼 무뚝뚝하니 앉은 걸 보면서도 점원이 애인이라고 알아봐 줘서, 비싼 초콜릿을 얻어서 마냥 좋다고 헤실헤실 웃었지. 별것도 아닌 상자 하나, 그 안에 든 유치찬란한 색의 모조 학들을 뭐 대단한 거라도 되는 양 여기까지 들고 올 정도로, 그래, 난 그렇게 어리석고 한심해. 남들은 이런 건 잠깐 가지고 있다가 청소할 때 버리지.

아니야!

나는 고함을 지르고 싶은 걸 눌러 참았다. 내가 집착이 강해서, 사소한 물건 하나 못 버리는 소심한 성격이라 이걸 이렇게 귀하게 여겨온 게 아니야. 네가 남겨 준 게 이것밖에 없었기 때문이야. 너는 이보다는 더 좋은 걸 줄 수도 있었어. 함께 찍은 영상 하나쯤 만들어 줄 수 있었다고. 영상첩을 열면 한때는 친구라고 불렀지만 이름도 기억나지 않는 얼굴들이 가득해. 그런 건 그냥 스쳐 지나가는 사람들끼리도 하는 거야. 그다지 어려운 게 아니니까. 아주 잠깐 웃으면 돼. 마주보고 웃고, 몇 마디 이야기하고, 그 순간을 저장하는 거야. 정말 간단

한 거라고. 넌 네 모든 통신시설에 보안을 걸어서 내용을 저장하지 못하게 했지. 보통 애인들에게는 푸는 보안에 너는 예외를 만들지 않았어. 그래서 나는 네가 화면에서 사라지고 나면 다시는 널 볼 수 없었지. 내가 네 영상을 조금 소유한다고 해서 큰일 나는 것도 아닌데 말이야.

너는 네가 무심할수록 내게 영향력을 행사한다고 생각했지. 아니야, 그렇지 않아. 너는 내게 다정하면서도 힘을 가질 수 있었어. 단지 너라는 것만으로도 내게 원하는 모든 걸 취할 수 있었어. 그걸 놓친 건 너야. 그걸 뿌리친 건 너야.

팔꿈치로 상자를 쳤다. 색색의 모조 학들이 흩어졌다. 나는 화들짝 놀라 하나라도 잃어버릴까, 행여나 구겨질까 조심스레 주워 있던 자리에 넣었다. 숫자를 세 보고 이게 원래 열 개였는지, 열한 개였는지 한참 머리를 굴렸다. 도대체 이게 무슨 짓이야? 나는 쭈그리고 앉아 침대에 머리를 묻고 울었다. 조금도 후련해지지 않는, 울고 나서 더 참담해지는 그런 종류의 울음이었다.

내가 하는 일이라는 건 고작해야 백사장에서 모래를 하나 옮기는 것에 불과할지도 모른다. 지구에 이런 아파트 단지가 몇 개나 될까? 셀 수나 있을까? 이보다 더 큰 것도 있을 거고, 작은 것도 있겠지. 상가들, 주택가들, 빌딩가들도 있겠지. 언젠가 지구가 다시 파래질 수 있을까? 영화에서 본 것처럼 사람들이 맨 하늘을 바라볼 수 있을까?

지구에서 만든 영화를 보다가 "숨 쉴 때마다 돈이 들어."라는 대사에 깜짝 놀랐다. 왜 지구에서 숨 쉴 때마다 돈이 들어? 한참 후에야 비유라는 걸 깨달았다. 오염되지 않은 공기로 가득 차 있던 지구의 하늘은 몹시도 아름다웠다고 한다. 달의 하늘은 돔에 틀어 놓은 홀로그램으로, 영화에서 본 하늘처럼 청명하고 화사하다. 지구의 하늘이 정말로 홀로그램보다 더 아름다웠을까? 돔 없이 살면 편할까? 공기세를 내지 않아도 되니 좋겠지. 하지만 그게 정말 어떤 건지는 상상이 되지 않는다.

일에 집중이 되질 않아 잠시 쉬기로 했다. 침실로 가서 찬 기운이 몸에 스며들도록 바닥에 반듯하게 누워 팔을 위로 뻗었다. 손끝에 이물질이 걸렸다. 커다란 구리색 단추였다. 청소봇이 어쩌다 놓쳤는지 모르겠다. 나는 단추를 살폈다. 가운데에 독수리 문양이 있었다. 내겐 이런 단추가 달린 옷이 없다. 전임자의 물건인가? 기분이 찜찜했다. 분명 낯익은 물건이었다.

아무 생각 없이 책상 구석에 있는 상자를 열었다. 머리는 잊어도 몸은 기억하나 보다. 단추가 상자 안으로 들어가는 순간, 이 단추가 어디서 왔는지 기억났다. 이건 네 코트에 있던 단추였다.

군복처럼 디자인한 카키색 코트였다. 네가 그 코트를 입은 걸 보는 게 좋았다. 근사했고 너에게 잘 어울렸다. 나는 네가 샤워하는 동안 네 코트를 만지작거렸다. 샤워를 하고 나오면 너는 이 코트를 입고 가겠지. 코트 소매 단추가 떨어질 듯 덜렁거렸다. 한 번도 바느질을 해 본 적이 없는데, 바늘 같은 건 영화 속에서나 봤는데도, 문득 네 단추를 달아 주고 싶다는 생각이 들었다. 설사 내가 단추를 달 줄 안다고 해도 네가 샤워를 마치고 나오기 전까지 달 수 있을 것 같지 않았다. 달아 놓는다고 해도 넌 고마워하거나 기뻐하지 않을 거다. 괜한 짓을 했다며 혼자 마음 상하고 말겠지.

충동적으로 단추를 당겼다. 금방이라도 떨어질 것 같더니 의외로 단단했다. 가위를 가지고 와 실을 자르고 실밥을 모두 뜯어냈다. 넌 알아차리지 못할 거야. 알아챈다 해도 어디서 잃어버렸는지는 절대 모를 거야.

단추를 주머니에 감췄다. 심장이 미친 듯이 뛰었다. 너는 샤워를 마치고 나와 옷을 입었다. 팬티를 입고, 청바지에 다리를 넣고, 티셔츠에 머리를 밀었다. 거울을 보고 옷매무시를 다듬고 코트에 팔을 꿰더니 단추를 잠갔다. 소매에 단추가 없는 건 눈치채지 못했다. 나는 네 코트 소매에 자꾸 눈이 갔다. 종종 놀랄 만큼 내 감정을 예민하게 알아채던 네가 이번에는 모르고 지나쳤다. 나는 어색하게 웃으며 잘 가라고 말했다. 너는 짧게 대답하고 떠났다.

나는 단추를 꺼내 만지작거리다가 상자에 넣고 뚜껑을 닫았다. 바보 같다는 건 알지만 기뻤다. 그 단추를 가진 것으로 너를, 그 코트를 입은 널 갖기라도 한 것처럼 말이다. 인공태양 조절 기간 내내 너는 몇 번 더 그 코트를 입었지만 단추가 있던 자리는 계속 비어 있었다.

그 일을 잊고 있었다는 게 놀랍다. 나는 쓰게 웃고는 상자를 눈에 띄지 않는 곳에 치웠다.

🐾

나는 지구에 6개월 계약으로 와서 한 번 연장했다. 이제 보름 후면 계약이 만료된다. 다시 연장할 생각은 들지 않았다. 아파트 단지도 얼마 남지 않았다. 마저 정리하고 가려면 서둘러야 했다. 작업 시간을 늘려 일에 몰두했다. 어느새 달랑 한 채밖에 남지 않았다. 지금처럼 하면 다 해체한 후 이삼일은 남을 것 같다. 아무것도 하지 않고 시간을 보내기는 싫고, 다른 곳을 찾기에는 빠듯했다. 속도를 늦추기로 했다. 한 채라 해도 24층이니 천천히 하면 시간을 맞출 수 있을 것 같았다.

돌아갈 생각을 하자 문득 친구들은 어떻게 지내는지 궁금해졌다. 지구에 온 이후 처음으로 사서함에 들어갔다. 상상도 못할 만큼 엠메일들이 쌓여 있었다. 최근에 온 건 무슨 일인지 걱정하는 게 대부분이었고, 그 밑으로 내려가자 왜 이렇게 확인도 안 하고 답도 없느냐고 화를 내는 게 보였다. 미안했다. 기쁘기도 했다. 내 주위에 이렇게 사람이 많았구나.

네 이름이 보였다. 일순 호흡이 멈췄다. 넌 한 번도 나에게 메일을 보낸 적이 없다. 너는 네 영상이 누군가에게 저장되는 걸 싫어한다. 혹은 내가 모르는 다른 이유가 있거나.

나는 다른 메일을 먼저 훑었다. 집중이 되지 않았지만 일일이 읽고 곧 돌아간다고 답변도 보냈다. 네가 보낸 메일이 한 통 더 있었다. 다른 메일을 마저 열어보고, 답신을 빠뜨린 건 없는지 다시 한 번 확인했다. 심호흡을 하고 네 첫 번째 메일을 열었다.

너는 머리를 조금 길렀다. 검은색 와이셔츠에 연보라색 타이를 매고 있었다. 내가 사준 타이였다. 일부러 그 타이를 맨 걸까? 혼란스러웠다.

『뭐냐, 갑자기 말도 안 하고 지구환경보존협회라니.』

너는 무언가 다른 말을 하려는 듯 하다 말을 바꾸는 것 같았다. 아닐 수도 있다. 너는 시선을 약간 밑으로 하고 『돌아오면 연락해라.』라고 말했다. 그리고 바로 끊겼다. 어쩌면 넌 이걸 보낸 걸 후회했을지도 모른다. 내가 떠난 지 꼭 두 달 만에 보낸 메일이었다. 두 번째 메일은 한 달 전이었다.

『아직도 안 온 거냐. ……열심히 해라. 잘…… 지내고.』

너는 잠시 날 응시했다. 네 입장에서는 카메라였겠지. 그리고 끊겼다. 너는 늘 보호 장치를 사용했기 때문에 통화하고 나면 통화 내역이 사라졌다. 너는 영상 메시지를 보내는 일 같은 건 절대 하지 않았다. 그래서 전에는 네 영상을 다시 볼 수 있었던 적이 없었다. 리플레이, 나는 작게 말했다. 같은 말이 반복되었다. 네 귀에 처음 보는 귀걸이가 걸린 걸 알아냈다.

네 영상을 하나쯤 갖고 싶다고 생각한 적이 있었지. 미치도록 널 원했을 때. 널 보고 싶을 때마다 열어 볼 수 있는 게 있으면 좋겠다고 말이야. 이 세상의 많은 애인이 그러하듯이. 그래, 그랬던 적이 있었다.

나는 네게 아무 말도 하지 않고 떠났다. 봤지? 나도 네게 무심할 수 있어. 나도 널 떠날 수 있어. 그간 무심했던 네게 앙갚음하고 싶었는데, 성공한 것 같네.

아니다. 사실은 그래서가 아니다. 이번 기회가 아니면 널 영영 떠나지 못 할 것 같아서, 네게 말하다가 다시 주저앉을까 봐, 그래서 말하지 못 했다.

아니, 정직하게 말하건대 그것도 사실이 아니다. 그 이유라면 좋았을 텐데. 바로 그래서라면 정말 좋았을 텐데. 이곳에는 나밖에 존재하지 않는다. 아무도 모를 텐데, 나는 이 멀리까지 도망쳐 와서도 나 자신에게 솔직하지 못하다. 나는 눈을 감고 깊게 심호흡을 했다. 그리고 인정했다.

나는 두려워 떠난다 말하지 못했다. 네가 아무 말도 하지 않을까 봐. 왜 가는지, 언제 오는지 묻지 않을까 봐. 왜 그런 이야기를 나에게 하느냐는 얼굴을 할까 봐. 그것만은 견딜 수 있을 것 같지 않았다. 그것까지 감당할 자신은 없었다.

나는 해물전골을 준비하고 있었다. 손질된 게 아니라 재료를 모두 따로 샀다. 신선하고 비싼 재료들이었다. 나는 네가 해물전골을 좋아하는지 어떤지 모른다. 나는 네가 뭘 좋아하고 싫어하는지 모른다. 한 번, 너에게 어떤 음식을 좋아하는지 물어본 적이 있는데 너는 대답하지 않았다. 배추를 씻고 자르는 건 할 만했다. 대파를 써는 것도 별것 아니었다. 고추를 반으로 잘라 씨를 털었다. 잘 털리지 않았다. 조리법을 다시 보고서 가로가 아니라 세로로 썰어야 한다는 걸 알았다. 시간이 점점 가고 있었다. 네가 올 시간이 얼마 남지 않았다.

물이 끓었다. 조개를 넣었다. 속으로 10초를 세고 구멍이 숭숭 뚫려 있는 국자로 건졌다. 먹을 때 쓸 국자도 따로 샀다. 국자에 이렇게 많은 종류가 있는 줄 몰랐다.

「7시 15분 전입니다.」

너는 15분이 지나면 온다. 마음이 급해졌다. 마늘을 찧는다는 게 손을 찧었다. 이제 오징어만 다듬으면 된다. 오징어에 박혀 있는 투명한 뼈를 당겼다. 껍질을 칼로 벗기라는데 잘 벗겨지지 않았다.

「7시 5분 전입니다.」

벌써 10분이 지났다고? 나는 칼에 힘을 줬다. 악―. 나는 이를 악물었다. 미끄러진 칼날이 내 손등을 밀었고, 젖은 손을 따라 흐른 피가 오징어까지 벌겋게 물들었다. 화가 났다. 이런 걸 어떻게 먹으라고 내놓느냐란 말이다. 치료봇을 작동시킬 수도 있지만 너무 오래 걸릴 거다. 나는 연고를 대충 바르고 붕대를 손에 감았다. 응급처치를 고급과정까지 마스터했는데도 마음이 급하니 다 소용 없었다. 나는 오징어를 물에 헹궈 핏기를 없앴다. 껍질을 벗기는 건 포기하고 자른 후 칼집을 냈다. 힘을 조절하는 게 쉽지 않았다. 칼집만 내야 하는데 자꾸 썰렸다.

시간이 됐는데, 네가 곧 올 텐데, 다친 손은 뜻대로 움직여 주지 않았다. 속상했다. 울고 싶었다. 널 기쁘게 해 줘야 하는

데, 네가 문을 열고 들어왔을 때, 주방에서 매콤하고 식욕을 돋우는 해물찜 냄새가 풍겨야 하는데. 시간 안에 요리를 마쳐야 하는데.

지금의 난 그때의 나를 이해한다. 내게도 무언가 필요했다는 걸. 널 위해서만이 아니라 날 위해, 내 감정을 위해. 나도 뭐든 네게 해 줄 수 있는 게 있어야 하잖아. 넌 그냥 받아 주기만 하면 됐는데. 그냥 알아 주기만 해도. 만드느라 힘들었겠다, 맛있어, 그러기만 하면 족했는데. 아니 그저 한 번 웃어 주기만 했어도.

너는 늘 그렇듯이 늦었다. 영상처럼 근사한 모양은 아니었어도 그럭저럭 먹을 만한 해물전골이 완성되었을 때 벨이 울렸다. 나는 기뻤다.

너는 내가 아무리 예쁘게 꾸며도, 새로 산 속옷을 입어도 단 한 번도 알아채는 기색을 보인 적이 없다. 그래서 난 손에 난 상처에도 신경 쓰지 않았다. 나는 거울을 보고 머리를 매만지고 문을 열었다. 너는 내가 좋아하는 바로 그 카키색 코트를 입고 왔다. 어서 와, 나는 말했다. 너는 신발도 벗지 않고 내 손부터 잡았다. 거짓말을 할 수 없는 순간이 있다. 예상치 못한 질문을 받았을 때, 상대가 눈 속 깊은 곳을 바라보며 묻는 경우. 바로 그렇게 날 보며 네가 물었다.

"이거, 나 때문에 그런 거야?"

오해와 진실은 때로 발음과 글자 모양 차이에 불과하다. 내가 아무 말도 하지 못한 건 그 때문이다.

"구급상자 어디 있어?"

내가 일어서려 하자 너는 내 어깨를 부드럽지만, 분명하게 눌렀다.

"내가 가져올게. 어디 있어?"

너는 구급상자를 가져와 내 손을 잡고 붕대를 풀었다. 한 겹 한 겹 풀 때마다 엉망으로 엉켜 있는 붕대가 점점 길어지며 붉은 색들이 드러났다. 마지막 한 겹이 사라지자 손등부터 손가락 세 개의 껍질이 벗겨져 있는 게 고스란히 드러났다. 손가락도 긁힌 줄 미처 몰랐다. 너는 아무 말 없이 따뜻한 물에 적신 수건으로 상처와 내 손을 닦았다. 피의 붉은 색이 아닌 고추장의 붉은 색이 수건에 묻어가는 게 눈에 띄었다. 마늘 냄새도 났다. 거울을 보지 않아도 내 얼굴이 벌겋게 달아올랐으리라는 걸 짐작할 수 있었다.

너는 내 손가락을 하나하나 공들여 닦고, 소독약을 뿌리고, 약을 발랐다. 허리가 아픈지 너는 침대 밑으로 내려갔다. 너는 내 앞에 무릎을 꿇고 손가락마다 붕대를 감고 손등을 감고 매듭을 지었다. 네 정수리와 콧날이 보였다. 전에는 네 정수리를 바라본 적이 없었다. 나는 늘 널 올려다봤다. 그걸 깨달은 순간 화가 치밀었다.

나 너 말고도 만날 수 있는 사람 있어. 너랑 나는 수없이 잠자리를 함께했지만 그건 사랑을 나눈 게 아니야. 나는 그냥 섹스와 사랑의 차이를 알아.

나 좋다고 몇 달이나 쫓아다닌 사람도 있었어. 내가 싫다고,

싫다고 했는데도 말이야. 알아? 나는 네가 이렇게 아무렇게나 네 기분 내키는 대로 대해도 되는 사람이 아니란 말이야!

그 어떤 말도 소리가 되어 나오지 않았다.

"흉 지겠다."

붕대를 다 감은 후 너는 말했다.

"저기…… 저녁 아직 안 먹었지? 해물찜 해놨는데……."

입에서 나오는 말은 고작 이런 것뿐이었다. 네게 말할 때면 왜 이렇게 바보처럼 구는지 모르겠다. 평소엔 그러지 않는다. 나는 조종학교를 차석으로 졸업했다. 장관과 악수할 때도 떨지 않았다.

"나중에."

너는 내 뺨을 쓰다듬으며 말했다. 다정한 손길이었다. 너는 상냥하게 내 어깨를 밀어 침대에 나를 뉘었다. 그리고 오래도록 애정 어린 눈길로 날 바라보았다. 나는 너와 눈을 마주칠 수가 없었다.

"눈 감아."

나는 네 말에 따랐다. 이마에 네 입술이 닿았다. 눈썹 사이에서, 양 눈두덩에서, 콧날에서 느껴지는 감촉으로 네가 지금 어디에 있는지 알 수 있었다. 너는 아끼고 아끼다 마지막 순간에 내 입술에 네 입술을 포갰다. 오른쪽으로, 왼쪽으로, 애무하다가 혀가 들어왔다. 나는 순순히 입술을 벌리고 네 혀가 내 혀를 감싸고 어루만지고, 밀고 당기도록 했다. 입 맞추며 넌 왼손으로 네 무게를 받치고, 오른손으로 내 목덜미를 쓰다듬었다. 손은 내 어깨로, 팔꿈치로, 손으로 옮겨갔고, 같은 길을 돌아와 내 가슴에 닿았다. 너는 내 옷을 벗기지 않았다. 심지어 넌 입고 온 차림 그대로였다. 오랫동안 네 손은 내 셔츠 위에서 내 가슴을 탐했다. 마침내 단추가 풀리는 게 느껴졌다. 너는 손이 들어갈 정도만 단추를 풀고, 그 속에 손을 집어넣어 속옷 위에서 내 가슴을 쓰다듬고, 돌기를 찾아 살짝 꼬집었다. 네 호흡이 빠르게 가빠졌다. 그래도 너는 속도를 올리지 않았다. 너는 흥분을 억누른다는 사실에 더 큰 쾌감을 얻고 있었다.

"그대로 있어."

소리로 나는 네가 코트를 벗고 있다는 걸 알았다. 티셔츠를 벗는 소리는 들리지 않았지만 코트만 벗기에는 긴 시간이라 네가 옷을 모두 벗고 있으려니 했고, 내 몸에 닿은 네 촉감이 짐작이 맞다는 걸 확인시켜 주었다. 너는 내 단추를 마저 풀고, 허리를 잡아 일으켜 소매에서 팔을 빼도록 했다. 너는 내가 인형처럼 가만히 있길 바랐다. 그래서 나는 그렇게 했다. 너는 나를 다시 조심스레 눕히고, 벨트를 풀고 바지를 내렸다. 네 손이 발등에서부터 종아리, 허벅지를 거쳐 올라왔다. 너는 브래지어 속에 손을 넣었다. 너는 더 이상 참을 수 없다는 듯, 거칠게 내 가슴을 움켜쥐었다. 아팠지만 내색하지 않았다. 너는 내 브래지어를 벗겨 던지고, 팬티 속에 손을 집어넣었다. 네 입술이 내 온몸을 탐색하는 동안 네 손은 계속 내 안을 희롱했다. 네가 내 안에 들어오려는 확고한 몸짓을 하자, 나는 네가 편하게 들어올 수 있도록 자세를 잡았다. 너는 내 어깨

밑에 두 손을 넣고 단단히 날 잡은 상태로 나에게 안겼다. 신체구조로 보자면 내가 널 안은 게 맞다.

너는 쾌감의 순간을 최대한 오래 지속하고 싶어 했다. 몇 번이고 절정 직전까지 갔지만, 억지로 누르는 걸 알 수 있었다. 마침내 네가 내 위에 쓰러졌다. 너는 오래도록 숨을 몰아쉬고 부드러운 입맞춤으로 여운을 즐겼다.

"저녁은?"

나는 가까스로 물을 수 있었다. 정말 바보 같은 질문이었다.

"먹고 왔어. 배고파? 밥 먹어. 옆에서 봐 줄게."

"아니, 나도 별로."

너는 나에게 팔을 내밀었다. 나는 네 팔에 목을 기댔다. 너는 너와 내가 마지막으로 만난 날 이래 네게 있었던 소소한 일들을 이야기했다. 그리고 내게 그동안 뭘 하며 지냈는지 물었다. 나는 생각나는 몇 가지 일화를 이야기했다. 너는 귀 기울여 들었고, 맞장구치거나 낮은 소리로 웃었다. 너는 웃을 때 눈가에 짙은 주름이 파인다. 예전엔 몰랐다. 한 번도 네가 내 앞에서 그런 식으로 웃은 적이 없기 때문이다.

화제가 떨어지고 침묵이 자리 잡은 지 얼마 되지 않아 네 고른 숨소리를 들을 수 있었다. 나는 네 잠은 방해하지 않을 정도로, 하지만 내가 널 볼 수는 있을 정도로 조명을 올렸다. 네 오른쪽 귓불 뒤에 아주 작고 흐린 작은 점이 보였다. 예전엔 네 오른쪽 귓불 뒤에 작은 점이 있다는 걸 몰랐다. 이렇게 오랜 시간 널 안심하고 바라본 적이 없었기 때문이다.

정말로 잠들고 싶지 않았다. 가끔 잠이 오지 않아 새벽까지 잠을 설칠 때도 있는데 졸음이 쏟아졌다. 잠자지 않고 버티기에는 네 품이 지나치게 안락하고 따뜻했다. 이것도 미처 몰랐던 일이다. 넌 한 번도 사랑을 나눈 후 이렇게 오래 날 품에 안고 있지 않았다.

아침에 눈을 떴을 때 너는 엎드려서 자고 있었다. 그게 네 잠버릇이리라 짐작했다. 나는 네가 잠이 깰까 네 날갯죽지를 살며시 어루만졌다. 어쩐지 그래도 될 것 같은 기분이 들어 나는 네 등에 머리를 가져다 대었다. 예전엔 몰랐다. 등을 통해서도 심장이 뛰는 소리를 들을 수 있다는 걸. 네 등에서 잠에 취한 나른한 냄새가 났다. 네가 웃는지 몸에 작은 진동이 일었다. 내 머리카락이 네 목덜미를 간지럽혔나 보다. 너는 내게 몸을 돌렸다. 나는 네가 편하게 자리를 잡도록 상체를 일으켰다.

"이리 와."

네가 손을 뻗었다. 네가 그러길 바랐기 때문에, 나는 네게 몸을 숙이고 입 맞췄다. 여성 상위는 여자가 속도와 깊이를 조절할 수 있어 자유롭게 리드하는 자세라고 말하는 사람들이 있다. 바보 같은 소리다. 어떤 자세로 있느냐와 누가 리드하느냐는 아무 관련이 없다. 네가 편안하게 누워, 내 허리를 잡고 내 가슴이 흔들리는 걸 보고 싶어 했기 때문에 나는 그 자세로 널 받아들여 사랑을 나눴다. 어쨌든 그 비슷한 걸 했다.

"아침 먹으러 가자."

너는 내 어깨에 팔을 둘렀다. 넌 한 번도 길에서 내 몸에 손을 댄 적이 없다. 우린 늘 일정한 간격을 두고 걸었다. 우린 카페 예리타에 가서 커피와 베이글을 먹었다.

"여기 어니언 베이글 맛있어."

나는 네가 카페 예리타의 어니언 베이글을 좋아한다는 걸 알게 되었다. 너는 휴일이지만 어머니 생신이라 집에 가야 한다고 했다.

"새어머니야."

너는 대수롭지 않다는 듯 말했다. 네 가족에 대한 이야기를 듣는 건 처음이었다. 너는 일찍 가야 해서 미안하다고 했다. 너는 한 번도 날 두고 가면서 미안하다고 한 적이 없다. 너는 많은 애인들이 그러하듯, 다정하게 손을 흔들고 멀어졌다.

나는 집으로 돌아왔다. 차갑게 굳은 해물전골을 멍하니 보다가 울지 않겠다고, 절대 울지 않겠다고 눈에 힘을 주고, 손톱이 파고들 만큼 단단히 주먹을 쥐었다. 너로 인해 수없이 울었지만, 이 날은 아니었다.

이곳을 떠난다는 게 실감 나지 않는다. 평생 여기서 살아온 것 같다. 네 추억이 담긴 상자가 날 난감하게 한다. 더는 간직하고 싶지 않다. 폐기물 처리함에 넣으면 쉽고 간단하겠지만 내키지 않는다. 더 나은 방법이 있을 법하다.

나는 마지막이라고 생각하며 상자를 연다. 종이학은 요란한 색의 모조 종이일 뿐이며, 단추는 그저 떨어져 나온 부속품에 불과하다.

그건 진짜였을까?

네가 드물게 먼저 연락한 날, 내가 시간이 되지 않는다고 말했을 때 아쉬워하던 네 눈빛. 일부러 상처 입히는 말을 하며 내 반응을 살피던 너. 우리가 만난 마지막 날, 내게 다정하게 손을 흔들고 가던 너.

넌 그날 이후 오래도록 연락하지 않았다. 그게 이상하거나 실망스럽지 않았다. 나도 연락하지 않았다. 변명하자면 바빴다. 형식적이긴 하지만 정신과 진단도 받아야 했고, 후임자에게 일도 넘겨야 했고, 교육도 받아야 했다. 보람찬 시간이었다. 나는 새로운 걸 배우는 게 즐겁다.

떠나기 며칠 전, 놀랍게도 네가 연락했을 때 나는 사실대로 바쁘다고 말했다. 너는 조금 당황했지만 아무렇지도 않은 척 먼저 화면에서 사라졌다. 나는 네가 있던 화면을 한참 바라보았다. 내가 한 일을 믿을 수가 없었다. 너는 우리 집 근처로 외근을 나왔다가 퇴근하는 길이라고 했다. 나는 잠시 널 볼 수도 있었다. 당분간 달을 떠난다고 말할 자연스러운 기회였다. 알면서 나는 아무것도 하지 않았다.

너는 당황했어. 그런데 정말?

내가 혼자 생각에 사로잡혀 지나치게 움츠러들었던 걸까?

조금만 더 용기를 냈다면 널 가질 수도 있었을까?

네가 보인 무심함, 네가 보인 다정함. 너의 웃음, 너의 차가

움. 너는 그때 단지 피곤했던 건 아니었을까? 내게 못되게 굴려던 게 아니라, 단지 때가 좋지 않았던 걸까? 내게 몰인정하게 굴고 혹시 돌아서서 미안했을까? 너는 단지, 미안하다는 말에 서툴렀던 건 아니었을까?

나는 지금 또다시 허상을 만들고 있는 걸까?

내가 본 너, 나와 함께 있을 때의 너, 그건 너의 얼마큼이었을까? 그건 어쩌면 환상은 아니었을까? 이렇게 멀리 있다 보니 달에서 있던 일은 다 꿈속의 일처럼 흐릿하게 느껴진다. 내가 널 만난 적이 있긴 했을까?

아니, 나는 단호하게 고개를 저었다. 아픔은 진짜였어. 고통은 실재했어. 난 아팠어. 죽을 만큼 아팠단 말이야. 용기를 내지 못했던 게 아니야. 너무 아프고 힘들어서 계속할 수가 없었을 뿐이야. 이제 와서 아무것도 아니었다고 한다면, 내가 아팠던 건 다 뭐가 되느냔 말이야.

너는 말했지. 흉 지겠다. 걱정하는 것처럼, 흉터가 남길 바라는 것처럼. 네 말이 맞았다. 손에 흉터가 남았다. 많이 흐려져 다른 사람들은 알아채지 못하지만 나는 안다. 나는 내 손등에 눈이 갈 때마다 그 상처를 본다. 나는 울었다.

자고 일어나니 어제 느꼈던 격렬한 감정이 다 바보스럽게 느껴진다. 그게 뭐 그리 대단한 일이라고 그렇게 안달복달했을까? 흔히 하는 말대로 세상에 많고 많은 게 남잔데 말이다.

공정을 기하기 위해 말하자면 네가 그리 나쁜 사람이었던 건 아니다. 천하의 폭군도 애인의 변덕 앞에선 쩔쩔매듯 세상에서 가장 선량한 사람도 자기를 좋아하는 사람에게는 얼마든지 잔인하게 굴 수 있다. 사람이라는 게 원래 그렇다.

주어진 일에 집중했다. 어느새 저녁을 먹을 시간이 되었다. 비타민 섭취가 부족하다고 종알대는 조용한 목소리 3번은 비타민 두 알을 먹은 걸로 달래고, 캔 수프 오픈 버튼을 눌렀다. 너무 빨리 열려 미처 손을 치우지 못해 오른손 새끼손가락 손톱 바로 옆 살을 베었다. 따끔했다. 가까이 있는 작은 수건으로 대충 감고 캔이 데워지길 기다렸다. 손에 벌레가 기어가는 느낌이 와 보니 새끼손가락 끝에서 시작된 피가 팔꿈치까지 내려와 붉은 줄을 만들고 있었다. 손가락을 감싼 수건은 이미 벌겋게 젖어 있었다. 왜 이렇게 피가 많이 흐르지? 어지러웠다. 심장이 뛰는 소리와 박동을 듣고 느낄 수 있었다. 카메라 조리개가 서서히 닫히듯 눈앞이 점점 까매졌다. 의무실까지 가지 못할 것 같았다. 경보가 울리는 소리를 들으며 머리를 다치지 않도록 조심스럽게 바닥에 반듯하게 누웠고, 그대로 정신을 잃었다.

깨어난 건 두어 시간이 흐른 뒤였다. 내 몸의 이상을 감지한 의료봇이 주방으로 와 손을 치료하고 이불까지 덮어 놓았다. 처음 보는 이불인데 어디서 가져왔는지 모르겠다. 바닥에는 아무 흔적도 없었다. 이미 청소봇이 다 치웠다. 새끼손가락에 남은 붕대가 아니면 아무 일도 없었던 것 같다.

혈관은 손가락, 발가락 끝까지 세심하게 퍼져 있다. 별것 아닌 줄 알았는데 생각보다 깊이 베어 동맥을 건드렸나 보다. 피가 급격히 빠져나가면서 심장에 무리가 와 쇼크가 왔다.

왜 의식을 잃었는지 보고서를 써야 했다. 캔 수프에 손가락을 베었다고 쓰면서 나도 모르게 실실 웃음이 나왔다. 살면서 손을 벤 적이 몇 번이나 될까. 셀 수도 없을 걸. 하지만 이렇게 깊게 벤 적은 없었지. 손가락 끝을 좀 베었을 뿐이야. 단지 그뿐인데도, 나는 죽을 수 있었다. 의료봇이 제대로 작동하지 않았더라면 가능성은 희박하지만, 그럴 수도 있었다. 아무도 모르는 곳에서 혼자 말이다. 얼마나 웃길까. 새끼손가락 끝을 벴다고 죽는다는 거 말이다.

마지막으로 짐을 점검했다. 내일이면 이곳을 떠난다. 후임자를 위해 정리 상태를 확인했다. 파손된 물건도, 특별히 보고해야 할 것도 없다. 이곳을 떠난다는 게 실감나면서, 비로소 아쉬움이 밀려왔다.

아침에 일찍 일어나 커피를 끓였다. 아침엔 잘 안 마시지만 저녁이면 이곳에 없을 테니까. 몇 달 만에 하늘로 올라가 공중에서 내가 치운 곳을 확인했다. 거대한 구멍들이 보였다. 비가 오고, 바람이 불고, 눈이 오면 언젠가 메워지겠지. 적어도 망가진 잔해들이 흉측하게 널려 있는 것보다는 훨씬 보기 좋았다. 모선에서 날 데려갈 셔틀이 한 시간 안에 도착한다는 메시지가 왔다. 기다리면서 적당한 곳을 찾았다. 지나치게 감상적이라는 생각이 들었지만 나는 그 상자를 지구에 묻고 가기로 했다. 별 이유 없이 저기다 싶은 곳을 찾아 땅을 파고 묻었다. 1분도 채 걸리지 않았다. 괜히 아쉬워 카메라를 멀리 해서 살폈다. 내가 묻은 곳에서 얼마 떨어지지 않은 곳에 무언가 낯선 게 보였다. 나는 낯선 것을 향해 카메라를 움직였다. 노란 꽃이었다. 그게 낯설어 보였던 건 황폐하고 퇴색한 이곳에서 이질적이게 선명한 색을 띠고 있었기 때문이었다. 영상을 찍어 자료를 검색해 보니 민들레와 가장 흡사한 생김새를 가지고 있다는 설명이 나왔다. 민들레는 질긴 생명력을 가진 꽃으로 척박한 환경에서도 뿌리를 내려 잘 자라며, 꽃을 꺾어도 줄기가 죽지 않고 새 꽃을 피워 낸다고 쓰여 있었다.

나는 울지 않기 위해 눈에 힘을 줘야 했다. 그때와는 완전히 다른 의미로 말이다. 저 꽃을 살아 있는 채로 가져간다면, 지금까지 지구에 온 조종사들이 받은 금액 중 최고를 받을지도 모르지만 그럴 생각은 없었다. 다시는 볼 수 없을지라도 저건 내 거다.

토요일

『여성작가SF단편모음집』, 온우주, 2018 발표.

내 삶은 감옥이다. 나는 하루하루 쳇바퀴 돌듯 일상을 살아간다. 어제는 오늘과 완벽히 똑같고, 잠들 때마다 내일 또한 한 치도 다르지 않으리라는 사실을 안다. 매일 같은 삶에 줄 수 있는 변화는 한정되어 있다. 운동화를 신고 나가는가, 샌들을 신고 나가는가. 스카프를 하는가, 하지 않는가. 블랙진을 입는가, 블루진을 입는가. 그나마 캐리어에 있는 옷과 신발 중에서 고르는 거다.

오늘은 토요일이다. 침대에서 일어나 화장실로 간다. 거울에 오늘 하루 일과가 적혀 있다.

오후 2시 카페 아르바이트. 저녁 잘 챙겨 먹고 일찍 잘 것.

12시 반경 간단히 점심을 먹고 운동화를 신었다. 괜히 변화를 주겠다고 구두를 신어 봐야 발만 아프다.

카페에서 꽁지 머리를 한 손님에게 아메리카노를 가져다 줬다. 손님은 노트북으로 작업을 하느라 정신이 없었다.

내가 오기 전에 왔던 손님이 계산하고 떠났다. 나는 시계를 확인했다. 2시 40분이었다. 1분을 더 기다리다 꽁지 머리 손님이 앉은 테이블에 갔다. 손님의 손이 아메리카노를 담은 컵에 부딪쳤다. 나는 컵이 쓰러지기 직전에 잡았다. 손님은 순간 놀란 얼굴을 했다.

"아, 고마워요."

듣기 좋은 저음의 목소리였다.

"네."

나는 돌아섰다. 손님은 일하는 사이사이 날 흘끔거렸다. 모르는 척했다. 5시 반이 되었다. 30분 뒤면 퇴근할 시간이었다. 손님이 노트북을 챙기고 일어났다.

"4,500원입니다."

내가 말했다.

"저기……."

손님이 카드를 내밀고 주춤거렸다. 나는 카드를 받아 계산하고 영수증을 내미는 내내 고개를 숙이고 눈을 피했다. 손님은 주저하다 나갔다. 그러더니 어쩐지 가지 않고 가게 앞에서 머뭇거렸다. 창밖으로는 눈길도 주지 않으며 일을 했다.

6시, 퇴근 시간이 왔다. 나는 앞치마를 벗고 매니저 언니에게 인사했다.

"잘 가고, 내일 보자. 매일 똑같은 하루인데 오늘따라 왜 이렇게 긴지……."

"그러게요. 내일 봬요."

카페를 나오자마자 냅다 달렸다. 숨이 턱에 찼다. 멈춰서 뒤를 돌아보았다. 누가 따라오는 기미는 보이지 않았다. 작게 한숨을 쉬고 집으로 향했다.

집 앞에 내 또래의 젊은 남자가 웅크리고 앉아 있었다. 전쟁이라도 치르고 왔는지 온몸이 흙과 재투성이였다. 심지어 잠옷을 입고 있었다. 남자가 인기척에 일어나 긴가민가한 얼굴로 날 살폈다. 나는 그 집이 우리 집이 아닌 것처럼 지나쳤다. 남자는 시무룩하게 다시 주저앉았다. 몇 걸음 더 걷다 결국 돌아섰다.

"왜 남의 집 앞에서 그러고 있어요?"

내가 물었다. 남자가 깜짝 놀라 고개를 들었다.

"아, 그쪽…… 집인가요?"

"비키시죠? 들어가게."

"아, 저기……."

남자가 어쩔 줄 몰라 하며 일어섰다.

"저 이상한 사람 아니에요."

"참 정상적이시네요."

나는 대놓고 남자의 몰골을 훑으며 비아냥거렸다.

"그게…… 이런 질문 정말 생뚱맞다는 거 아는데, 혹시 아버지 성함이 김연석 맞나요?"

남자가 간절한 얼굴로 물었다. 나는 잠시 남자를 노려보다 대답했다.

"아닌데요?"

"맞구나!"

남자가 활짝 웃었다.

"왜 반말이야?"

"그게……. 내가 거기 아버지 친군데……. 그러니까 그쪽 이름이 김세경 맞지?"

나는 대답하지 않았다. 남자의 눈이 반짝거렸다.

"맞지? 맞을 것 같았어!"

"핑계하고는. 너 몇 살이야? 우리 아버지 친구라고 우기기에는 너무 어리지 않냐?"

"내가 좀 동안이지."

"동안?"

나는 코웃음을 치고 남자를 지나쳐 문 앞에 섰다.

"따라 들어오면 경찰에 신고한다?"

"저기……. 이게 정말 말도 안 되는 거 아는데 내가 시간이 없어서……."

팔목에 찬 복잡한 전자시계를 보는 남자의 동공이 심하게 흔들렸다. 도대체 뭐라고 말해 줘야 내가 집에 들여보낼지 고민하는 눈치였다.

"너 저녁 아직 안 먹었지? 내가 라면 하나는 진짜 기가 막히게 끓이거든?"

남자가 정말 좋은 생각이 떠올랐다는 듯 말했다.

"라면 먹자는 말은 집주인이 해야 하는 거거든?"

내가 맞받아쳤다. 남자가 기겁을 해 손사래를 쳤다.

"나, 나 네 아버지 친구다? 나 나이 완전 많거든? 나 절대 그런 의도 아니다? 배 안 고파? 저녁 시간이잖아."

"배가 고픈 건 너 같은데?"

그때 주책없이 배에서 꼬르륵 소리가 울렸다. 울컥, 성질이 치밀었다. 언제나 똑같은 내 하루에 변수가 찾아왔다.

"배고프네."

남자가 기회는 이때라는 듯 말했다.

"내가 끓여 먹으면 되지 널 왜 우리 집에 들여보내?"

"너 라면 못 끓이잖아."

말문이 막혔다. 남자는 되는 대로 던진 말이 먹히자 자기가 더 놀라더니 이어 활짝 웃었다.

"못 끓이네."

"세상에 라면 못 끓이는 사람이 어딨냐?"

남자는 내가 거짓말을 한다는 걸 눈치챘다. 안타깝게도 나는 정말 라면을 못 끓였다. 그 쉽다는 라면이 나는 왜 그렇게 어려운지 모르겠다. 내가 끓이는 라면은 정말 맛이 없었다. 뭐, 라면만 맛없나. 나는 요리를 못했다.

"나 진짜 잘 끓여. 내 말 믿어도 돼."

남자가 신이 나서 말했다. 갑자기 이 말싸움이 지겨워졌다. 나는 문을 열고 안으로 들어갔다. 남자가 조심스레 따라 들어왔다.

"욕실은 저기야."

"야, 나, 진짜 그런 의도……!"

"그 꼴로 라면을 끓이겠다고?"

남자는 그제야 자기 모습을 살폈다. 머리끝부터 발끝까지 흙과 재로 엉망이었다.

"어, 저기가 욕실이구나."

남자는 욕실에 들어갔다. 나는 캐리어에서 옷을 꺼내 욕실 문 앞에 놨다.

"문 앞에 옷 놨다."

나는 거실 좌식 의자에 앉았다. 잠시 후 옷을 가져가려는지 문이 조금 열리는 소리가 들렸다.

"야, 내가 이걸 어떻게 입어?"

남자가 머리만 내밀고 말했다.

"어쩌라고?"

나는 리모컨을 들어 텔레비전을 켰다. 잠시 후 남자가 내 트레이닝 바지와 목이 늘어난 티셔츠를 입고 나왔다.

"진짜 이런 것밖에 없어?"

남자가 젖은 머리를 닦으며 물었다. 남자는 키가 커 어른이 아이 옷을 입은 듯 팔다리가 삐져나왔다.

"벗든가."

"야, 너 절대 오해……!"

"안 하거든? 너야말로 내가 들여보냈다고 쓸데없는 생각하지 마. 라면이나 먹고 가.”

“너무 맛있다고 놀라지 마라.”

남자가 검지로 총을 쏘듯 날 가리켰다.

“그런 거 하지 마!”

나는 기겁해 소리쳤다. 남자는 콧노래를 흥얼거리며 부엌으로 갔다. 찬장에서 라면을 꺼내고, 냉동실과 냉장실을 뒤졌다. 나는 슬쩍 남자가 뭘 꺼내는지 봤다.

“야! 차돌박이 넣고 끓여서 안 맛있는 라면이 어딨냐?”

“그냥 차돌박이 라면이 아니거든?”

남자는 달군 프라이팬에 차돌박이를 올리더니 자기를 봐달라는 듯 눈길을 던졌다. 내가 보자 소금 통을 들어 어깨 높이에서 뿌렸다. 후추도 마찬가지였다.

“사방에 튀잖아!”

나는 짜증을 냈다. 남자는 씩 웃더니 파를 꺼내 소리도 경쾌하게 내리쳤다. 차돌박이를 뒤집고, 양파를 종이처럼 얇게 썰어 찬물에 담그고, 그동안 익은 차돌박이를 꺼내 키친타올에 올려 기름을 뺐다. 15분이 흘렀다. 남자는 차돌박이 라면과 양파부추 샐러드를 가져와 내 앞에 놓았다. 그리고 별일 아니라는 듯 말했다.

“먹자.”

“쇼하냐? 라면 하나 가지고…….”

“너네 아빠도 너한테 라면 끓여 줘?”

“시끄러워.”

"남자 친구 있어?"

"있으면?"

"진짜 남자 친구 있어?"

남자가 있으면 큰일 날 얼굴로 물었다.

"있으면 안 돼? 내 나이가 몇인데."

"몇 살인데?"

남자가 조심스레 물었다.

"우리 아빠 친구라면서 내 나이도 몰라?"

"알지! 스물……."

남자는 내 눈치를 살폈다. 나는 잠자코 라면을 먹었다. 예상대로 끝내주게 맛있었다. 살짝 느끼한 맛은 샐러드가 잡아주었다. 그때 남자의 눈이 거실 한 구석에 가서 멎었다.

"어, 저거 뭐야?"

남자가 벌떡 일어나 구석에 잘 개 놓은 트레이닝복을 집었다.

"남자 옷 있었네."

"아빠 옷이야. 건드리지 말고 내려 놔. 네가 아빠 옷 입는 거 싫어."

"네 옷 입는 건 괜찮고?"

남자가 어처구니없는 얼굴로 물었다.

"그게 나아. 라면 다 먹었으면 가."

남자는 시계를 확인하더니 다시 내 앞에 와서 앉았다.

"있잖아, 너 아빠랑 친해? 아빠 옷을 다른 사람이 입는 건 막 싫고 그래?"

"시끄러워."

"아빠가 너한테 잘해 줘?"

나는 텔레비전 소리를 키웠다.

"야, 그러지 말고……."

남자는 대답 없는 내 눈치를 살피다 라면 그릇을 들었다.

"설거지할 필요 없어."

내가 말했다. 남자는 그 말만 기다렸다는 듯 그릇을 내려놓고 물었다.

"아빠 어디가 좋아?"

"누가 아빠가 좋대?"

"그럼 싫어?"

남자가 깜짝 놀라 물었다. 나는 잠시 남자를 노려봤다. 남자가 다시 시계를 확인했다.

"나 가야겠다."

남자는 내키지 않는 태도로 일어나 자기 옷으로 갈아입었다.

"있잖아, 나……."

"가!"

나는 고개를 돌렸다.

"또 올게."

"꿈도 꾸지 마."

남자는 집을 떠났다.

나는 늘어지게 늦잠을 자고 일어났다. 토요일이다. 흰 운동화에 블루진, 연노랑 티셔츠에 베이지색 재킷을 걸치고 밖으로 나갔다. 집 앞에 거지꼴을 한 중3에서 고1 정도로 보이는 남자애가 교복을 입고 서 있다가 날 보자 반색을 하고 다가왔다. 못 본 척 내 갈 길을 갔다. 남자애는 어쩔 줄 몰라 나를 바라보다 몇 걸음 떨어져서 쫓아왔다.

카페에 들어갔다. 매니저 언니가 반갑게 날 맞았다. 10분 뒤 꽁지 머리를 한 손님이 노트북을 가지고 와 아메리카노를 시켰다.

"목소리 좋지?"

매니저 언니가 살짝 홍조를 띠었다.

"저 목소리는 좋죠."

나는 심드렁하니 말했다.

"다른 목소리는 어떤데?"

못 들은 척 시간을 확인했다.

"2시 22분이네. 나는 시계를 볼 때마다 2시 22분이야. 신기하지?"

매니저 언니도 따라 시계를 보더니 말했다.

"시계를 자주 봐서 그런 거 아닐까요?"

"그런가. 자주 보다 보니 특이한 숫자를 볼 때도 있고, 그게 기억이 남아 볼 때마다 같은 시간인 기분인가?"

매니저 언니가 혼잣말처럼 중얼거렸다. 나는 계산대에 섰다. 나가는 손님이 계산을 했다. 시계를 확인했다. 2시 40분이었다. 나는 초침이 움직이는 모습을 바라보았다. 2시 40분

25초에 거친 고함 소리가 들렸다. 꽁지 머리 남자가 노트북에 커피를 엎고 놀라 고래고래 소리를 질렀다.

"어머, 어떡해!"

매니저 언니가 행주를 찾았다. 나는 얼이 빠져 다시 시계를 확인했다. 초침이 거꾸로 움직였다.

"나와!"

날 쫓아왔던 남자애가 가게 문을 열고 내게 손을 내밀었다.

"빨리!"

나는 뛰쳐나갔다. 남자애가 내 손을 단단히 잡았다. 달리다가 뒤를 돌아보았다. 가게가 살바도르의 시계 그림처럼 녹아내렸다.

"내 손 절대 놓으면 안 돼."

남자애가 말했다. 남자애 앞에 수많은 3D 홀로그램 모니터가 떴다. 나는 남자애가 편하게 모니터를 다루도록 손 대신 양어깨를 단단히 잡았다. 남자애가 한참 모니터로 무언가를 하자 가게가 정상으로 돌아왔다. 꽁지 머리 손님은 노트북으로 작업 중이었다. 잠시 후 아메리카노를 엎었다. 나는 렌즈를 작동시켜 시간을 확인했다. 2시 41분이다.

"괜찮아?"

남자애가 물었다.

"난……."

뭐라 말할 새도 없이 남자애가 있는 힘껏 날 끌어안았다. 나보다 더 떨고 있었다.

"괜찮아, 아무 일도 없어. 다 괜찮을 거야."

남자애는 필사적으로 날 안심시키려 했다. 날 걱정하는 모습이 간절했다. 저 나이 때 지을 표정도, 할 말도 아니었다.

"괜찮아?"

나는 남자애를 밀어내고 소리쳤다.

"괜찮아, 아무 일도 없을 거야, 그런 말은 어른들이 엄청나게 큰일이 있을 때 하는 거짓말이야!"

남자애는 순간 어찌할 바를 몰랐다. 나는 가책을 느꼈다.

"쪼끄만 게 어디서 어른 흉내야?"

"내가 더 크거든?"

남자애가 항변했다.

"그래 봐야 어린애거든?"

그때 상황과 어울리지 않게 배에서 꼬르륵 소리가 났다. 내 배가 아니라 남자애 배에서 말이다.

"점심은 먹었어?"

내가 물었다. 남자애는 고개를 저었다. 나는 남자애와 집으로 왔다. 남자애는 조심스레 집을 둘러보았다.

"이렇게 아무 남자나 막 집에 데리고 오고 그래도 돼?"

남자애가 걱정된다는 듯 말했다.

"네가 남자냐?"

"그럼 여자냐?"

나는 방에 들어가 캐리어를 열고 집에서 입는 옷을 꺼냈다.

"씻고 와."

남자애는 그제야 자기 모습을 보더니 옷을 받아 확인했다.

"내가 이걸 어떻게……."

"그냥 입어."

남자애는 어쩔 수 없다는 듯 옷을 가지고 욕실에 들어갔다. 나는 텔레비전을 켰다. 남자애가 나왔다. 당연히 내 옷은 남자애에게 작았다.

"라면 끓여라, 배고프다."

내가 말했다.

"라면?"

남자애가 깜짝 놀라 되물었다.

"라면 끓일 줄 몰라?"

"그게…… 한 번도 안 끓여 봐서……."

남자애가 말을 흐렸다.

"라면을 안 끓여 봤다고?"

나야말로 놀랐다.

"끓여 줄게. 뭐 어렵겠어?"

남자애는 비장하게 부엌으로 갔다. 찬장을 하나씩 열어 라면을 찾더니 냉장고를 열었다.

"혼자 사는 거 아니었어? 뭐가 이렇게 많아?"

"내가 왜 혼자 산다고 생각해? 부모님 오기 전에 얼른 라면 먹고 가."

남자애는 그 말에 안심하는 눈치였다. 잠시 후 냉장고에서 온갖 걸 꺼내 개수대 앞에 섰다. 그리고 이다음에는 뭘 해야 하나 생각에 잠겼다. 라면을 끓여 보기는커녕 컵 한 번 안 씻어본 티가 났다. 남자애는 한참을 고심한 끝에 전골냄비 가득 물을 부었다.

"몇 개나 끓이려고?"

내가 어처구니가 없어 물었다. 설마 내가 끓인 라면 같은 라면을 먹게 되는 건가?

"기다려 봐."

남자애는 신중하게 칼을 꺼내 조심조심 파를 썰었다. 물에 스프를 넣고 소금 통을 꺼내더니 어깨 위에서 흔들었다.

"그거 하려고 일부러 물 많이 넣은 거야?"

"멋있지?"

"도대체 그건 왜 하는 거야?"

"소금은 이렇게 넣는 거야."

"설마 누구 흉내 내는 거였어?"

"텔레비전 안 봐? 이건……."

남자애는 순간 실수했다는 얼굴로 말을 멈추더니 다시 요리에 집중했다.

"짜잔!"

남자애가 냄비를 들고 왔다.

"어휴!"

나는 받침대를 가지고 오려고 일어났다.

"빨리, 뜨거워!"

남자애가 발을 굴렀다. 내가 받침대를 놓자 남자애가 라면을 내려놓고 뚜껑을 열었다. 햄, 참치, 게맛살, 썰지도 않고 통으로 넣은 김치로 뒤덮여 면은 보이지도 않았다.

"15분 만에 끝내려고 했는데……."

남자애가 아쉬운 기색을 보였다.

"한 시간 걸렸네."

내가 말했다.

"엄마가 인스턴트 싫어해서 집에서 라면 냄새 나면 큰일 나거든. 보통 밖에서 몰래 사 먹어."

"아……."

나는 알겠다는 듯 고개를 끄덕였다.

"너네 엄마도 라면 싫어해?"

남자애는 자기가 물어 놓고 손사래를 쳤다.

"아냐, 안 궁금해. 내가 너네 엄마를 왜 궁금해 해? 빨리 먹어 봐. 맛있나."

나는 조심스레 국물을 한 숟갈 떴다. 뜻밖에 맛있었다. 남자애도 내 눈치를 보며 한 젓가락 먹었다.

"대박 맛있어. 라면이다!"

남자애가 중대한 발견이라도 한 양 목소리를 높였다.

"뭐가 라면이다, 야?"

"나중에 크면 결혼을 할 거잖아."

"인생이 뜻대로 굴러가면 말이지."

"결혼하면 딸이 생길 거고."

"그게 네 맘대로 될까?"

"그럼 라면 끓여 줘야지."

"하필 라면을?"

"라면은 실패할 염려가 없잖아. 처음 끓였는데도 이제껏 먹어 본 라면 중 제일 맛있어."

"할머니 눈치 보느라 몇 번 먹어 보지도 못한 라면 중에서 제일?"

불현듯 잊고 있던 어느 날이 떠올랐다.

난생 처음 아빠와 단 둘이 집에 있었다. 토요일 아니면 일요일이었다. 휴일에도 연구소에 가던 아빠가 그날은 왜 집에 있었는지 도무지 기억이 안 나지만 갓 고3이 되던 무렵인 건 확실했다. 아빠가 고3이라고 부담 갖지 말고 하던 대로 하라고 했기 때문이었다. 살면서 아빠와 다섯 문장 이상 대화를 나눈 일은 한 손에 꼽을 둥 말 둥했다.

—점심 먹자.

아빠가 말했다. 나는 반찬을 꺼내려고 냉장고를 열었다.

—아빠가 라면 끓여 줄게. 15분이면 돼.

세상 진지한 얼굴이었다.

나는 갓 입양되어 아직 낯선 새아빠와 있는 것처럼 불편한 기분으로 식탁 의자에 엉덩이를 붙였다. 아빠는 파를 썰고 기름을 둘러 파 기름을 냈다. 아빠의 칼질은 오랜만에 피아노를 치는 사람 같았다. 머리는 기억하지만 손은 굳어 어색하지만 서툴지는 않았다. 숙주와 고사리를 넣고 어슷 썬 고추와 대파를 올린 라면은 유명 맛집 육개장만큼 맛있었다. 거북한 침묵

사이사이에 징검다리처럼 들어오는 아빠의 질문, 겨우 끄집어낸 내 짧은 답변, 라면을 후루룩 넘기는 소리, 입안에 들어오는 얼큰하고 개운한 맛의 부조화로 가득 찼던 시간이었다. 내내 그릇만 보다가 국물까지 싹 먹은 뒤 무심코 고개를 들자 아빠가 흐뭇한 얼굴로 날 보고 있었다. 문득 저 사람이 우리 아빠가 맞긴 맞구나, 라는 생각이 들었다.

"어떨 것 같아?"

남자애가 물었다.

"라면을 처음 끓여 봤단 말이지……."

질문은 흘려듣고 혼잣말처럼 중얼거렸다.

"너 몇 학년이야?"

"중2."

"라면 끓이지 마. 아니다, 끓여. 만날 끓여서 라면 가게 해. 공부 같은 거 하지 마."

남자애는 젓가락을 내려놓고 날 물끄러미 바라보았다.

"왜? 내 얼굴에 뭐 묻었어?"

"왜 안 물어봐?"

"뭐가?"

"아까 카페에서, 무슨 일인지, 내가 어떻게 했는지 왜 안 물어봐?"

"글쎄. 눈앞에서 아르바이트하던 카페가 엿가락처럼 녹고, 조금 전 있었던 일이 다시 반복되는 거, 누구나 살면서 한두 번은 경험하는 거 아냐?"

남자애는 내 말을 믿을지 말지 생각하는 눈치였다. 하여간 뭘 생각하는지 얼굴에 다 보인다니까…….

"왜 공부하지 말라고 하는 거야? 내가 무슨 공부를 안 했으면 좋겠어?"

남자애가 떠보듯 물었다.

"아, 뭔 소리야? 빨리 라면이나 먹고 가."

"세경아."

나는 숟가락으로 라면 냄비를 쳤다. 남자애가 놀라 몸을 움찔했다.

"이게 어디서 반말이야?"

남자애가 웃었다.

"나 아까부터 반말했거든? 그리고 내가 네 이름을 어떻게 아는지부터 물어봐야 하는 거 아냐?"

나도 모르게 남자애의 시계에 눈이 갔다. 아날로그처럼 보이지만 아날로그일 리 없다. 시계에서 알람이 울렸다. 남자애가 깜짝 놀라 시계를 확인했다.

"라면 끓이다 시간 다 갔네."

남자애가 아쉬운 얼굴로 말했다.

"가."

나는 젓가락을 내려놓았다.

"세경아."

"가라니까?"

"뭐가 됐든 내 결정이야. 네가 무슨 말을 했거나 하지 않아서가 아니야."

중학생이 어른처럼 구는 모습이 보기 싫어 냄비를 들고 부엌으로 갔다.

"내가 처음이 아니지? 그렇지?"

남자애는 진심으로 기쁘게 웃었다.

"나 갈게. 또 올 거야."

"꺼져."

"험한 말 하는 거 아니야."

남자애가 짐짓 가르치듯 말했다. 어디서 어른 흉내야?

"가!"

나는 등을 돌렸다. 남자애가 다가와 내 어깨에 손을 얹었다. 잠시 후 차마 내키지 않는 듯 손을 떼더니 현관문이 열리는 소리가 들렸다.

"또 올게!"

남자애가 문간에서 밝은 목소리로 외쳤다. 나는 남은 라면을 모두 개수대에 쏟았다. 그리고 주저앉아 울었다.

2시 41분. 나는 꽁지 머리 손님이 아메리카노를 쏟기 전에 컵을 치웠다. 손님이 고맙다고 말했다. 6시. 아르바이트가 끝났다. 가게를 나오니 손님이 기다리다 주저하며 말을 걸었다. 매일 똑같은 하루인데 가끔 이런 실수를 했다. 바쁘다고 말하고 빠른 걸음으로 돌아섰다.

집에 와서 냉장고를 열었다. 김치찌개를 먹고 싶은데 김치가 아직 익지 않았다. 김치는 영원히 익지 않는다.

밤이 되었다. 오늘은 아무도 오지 않았다.

2시 40분. 나는 개수대에서 몇 개 없는 컵을 닦기 시작했다. 남자가 째지는 고함을 질렀다. 매니저 언니가 놀라 달려갔다.

"줘요, 내가 빨게."

나는 매니저 언니에게 커피로 축축해진 행주를 받았다.

"왜 전에도 이런 일이 있었던 것 같지? 설마 내가 요즘 말하는 시간의 고리에 걸린 건가?"

매니저 언니가 말했다.

"진짜 그걸까요?"

나는 무심한 투로 대답했다.

"넌 안 그래? 전에도 저 손님이 저렇게 소리 지르는 거 본 기분 안 들어?"

"전 잘 모르겠어요."

"나만 걸렸나?"

매니저 언니가 중얼거렸다. 나는 행주를 빨아 널었다.

6시. 카페를 나왔다. 거리는 한산했다. 문득 내가 없을 때 매니저 언니는 뭘 하는지 궁금해졌다. 집으로 갔다. 냉장고를 열었다. 나는 할 줄 아는 요리가 없다. 그나마 냉장고가 풍성해 다행이랄까. 삼겹살을 꺼내 구웠다. 질기고 맛이 없었다. 반복한다고 기술이 느는 건 아니다. 구운 고기와 밥을 가지고 텔레비전 앞에 앉았다. 어느 채널을 틀든 장면과 대사를 하나

남김없이 외우고 있다. 침대에 누웠다. 상을 치울 필요 따위는 없다. 일어나면 모든 게 제자리에 돌아가 있을 것이다.

내 하루는 쳇바퀴처럼 돌아간다. 나는 시간 속에 갇혔다.

몇 번인가 잠들지 않으려고 해 봤다. 아무 소용 없었다. 어느 순간이면 반드시 잠이 들었다. 거실 소파, 부엌, 심지어 화장실에서 잔 적도 있었다. 그래 봐야 아침이면 어김없이 내 방에서 깨어났다. 시간은 항상 11시고, 늦잠 잔 뒤면 그러하듯 몸이 나른했다.

오늘은 아르바이트를 가지 않기로 했다. 집에서 뒹굴며 종일 텔레비전을 보았다. 어느 순간 잠이 들었고, 침대에서 깨어났다.

집을 나와 무작정 걸었다. 목표도 없이 그저 길을 따라 걸었는데 눈앞에 카페가 나타났다. 시계를 보니 출근 시간인 2시였다. 헛웃음이 나왔다. 나는 뒤돌아 걸었다. 머리가 아프고 속이 메스꺼웠다. 잠시 주저앉았다 일어나니 완전히 낯선 길에 서 있었고 나만 그림자 방향이 달랐다. 태양이 파란색으로 빛났다. 나는 돌아서서 달렸다. 카페, 카페에 가야 해. 오늘 정해진 일과대로 카페에 가는 거야. 저 멀리 아지랑이처럼 카페 유리벽이 어른거렸다. 나는 필사적으로 발을 놀렸다.

죽기 싫어! 죽고 싶지 않아!

기적처럼 차가운 카페 문손잡이에 손이 닿았다. 카페에 들어섰다. 2시 20분이었다.

"늦었다, 얘."

매니저 언니가 말했다. 나는 매니저 언니를 끌어안았다.

"앞으로는 절대 안 늦을게요."

"왜 그래? 무슨 일 있니?"

"아뇨, 아무 일 없어요."

나는 허둥지둥 가게 안을 살폈다. 늘 보던 손님들이 늘 앉는 자리에 앉아 있었다. 꽁지 머리 손님도 노트북과 아메리카노를 앞에 두고 작업 중이었다. 커플이 와서 계산했다. 나는 돈을 받았다. 1분마다 시계를 봤다. 2시 40분이 되었다. 나는 꼼짝도 하지 못했다. 1분 후 꽁지 머리 손님이 커피를 엎고 괴성을 질렀다. 모든 게 정해진 대로 흘러갔다. 왈칵 눈물이 쏟아졌다.

"너 괜찮니?"

매니저 언니가 젖은 행주를 들고 돌아와 물었다.

"아뇨. 그냥 일상이 고마워서요. 아, 나 왜 이러지? 곧 그날인가?"

"고맙긴. 난 지겨워 죽겠구만……. 너 정말 괜찮아?"

나는 언니를 보며 방긋 웃었다.

"그럼요."

"울다 웃으면 털 난다."

매니저 언니는 행주를 개수대에 던졌다.

"다른 우주에 사는 나는 이보다는 재미있게 살면 좋겠다.

아, 누군 다른 우주 사는 사람이 찾아와 투자할 주식을 알려주기도 했다던데……"

"저 세수 좀 하고 올게요."

6시 퇴근 시간까지 모든 게 평소처럼 흘러갔다. 나는 매니저 언니에게 인사하고 집으로 돌아왔다. 배가 고팠다. 냉장고 문을 열었다. 어제 뭘 먹었지? 어제와 똑같은 걸 먹어야 할 것 같았다.

시작도 끝도 없는 시간 속에 갇힌 게 지겨웠어. 죽거나 사라지고 싶었던 게 아니야! 그 정도는 괜찮을 줄 알았어. 허용범위가 그렇게 좁을 줄 몰랐지.

나는 고정된 시간에 갇혀 있다. 쳇바퀴 바깥은 불구덩이다. 나는 집과 카페를 오가는 한정된 하루, 딱 그 시간 안에서만 안전하다.

밥을 먹고, 텔레비전을 보고 침대에 누웠다.

누가 문을 두드리는 소리에 잠에서 깼다. 시계를 보니 새벽 1시 15분이었다. 내 일상에 변화는 하나뿐이다. 나는 문을 열었다. 전쟁터라도 지나온 듯 찢기고 헤진 옷을 입은 30대 초반 남자가 서 있었다. 이건 너무 심하다. 게다가 무릎에서 피가 흐르고 있었다.

"다쳤어요?"

깜짝 놀라 물었다. 설마 나 때문인가? 내가 오늘 카페에 안 가서? 센서 등이 꺼졌다. 허공에 손을 휘저었다. 센서 등이 켜졌다. 나는 주저앉아 남자의 무릎을 살폈다.

"그냥 긁힌 거야. 정말이란다. 아주 살짝…… 긁힌 거야."

남자가 무릎을 가리며 말했고 나는 뒤늦게 할 말을 떠올렸다.

"누구세요?"

"나는…… 그러니까……."

센서 등이 꺼졌다. 남자는 어둠 속에서 오밤중에 남의 집 벨을 누른 핑계를 고심했다. 사람 쉽게 안 변한다지만, 아무리 그래도 그렇지 어쩌면 이렇게들 한결같은가? 다들 그냥 달려온다. 와서 뭘 어떻게 해야 할지 따위는 생각도 하지 않고, 일단 온다.

나는 한발 물러나 거실 불을 켰다.

"설마…… 막냇삼촌?"

내가 말했다.

"아, 그래! 나는 네 막냇삼촌이야. 네 아빠를 빼닮았지?"

"진짜 딱 우리 아빠 젊었을 때 모습이네요. 들어오세요. 이 늦은 밤에 웬일이세요?"

"아, 그게……. 어, 아빠가 오늘 집에 못 간다고 너 괜찮은지 들여다봐 달라고 해서……."

"아, 그러셨구나. 내가 앤가."

남자의 눈이 거실 구석에 개 놓은 아빠 옷으로 향했다. 저걸 보다니. 내가 부릴 수 있는 몇 안 되는 심술인데……. 아니, 오늘은 심술부리지 말자.

나는 아빠 옷을 가져다줬다.

"씻으셔야 할 것 같아요. 열쇠는 저기 놔두시고요."

남자가 무슨 소리인가 하다가 자기 손을 봤다. 차 열쇠를 쥐고 있었다. 남자는 머쓱한 얼굴로 옷을 받아 욕실로 갔다. 나는 방을 뒤져 의약품 상자를 가져왔다. 남자가 나왔다. 새치와 주름만 없다 뿐이지 진짜 너무하다 싶을 만큼 우리 아빠랑 똑같이 생겼다.

남자가 내 얼굴을 살폈다. 정확히 말하자면 내 얼굴에서 엄마 얼굴을 찾고 있었다.

"약 바르셔야죠."

나는 모르는 척 물었다.

"어…… 그래, 고맙구나."

남자는 무릎을 걷었다. 상처는 겉보기보다 깊었다. 울음이 터질 것 같았다. 나는 약을 바르고 붕대를 감아 주었다.

"잘하네."

남자가 기특하다는 듯 말했다.

"시끄러워요."

"배고프다."

"라면 끓여 줄게요."

남자가 일어나는 내 손을 잡았다.

"아니야, 내가 끓일게. 나 라면 잘 끓여. 너네 아빠…… 그러니까 형에게 배웠어."

"형제가 똑같이 할 줄 아는 요리가 라면밖에 없어요?"

"대신 수백 가지의 라면을 끓일 줄 알지."

남자가 자신만만하게 말했다. 나는 자리에 앉았다. 남자는 살짝 절룩이는 다리로 가스레인지 앞에 서더니 정확히 15분 만에 라면을 끓여 왔다. 토마토와 우유를 넣고 끓인 국물에 라면이 봉긋하니 솟았다. 반숙 달걀, 각종 채소를 색깔별로 가지런히 둘러 보기에도 예뻤다.

"왜 15분이에요?"

"응?"

"우리 아빠도 딱 15분에 맞춰서 라면 끓여 줬거든요."

─아빠가 라면 끓여 줄게. 15분이면 돼.

아빠 목소리가 들릴 듯 말 듯했다. 나는 아빠 얼굴을 떠올리려 했다. 어린 모습, 젊은 모습, 아빠와 닮은 수많은 사람들의 얼굴이 뒤섞여 진짜 아빠 얼굴이 생각나지 않았다. 나는 남자의 얼굴을 피해 라면만 쳐다봤다.

"먹자."

"이 새벽에 먹으면 살쪄요."

"그래서 채소 많이 넣고 끓였잖아. 면도 한 번 데쳐서 기름기 걷어냈어. 그리고 살쪘느니, 안 쪘느니 같은 소리 하는 남자는 쳐다보지도 마. 너 지금 예뻐. 완벽해."

"진짜 어쩌면 다들 하나같이⋯⋯."

세상에는 각기 자기 우주에서 살아가는 셀 수 없이 많은 내가 있다고 했다. 대부분 시작은 비슷해도 순간순간의 선택에 따라 다른 인생을 살아간다. 그중 극히 드물게 수많은 우주에 사는 자기 자신이 모두 다 똑같은 선택을 하는 사람들이 있다. 그런 사람들을 고정된 사람이라고 한다.

날 찾아오는 사람들은 모두 우리말을 쓰고 라면 봉지에 쓰인 글자를 낯설어 하지 않았다. 한글이 창시되지 않은 우주는 없다는, 다른 말로 모든 세종대왕이 한글 창제를 선택했다는 뜻이다. 고흐와 러브크래프트는 어떤 우주에서든 예외 없이 당시 일반의 취향과 동떨어진 작품 세계를 고집하며 가난하고 고독하게 살다 죽었다. 그로 인해 고정된 사람이 되었다. 고정된 사람들은 자기 존재로 시간을 고정시킨다. 고정된 시간은 누구도 손상시킬 수 없다. 다행이라면 히틀러는 고정되지 않았다는 사실이다. 어딘가에 정치가 아닌 다른 인생을 선택한 히틀러가 있다고 들었다.

남자는 허겁지겁 라면을 먹었다. 언제나 그렇다. 다들 엉망인 몰골로 하루 종일 굶은 사람처럼 허기져서 온다. 라면은 삽시간에 국물 한 방울 남지 않고 사라졌다.

"너 끓여 준다고 하고 내가 다 먹었네."

남자가 미안한 얼굴로 말했다.

"나도 많이 먹었어요."

남자가 빈 그릇을 들고 일어났다.

"놔둬요. 치울 거 없어."

남자는 냉큼 내 앞에 앉았다. 그리고 나와 무슨 이야기를 나눌지 생각했다.

이 남자는 언제 갈까? 나는 남자가 얼마나 여기 머물 수 있는지 모른다. 10분 만에 가버린 사람도, 두 시간이 넘게 머문 사람도 있었다. 머물 수 있는 시간은 정해져 있고, 도착한 뒤 얼마 만에 날 만나느냐에 따라 달라진다는 게 내 가설이다. 날 못 보고 간 사람도 있을까? 안 그랬으면 좋겠는데……. 내가 아니라 그 사람을 위해.

"막냇삼촌 이야기는 누가 해 줬니?"

남자가 물었다.

"누구든 했겠죠."

나는 심드렁하니 말했다.

"남동생이 있었는데 어릴 때 죽었어."

나는 남자를 바라보았다.

"열일곱 살 때. 사고였어."

연극이 끝났다.

"나 말고 또 누가 왔었니?"

"많이들 왔다 갔죠."

남자의 얼굴에 안도하는 웃음이 떠올랐다.

"다 똑같은 질문을 하고, 다 똑같은 얼굴로 웃어요. 아, 다행이다, 누가 왔다 갔구나, 그럼 또 누군가 오겠구나."

"미안하다."

"아저씨 잘못 아니잖아요."

저 아저씨는 우리 아빠와 아무 상관없는 사람이자 우리 아빠의 과거다. 우리 아빠는 저 사람과 완전히 다른 사람이자 저 사람의 미래다. 내 얼굴을 보던 표정을 보건대 엄마를 만난 건 맞다. 하지만 결혼했는지 어떤지는 알 수가 없었다.

결혼했는지 물어볼까? 했다면 뭐라고 하지? 아직 안 했으면? 혹은 이미…… 나 아닌 내가 태어났으면?

"오늘 힘들었지?"

남자가 물었다. 나는 깜짝 놀랐다.

"그래서 다친 거예요? 내가 카페 안 가고 다른 데 가는 바람에?"

"아니야, 아니야!"

남자가 손사래를 쳤다.

"오는 길이 험한데 내가 부주의했던 거지, 네가 뭘 잘못해서가 아니야. 아까 공간이 일그러졌던 걸 봐서 한 소리야. 다시 안정화하긴 했는데 너도 알다시피 여기를 완벽하게 안정화하는 건 불가능해. 그러니 널 이 고리에서 빼낼 방법을 찾을 때까지…… 힘들어도 조금만 기다려다오."

오래전 누군가 다른 우주로 가는 길을 찾았다. 엄선된 사람들이 다른 우주로 넘어가 다른 세계를 관찰하기 시작했다. 처음에는 순수하게 과학적인 호기심이었다. 그리고 늘 그러듯 개인의 욕망과 그로 인한 이권이 개입하기 시작했다. 자기가 사는 세계보다 조금 빠른 세계, 조금 느린 세계로 가 얻은 정보로 자기 세계에서 부와 명성을 얻으려는 사람들이 나타났다. 아예 관련 회사까지 만들어 본격적인 연구에 들어갔다. 법을 만들어야 할 사람들이 먼저 나서서 이익을 챙기려 들었다. 우주를 오가는 수많은 길들이 생겼고, 새로운 길을 찾은 사람 중 하나가 처음으로 다른 우주로 가는 방법을 찾은 사람의 공을 가로챘다. 이 일이 시간에 균열을 만들었다. 봇물이 터지듯 수많은 사람들이 앞서거나 뒤에 있는 세계에 가 남의 업적을 자기 걸로 바꿔 놓거나 가까운 미래로 가 지식과 정보를 훔쳤다. 시간이 꼬이기 시작했다. 같은 일이 반복되고, 있어야 할 것이 사라지고, 없어야 하는 게 나타났다.

각 우주마다 시간공학 전문가들이 한자리에 모였다. 내가 사는 우주에서도 마찬가지였다. 균열이 커져 시간이라는 댐이 폭발하기 전에 막아야 했다. 그들은 고정된 사람들을 기준점으로 삼아 엉킨 시간의 실타래를 푸는 동시에 아무나 우주를 건너지 못하도록 방어벽을 칠 방법을 논의했다. 그중 한 명이 자기만 드나들 수 있는 구멍을 몰래 뚫어 놓았다.

도대체, 누가, 왜 그랬는지 지금은 어떻게 되어가고 있는지 물을 수가 없다. 이 남자는 모른다. 이 남자에게는 아직 일어나지 않은 일이다.

나는 엄마와 아빠를 만나러 회의가 열리는 도시에 갔다. 아빠는 다른 시간공학자들과 시간을 안정시키기 위해 고군분투하고 있었다. 내가 피곤한 기색을 보이자 엄마가 쉬고 있으라며 잠깐 아빠를 보고 오겠다고 나갔다. 바깥에서 불꽃놀이 축제를 하는 소리가 들렸다. 귀마개를 하고 잤다.

방어벽이 견고해질수록 댐에 난 구멍은 점점 큰 압력을 받으며 균열을 일으켰다. 시간공학자들은 균열이 걷잡을 수 없이 커져 댐을 무너뜨리기 직전에 발견했다. 다행이라면 수백 명의 전문가가 한자리에 모여 있다는 점이었다. 그들은 가까스로 구멍을 메울 방법을 찾았다. 시간이 거꾸로 흐르며 깨진 컵이 도로 붙듯 균열이 메워지는 과정에서 내가 있던 호텔이 휩쓸렸다. 다른 사람들은 불꽃놀이를 보느라 깨어 있어서 무사히 달아났다. 나만 홀로 시간의 구멍 속에 갇혔다. 혹은 그 구멍을 막는 마개가 되었다. 내가 나가면 댐에 구멍이 뚫린다.

"세경아, 걱정하지 마. 괜찮아, 아무 일도 없을 거야. 아빠가 널 보러 갈 거야."

무슨 일이 벌어지는지 모른 채 자다가 엄마 목소리에 깼다.

"엄마?"

엄마가 침대 옆에 서 있었다. 엄마는 홀로그램 영상처럼 이따금 지지직거렸다.

"아무것도 염려할 필요 없어, 우리 아가. 최고의 과학자들이 모여 있어. 우린 절대 널 포기하지 않아. 사랑해, 내 딸. 엄마는 걱정 말고. 엄마는 괜찮아."

다시 잠들었다 눈을 뜨니 오전 11시였다. 나는 낯익으면서도 낯선 방에 누워 있었다. 화장실에 가니 거울에 메모가 붙어 있었다.

오후 2시 카페 아르바이트. 저녁 잘 챙겨 먹고 일찍 잘 것.

엄마 글씨였다. 시간공학자들은 내가 하루를 살 수 있는 시간을 만들었다. 그날 이후 나는 내 기억과 엄마 아빠의 기억이 만들어낸 조금 이상한 시간 속에서 산다. 카페에서는 엄마 아빠가 젊은 시절 듣던 노래가 나오고, 꽁지 머리 남자는 박물관에서나 본 노트북으로 작업을 하고, 내 눈에는 늘 끼고 다니는 렌즈가 있다. 지금은 시계로나 쓰이고 있지만……

나는 댐에 난 구멍을 막는 마개로 이따금 시간의 물결을 느꼈다. 그리고 그 물결을 타고 수많은 아빠들이 내가 있는 구멍으로 왔다.

엄마는 한 번도 오지 않았다.

—엄마는 괜찮아.

어른들은 모두 거짓말쟁이다. 엄마는 괜찮지 않았다. 진짜 괜찮다면 괜찮다는 말을 할 필요가 없다. 엄마는 소용돌이의 중심, 고정된 시간 속에서 죽었다. 평행 우주 속 모든 엄마는 우리 엄마가 죽은 그 시각에 죽을 것이다. 사고를 당하든, 병에 걸리든, 죽을 수밖에 없다. 엄마의 시간은 고정되었다.

아빠들이 오는 건 진짜 아빠 때문이다. 아빠는 댐이 닫히기 직전 다른 우주에 있는 자기에게 메시지를 보냈다.

—우리 딸이 괜찮은지 살펴봐 줘.

각기 자기 시간에서 메시지를 받은 아빠들이 자기 시간대에 있는 시간관리국에 가서 자기가 내 아빠임을 증명하고 여기로 온다. 규칙을 깨지 않으려, 미래에 대해 알지 않으려 조심하며, 혼자 시간의 고리에 갇힌 날 걱정해 메시지를 받은 그 순간 하던 일을 박차고 달려온다. 학교에서 수업을 받다 말고, 자다 깬 모습 그대로, 운전을 하다가도 차를 내던지고 그냥 오는 것이다. 내가 시간 속에 갇혔다는 사실을 인지하는지 아닌지도 모르는 채, 내가 인지하지 못하고 있으면 어떻게 해야 혼란을 주지 않고 내게 말을 걸지, 자기가 누구인지 어떻게 설명할지, 가는 길이 험하진 않을지 아무 생각도 하지 않고 그저 온다. 나에게 오지 않은 아빠도 있을까? 제발 그러길 바라지만 그럴 리 없다. 그런 아빠가 하나라도 있었다면 아빠는 고정된 축이 되지 못했을 테니까.

고정된 사람들은 수많은 우주에서 단 한 번도, 단 한 순간도 다른 선택을 하지 않은 사람들이다. 자신의 인생이 시간 축의 고정이 될 만큼 평행 우주 간 다리를 놓는 일에 평생을 바친 아빠처럼.

"행복하세요?"

나는 내 앞에 있는 아빠가 아닌 남자에게 물었다. 진짜 아빠는 한 번도 오지 않았다. 오지 못 했다. 지금도 날 꺼낼 방법을 찾느라 씨름하고 있으리라.

"그럼."

결국 결혼했는지 묻지 못했다. 남자도 개인사에 대한 이야기는 피했다. 자칫 간신히 안정화한 시간이 어그러질 수 있다.

남자의 손목시계가 울렸다.

"가야 할 시간이구나. 또 올게."

"아저씨는 다시 못 오잖아요."

내가 말을 잘랐다.

같은 우주에서 반복해서 오가면 구멍이 넓어질 수 있기에 누구든 딱 한 번만 올 수 있다. 우리 아빠보다 나이 든 사람이 오지 않는 건 저 바깥에선 아직 이 일 후의 시간이 흐르지 않았기 때문이다. 나는 영원 같은 찰나에 머무르고 있다.

"걱정하지 마. 반드시 네 시간이 다시 흐르게 해 줄 테니
……."

남자가 내 손을 잡았다. 설마 날 꺼내기 위해 시간을 연구하
기 시작했을까. 시간이 엉킨 실타래처럼 뒤섞이며 인과관계
는 무의미해졌다.

"시끄러워요."

남자는 떨어지지 않는 발걸음을 옮겼다.

"또 올 거야."

다시 오지 못 한다는 걸 알면서도 어리거나 젊거나 나이 들
었거나 모두 마지막 말은 똑같다. 자기 자신이자 다른 아빠가
오리라 믿는 것이다.

나는 눈을 떴다. 토요일이다. 내가 제일 좋아하는 요일 말
이다. 나는 아르바이트에 갈 준비를 하고 문을 열었다. 일곱
살 정도 된 남자아이가 진흙탕에서 구르다 온 몰골을 하고 서
있었다.

"혹시 이름이 김세경이에요?"

아이는 작은 손목에 어울리지 않는 큰 시계를 들여다보
았다.

"제가 거지는 아닌데요. 배가 너무 고파서요. 염치가 있으
니 라면은 내가 끓일게요. 이야기는 먹고 나서 하죠."

우리 아빠, 어릴 때가 더 똑똑했구나. 핑계를 생각해 오진

못했어도 일단 시간을 벌 줄은 아네.

"들어 와, 꼬마야."

"꼬마 아니거든요? 그리고 모르는 사람을 집에 막 들이는 거 아니에요!"

우주를
건너온 사랑

『일상 탈출 구역』, 책담, 2022 발표.

이마에 차가운 물방울이 뚝, 떨어진다 싶더니 샤워기를 튼 것마냥 하늘에서 물줄기가 쏟아졌다. 시스템에 심각한 문제라도 생긴 건가? 나 여기서 죽는 거야? 행성 전체에 날 아는 사람이라고는 한 명도 없는 곳에서? 여기 이름이 뭐였지? 험다? 험다는 지구의 라스베이거스 같은 행성이라고 하지 않았어? 관광 행성에서 이런 오류가 발생해도 되는 거야?

하늘에서 쏟아지는 물을 맞는 것도 경악할 노릇인데 그보다 더 큰 공황에 빠질 일이 발생했다.

허용치 이상의 습도에 노출되었습니다.
습기를 차단하세요.

습기를 어떻게 차단해? 하늘에서 물이 쏟아지고 있는데?

설마 테러인가? 요새 험다 이슈가 뭐였지? 클론 차별? 그게 테러까지 벌일 정도로 심각한 문제였나? 1초도 지나지 않은 찰나에 7,821가지 상상과 공포가 떠오르고 다음 알림이 귀에 들어왔다.

엔카 v103이 종료됩니다.
습기를 차단하고 반드시 점검을 받은 후 재시동하세요.

거리에 있는 간판들을 공용어로 번역해 주던 글자가 사라졌다. 낯선 거리에서 내가 갈 방향을 안내해 주던 내비게이션도 종료되었다. 내 위치를 표시하는 붉은 점마저 한두 번 깜빡이다가 꺼졌다. 이제 눈앞에 보이는 건 생소한 언어로 가득 찬 현란한 간판, 롤러코스터처럼 하늘을 가로지르는 스카이 로드, 스카이 로드 위를 달리는 차, 아무 일 없다는 듯 걷는 모르는 사람들뿐이었다.

왜, 왜 다른 사람들은 나처럼 혼란스러워하지 않는 거지? 험다에서는 이런 일이 일상적이기라도 한 거야?

'엔카, 엔카? 엔카!'

시스템은 생각만으로도 작동시킬 수 있었다. 절박하게 엔카를 불렀으나 정전 상황에 전원 스위치를 켜는 것처럼 내 마음속 소리만 공허하게 울렸다. 나는 겁에 질려 사방을 두리번거렸다. 가까운 건물 문 위에 쏟아지는 물을 막아 줄 뚜껑이 달린 게 보였다.

아까 정보 창에서 분명 저걸…… 차양! 그래, 차양이라고 했다. 나는 차양 아래로 달려갔다. 일단 물을 피하자 정신이 조금 돌아왔다. 그제야 다른 사람들은 모두 차양이 달린 모자를 쓰고 있는 모습이 눈에 들어왔다. 하늘에서 쏟아지는 물은 사람들을 적시지 않고 그냥 흘러내렸다. 옷과 모자가 특수한 재질로 된 걸까?

내가 서 있는 건물에서 두 사람이 나왔다. 둘의 목덜미에서부터 무언가가 위아래로 덧씌워지는 게 보였다. 저절로 쓰인 모자와 특수 재질을 덧입은 두 사람은 하늘에서 물이 쏟아지는 거리로 들어갔다.

저것이 뭔지 검색을 지시했으나 반응은 없었다. 엔카 v103이 꺼졌으니 당연한 일이다. 잠잘 때도 켜 놓는 엔카가 꺼지자 우주 미아가 된 것처럼 막막해졌다.

"아씨, 우비 왜 또 말썽이야?"

내 또래로 보이는 여자아이가 내 옆으로 뛰어 들어와서 물을 털었다. 어깨와 목에는 현란한 흰 레이스가, 허리에는 커다란 리본이 달린 검은 원피스를 입고, 둥근 코 구두와 올이 굵은 스타킹을 신고 있었다.

내가 태어나서 본 세상이라고는 탐사선 파인딩 시아와 페가수스 우주정거장이 전부였지만, 그래도 저 아이의 옷차림이 꽤 특이하다는 건 알 수 있었다. 저 차림은 독이 있는 식물이나 동물이 화려한 색으로 자기를 건드리지 말라고 하는 경고 같은 걸까, 아니면 비슷한 부류끼리는 서로를 알아볼 수 있는 그들만의 독특한 표식일까.

그 애는 자기 개인 시스템에서 필요한 걸 검색하고 있는 사람 특유의 초점 없는 눈동자로 무언가에 집중하기 시작했다. 요란한 차림이 아니더라도 개인 시스템에서 검색 중인 사람에게 말을 거는 건 분명 부담스러운 일이었다. 하지만 나는 그 애를 부르지 않을 수 없었다. 그 애의 입에서 나온 말은 분명 공용어였다.

"저기, 지금 하늘에서 난리가 나는 바람에……."

신경질적인 눈빛에 이어 옷 입은 채 샤워한 내 꼴을 훑은 그 애의 입에서 차가운 목소리가 나왔다.

"난리? 뭐라는 거야, 비 처음 봐?"

"비?"

습관적으로 엔카에서 비를 검색하려다 다시 좌절했다. 이렇게 낯설고 무기력한 상황에 내팽개쳐지다니. 나는 혼자 있기를, 나를 아는 사람이 아무도 없는 곳에 가기를 갈망했다. 그렇다고 엔카마저 작동하지 않는 상황을 바랐던 건 아니었다. 그런 상황은 상상조차 하지 않았다. 외출할 때 팔이나 다리 한쪽을 두고 나갈지 말지 생각하지 않는 것과 비슷한 일이었다.

비라고?

자연과학 수업 시간에 들어 본 단어였다. 비, 바람, 대기가 있는 행성의 자연 순환 시스템. 영화와 다큐멘터리에서도 보았다. 다만 그때까지 내가 아는 비는 화면 속에 존재했다. 그게 실제로 내 몸을 젖게 하거나 엔카를 종료시킬 줄은 몰랐다.

할 말을 다 했다는 듯 돌아선 그 애가 건물 안으로 들어가려 했다.

"저기 있잖아!"

이 아이를 놓치고 나면 어디서 공용어를 쓰는 사람을 만날지 모를 일이었다. 엔카를 쓸 수 없으니 통역기도 작동하지 않았다.

"나 험다중앙공연장에 가야 해. 거기서 일하기로 했거든. 가는 법을 알려 줄 수 있을까? 비 때문에 엔카, 그러니까 내 시스템이 꺼졌어."

그 애의 발이 멎었다. 짐짓 이럴지 말지 생각하는 시늉을 하던 그 애가 내 쪽으로 상체를 돌렸다. 곧 그 애의 이맛살이 좁혀졌다.

"정보 교환 신청 왜 안 받아?"

"습기 때문에 내 시스템이 꺼졌어."

나는 금방 한 말을 반복했다.

"아예 꺼졌다고?"

"응, 작동되는 게 하나도 없어."

"몇 시까지 가야 하는데?"

"5시."

"지금 1시니까 아직 여유 있네. 밥은 먹었어?"

"아직."

그 애는 마치 따라오라는 듯 문을 열었다. 나는 얼결에 같이 들어갔다.

"나 아침도 안 먹었어. 일단 뭐 좀 먹자."

"어."

그제야 우리가 들어간 곳이 식당이라는 걸 알았다. 하지만 뭘 파는 곳인지는 알 수 없었다. 엔카가 꺼지자 생물학 기초의 인간 수업에서 본, 부모 없이는 아무것도 못하는 갓난아이가 된 것 같았다. 나는 이제 선천적으로 내게 주어진 감각으로만 정보를 얻어야 했다. 다행이라면 굳이 의식하지 않아도 신체 시각 체계, 눈이 알아서 반응하며 뇌에 정보를 보낸다는 점이었다.

식당 안에는 총 스무 개 정도의 테이블이 있었고, 네다섯 테이블이 차 있었는데 모두 창가 아니면 구석 자리였다. 우린 유일하게 비어 있는 창가 자리에 가서 앉았다. 내게는 아무것도 묻지 않은 채 그 애는 시스템을 통해 무언가를 주문했다. 슬쩍 다른 사람들이 먹는 걸 보니 햄버거였다.

"이름이 뭐야?"

그 애가 물었다.

"소피아. 생물학적 나이는 열여섯 살이야. 시스템 나이도 같아."

애써 가볍게 대답했다. 시스템으로 정보를 교환하지 않고 입으로 이름과 나이를 말하자니 어색했다. 그 애는 내가 자기 정보를 인식하고 놀라길 바라는 듯, 초롱초롱한 눈빛으로 날 쳐다보았다.

"나, 네 정보 안 떠. 엔카가……."

"아, 그렇지! 난 임채림이야. 나도 생물학적 나이는 대충 열여섯 살일 거야."

채림은 무언가 극적인 걸 노리는 듯 잠시 입을 다물었다가 어깨를 한껏 추켜올리며 뒷말을 이었다.

"내 시스템 나이는 마흔여섯 살이야!"

"아, 어……. 네가 태어난 행성 시간 기준이야?"

"응, 난 지구 출신이거든!"

"아……."

내게 특정한 반응을 기대하는 것 같은데 그게 뭔지 알 수가 없었다. 다행히 채림이 바로 말을 이었다.

"법적으로 성인이라는 말씀. 나는 이제 뭐든지 해도 돼! 자유라고!"

"그렇구나."

발랄한 종소리가 울리더니 천장에 있는 무빙 로드를 따라 음식이 와서 우리 앞에 놓였다. 김이 모락모락 나는 두툼한 햄버거, 감자튀김, 샐러드, 음료 두 세트였다.

나는 조심스럽게 말했다.

"이거 비싸 보이는데?"

험다에 가면 뭐든 돈이 드니 아껴 쓰라는 말을 듣고 왔다. 자연 순환 체제나 험다 내부 시스템보다 돈에 대한 교육 시간이 훨씬 더 길었다.

"어휴, 괜찮아. 나, 매일 이거 100개씩 먹을 돈 있어. 갚으라고 안 할 테니 마음껏 먹어. 옷깃만 스쳐도 인연이라는 말이 있잖아. 들어 봤어?"

"응."

옷깃만 스쳐도 인연이라는 말뜻을 설명하고 싶었는지 채림의 얼굴에 잠시 실망한 기색이 스쳤지만 금세 사라졌다. 채림은 햄버거를 집었다. 키는 158센티미터 정도, 체중도 50킬로그램 정도일까. 아담한 체구에 작은 입으로 두툼한 햄버거 속 재료를 하나도 흘리지 않으며 능숙하게 먹었다.

나는 햄버거를 먹고 싶지 않았다. 그것도 이렇게 세트로 거하게 나오는 건 더더욱 말이다. 반만 먹으려 했는데, 아침도 샐러드로 때운 데다 앞에서 채림이 워낙 잘 먹으니 나도 덩달아 식욕이 돋았다. 결국 샐러드만 조금 남기고 감자튀김까지 다 먹어 버렸다.

"엔카라는 시스템도 있어? 처음 들어."

"페가수스 우주정거장에서만 쓰는 거니까……."

"너 폐가전에서 왔어?"

"폐가전?"

"페가수스의 페가, 정거장의 정, 페가정, 폐가전."

"페가정이 아니라 폐가전?"

"폐가전 제품. 그러니까 고물이란 뜻이야."

"아……."

페가정을 고물이라고까지 부르는 건 심했다. 그렇다고 고물이라고 불릴 만한 이유가 전혀 없는 건 아니었다.

"이거 먹으려고 아침 굶었잖아. 포장도 안 되고 한 사람당 하루에 한 번밖에 못 시키는데 8할 이상은 반드시 먹어야 하거든. 다 먹어 줘서 고마워. 추첨권은 내가 가져도 되지?"

분명 공용어를 쓰는데도 채림의 말은 무슨 뜻인지 와닿지 않았다.

"레지나 홀로마이드(홀로그램과 브로마이드의 합성어) 추첨권 말이야."

"아, 이걸 주문해야 추첨권을 준다는 말이구나! 마음대로 해. 레지나 팬이야?"

"넌 아니야?"

채림의 얼굴에 작은 실망과 큰 기쁨이 교차했다. 팬이라면 서로 통할 이야기가 많을 터인데 그렇지 않아서 실망스럽고, 팬이 아니라니 자기가 추첨권을 둘 다 가져도 된다는 생각에 기뻐하는 것 같았다.

"아무리 폐가전 시스템이라고 해도 그렇지, 비가 온다고 맛이 가? 그럼 샤워할 때는 어떻게 해?"

"폐가전에서는 샤워실에 들어가면 덮개가 작동돼."

나는 귀에 건 귀걸이와 팔목에 찬 얇은 시계를 가리켰다.

"아, 폐가전은 비가 안 오니 그게 효율적이겠구나."

왜 외장형을 쓰는지 채림이 묻지 않아서 나는 안도했다.

"줘 봐."

채림은 내가 건넨 귀걸이와 시계를 요리조리 스캔해 보더니 돌려줬다.

"재시동해도 돼. 점검하라고 뜨면 무시해. 아무리 폐가전 물건이라고 해도 그 잠깐 온 비에 노출된 것 때문에 고장 안 나."

채림의 태도가 워낙 자신만만하기도 했고, 나도 그 정도로 손상될 것 같지는 않아서 재시동을 했다.

습기 노출 후 점검받지 않았습니다. 계속하시겠습니까?

나는 계속했다. 눈앞에 우리가 있는 식당 이름, 내 위치, 내 비게이션이 하나둘 뜨기 시작했다. 엔카가 꺼진 건 아주 잠시였을 뿐인데도 빛도 없는 미로를 3박 4일간 헤매다 출구를 발견한 것 같은 안도감이 몰아쳤다.

관심 없는 척 남은 샐러드를 뒤적이며 채림이 물었다.

"거기서 뭐 해?"

"험다중앙공연장에서?"

"응."

"레지나, 쉬엔의 합동 콘서트 준비 스태프로 일해."

표정을 감추고 싶은 것처럼 채림은 샐러드에 박은 눈을 들지 않았다.

잠시 후 고개를 든 채림이 평온한 목소리로 말했다.

"나랑 연결해. 내가 우비 앱 보내 줄게."

"어? 어."

나는 채림의 시스템과 연결을 시도했다. 기본 시스템이 달라서 연결이 잘 되지 않았다. 주도권을 넘겨받은 채림이 이런 일에 익숙한 태도로 여러 가지 방법을 시도했고, 그중 하나가 먹혔다.

"덮개 반응 속도, 습기 차단 강도랑 시간을 험다에 맞게 설정했어. 이제 비 온다고 꺼지지 않을 거야."

"살았다."

"우비 앱도 깔았어. 테스트해 봐."

우비를 불러내고 실행을 지시하자 몸에 얇은 막이 드리워지고 머리에 차양이 달린 모자도 씌워졌다.

"그건 기본형이고 디자인을 바꿀 수 있어."

우비의 디자인을 따질 때가 아니었다. 마지막으로 검색했을 때 여기서 공연장까지는 한 시간이면 도착할 거리였다. 그러니 아직 시간은 넉넉한데도 또 무슨 사고가 터질지 모른다는 생각에 빨리 공연장으로 가고 싶어졌다. 그렇지만 여러모로 도움을 받은 처지에 거절하기도 곤란했다.

채림은 망설임 없이 진노랑 우비를 골랐다. 더 무시무시한 것도 상상했던 터라 이 정도면 무난하다고 만족했다. 등에 커다랗게 레지나 아이콘이 박혀 있는 걸 안 건 아주 나중의 일이었다.

"도와줘서 고마워."

"아냐, 덕분에 추첨권을 두 장이나 얻었잖아. 그리고 나도 처음 험다에 왔을 때 너처럼 고생했거든."

페가수스 우주정거장에서 발신한 메시지가 있습니다.

"아, 잠깐만."

나는 세 시간에 한 번씩 내 위치 정보, 현재 상황 문답서(현상문)를 작성해서 초공간 통신소에 보내야 했다. 다 내가 미성년자이기 때문에 발생하는 일이었다. 시스템 나이가 성인인 채림이 부러웠다.

이번 문항은 길었는데, 현상문을 작성해 보낼 시각에 엔카가 꺼졌던 탓이었다.

위험한 상황에 처했습니까?

건강상 이상 징후는 보이지 않습니까?

현지 적응에 어려움은 없습니까?

현상문을 전송하는 데 짧게는 30분, 길게는 한 시간이 걸리니 죽을 맛이었다. 험다에 도착한 건 오늘 오전 7시경이었다. 도착 수속을 채 마치기도 전에 현상문을 보내라는 알람이 떴다. 수속과 현상문을 동시 진행하려니 머리가 터질 것 같았다. 수속을 마치는 데 세 시간이 걸려서, 다시 현상문을 보내고 험다 우주항을 나와 잠깐 주변에 한눈 좀 팔았을 뿐인데 그새 세 시간이 또 지났다.

폐가전에서 현상문 작성에 대한 설명을 들었을 때는 좀 귀찮은 일 정도로만 받아들였다. 거기서는 현상문을 작성하는 데 5분, 길어야 10분밖에 걸리지 않았으니 말이다.

험다는 폐가전에서 15만 광년 떨어진 행성이다. 엔카와 함께 다른 행성에 갔던 이들이 있긴 했지만 험다에 온 건 내가 처음이었다. 그러다 보니 험다의 시스템과 엔카의 시스템이 제대로 호환되지 않아 오래 걸렸다.

빨리 공연장에 갈 걸 괜히 미적거렸다는 후회가 밀려왔다. 공연장에 도착해서 내게 지정된 보호자가 생기면 현상문이 하루에 한 번으로 줄어든다.

정해진 시간에 연락이 되지 않은 이유를 설명하느라 문항이 길고 과정이 복잡했는데 다 하고 나니 20분밖에 지나지 않았다. 채림이 호환이 잘되도록 손봐 준 것이다. 나였다면 처음 보는 사람에게 밥을 사 주고, 시스템까지 봐 주는 친절을 베풀 수 있었을까? 갑자기 채림이 수상쩍었다.

"미안, 오래 기다렸지."

현상문에 대한 푸념에 가까운 설명을 들은 채림이 "흐음." 하며 남은 음료를 빨대로 빨았다. 거의 다 마셨는지 뽀그르르 소리가 났다.

"그거 해결할 방법이 있긴 한데……."

"있다고?"

"험다는 태어난 행성 시간으로 나이를 계산해. 그런데 내가 지구에서 출발할 때 미성년자여서 보호자가 동의를 해야 성인 인증을 받을 수 있는 거야. 그래서 Jg-181에 갔지. 거긴 열세 살이면 성인으로 치고, 행성 개척비 명목으로 이주료를 내면 바로 행성인으로 등록해 주거든."

엔카가 Jg-181은 여기서 5만 광년 떨어진 행성이라고 알려

주었다.

"열세 살부터 성인으로 친다고?"

"응. 그래야 열세 살 애랑 결혼할 수 있잖아."

벌어진 채 다물어질 줄 모르는 내 입을 보며 채림이 말을 이었다.

"어쩐지, 뭔가 찜찜하더라니. 성인 등록 하면서도 마음이 편하지 않더라고. 그래서 내 수익의 1퍼센트를 Jg-181의 조혼 금지 단체에 기부하기로 했지. 5년 전까지만 해도 11세부터 성인으로 쳤는데, 조혼 금지 단체에서 싸우고 싸워서 13세로 올린 거야. 더 올리려고 지금도 투쟁 중이고."

투쟁이라는 단어가 괜히 심장을 울렁거리게 했다.

"Jg-181에서 성인 등록을 마치고 험다로 와서 인증받았지. 그래서 내가 시스템 나이로 46세, 어디서도 성인으로 인정받는 나이가 된 거지."

채림의 양 어깨가 지구 역사 홀로그램에서 본 뾰족탑처럼 위로 솟았다.

"난 폐가전 소속이야. 폐가전에서 허락해 주지 않으면 타행성인이 될 수 없어. 이주료 낼 돈도 없고."

"임시 보호자를 등록하면 되잖아. 험다는 자격 있는 성인이 임시 보호자가 될 수 있거든. 여기서 말하는 자격이란 첫째, 시스템 나이로 성인일 것. 둘째, 합법적인 경제력이 있을 것. 애를 유혹해서 팔아넘기는 인신매매범이 아니라는 증명이지."

"합법적인 경제력이 있어?"

"내 계좌 보여 줄게. 이게 다 힘다에 낼 세금을 다 낸 합법적인 수익이야."

채림이 내게 자기 계좌를 공유했다.

"미안해, 난 이 돈이 얼마만큼의 가치인지 몰라."

폐가전에서 일하는 사람들이 월급을 받는다는 건 알았다. 하지만 나는 미성년자고, 폐가전에서 임시로 보호받는 처지라서 월급이 나오지 않았다. 그리고 다른 폐가전 직원들처럼 음식, 개인 공간, 의복 등등을 모두 무료로 제공받았다.

"햄버거 가격 검색해 봐."

나는 햄버거 가격을 검색하고 다시 채림의 계좌를 보았다. 하루에 100개씩 먹어도 된다는 말은 과장이 아니었다. 500개도 거뜬했다.

"지구 대한민국 서울의 강남에 있는 40평형 아파트 한 채를 살 수 있는 돈이야."

지구에 대해서는 수업 시간에 배웠다. 대한민국의 수도 이름이 서울이라는 것도 들으니 기억났다. 강남은 지역명인가? 아파트는 뭐지?

"네가 내 보호자가 되어 주려고? 그런데 나 그냥 스태프야. 콘서트 티켓 구할 능력 없어."

"내가 지금 티켓 때문에 이런다고 생각하는 거야?"

"오해해서 미안해. 근데 처음 만난 사이에 과하게 친절……."

"정확히 맞혔어. 티켓 때문이야. 너 스태프랬지? 네가 공연 당일 공연장 관리만 맡으면 돼. 험다의 법률상, 피보호자인 미성년자가 일하는 곳을 보호자는 최소한 한 번은 방문할 수 있단 말씀."

솔직하게 말해 주니 차라리 마음이 놓였다. 그럼 그렇지. 바라는 것도 없이 누가 초면에 이렇게 잘해 줘?

"어느 부서에서 일하게 될지 몰라. 공연장 관리를 맡게 된다는 보장이 없어."

"확률이 얼마나 미약하든 그건 중요하지 않아. 나는 레지나를 직접 보기 위해서 지구에서 험다까지 100만 광년을 날아왔다고! 웜홀을 세 개나 지나서 말이야. 내가 지금 당장 지구에 돌아가도 지구는 60년이 흘러 있을 거야. 엄마고 친구고 뭐고 다 버리고 온 거야. 물론 엄마는 곧 없어질 예정이었고 친구는 원래 없었지만."

채림의 눈에 일순 독기 같은 게 보였다. 그리고 나는 채림이 자기 말에 어떤 반응을 하길 바란다는 걸 느꼈다. 엄마와 친구를 버리고 왔다는 대목이라는 건 짐작할 수 있었으나 마땅한 리액션이 떠오르지 않았다.

"난 엄마가 없어서……."

굳이 거짓말할 건 아니어서 대답했지만 어쩐지 말을 제대로 맺지 못했다.

"우리 엄마는 35세에 미혼모로 날 낳았어. 웜홀을 타고 우주를 날아다니는 시대가 왔는데도 미혼모에 대한 편견이 있다니까? 초등학교 때 내 짝의 엄마가 학교에까지 찾아와서 짝을 바꿔 달라고 했어. 미혼모의 딸이라는 게 무슨 전염병이라도 되는 것처럼, 나랑 짝을 하면 걔가 커서 미혼모가 되기라도 할 것처럼 말이야!

우리 엄마는 여행사에서 일했거든. 잠깐 육아휴직을 하는 동안 진짜 전염병이 퍼진 거야. 전 지구적으로 말이야. 그러니 여행사가 될 리가 없잖아. 엄마는 모아 둔 돈과 퇴직금을 탈탈 털고 대출까지 받아서 배달 전문 카페를 차렸어. 근데 사람들 생각하는 게 다 거기서 거기 아니겠어? 온 사방에 배달 전문 카페가 생겼고, 배달 안 하던 곳들도 배달을 하기 시작했지. 월세에, 배달 업체 수수료에, 다달이 대출 이자 내고 하다 보니 남는 게 별로 없는 거야. 엄마는 수제 초콜릿 만드는 법을 배워서 그것도 같이 팔기 시작했어. 매출이 좀 늘기는 했지만 초콜릿을 만드는 노동 강도에 견주면 하찮은 돈이었지."

채림은 이를 갈았다. 말이 점점 빨라지고 눈빛도 그만큼 사나워졌다.

"그래서 나까지 부려 먹기 시작한 거야! 학원 하나 안 보내 주면서 말이야! 그러면서 뭐랬는 줄 알아? 공부하라고 잔소리 안 하고, 성적 안 따지는 걸 고마워하래. 레지나가 아니었으면 어떻게 버텼을지 모르겠어. 팬 아트를 그려서 팬 카페에 올리기 시작했는데 사람들 반응이 좋은 거야. 다들 나보고 '금손'이라면서 굿즈를 만들어 팔아 보라고 판매 루트나 방법을 알려 줬어. 생판 모르는 사람들인데 같은 레지나 팬이라는 이유로 엄마보다 더 잘 챙겨 주면서 격려해 주지 뭐야. 거기에 기대서 굿즈를 만들어 팔아 봤는데 잘되더라? 어느 순간부터 엄마보다 내가 돈을 더 많이 벌었어. 엄마한테는 일단 비밀로 했지. 엄마 생일에 놀라게 해 주려고 말이야. 그런데……엄마가 날 포기하려고 했어! 나와 가족 관계를 끊으려고 했다고! 날 고아원에 보내는 방법을 알아보고 있더라니까? 그래서 내가 내 발로 엄마 인생에서 나와 줬어. 내가 엄마를 버린 거야!"

나는 가족 관계에 대해 직접적으로도 간접적으로도 알지 못했다. 폐가전 직원 중에는 서로 먼 친척은 있지만 직계가족은 없었다. 그러다 보니 이런 경우 해야 할 마땅한 말을 알지 못했다.

채림은 한바탕 쏟아 낸 뒤 다시 차오르길 기다리는 사람처럼 잠시 말이 없었다.

나는 미성년자로서 험다에서 인턴으로 근무하기 위해 작성한 수많은 서류들을 떠올리며 물었다.

"저기, 근데 지구에서는 미성년자였잖아."

"엄마가 자기 바쁘다고, 구청에서 한 부모 가족이니, 미혼모 지원 사업이니 하는 걸 할 때마다 나한테 신청서를 쓰게 했거든. 덕분에 엄마 개인 정보를 다 꿰고 있으니 엄마가 승인한 것처럼 서류를 만들기 쉬웠지. 나와 가족 관계를 끊으려고 한 것도 그래서 알게 된 거야. 숨기기라도 하든지! 사실 웜홀을 타기에는 돈이 부족했어. 그래서 그간 밀린 보수도 받았지."

엄마 돈을 슬쩍했다는 말이라는 걸 이해하기 어렵지 않았다.

"지구를 떠나는 날짜가 잡히고 나니 심장이 저 혼자 줄타기를 하듯 발끝부터 머리끝까지 오르락내리락하는 거야. 계속 레지나 영상을 보고, 노래를 듣고, 활동을 보면서 팬아트를 만들어서 올렸어. 그리고 험다에 도착해서 보니까……!"

채림의 눈이 어둠 속에서 켠 미니 플래시처럼 빛났다.

"보니까?"

"조금 전 보여 준 계좌의 금액이 되어 있던 거야. 지구 시간으로 30년 전만 해도 레지나가 범우주적으로 인기가 있진 않았어. 내가 웜홀을 타고 오는 동안 범우주적 스타가 된 거지. 내가 만든 팬 아트들은 초기 활동 때 모습으로 만든 거라서 희소성이 있었던 거야. 다른 말로 범우주적으로 판매가 된 거지. 레지나가 날 살린 거야. '성덕' 중의 '성덕'이 된 거지."

채림이 득의만만한 웃음을 지었다.

"그랬구나. 난 가수를 좋아해 본 적이 없어서 잘 몰라."

이상하게 이 말이 채림의 기분을 좋게 만든 것 같았다. 채림이 편안한 표정을 지어서 역으로 이 애도 지금까지 나름 긴장하고 있었다는 걸 알 수 있었다.

"홀로그램 가수를 보러 여기까지 올 필요가 있었느냐고 하지 않아서 고마워."

"험다중앙공연장은 홀로그램 가수에게 최적화되어 있다고 들었어."

"바로 그거야! 집집마다 다 있는 4D 스크린과 좌석이 우리 집만 없었어! 물론 극장에 가서 보는 방법이 있지. 하지만 지구 4D 극장은 험다공연장이랑 견줄 게 안 된단 말이야! 레지나의 공연 무대가 바로 험다중앙공연장이잖아. 다른 곳은 그걸 녹화해서 보여 주는 거고. 바로 그 현장에 있고 싶어서 열여섯 꽃다운 나이를 마흔여섯 살로 만들면서 험다까지 온 거야! 웜홀을 세 번이나 타면서 말이야."

웜홀의 발견은 우주 개발과 타 행성 이주에 비약적인 발전을 가져왔다. 이전에는 다른 행성을 탐사하려면 냉동 상태로 혹은 나처럼 수정란 상태로 짧게는 수 년, 길게는 수십 년을 탐사선에서 보내야 했다. 그런데 웜홀 덕분에 몇 달에서 몇 주로 이동 시간이 대폭 줄어들었다.

바로 이 웜홀의 발견이 건설 당시만 해도 지구의 최첨단 기술의 절정이었던 페가수스 우주정거장을 폐가전으로 전락시켰다.

웜홀은 출발지와 도착지의 시간 간격까지 줄여 주지는 않았다. 시간은 상대적이다. 제자리에 서 있는 사람보다 움직이는 사람의 시간이 더 느리게 흐른다. 한 행성 안에서는 극히 미세한 차이라 체감하지 못할 뿐이다. 하지만 행성 단위가 되면 다르다. 흔히 이걸 '쌍둥이 역설'이라는 말로 설명하는데, 쌍둥이 중 한 명은 지구에 남아 있고, 한 명은 우주여행을 다녀올 경우, 지구에 남아 있는 쪽이 더 나이를 많이 먹는다. 비슷한 이유로 채림이 지구에서 험다까지 오는 데 느낀 체감 시간은 1년이지만 지구에서는 30년이 흐른 것이다.

웜홀의 발견은 행성 간 시간에 커다란 간극을 만들어 냈다.

폐가전에서는 여섯 달이 흐르는 동안 어떤 행성들은 폐가전보다 수십 년은 앞서며 기술을 발달시켰다.

지구에서 내로라하는 인재들이 폐가수스 우주정거장에서 일하고자 냉동 상태로 2년을 왔다. 그런데 그들이 도착한 지 얼마 되지 않아 더 이상 냉동 상태로 이동할 필요가 없어졌다. 폐가수스 우주정거장의 기술은 스마트폰 시대의 시티폰처럼 구식 기술이 되었다. 인생을 걸고 폐가수스 우주정거장에 온 사람들이 한순간에 섬에 고립된 채 구조선을 기다리는 꼴이 된 것이다.

새로운 발견과 발달한 기술이 폐가수스 우주정거장을 폐가전으로 만들었듯, 새 기술이 폐가전을 살렸다. 바로 초공간 통신술이었다. 폐가전은 지구에서 전송받은 설계도로 초공간 통신기를 만들었고, 행성 간 기술 교환과 연락을 맡는, 일종의 허브로서 작동하게 되었다.

초공간 통신기가 있는 곳끼리는 실시간으로 연락을 주고받을 수 있었다. 탐사선이 이동 중일 때는 곤란하지만 행성의 공전, 자전, 우주정거장의 공전과 자전은 초공간 통신기를 쓰는 데 영향받지 않았다. 레지나의 공연은 초공간 통신술을 이용해 초공간 통신기가 있는 행성에는 실시간으로 전송될 예정이었다. 그런데도 채림은 험다에 직접 오는 걸 택한 것이다.

"내가 지구에서 출발할 때는 웜홀 이동 시간 계산법이 불완전할 때였어. 자칫 잘못하면 공연이 끝난 뒤에 험다에 도착할 수도 있었지. 그래서 차라리 일찍 오기를 택한 거야. 도착하고 보니 레지나 공연까지 5년이나 남았지 뭐야. 그 정도에 좌절할 내가 아니지. 난 험다와 Jg-181을 오가면서 시간을 채웠어. 한 번 왕복할 때마다 내가 보내는 시간은 두 달이고 험다 시간으로는 1년이거든. 간 김에 Jg-181 행성인 자격도 취득하고, 성인으로 인증받고, 거기서 성인으로 인증받은 걸로 험다에서 다시 성인 인증을 받았지. 나 화장실 다녀올게. 웜홀이 발견되면서 행성 간 여행이 가능한 시대에 도달했는데, 어째서 화장실은 직접 가야 하는 거지? 오줌 순간 이동기 같은 거 누가 발명하면 좋겠네."

채림은 화장실에 갔다. 시계를 보니 두 시간 후면 또 현상문을 보내야 했다. 생각만으로도 피곤해 채림의 제안을 감사히 받아들여야 함을 인지했다. 어쨌든 내가 손해 볼 건 없었다.

"저기 저 사람, 클론 같지 않냐?"

내 뒷자리에 앉은 사람의 목소리가 들렸다. 일순 목덜미가 선득해졌다.

"그런 것 같아. 요즘 저소득 고위험 직군 기피가 심해져서 행성 차원에서 클론을 많이 받잖아."

"우리 행성이 워낙 기본 소득이 높으니 저소득 고위험 직군에서 일하려는 사람이 없는 게 당연하긴 한데, 그래도 클론이 많아지는 건 별로야."

이어지는 말을 들으니 날 가리키며 하는 이야기 같지는 않았다. 한편으로 클론이라는 말에 왜 목덜미가 선득해졌는지도 알 것 같았다.

'저 사람 어쩐지 클론 같다.'는 말은 페가전에서도 이따금 들리는 말이었다. 그러나 페가전에서는 그 말에 선득한 느낌까지 들지는 않았었다. 클론이라는 건 한국인, 영국인, 중국인, 아프리카계 미국인, 베트남계 한국인처럼 어디서 출생했는지를 가리키는 말일 뿐이었다.

하지만 카페나 식당에서 커피를 마시다가, 밥을 먹다가 언뜻 보이는 사람에 대해 "저 사람 어딘지 모르게 프랑스 사람 같지 않아?" "저 사람 한국인 같지?"라는 말을 하는 사람은 없었다.

페가전에서 국적은 중요하지 않았다. 페가전에는 다양한 나라에서 온 다양한 인종들 5만 여 명, 정확히 50,012명이 모여 있었다. 국적은 사적인 대화를 나눌 때 자연스레 언급할 뿐 사람들이 딱히 궁금해하는 건 아니었다.

다양한 정체성, 가치관에 대해서도 마찬가지였다. 페가전 직원들은 다양한 정체성과 가치관에 대한 편견 유무를 테스트받은 사람들이었다. 테스트를 통과하지 못한 사람은 아무리 유능해도 페가전에서 근무할 수 없었다. 테스트를 속이는 게 불가능한 건 아니나 편견이 있는 사람일수록 자신의 속내가 드러나지 않도록 조심해야 하는 법이니 더더욱 그런 화제를 입에 올리지 않았다.

예컨대 페가수스 우주정거장에서 '저 사람 어딘지⋯⋯.'를 출생과 관련해 쓰는 경우는 클론을 일컬을 때뿐이라는 말이다. 그래도 거기에 악의는 없었다. 파란색 돌들 사이에 노란색

돌이 있으면 눈에 띄듯, 소수는 원래 눈에 띄는 법이었다. 폐가 전에는 958명의 클론이 근무하고 있었다. 만약에 반대였다면, 클론이 49,054명이고, 클론이 아닌 사람이 958명이었다면, "저 사람 왠지 모르게 클론이 아닌 것 같지 않냐." "저 사람 왠지 모르게 그냥 사람 같지?"라는 말이 들렸을지도 몰랐다.

악의가 없는 줄 알면서도 나는 클론 같다는 말을 듣는 게 싫었다. '어딘지 모르게'라는 말만 들어도 기분이 나빠질 정도였다.

클론은 기증된 정자와 난자를 수정해 인공 자궁에서 배양해서 태어난 이를 일컫는다. 혹은 만들어졌다고도 할 수도 있다. 정자와 난자에는 학력과 직업, 질병 유무만 표기될 뿐 철저한 익명제라 제작자도 기증자가 누군지 알 수 없다. 초기 클론들은 필요에 따라 만들어졌고 주어진 삶을 살도록 강요받았으나 지금은 동등한 인격체로 대우받는다. 요즘은 주로 인구가 적은 행성에서 만든다.

클론은, 특히 나처럼 초기 클론은 체격이 컸다. 나는 169센티미터에 78킬로그램이었다. 물론 체격이 크다고 다 클론은 아니다. 그런데 나도 체격이 큰 사람을 보면 문득 생각하곤 했다. 저 사람은 클론일까, 아닐까.

날 가장 불쾌하게 한 건, 저 사람 어쩐지 클론 같다는 느낌이 대부분 들어맞았다는 점이었다.

내 체중은 보통 사람 기준으로는 과체중이지만 건강검진에서는 늘 최적의 상태가 나왔다. 이 키와 체중이 내게 가장 자연스러운 체형이기 때문이다. 알면서도 몇 달 전부터 다이어트를 시작했다. 저지방 요구르트도 과일도 맛은 있었다. 다만 무언가가 부족했다. 허기가 가시질 않았다.

어쩌다 삼시 세끼 저지방 고단백으로 먹는 날도 있었다. 하지만 아침은 간단히 먹고, 점심은 건너뛰고, 저녁에는 폭식을 하거나, 하루 종일 뭔가를 먹으며 내일은 꼭 굶어야지, 라고 결심하는 날들이 훨씬 많았다.

나는 배양액에서 지식 이식 칩으로 지식을 이식받으며 자랐다. 그러다 깨어나 폐가전에 온 뒤, 내가 가진 지식이 과거의 유물이 되었다는 설명을 들었다. 지구의 미성년자들이 학교에 다니듯 나도 매일 정해진 시간에 나 같은 아이들과 함께 새로운 지식을 익혀야 했고, 3년 뒤 성인이 되면 뭘 하고 싶은지 정해야 했다.

3년이나 남았다. 3년밖에 남지 않았다. 두 가지 생각이 교차하며 반복되는 하루, 정신 차리고 보면 입에 넣고 있는 간식거리들이 날 미치게 했다.

밤에 과식하고 아침에 일어나 거울을 보면 가관이었지만 깨끗이 씻고, 좋아하는 옷을 입고, 머리를 빗으면 꽤 예쁘게 보였다. 내 외형에 불만이 있는 것도 아니면서 왜 살을 빼겠다고 이 고생인지, 클론처럼 보이는 게 싫은 건지, 싫을 이유는 뭔지, 내 머릿속 지식들이 무용지물이 되었다는 사실에 무기력해진 건지, 이 모든 것이 다 합쳐져서인지는 모르겠지만, 나는 폐가전을 잠시라도 떠나고 싶었다. 내가 폐가전의 모든 곳을 다 본 것도, 모든 사람을 다 아는 것도 아닌데 50,012명이 전부인 세계, 내 또래는 세 명밖에 없는 세계가 숨이 막혔다. 고작 열여섯 살에 시대에 뒤떨어진 존재라는 느낌이 끔찍하게 싫었다. 폐가전에 있으면 그 느낌을 떨칠 수가 없었다.

최근 우울해 보인다며 걱정한 상담사인 쉐나즈 선생님이 도와줘서 험다중앙공연장에서 인턴 일을 할 수 있게 되었다. 요즘 험다에서 일자리를 찾으려는 클론들이 많고, 클론에 대해 좋지 않은 인식을 가진 사람들이 있으니 주의하라고는 들었지만, 실제로 이곳에 클론이 오는 게 싫다는 말을 듣자 화가 났다. 내가 원해서 클론으로 태어난 것도 아닌데 말이다.

채림이 돌아왔다.

"오래 걸렸지? 미안, 화장실에서 잠깐 레지나 검색해 보다가 정줄을 놨어. 레지나랑 쉬엔은 이전에 이렇다 할 접점이 없는데 왜 합동으로 콘서트를 하는지 모르겠어. 쉬엔은 레지나에 견주면 한참 신인이란 말이야. 게스트로 껴 줘도 감지덕지해야 할 판에 합동 공연이라니. 쉬엔 소속사가 레지나 소속사에 로비 좀 한 모양이야. 네 사연은 뭐야? 폐가전에서 왜 갑자기 험다로 온 거야?"

나는 느리게 눈을 깜빡였다. 채림이 하는 말은 어디로 튈지 도통 예측이 되지 않았다.

"나는…… 클론이야."

"그걸 왜 이제 말해?"

채림이 새된 소리를 질렀다.

내가 클론이라는 게 이렇게까지 거친 반응을 받아야 할 일인가? 눈앞이 아득해지고 온몸에 힘이 풀리면서 멀쩡하게 앉아 있던 의자에서 굴러떨어질 것 같았다.

"그럼 나 네 보호자 못 하는 거야? 사람이 클론 보호자가 될 수 있나? 기다려 봐!"

한참 무언가를 검색한 채림이 안도의 한숨을 내쉬더니 얼굴로 V 자를 그리듯 씩 웃었다.

"문제없대."

성장 캡슐에서 깨어난 지 2년밖에 되지 않았지만 이렇게 타인에게 무심한 사람은 드물다 생각했다. 그런데 그 무심함이 지금 내게는 몹시도 다행스럽게 다가왔다. 아까 채림도 내가 홀로그램 가수에 대해서 잘 모른다고 하자 기분이 좋아진 것처럼 보였다. 나와 같은 이유였을까? 편견보다는 무관심이 훨씬 나았다.

"다른 건?"

"응?"

"네가 왜 험다에서 인턴으로 일하게 됐는지는 알아야 내가 보호자 신청을 하지."

"아……."

"사연 들려줘. 널 내 피보호자로 등록할 때 나한테 너에 대해 이런저런 걸 물어볼 거야. 위장인지 아닌지 확인하려고."

위장 맞잖아.

"우리 위장 아니야. 나 진짜로 네 보호자가 될 거라고!"

내 속을 읽혔나 싶어 뜨끔했다. 나는 마른침을 삼키고 입을 열었다.

"난 제단자리 뮤 f의 위성 시아를 탐사하기 위한 탐사선, 파인딩 시아에 수정란 상태로 실렸어. 배양액에서 자라다 시아에 도착하면, 스무 살의 신체 조건에 10여 개의 석사 학위와 두세 개의 박사 학위를 딸 수준의 지식을 습득한 채 깨어나서 시아를 개척하는 일을 맡게 될 예정이었어."

"행성 개척용 클론이 금지된 게 언젠데?"

"내가 출발할 때는 아니었어."

"그래서?"

"우린 총 스무 명이었는데 가는 도중에 열다섯 명이 배양액에서 죽었어. 고속 성장 부작용일 가능성이 제기되며 우릴 빨리 깨운 거야. 그때 우리의 생물학적 나이는 대략 열다섯 살이었을 거야. 한 명은 깨어난 지 얼마 되지 않아 죽었는데, 지식 이식 칩 부작용인 것 같다며 우리 머리에서도 칩을 다 뺐어. 그래서 내가 이식형 시스템을 쓰지 않는 거야. 추가적인 문제가 발생할까 봐."

"고속 성장? 지식 이식 칩? 그게 금지된 게……. 와, 그럼 너 태어난 연도로 계산하면 몇 살이야?"

엔카가 내가 지구에서 착상된 해를 기준으로 나이를 계산하면 쉰다섯 살이라고 알려 주었다. 쉰다섯 살이라고? 내가? 징그러운 기분마저 들었다.

"쉰다섯 살이래. 방금 엔카가 알려 줬어. 이전에는 딱히 생각 안 해 봤거든. 폐가전은 생물학적 나이를 기본 나이로 채택해 써서."

"안됐다."

내가 법적으로 성인이 될 수 없다는 점에 채림은 진심 어린 유감을 표했다.

"탐사선 내부 일로 폐가전에 잠시 착륙했거든. 근데 우리가 배양액에서 성장하는 동안 네 말대로 클론에게 행성 탐사 임무를 일방적으로 부여하면 안 된다고 법이 바뀐 거야. 일단 폐가전에서 최신 지식들을 쌓으면서 장래에 뭘 하고 싶은지 정하래. 나는 폐가전에서 잠깐이라도 벗어나고 싶어서 가까운 행성에서 할 수 있는 일이 있나 찾다가 험다에 오게 된 거야."

"아, 이제 알겠다. 어쩐지 열여섯 살인데 레지나 공연장 인턴을 하게 해 준다 했더니. 넌 레지나에 대해서 잘 모를 테니 문제를 일으키지 않을 거라고 생각한 거네. 험다중앙공연장에서 일하고 싶어 하는 애들이 얼마나 많았는데. 나도 신청서 제출했거든."

"레지나에 대해서 잘 몰라서 채용된 거라고?"

"팬이라는 이유로 해킹하려는 사람들이 좀 많아야지. 팬인지, 안티인지……."

"아……."

"가자!"

예고도 없이 채림이 벌떡 일어섰다. 우린 햄버거 가게를 나왔다. 하늘에서 물벼락이 떨어졌던 흔적은 미약한 물 냄새만 남긴 채 사라져 있었다.

채림이 택시를 불렀다.

험다는 대중교통은 싸고, 택시는 비싸다고 들었던 터라 조금 긴장해서 얼마인지 물었다. 채림이 지나가듯 대답한 금액이 내 예상을 초과해서 심장이 콩닥콩닥 뛰었다. 인턴이 되면 급여가 나온다며 폐가전에서 나에게 준 돈은 비상금에 가까웠고, 지출 내역은 자동으로 기록되었다. 문득 공연장까지 어떻게 이동했는지 뭐라고 보고할지가 걱정되었다가, 채림이 내 보호자가 되면 문제없지 싶어졌다.

나와 채림은 공연장 인턴 담당을 만났다. 담당은 깐깐한 인상의 30대 중반으로 보이는 여자였다. 그는 채림이 내 임시 보호자가 되는 데 절차상 아무 문제가 없자 기꺼워했다. 일거리가 줄었다고 안도하는 기색이었다. 하지만 내가 공연 당일에 공연장 질서 담당을 바란다고 하자 딱 잘라 거절했다.

"어려서 안 돼. 그 일은 법적으로 성인만 맡아."

채림이 지지 않고 받아쳤다.

"공연장 질서 담당에 미성년자도 있던데요?"

거짓말이 바로 들켰는데도 담당은 낯빛 하나 바뀌지 않고 대꾸했다.

"제일 어린 질서 담당이 열여덟 살이야."

"그런데 왜 반말을 하시나요?"

황당한 얼굴로 채림을 물끄러미 바라보던 담당이 말했다.

"너 생물학적으로는 미성년자지? 티켓을 구하지 못해서 얘

보호자 자격으로 구경하려는 거잖아. 너 같은 애들이 한둘인 줄 알아? 하여간 덕후들이란⋯⋯."

담당은 날 공연장 청소봇 관리직에 배당했다. 채림이 눈을 부라렸다.

"이건 클론 차별이에요."

"임시 보호자 자격도 큰마음 먹고 준 줄 알아. 그만 나가! 바빠 죽겠구먼."

우린 쫓겨나다시피 사무실에서 나왔다.

채림의 얼굴이 붉으락푸르락해졌다.

"클론 차별이야!"

어떤 면이 차별이라는 건지 나로서는 영문 모를 일이었다. 가만히 있으면 중간은 간다는 말을 어디서 들었더라? 나는 일단 가만히 있었다.

채림은 씩씩대며 날 데리고 가까운 카페에 갔다. 그러더니 시스템에 접속해서 한참 무언가를 했다. 그동안 나는 폐가전에 임시 보호자에 대한 보고서를 작성해서 보냈다.

시스템에서 나온 채림이 말했다.

"안 그래도 험다에서 클론 차별한다고 말이 많던데, 내가 직접 겪게 될 줄이야."

채림이 내게 파일 하나를 공유했다.

"봐!"

무심코 받아서 훑다가 놀라서 얼굴을 드니 채림은 시스템으로 연결된 사람들과 정신없이 대화를 하고 있었다. 입 주위에 방음 장치를 켜서 대화 내용은 들리지 않았으나 대충 어떤 이야기를 나누는지는 감이 왔다.

나는 채림이 준 파일을 다시 꼼꼼히 살폈다.

이번 레지나, 쉬엔의 합동 공연을 위해 인턴이라는 명목으로 임시 고용된 사람이 525명이었다. 그중 클론이 나를 포함해서 97명인데 모두 몸을 써야 하는 허드렛일을 맡았다. 사무직, 공연 당일 공연장 질서 관리 같은 편하거나 잠깐이라도 공연을 볼 수 있는 자리는 모두 사람에게 돌아갔다.

"같은 일을 해도 사람이 돈을 더 받아."

채림이 다른 파일을 하나 더 공유했다. 누가 공유한 파일인지는 몰라도 채림의 말은 사실이었다. 험다중앙공연장에서 나처럼 청소봇을 관리하는 사람의 임금이 나보다 높았다.

갑작스레 비를 맞았을 때처럼 숨이 가빠지고 어지러워지는 느낌이었다. 역사 수업 시간에 한때 인종, 성별, 정체성에 따른 차별이 있었다고 배웠다. 눈치로 과거에만 그랬던 게 아니라 현재에도 그런 차별이 있는 건 알았다. 차별이 없다면 왜 폐가전 근무 지원자들에게 특정 가치관, 정체성, 인종, 성별에 따른 편견 유무를 확인하는 테스트를 했겠는가.

이제는 클론에게 그 차별이 오고 있었다. 테스트에 클론 차별에 대한 문항을 추가해야 하는지도 몰랐다.

험다의 인구는 약 3억 명이라고 했다. 여기라면 내 존재가 가려지면서 자유로워질 줄 알았다. 그런데 내가 클론이라는 걸 폐가전에서보다 더 인식하게 되는 상황이 펼쳐졌다.

채림이 기운차게 말했다.

"됐어!"

"응?"

"클론인권연대 사람들과 이 일을 공론화하기로 했어. 심지어 시스템상 보호자에게 반말까지 했으니. 내가 아까 다 녹화했지. 클론은 박사 학위가 있어도 진급이 안 되는 거 알아? 과장급 이상의 클론은 15퍼센트밖에 안 돼. 임금은 사람 대비 평균 70퍼센트를 받아. 평균이 그렇다는 건 같은 일을 해도 사람이 받는 임금의 반도 못 받는 경우도 존재한다는 뜻이지."

그 말을 듣자 채림에게 레지나의 공연을 보고 싶어서 이렇게까지 해야 하느냐는 말이 나오지 않았다.

"후……. 암표 떴다."

나는 채림이 그 암표를 사길 간절히 바랐다. 비는 채림이 준 우비로 막을 수 있었다. 하지만 우비는 우박과 폭풍까지 막아 주지는 못했다. 엔카가 다시 작동된 뒤 날씨에 대해 자세히 검색해서 험다에서 겨울엔 우박이 쏟아지거나 폭풍이 불 수도 있다는 걸 알았다. 공론화니, 차별이니, 녹화니 하는 말을 듣자니, 나는 비 구경이나 하고 싶었는데 우박에 폭풍이 치는 바깥으로 내몰린 것처럼 몸과 마음이 움츠러들었다.

나는 조심스레 물었다.

"그런데?"

"못 사. 너무 비싸."

"얼마나 비싸기에?"

하루에 햄버거 세트를 100개씩 먹어도 되고, 강남의 아파트 한 채를 살 수 있는 돈이 있으며, 레지나 공연을 보기 위해 30년을 건너뛰어 온 애가 비싸서 못 산다는 말이 의아했다.

"아파트 한 채가 아니라 한 동을 통째로 살 돈이 있어야 해. 도대체 그런 돈은 누가, 어떻게 버는 거지? 망할 티켓 투기업자들. 공연 직전을 노려서 내놓은 거야. 이것도 언제 공론화해야 해. 티켓 투기가 한국의 땅 투기 이상이라니까? 물론 난 싸도 안 살 거였어. 팬이 티켓 투기업자들 배를 불려 줄 수야 없지. 후……. 넌 뭐라고 할래?"

"응?"

"다들 지금 성명서 내고 있어."

"나, 나도 해?"

채림이 물끄러미 나를 응시했다. 어쩐지 민망해져서 눈을 피했다.

"겁나?"

"조금……."

"그래, 그럼 말아."

의외로 채림은 순순히 물러났다.

"너 말고도 하겠다는 사람 많고, 넌 폐가전에서 왔으니 이런 일 안 겪어 봤을 테니까, 낯설고 무서울 거야. 폐가전이 고물이긴 해도 거긴 차별 같은 게 거의 없다며?"

채림이 모르는 게 없는 것 같아 신기했다.

"되게 잘 안다."

"거기 내 동업자가 있거든. 피차 닉네임으로 연락해서 누군지는 몰라. 덕밍아웃이라는 게 쉬운 게 아니니까."

채림이 말한 동업자란 레지나 팬 아트 홀로그램을 함께 제작하는 사람을 말했다. 폐가전에 있는 사람은 의상을 디자인해 보내고, 채림은 그 의상을 입고 노래하는 레지나의 홀로그램을 만든다고 했다.

"안무를 짜거나 스토리를 만드는 사람도 있어. 내 공개 시스템 계정으로 자기가 짠 안무나 스토리를 보내면 내가 그걸로 홀로그램 댄스나 드라마를 만드는 거야. 시청자들이 돈을 내는데 그 돈을 나눠 갖는 거지."

전혀 몰랐던 세계였는데 놀랄 만큼 체계적이었다. 안무, 의상, 시나리오별로 서로 수입을 나누는 비율도 정해져 있었다.

"그래서 레지나 팬이 아닌데도 뛰어드는 사람들이 있다니까? 근데 팬이 아닌 사람이 만든 건 어딘지 모르게 티가 나."

어딘지 모르게, 이 말이 좋아하는 대상에도 쓰일 수 있는 거구나.

"팬 아트는 정말 좋아하는 사람들이 좋아하는 마음으로 시작한 건데 이젠 완전 도떼기시장 됐어. 그래도 진짜 팬들은 팬이 만든 것과 아닌 걸 구분하는데 최근 들어 입덕한 애들이 뭣 모르고 이거저거 다 사면서 아무 데나 돈 쓴다니까?"

이어 채림의 입에서 무분별한 팬과 가짜 팬 아트 제작자들에 대한 성토가 쏟아졌다. 좋아하는 걸 말할 때는 반짝이던 얼굴이 성토를 할 때는 돌변해서 무시무시해지는지라 마주 보기 힘들었다. 날 선 말들이 쏟아지니 귀도 따가웠다. 진짜 덕후가 레지나의 팬 아트로 돈을 버는 건 레지나에 대한 사랑이고, 가짜 덕후가 레지나를 이용하는 건 비양심적인 행위라는 분노는 내게는 알 듯 모를 듯 알쏭달쏭한 소리였다.

'하여간 덕후들이란……'

담당이 이를 갈 듯 한 말이 문득 귓가를 스쳐 갔다.

카페를 나와 채림의 호텔로 갔다. 채림은 카운터로 가서 인원이 한 명 더 늘었다고 했다. 호텔은 대부분 2인실이 기본이라 채림은 추가 요금을 지불하지는 않았다.

"미안해. 내가 반값 내야 맞는 건데……."

내게는 너무 비싼 호텔이라 보탤 엄두가 나지 않았다.

"괜찮아. 내가 아니라 레지나에게 감사해. 다 레지나 덕에 번 돈이니까."

침실 한 개, 드넓은 거실, 욕조가 있는 샤워실, 통유리 창이 있는 휘황찬란한 방이었다. 침실이 폐가전에서 내가 살던 방보다 넓은 것 같았다.

통유리로 험다의 야경이 보였다. 얽히고설켜서 뻗은 스카이 로드의 화려한 불빛, 스카이 로드를 타고 지나가는 차들이 내는 움직이는 불빛, 관광과 공연의 도시답게 호화로운 전광판들이 영화보다 찬란하게 펼쳐졌다. 넋을 놓고 보던 내가 잠들 때까지 채림은 험다중앙공연장의 클론 차별 만행을 규탄하는 사람들과 이야기를 나누며 작전을 짰다.

7시에 일어나니 채림이 메시지를 남겨 놓고 자고 있었다.

룸서비스로 아침 시켜 먹어.

단 하루 겪었을 뿐이지만 채림에게 이렇게 세심한 면이 있는 줄 몰랐다. 안 그래도 배가 고팠던 터라 엔카에 접속해서 잠시 씨름을 한 끝에 호텔 시스템과 연결해서 룸서비스를 시킬 수 있었다.

호텔이 공연장 바로 앞이라 8시 40분에 도착했다. 여유 있게 도착했다고 안도한 것도 잠시, 담당의 흉흉한 눈빛에 기가 확 꺾였다. 9시까지 아니었어? 8시를 잘못 들었나? 나처럼 청소봇을 맡은 사람들이 나를 대하는 태도도 곱지 않았다.

"잘 대해 줘. 말 한 마디 잘못하면 클론 차별로 몰리니까. 난 분명히 주의 줬다?"

담당의 말에 사람들이 다가와서 인사했다. 웃는 얼굴이 화내는 얼굴보다 더 괴기스러울 수 있음을 깨달은 순간이었다.

"힘들면 뭐든 말해. 절대 그냥 넘어가지 말고. 알겠지?"

담당은 내게 확인시키듯 말하고 떠났다. 나는 사람들과 함께 공연장으로 가서 청소봇들이 일하는 모습을 지켜보고, 모서리 등에 걸린 청소봇을 빼 주고, 재작동시키는 걸 반복했다.

일은 쉬웠다. 날 힘들게 한 건 사람들의 싸늘한 태도였다.

애초에 돈이 필요해서 찾은 일이 아니었다. 클론은 돈을 적게 준다는 걸 사전에 알았더라도 상관하지 않았을 것이다. 그런데 아무 짓도 하지 않은 날 단지 클론이라는 이유로 냉대하는 사람들을 보자 억울하고 분했다.

점심시간이 왔다.

"우리 다 따로 먹어. 너 따돌리는 거 아니다?"

같이 일한 사람 중 한 명이 그렇게 말하더니 뭐라 대꾸할 틈도 주지 않고 휙 가 버렸다. 진짜 나한테 왜 이래? 내가 뭘 잘못했는데? 혼자 구내식당으로 가서 음식을 받아 빈자리에 앉았다. 엔카에 접속해 핫뉴스에 뜬 기사를 보고서야 사람들의 태도를 조금이나마 이해했다.

클론차별반대연대는 이전부터 클론을 차별하는 행위의 공론화를 추진하고 있었다. 그런데 험다중앙공연장에서 문제가 제기된 것이다. 무려 공립 기관에서 클론을 차별한다는 사실이 알려지자 클론차별반대연대에서는 일을 시작할 좋은 계기로 받아들였다.

그리하여 간밤에 험다중앙공연장만이 아니라 사설 공연장, 운송 업체, 물류 업체 등 10여 곳에서 근무하는 클론들이 클론차별반대연대와 함께 성명서를 발표했다. 그 일로 험다 전체가 들썩이고 있었다.

밥을 다 먹을 무렵 담당이 사무실로 오라는 메시지를 보냈다. 사무실로 가니 채림도 와 있었다. 담당은 지극히 냉소적인 눈빛으로 우리를 보며 입을 열었다.

"소피아, 공연 당일 질서 유지 요원으로 넣어 줄게. 그리고 임채림 씨는 보호자 자격으로 참관하시면 되겠습니다."

채림이 조금도 눌리지 않는 태도로 물었다.

"조건은요?"

채림의 당돌함에 화가 난 담당은 다시 반말로 돌아갔다.

"우리 공연장에서는 아무 문제도 없었다고 발표해. 쟤는 폐가전에서 왔잖아. 경력이 없기 때문에 임금이 쌌던 거야."

"경력이 없어서 인턴인 거죠. 똑같이 경력이 없더라도 사람 인턴은 소피아보다 임금을 더 주지 않나요?"

"열여섯 살이잖아. 우리 공연장에서 제일 어린 나이야. 어린데도 써 준 걸 감사해야지."

"열일곱 살은 얼마를 받는데요? 한 살 차이가 그렇게 대단할까요? 그리고 필요해서 쓰는 게 인턴 아니에요? 써 주는 데 감사라니요? 놀면서 월급 받나요?"

"레지나 공연, 안 보고 싶어?"

채림의 입이 굳게 닫혔다. 이 공연을 위해 30년을 건너뛰고도 Jg-181을 오가며 5년을 기다린 채림이었다.

채림이 내 손을 단단히 잡아 일으켰다.

"가자!"

"마지막 기회야. 지금 저 문을 나서면 다음 기회는 없어."

담당이 냉정하게 말했다. 채림은 그대로 문을 열었다.

"야, 야, 기다려 봐!"

한 번 돌아보지도 않는 채림의 단호한 태도에 당황한 담당이 다급하게 외쳤지만 채림은 걸음을 멈추지 않았다.

채림은 마음이 바뀔까 무서운 듯 뛰다시피 걸었다. 나는 부랴부랴 쫓아갔다. 갑자기 멈춰 선 채림이 내 쪽으로 휙 고개를 돌렸다. 눈이 벌겠다. 이어 폭우 같은 눈물을 쏟았다.

"더 있었으면 그런다고 했을 거야. 나 진짜 레지나 공연 보고 싶어서, 으어, 내가 얼마나, 흐엉, 초반에 싸게 나왔던 암표 살까 했는데, 근데 그건 팬이 하면 안 되는 짓이라서, 나 진짜 레지나 공연 보고 싶었단 말이야!"

채림이 주저앉아 무릎을 끌어안고 울기 시작했다.

"저기, 나도, 성명서 낼까?"

나중에 왜 이런 성명서를 냈는지 폐가전에서 물어볼 텐데, 생각만 해도 그 절차들이 아득했지만 내게 여러 도움을 준 채림을 위해, 나 자신과 나 같은 클론들을 위해서 지금 내가 할 수 있는 유일한 일이었다.

"괜찮아. 무리하지 않아도 돼. 어차피 공연 안 볼 거였어."

"아니, 절대 무리하는 게 아니라…… 뭐라고?"

공연을 안 볼 거라니?

"이거 받아."

채림의 시스템에서 엔카에게로 무언가가 전송되었다. 그간 채림이 모은 레지나, 쉬엔 홀로마이드 추첨권 마흔여덟 장이었다.

"이걸 왜 나에게 줘?"

심상치 않은 느낌에 팔뚝에 오소소 소름이 돋았다.

"어떻게 그럴 수 있어? 도대체 어떻게? 너무한 거 아냐?"

채림이 새된 소리를 질러댔다. 나는 점심시간이 끝났다는 알림이 올 때까지 채림의 말을 듣다가 일터로 돌아갔다. 일하는 내내 채림의 목소리가 머릿속에서 반복 재생되었다.

'어떻게 레지나가 쉬엔과 연애를 해? 어떻게 그럴 수가 있어? 공개 연애하겠대!'

레지나와 쉬엔은 홀로그램 가수였다. 둘이 연애를 한다는 건 쇼일 뿐이었다. 아무리 내가 홀로그램 가수 세계에 대해서 아는 게 없다지만 그 정도는 상식으로 알 수 있었다. 그게 그렇게 충격받을 일인지 나로서는 도무지 이해할 수 없었으나 그 말은 하지 않았다. 다만 묵묵히 채림의 말을 들어주었다. 끼어들 틈도 없었지만.

퇴근하고 호텔에 돌아가니 채림은 흡사 야경 속 수많은 불빛 중 하나가 되어 사라지고 싶은 사람처럼 멀거니 창밖만 보고 있었다.

"쉬엔 팬들이 들고 일어났어. 레지나가 쉬엔을 이용하는 거라나? 이제 갓 범우주적 팬덤이 생기기 시작한 쉬엔이 레지나랑 연애를 하면 어쩌느냐는 거야. 레지나가 더 이상 화젯거리가 없고, 새 홀가(홀로그램 가수)들에게 밀리니까 이슈를 찾아서 쉬엔과 연애하는 거래. 우리야말로 싫거든? 쉬엔이 레지나 인기를 등에 업고 가는 거니 더 이득 아냐? 도대체 둘이 연애를 왜 해? 연애하라고 레지나 음원, 광고하는 제품들 다 사면서 응원하고, 팬 아트 만들어 온 게 아니란 말이야! 내가 먹은 레지나 햄버거 세트가 몇 개인 줄 알아?"

목소리에서 독기가 빠져 있는 느낌이, 내가 오기 전까지 다른 레지나 팬들과 이미 수없이 이야기한 모양이었다.

"너무해."

"어······."

"양쪽 모두에게 실책이야! 아니, 연애는 둘이 하는 건데, 레지나가 선배란 이유로 쉬엔을 이용하는 거라는 소리까지 들어야 하는 게 말이 되냐고!"

"그렇지."

그저 끄덕이고 동의하는 것 외에 달리 할 말이 없었다.

"팬 아트는 끝났어. 지금 다들 그동안 사 온 홀로그램 삭제하는 인증 영상 올리고 난리도 아니야. 쉬엔 팬들이 뭐라 그러는지 알아? 지금 레지나 옹호하는 사람들, 다 팬 아트로 먹고 살던 사람들이래. 내가 그래서 레지나 편을 드는 것 같아? 그런 것 같냐고!"

"절대 아니지."

"그지? 아니야, 그런 거 아니라고! 내가 진짜 속상한 게 뭔지 알아?"

"뭔데?"

"험다에서 공연장 대관료를 대폭 깎아 줬대. 둘이 연인 사이임을 공표하는 걸 앞당기는 조건으로 말이야. 지금 어딜 들어가든 다 레지나, 쉬엔 연애 기사만 떠. 클론 차별 반대 성명서가 묻혔다고! 왜 나의 레지나를 그런 데 이용하는 거야? 지금 팬들 모아서 레지나 소속사에 항의하려는데, 클론 이슈에 관심 있는 사람은 소수고, 모두 다 연애 때문에 날뛰고 있어. 나 진짜 화나."

내가 채림의 옆에 앉자 채림이 내 어깨에 머리를 기대고 흐

느꼈다. 기이하게도 그 울음이 레지나와 쉬엔의 연애 때문이 아닌 것 같았다. 둘의 연애로 인해 클론차별반대연대의 행동이 묻혀서도 아닌, 안 그래도 울고 싶었는데 누가 뺨 때려 줬다는, 그런 느낌이었다.

클론 차별 공론화 기사는 레지나와 쉬엔의 공개 연애 발표로 인해 묻혔지만, 그렇다고 클론차별반대연대의 움직임 자체가 사라진 건 아니었다. 나는 클론차별반대연대에서 나온 사람을 만나 차별을 겪었는지에 대한 질문에 최대한 있는 그대로 답변했다. 성명서에 얼굴을 공개하는 것도 동의했다. 한 클론당 주어진 시간은 1초라 내 얼굴은 삽시간에 지나갔다. 얼마 뒤 클론도 사람과 같은 임금을 받아야 한다는 법안이 발의되리라는 기사가 한구석에 실렸다.

채림은 조금 기운을 찾은 듯했다. 레지나와 쉬엔 공연의 암표값이 뚝 떨어져서 빚까지 내 표를 샀던 암표 투기꾼들이 궁지에 몰렸다는 소식 덕분인 것 같았다.

"먹고살 길을 찾아야 해. 험다가 강남보다 물가가 비싸. 일단 싼 호텔로 옮기자."

채림이 말했다.

돈이 많다고 펑펑 쓰는 것 같더니 수입이 없어지자 바로 지출을 줄이는 모습이 어른스럽게 느껴졌다. 나는 아직도 돈이 뭔지 감이 안 오는데 말이다.

우린 새 호텔로 갔다. 먼젓번 호텔보다 도심에서 떨어진 곳에 있었고 외관도 수수했다. 채림이 잡은 방은 침실 하나에 거실과 작은 주방이 딸린 곳이었다. 지난번 방보다 작았지만 깔끔하고 아늑했다. 채림이 거실에 있는 커튼을 확 걷었다. 바깥에서 색색의 불빛들이 점멸했다. 고층이라서 멀리 보이는 야경을 즐기기에는 무리가 없었다.

"뷰는 포기 못 하지."

채림이 어떠냐는 듯 나를 보았다. 멋지다는 말을 기대하는 게 분명했는데 내 입에서는 엉뚱한 말이 나왔다.

"나까지…… 미안해."

수입이 갑자기 사라진 것이나 마찬가지였는데 나까지 덤으로 안게 된 게 너무 미안했다. 임시 보호자가 있기 때문에 나는 공연장 기숙사에서 지낼 수 없었다.

"그런 소리 하지 마! 험다에서는 내가 네 보호자고, 난 일단 책임지기로 했으면 끝까지 책임져. 우리 엄마처럼 무책임하게 안 해!"

채림의 눈이 또 살벌해졌다.

"응……."

한 달가량을 함께 지내는 동안 따스한 춘풍과 오싹한 한파를 급격하게 오가는 채림의 모습에는 그럭저럭 단련되어 있었다.

채림의 눈이 다시 창가로 가서 꽂혔다. 그리고 가라앉은 목소리로 입을 열었다.

"나 반지하에서 살았어. 반지하가 뭔지 알아?"

나는 고개를 도리도리 저었다. 엔카도 모른다고 했다. 지하면 지하고 지상이면 지상이지, 반지하는 뭐지?

"사람 취향의 기저에 깔린 건 아마도 박탈감일 거야. 나는 레지나가 높은 곳에서 화려하게 빛나서 좋았어."

홀로그램 가수는 공간 제약을 받지 않기 때문에 공중에서 입체적으로 움직였다. 관객들은 앞 사람들 때문에 관람에 방해를 받지 않았고, 천장에서 공연을 하기에 어느 좌석이든 공평하게 공연을 즐길 수 있었다. 다른 말로 사람들은 늘 공연을 올려다봤다.

레지나와 쉬엔의 공연은 나름 성황리에 끝났으나 팬들의 거센 반발은 멈추지 않았다. 레지나와 쉬엔이 광고하는 상품의 불매 운동으로까지 이어지자, 레지나와 쉬엔의 소속사는 연애가 아니었다, 그냥 친구인데 오보였다, 헤어진다 등등 각기 다른 입장을 내놓았다 번복하기를 반복했다.

레지나에 대한 채림의 애정이 한순간에 식지는 않았으나, 더 넣을 장작이 없는 모닥불처럼 서서히 꺼져 가는 게 보였다.

나는 공연 후 공연장 뒷정리 일에 동원되었다. 그것도 내일이면 끝나서 모레면 채림과 헤어져 폐가전으로 돌아가야 했다.

"먹고 싶은 거 말해. 나 급여 받았어. 초기 책정된 금액보다 5퍼센트 더 주더라. 폐가전으로 돌아가면 어차피 돈 쓸 곳이 없어."

"폐가전 직원들은 월급 받으면 뭐 해?"

"가족에게 보내기도 하고, 다른 행성으로 이주하려고 저축하기도 해."

"그럼 너도 저축해. 오늘 저녁은 저축 전 최후의 만찬이다!"

몹시 기쁘게도 채림은 전혀 사양하지 않고 저녁거리와 간식거리를 한가득 샀다. 우린 포장한 음식들을 가지고 호텔로 갔다. 로비에서 웬 나이 든 여자가 일어서더니, 옆에 둔 커다란 가방을 거북이 등딱지처럼 메면서 우리에게 성큼성큼 다가왔다.

"임채림!"

"어, 엄마?"

채림이 꼭 내가 처음 비를 봤을 때와 같은 표정을 지었다.

"너, 너, 너, 대관절! 엄마를 얼마나 놀라게 해야 속이 시원하겠어? 어?"

"엄마가 여길 어떻게 왔어?"

채림의 엄마 대답보다 호텔 직원이 우리에게 다가오는 속도가 더 빨랐다. 직원은 친절하고 사무적이면서도 단호한, 삼박자를 겸비한 태도로 혹시 방에 한 명이 더 머물 거면 숙박비를 더 내야 한다고 말했다.

채림의 엄마가 딱 잘라서 말했다.

"나 돈 없다."

"어, 어, 내가……."

내가 방을 따로 잡겠다고 말하려 하자 채림이 제지하듯 내 손을 단단히 쥐었다.

"돈도 없이 왔다고?"

"넌 나한테 올 때 돈 가지고 왔니? 적어도 나는 옷은 입고 왔다!"

나는 채림의 말문이 막히는 모습을 처음 보았다.

채림은 로비로 가서 한 사람이 추가되는 만큼의 돈을 지불했다.

"저, 저는 모레 체크아웃 해요."

내가 더듬거리며 말하자 직원이 알겠다고, 체크아웃 할 때 다시 확인받으라고 했다.

우린 방으로 올라갔다. 채림의 엄마는 내 손에서 포장된 음식들을 받더니 식탁에 차려 놓고 먹기 시작했다.

"굶기라도 했어? 설마 한 푼도 없이 온 거야?"

"너 놓칠까 봐 로비에서 기다리느라 못 먹은 거야."

"겨우 요거 가지고 왔다고?"

채림의 엄마가 채림에게 자기 계좌를 전송한 모양이었다.

"웜홀 타고 도망치는 사람들 때문에 웜홀을 타려면 빚이 없어야 해. 그래서 가게와 집 정리하고, 세간살이 다 중고로 팔았어. 저 가방 안에 든 게 내 전 재산이다."

"시간 못 맞추면 어쩌려고 그랬어?"

"바로 따라오려고 했는데 잘못된 시간에 도착할까 봐 못 그랬어. 그래서 기다렸다, 기술이 더 발달하길. 너 가고 한 10년 지나니까 웜홀 통과 후 도착 예측 시간 계산법이 정교해졌어.

적어도 공연 당일에는 있으려니 했지. 어제 도착했는데, 어디서 오류가 난 건지 며칠 전에 공연이 끝났다잖아? 험다 경찰서에 갔는데 너 성인이라고 지구에서 모녀 관계 증명서 떼 왔는데도 검색해 줄 수 없다더라. 지푸라기라도 잡는 심정으로 험다중앙공연장에 갔더니 거기서 누가 가르쳐 줬어. 너 단단히 밉보였던데?"

공연장에서 날 담당했던 사람이 알려 준 모양이었다. 담당은 내 주소를 알고 있었고, 내 주소가 곧 채림의 주소니까.

말하면서도 채림의 엄마 입으로 쉴 새 없이 음식이 들어갔다.

"며칠 굶기라도 했어?"

"난 하루에 세끼면 충분하다. 너처럼 두 시간에 한 번씩 밥 달라고 안 해."

"내가 언제 그랬어?"

"아기 때 일이라 기억 안 난다고 해서 안 그런 게 아니거든?"

식사를 마치고 마무리로 물까지 시원하게 들이켠 채림의 엄마가 컵을 소리 나게 내려놓았다.

"왜 그랬어? 엄마가 얼마나 놀랐는 줄 알아? 가출을 해도 지구 안에서 해야지!"

"엄마가 나랑 가족 관계 해지하려고 했잖아!"

"그래야 지원금을 받으니까! 넌 곧 고등학생이 될 거였어. 고등학생 딸을 둔 한 부모 가족에게 주는 지원금보다 부모가 없는 고등학생이 받는 지원금이 더 많으니 어쩌니. 잘하면 대학 등록금도 지원받을 수 있다더라. 그래서 서류상으로만 하려던 거야. 진짜 널 버리려고 했으면…….”

“진작 버리셨겠지!”

“너 몰래 했겠지! 내 정보 네가 다 알고, 지원금 신청도 다 네가 해 왔는데, 네가 그걸 볼 줄 엄마가 몰랐겠니? 너도 컸으니까, 지원금 신청 한두 번 받아 본 거 아니니까 이해할 줄 알았지.”

“그걸 어떻게 이해해?”

두 사람은 가쁜 숨을 쉬며 서로를 매섭게 노려보았다. 나는 둘을 보며 유전자가 무엇인지 실감했다. 어린 채림과 나이 든 채림이 서로를 노려보는 형세였다.

“난 그때 겨우 서른다섯이었어.”

채림의 엄마는 그걸로 할 말을 다 했다는 듯, 채림이 깜짝 놀라길 바라는 반응을 기다리는 듯 채림을 바라보았다.

“너 마흔여섯이라며? 너 낳았을 때 나는 지금 너보다 무려 열한 살이 어렸다고!”

“그, 그게 무슨 말도 안 되는 헛소리야?”

“마흔여섯 살 아니라는 거야? 그럼 열여섯 살 할래?”

“왜 내가 열여섯이야? 내 시스템 나이는……!”

“너한테 유리한 것만 고르겠다고? 성인으로 인정받고 싶으면 너보다 어렸던 엄마를 이해하거나, 어리광 부릴 거면 열여섯 하거나 해. 나도 힘들었다! 너랑 매일 놀아 주고 학원도 보내고 남들 하는 거 다 해 주고 싶었어. 나는 뭐 편하게 산 줄 아니?"

"가게까지 정리하고 험다에 와? 나 못 만났으면 어쩌려고 그랬어?"

"엄마도 없이 어쩌려고 혼자 여기까지 온 거야?"

"지금까지 잘해 왔거든?"

채림이 악을 썼다. 울지는 않았지만 꼭 우는 것 같았다.

문득 레지나의 공연을 보지 않겠다며 몸을 잔뜩 웅크린 채 울던 채림의 모습이 떠올랐다. 그때 내 느낌이 맞았다. 그건 비단 레지나와 쉬엔의 연애 소식에 느낀 배신감 때문이 아니었다. 설령 공연을 봤더라도 마찬가지로 울었을 것 같았다. 홧김에 집을 뛰쳐나오며 기댔던 유일한 게 바로 이 공연이었다. 채림에게는 그 순간 공연이 끝난 것이나 다름없었다. 그러자 그간 내내 외면해 왔던, 앞으로 어떻게 살지에 대한 막막함, 두려움, 엄마에 대한 그리움이 폭발했던 것이다. 겉으로 보기에 채림은 버럭버럭 화를 내고 있었으나 속으로는 분명 안도하고 있었다.

"소피아랬지? 배고플 텐데 이리 와서 밥 먹어."

"네? 네."

채림에게 소리를 지를 때와는 딴판인 다정한 목소리였다.

"남들한테만 잘하지."

채림이 한마디 하고는 자리에 앉아 젓가락을 들었다.

"레지나 팬 아트는 끝났어. 가격도 뚝 떨어졌지만 그게 아니더라도 내가 안 해. 나 엄마 먹여 살릴 능력 없어."

"네가 가져간 엄마 돈, 그거 갚아야지? 이자가 30년 치 쌓였단다, 딸아."

"엄마가 부려 먹은 내 인건비는?"

"너 먹여 살린 값부터 계산할까?"

"서른다섯 살이 어리긴 뭐가 어리다 그래?"

자기가 불리하다 싶었는지 채림이 말을 돌렸다.

"나이가 든다고 애 엄마가 될 준비가 자동으로 되는 줄 알아? 서른다섯 살이든 마흔다섯 살이든 몇 살이든 아이를 낳기에는 다 어린 거야! 그리고 너는 어떻게 홀로그램 가수를 보겠다고 30년을 도망쳐? 그럴 가치가 있니? 사람도 아니고 홀로그램일 뿐이잖아."

"홀로그램일 뿐이다? 그런 말은 어디에든 갖다 붙일 수 있지. 식당에 갔는데 값은 비싸고, 불친절하고, 더럽게 맛없었는데, 머리카락까지 나왔어. 그래서 화를 내는 사람에게 누가 말하는 거지. 밥 한 끼일 뿐이잖아. 35년간 먹어 온 38,325끼 중 하나. 어릴 때는 두 시간에 한 번씩 먹었다니 더 많겠네. 처음 보는 사람이 엄마한테 다짜고짜 욕을 하고 갔다 쳐. 그래도 열 올릴 필요 없지. 지나가는 사람일 뿐이잖아. 엄마가 이제껏 스친 수많은 사람과 앞으로 스칠 수많은 사람 중 하나 말이야."

"하여간에 지는 법이 없지."

"이제 뭐 해서 먹고살 거야?"

채림의 말은 질문보다는 의지하는 말처럼 들렸다.

"험다 사람들도 커피는 마시겠지."

"또 커피야?"

"커피가 세상에 나온 이래 커피를 이긴 음료가 없어. 다른 건 다 한시적 유행으로 끝났어. 게다가 식당은 큰 공간이 필요하잖니. 커피는 테이크아웃도 많이 하니까 작은 공간을 얻어도 할 만해. 그리고 엄마 카페인 과민 반응 있어서 커피 안 마시는 줄 알지? 초콜릿도 안 좋아해! 하고 싶은 것만 하면서 살 수 있을 줄 알아?"

"어떻게 얼굴만 늙었고 변한 게 하나도 없어? 그 소리 지구에서도 백만 번은 들었거든?"

"그래, 나 험다의 시스템 나이로 일흔일곱이다! 어쩔래?"

채림과 채림 엄마의 배웅을 받으며 페가수스 우주정거장으로 떠나는 우주선에 올랐다. 두 사람은 반걸음 떨어져서 서 있었지만 이후를 걱정할 필요는 없을 것 같았다.

험다에서 한 달 반을 보내는 동안 페가전은 1년이 흘러 있었으나 알던 사람들은 헤어스타일 외에는 달라진 게 없었다. 그간 다른 행성에 정착하러 떠난 사람들도, 새로 온 사람도 있다고 했다. 내가 모르는 사람들 사이에서 일어난 일이었다.

1년 동안 페가전의 시스템이 업그레이드돼서 그에 맞춰 엔카를 업그레이드하고 인턴으로 일한 동안 있었던 일에 대한 보고서를 썼다. 대부분 매우 좋았음, 좋았음, 보통, 나빴음, 매우 나빴음 중에서 선택하는 거였고 드물게 왜 좋았는지 왜 나빴는지를 쓰는 서술형이 있었다.

문답을 마친 뒤 상담사인 쉐나즈 선생님을 만났다. 이런저런 이야기를 하다가 클론 차별 반대 성명에 참여했다는 말까지 나와 버렸다. 선생님은 날 나무라는 대신 클론을 차별하는 일을 직접 겪은 게 내게 안 좋은 영향을 미칠까만 걱정했다.

그토록 떠나고 싶어 했으면서도 막상 익숙한 곳, 익숙한 규칙 속으로 돌아오자 몸과 마음이 풀어졌다.

카페테리아에서 음료를 마시며 그간 놓친 공부를 하는데 떨어진 자리에서 누군가 이야기를 나누는 소리가 들렸다.

"아니 무슨 홀로그램 가수가 연애를 하니 마니로 난리야? 실제 가수면 몰라."

"우리 부서에 쉬엔 덕후가 있었는데 연애 소식이 발표된 뒤 밤을 꼬박 샜다고 하더라."

"그게 그럴 일인가?"

"그러고 보니 험다가 클론 차별이 심하다고 하지 않았냐? 우리 정거장에도 거기서 인턴 일 하고 온 애가 있다던데."

"미성년자 클론 말이지? 험다랑 여기 이동 시간이 어떻게 되지? 그럼 걔는 이제 몇 살인 거야?"

이어 화제는 같은 부서 사람들 험담과 칭찬, 그리고 전문 용어를 섞어 가며 자기 부서에서 하는 일들로 옮아갔다.

사람들은 언제나 다른 사람들의 이야기를 한다. 그게 꼭 악의가 있어서는 아니다. 이 말을 주문처럼 읊조리다 문득 레지나와 쉬엔의 공연을 검색해 보았다. 내게만 보이도록 안경을 불러온 뒤 공개된 공연 영상을 재생했다.

심장 박동에 맞추어서 북소리가 울리나 싶더니 차츰 빨라지고 레지나가 먼저 모습을 드러냈다. 레지나의 온몸에서 전광판 따위와는 견줄 수 없는 화려한 불빛이 점멸하고 난생처음 듣는 노래가 흘러나왔다. 이어 쉬엔이 합류했다. 둘은 불빛으로 사람의 형태가 되었다가 분산되면서 다른 존재가 되고, 때로는 같이, 때로는 떨어져서 노래하고 춤을 추는 그 이상의 쇼를 보여 주었다. 인간을 본떠 인간이 만들었으나 인간을 넘어선 존재였다. 저런 존재에게 반하지 않는 건 죄악이라는 생각마저 들었다. 이런 게 입덕인가. 나는 과제도 잊고 그 자리에서 공연 영상을 다 보고 방으로 돌아가서도 노래를 틀고, 험다에서 받은 급여로 음원을 구입했다. 채림의 팬 아트도 찾았다. 팬이 재창조한 레지나는 원본 레지나와 같으면서도 달라서, 레지나의 어떤 면에 반했는지 알게 해 주었다.

채림은 지금쯤 엄마와 카페를 차렸을지 궁금해졌다. 마치 내 마음을 읽은 것처럼 채림에게 메시지가 왔다.

도착했어? 거긴 몇 년 흘렀어? 여기서는 그때 일로 생물학적 미성년자는 시스템 나이를 적용하면 안 된다는 주장이 나오고 있어. 하지만 그렇게 못할걸? 여긴 관광 행성이잖아. 돈 펑펑 쓰는 생물학적 미성년자들을 놓치고 싶지 않을 테니 말이야. 언제든 놀러 와. 엄마는 카페를 차리자고 했지만 내가 죽어도 안 한다 그랬어. 그래서 우리 지금 뭐 하는지 알아?

채림은 지극히 채림답게 속사포처럼 말하다가 갑작스레 끊고 뜸을 들이더니, 이어서 메시지를 보냈다.

옷 가게 한다! 믿어지니? 나 레지나 팬 아트 만들 때도 의상은 다른 사람이 디자인한 거 입혔는데. 지금은 새벽 시장에서 떼 온 옷을 변형해서 팔지만, 앞으로는 내가 직접 디자인한 옷을 판매하려고 의상학과 시험을 쳤어. 엄마가 학력이 있으면 가게 홍보하기 좋다고 등을 떠밀었거든. 사실은 다 핑계고 나한테 대학 졸업장 붙이고 싶은 거지. 늙은 엄마 소원 들어주려고 그런다고 했어. 합격은 걱정 안 해. 금손이 어디 가겠어.

채림은 잘난 척하면서 시험 결과를 걱정하는 마음을 감추고 있었다.

나는 빙그레 웃으며 답신을 준비했다. 첫마디는 "분명 수석 합격해서 전액 장학금으로 다니게 될 거야!"가 적절하겠지? 다음에는 쉬엔과 레지나 홀로마이드를 보여 줘야지. 놀랍게도 채림이 준 추첨권 중 한 장이 당첨되었다. 나중에 알았는데 경쟁률이 무려 29만 대 1이었다. 한정 수량만 제작되었고 카피도 불가능한지라 팔면 꽤 큰돈을 받을 수 있지만 나는 간직하기로 했다. 이걸 판다니, 있을 수 없는 일이었다. 그 이야기를 하면 또 뭐라고 할까? 내가 쉬엔과 레지나 커플 팬이 되었다는 이야기는 하면 안 되겠지? 둘의 연애를 응원하는 팬 아트들도 심심찮게 생기고 있었고, 험다에서 받은 급여로 그중 몇 개를 구입했다. 이 이야기도 하면 안 될 것 같고…….

문득 채림을 다시 만날 때는 시간이 얼마나 흘렀을지, 그때 나는 무엇을 하고 있을지 궁금해졌다.

깊고 푸른

『당신의 간을 배달하기 위하여』, 사계절, 2022 발표.

"사람은 약게 살아야 해."

아빠가 왼쪽 눈을 빼서 접시 위에 놓으며 말했다. 이어 왼쪽 눈을 분해해, 내 평범한 눈으로는 일일이 구분하기 어려운 미세한 부품까지 모두 세심하게 닦고 상태를 살폈다. 그다음에는 왼쪽 눈을 끼고 오른쪽 눈을 뺀 뒤 같은 작업을 반복했다. 아빠가 매일 아침 하는 일로 나는 매번 옆에서 전 과정을 지켜봐야 했다. 언젠가 내가 물려받을 눈이기 때문이었다. 눈을 점검할 때마다 아빠는 지치지도 않는지 앵무새처럼 똑같은 말을 되풀이했다.

"정직하게 사는 사람들은 다 바보야. 하지 말라면 하지 않고, 하라는 거 다 하면서는 절대 살아남지 못해. 요령껏 해, 알겠지?"

"응, 약삭빠르게, 머리를 굴리면서 살기!"

내가 대답하자 아빠가 기특하다는 듯 만면에 웃음을 지었다.

"세상은 험해. 요령을 피우려고 해도 자기만의 무기가 있어야 하지."

두 눈을 제자리에 끼운 아빠가 가까이에 있는 물건부터 먼 곳까지 면밀히 둘러보며 잘 보이는지 확인했다. 그러더니 만족스러운 얼굴로 검지와 중지로 자기 눈을 가리켰다.

"아빠의 무기는 바로 이 눈이야."

아빠는 날 때부터 시력이 나빴다. 조금 전 끼운 눈은 할머니가 인당수 아래에 있는 광산에서 찾아온 것이다. 할머니가 젊었을 때만 해도 누구나 허가증만 구입하면 수집가로서 인당수 광산에 드나들 수 있다고 했다. 인당수 광산은 대폭발 이전에 만들어진 곳으로 지금은 쓰임새를 알 수 없는 수많은 기계 부품들이 있었다.

수집가의 일은 위험했다. 인당수 광산은 불안정해 언제 무너질지 몰랐다. 사람들이 부품을 캘수록 점점 더 위태로워졌다. 그래도 많은 수집가들이 자기와 가족이 쓰거나 정부 고위들에게 팔 좋은 부품을 찾아 산소통을 메고 광산으로 내려갔다. 수집가는 광산에서 캐 온 부품을 기술자에게 팔았고, 기술자는 그걸 이용해 다양한 생활용품, 다친 몸을 대신할 팔과 다리 따위를 제작했다.

수집가이자 기술자였던 할머니는 평생 만능열쇠를 찾았다. 만능열쇠는 광산 가장 깊은 곳에 있다는 전설의 열쇠로, 그 열쇠만 있으면 세상 만물을 조종할 수 있다고 했다.

할머니가 슬슬 허리가 아프고 눈이 침침해지기 시작한다고 느낄 무렵부터 허가증을 갱신하는 기준은 깐깐해지고 새 허가증 발급은 어려워졌다. 상황이 심상치 않아지자 할머니는 위험을 무릅쓰고 이제껏 가본 적 없는 광산 깊은 곳으로 들어갔다. 비록 만능열쇠는 찾지 못했지만 수집가들이 쓰는 말로 잭박을 터뜨렸다. 거의 완성품에 가까운 눈을 찾은 것이다. 할머니는 몇 날 며칠을 매달려 그 눈을 실제로 쓸 수 있게 만들었다. 그리고 흐릿해져가던 자기 눈을 그 눈과 교체했다.

"이건 정말 대단한 눈이야. 언젠가 너도 껴 보면 알 거다."

자기가 찾은 눈인 양 아빠의 어깨에 힘이 들어갔다.

아빠는 할머니가 찾은 눈은 희미한 불빛 하나까지도 모조리 빨아들여 세상을 환하게 볼 수 있게 해준다고 설명했다. 손기술에 시력이 더해지자 할머니가 만든 부품은 날개 돋친 듯 팔려 나갔다고 했다.

"날개가 뭐야?"

내가 물었다. 아빠는 히죽 웃었다.

"너도 나랑 똑같은 질문을 하네."

할머니도 몰랐고, 아빠도 모른다는 소리였다.

눈을 찾고 몇 년 뒤 할머니는 산소병으로 죽었다. 광산에 너무 오래 있거나 자주 내려간 사람들이 걸리는 병이었다. 산소병이 아니었더라도 할머니는 어차피 오래 살지 못했을 거라고, 그래도 눈을 찾았다는 사실에 몹시 기뻐했다고 아빠는 말했다.

아빠는 할머니의 장례를 치르는 내내 울었다고 했다. 물론 진짜 운 건 아니고 그런 기분이었다는 말이다. 할머니에게 물려받은 눈에는 눈물샘이 없었다.

"할머니가 죽은 게 슬퍼서?"

"뭔 소리야? 죽은 사람 생각을 왜 해? 이기적으로 살랬지? 아빠는 새 눈이 생긴 게 기뻐서 울었어. 할머니가 죽을 무렵에는 눈앞에 있는 손가락도 구분하기 어려울 지경이었거든. 아프면 얼른 죽고 얼른 물려줘야 하는 거야."

자기 손가락도 알아보기 힘들었던 아빠는 물려받은 눈을 끼운 뒤 손가락 지문까지 한 줄 한 줄 셀 수 있을 만큼 또렷이 보인다는 사실에 전율했다. 보통 사람을 월등히 뛰어넘는 시력을 갖게 된 것이다.

"울 수가 없어서 대신 덩실덩실 춤을 췄지."

"난 그 눈 언제 물려받아?"

"아빠는 언제 죽을 거냐, 이 말이냐? 욘석아, 아직 하아안참 멀었다."

새 눈이 생긴 아빠는 할머니의 뒤를 이어 기술자가 되었다. 그리고 할머니가 만든 부품이 날개가 두 개 돋친 수준으로 팔렸다면 아빠의 부품은 네 개가 돋친 듯 팔렸다고 했다. 날개라는 건 짝수로 돋는 건지 묻자 아빠는 다섯 개가 돋친 듯 팔렸다고 냉큼 말을 바꿨다.

좋은 시절은 오래가지 않았다. 정부 고위는 가뭄에 콩 나듯 내주던 허가증을 아예 없애버리더니 이전에 내줬던 허가증마저 압수하고 자기들이 엄선한 사람만 광산에 내려보냈다. 그들이 가져온 부품은 우리 같은 보통 사람들에게는 오지 않았다. 전에는 신체 부품에 문제가 생기면 새 부품으로 교체할 수 있었지만 이제는 고치며 살아야 했다.

그래서 아빠는 요령을 부렸다. 아빠가 말하는 요령은 사람들이 팔, 다리, 손가락 따위 부품을 고쳐 달라고 가져오면 작동에 필수적인 부분만 고쳐서 넘긴다는 뜻이었다. 다 같은 마을 사람인 손님들이 아빠의 손을 잡고 거듭해서 고맙다고 인사할 때면 아빠는 나를 향해 몰래 눈을 찡긋했다. 나도 손님인 옆집 아저씨, 아줌마 등등이 못 보게 비밀을 공유하는 자의 웃음을 지었다.

"사람들은 일단 작동이 되면 만족하거든. 그러다 고장 나면 또 가져오니 일석이조지. 중요한 게 뭐다?"

"요령!"

"그래, 힘들다고 우는소리 하는 사람들 다 돕다가는 내 삶이 남아나질 못해. 사람들은 자기 잇속을 챙기는 사람을 비열하니, 악랄하니 욕하는데 그거야말로 세상에서 가장 한심한 짓이지. 자기가 악랄한 사람이 되어야 하는 거야. 알겠니?"

"누가 위험한 상황에 처하면?"

"못 본 척해."

"응!"

정부 고위 밑에서 일하는 권인들이 아빠의 머리에 권총을 겨눴을 때도 아빠는 같은 말을 했다. 빵떡 할머니가 나를 붙들었지만 그쯤은 쉽게 빠져나갈 수 있었다.

"아빠를 놔줘요!"

내가 권인들에게 달려들려고 하자 아빠가 고함쳤다.

"내가 뭐라고 가르쳤지?"

날 때부터 16년간 귀에 못이 박히도록 들어 온 말이었다. 아빠와 나만 아는 언어, 우리를 세상 그 누구보다 단단히 묶어 주었던 줄이 끊겨 땅으로 떨어지며 넘을 수 없는 금을 만들었다.

"요령껏 살라고."

"그리고 또 뭐랬지?"

"못 본 척하라고……."

정부 고위의 기술자가 아빠 앞에 섰다. 커다란 눈경을 쓰고, 안으로 만 단발머리에 자주색 옷을 입은 여자였다. 아빠가 무릎을 꿇었다. 기술자가 아빠의 눈에 드라이버를 가져다 댔다.

살살해! 그게 어떤 눈인데?

나는 그렇게 소리치지 않았다. 이제껏 배운 대로, 아빠가 시킨 대로, 아빠에게 눈물까지 글썽이며 생명의 은인 운운했던 마을 사람들이 지금 그러고 있듯 남 일처럼 구경만 했다.

"이거 기가 막힌 눈이네. 광수집 기술은 전설로만 들었는데 ……. 직접 만든 건 아니랬지?"

단발머리 기술자가 눈경 가까이 아빠의 눈을 가져다 대고 살피며 물었다.

"예예, 그냥 물려받았을 뿐입니다."

아빠는 목소리가 들리는 방향으로 머리를 조아렸다.

"한 쌍뿐이니 선불리 해부할 수도 없고……."

기술자는 아깝다는 듯 혀를 차더니 권인들을 데리고 사라졌다.

"아빠!"

나는 아빠에게 달려갔다.

"청아!"

아빠가 눈 대신 손으로 내 어깨를 더듬어서 끌어안았다. 그 몸짓에 심장이 찢겨 나가는 것 같았다.

"얌전히 있었어?"

"응."

"잘했다."

눈이 있던 자리에 시커먼 구멍 두 개가 뚫린 얼굴로 아빠는 환하게 웃었다.

빵떡 할머니가 저녁마다 찾아와 아빠를 살폈다. 다른 사람들도 구경만 했다는 죄책감에 자주 들렀지만 오래가지 않을 것이다. 나라도 그랬을 테니까. 자기 몸 하나 건사하기도 힘든 세상에서 남을 어떻게 챙긴단 말인가.

"염려 마라. 산 입에 거미줄 치겠니."

빵떡 할머니가 팔고 남은 빵떡을 가져다주며 위로했다.

"감사합니다. 어, 음……."

나는 빵떡 이름을 더듬었다. 이렇게 크고 둥근 빵떡은…….

"모가빵이다. 도대체가 요즘 젊은 애들은 제대로 아는 게 없어. 군인을 권인이라 하질 않나, 잭박이니 뭐니 정체불명의 단어를 만들어 쓰질 않나."

"그런데 정말 모가빵이에요? 전에 온 손님이 모카빵이라고
……."

"모가빵이야!"

빵떡 할머니는 내가 마치 불을 물이라고 말하기라도 한 듯
고함쳤다.

"네네."

잘못 건드렸다. 빵떡 할머니는 툭하면 원래 이름은 그게 아
니라고, 제대로 말하라고 잔소리를 쏟아부었다. 하지만 노인
들 간에도 정확한 명칭을 두고 언쟁이 일고는 했다. 대폭발 이
전의 지식을 제대로 가지고 있는 사람은 어차피 아무도 없는
데, 뭐라고 부르든 뭐가 어떻단 거지? 나로서는 도무지 이해
할 수 없는 노릇이지만 빵떡 할머니 가게에서는 절대 빵떡을
사러 왔다고 말하면 안 되었다. 꼭 그루상, 모가빵, 무지개떡,
꿀떡을 사러 왔다고 정확하게 말해야 했다. 모양만 다르고 맛
은 다 똑같은데도 말이다. 원료는 저가 합성 탄수화물로, 싼
대신 그냥 먹기에는 역했다. 사람들이 저가 합성 탄수화물을
가져오면 빵떡 할머니가 거기에 할머니의 할머니의 할머니
대부터 내려온다는 효모를 섞어 발효를 시켰다. 발효를 하면
부피가 커지고 맛도 좋아졌다. 할머니는 부풀어 오른 만큼 자
기가 가져가서 팔았다.

"우리 엄마는 정말로 다양한 맛의 빵과 떡을 만들었지. 광
산 사고 이전에는 인공조명이 달린 거대한 바이닐 집이 있었

거든. 거기서 진짜 채소와 쌀, 밀이 자랐어."

말끝에 바싹 마른 풀처럼 버석거리는 한숨이 나왔다. 할머니도 자기 빵과 떡이 다 같은 맛이라는 건 아는 모양이었다. 다행이랄지, 알면서도 우겨대니 영문 모를 일이랄지…….

빵떡 할머니만이 아니라 어른들 모두 예전에는 훨씬 살기 좋았다고 입을 모았다. 단백질 공장에서는 양질의 단백질이 생산되었고, 공장 직원들은 일주일에 두 번만 야간 근무를 하면 바이타민과 무기질 따위도 식구 수대로 살 수 있었다. 길을 따라 가지등을 밝혀서 직원들이 출퇴근길에 넘어져 다치는 사고도 없었다. 아이들은 부모님이 일하러 가면 가지등 아래 모여 뛰어놀았다.

지금은 모두 날마다 야근을 해야만 입에 풀칠이나마 할 수 있다. 아이들은 온종일 집에서 자가발전기 앞에 앉아 팔이 떨어지도록 손잡이를 돌려 축전기를 충전했다. 그래도 출퇴근길에 부모님이 쓸 랜턴을 충전하고, 음식을 할 전기를 마련하기 빠듯했다. 나가 노는 건 엄두도 내지 못할 일이었다.

마을 사람들은 그게 다 30년 전 인당수 광산에서 일어난 사고 탓이라고 했다. 광산 일부가 폭발하며 인당수 물이 까마득한 높이로 솟아올랐던 것이다.

"진짜 하늘이 무너지는 줄 알았어. 난생 처음 비를 봤지."

"비가 뭐예요?"

"하늘 뚜껑에 부딪혔던 물이 아래로 쏟아지는 거야. 뚜껑을 이루는 부품들도 충격으로 떨어져서 인당수 부근에 있던 집들이 박살 났었어. 뚜껑마저 깨졌으면 큰일 날 뻔했지."

나는 하늘을 보았다. 아무것도 보이지 않는 어둠뿐이지만 하늘을 덮고 있는 거대한 뚜껑이 있다는 건 알고 있었다.

"대폭발 이전에는 하늘에 뚜껑이 없었대. 그때는 비가 자주 내렸다더라."

"그럼 집이 다 물에 젖을 텐데요?"

"그 시절에는 다들 뚜껑으로 집을 덮었다더구나. 정부 고위들이 그러듯이."

"지금은 비도 안 오는데 정부 고위들은 왜 집에 뚜껑을 단대요?"

"낸들 아냐. 암튼 그 난리에 바이닐 집도 부서진 거야. 대폭발 이전에 만들어진 걸 그대로 쓰던 거라 다시 만들 수 있는 사람이 아무도 없어. 아이고, 벌써 시간이 이렇게 됐네."

빵떡 할머니는 무릎을 짚고 일어서며 끙 앓는 소리를 냈다.

비로 인해 공장도 파손되었다. 사람들은 쏟아지는 비와 파편을 맞으며 공장에 뚜껑을 만들었다. 미끄러운 곳에서 작업하느라 많은 사람들이 다쳤다. 정부 고위들은 누군가 불법으로 광산에 침입해 이익을 독식하려다 일어난 사고라고 주장했다. 그들은 매일 마을로 내려와서 위기 상황일수록 이기적으로 굴지 말고 힘을 합쳐야 한다고 설파했다.

"이기적으로 구는 게 누군데, 썩을 놈들. 정부 고위? 누가 그따위 이름을 지었는지……."

아빠는 정부 고위에 대해 말한 뒤에는 꼭 침을 뱉었다. 정부 고위는 '정성으로 부양하며 고통을 위로하는 이'들의 줄임말이었다.

정부 고위들이 사는 산 위의 VID 구역은 사고 이후에도 변하지 않았다. 길가에 빼곡하게 세워 둔 가지등은 사람들이 잠든 시각에도 꺼지는 법이 없었고, 집 안에 설치한 전등으로 인해 항시 어두운 이 세상에서 언제나 밤하늘의 별빛처럼 반짝여서 어디서든 눈에 띄었다. 밤하늘이라거나 별빛이 뭔지 아는 사람은 아무도 없지만 다들 그렇게 말했다.

그중에서도 백미는 특고위의 집으로, 산꼭대기에서 거대한 광원처럼 휘황찬란하게 빛났다.

VID 구역 사람들은 고급 단백질, 지방, 탄수화물, 바이타민, 무기질을 먹었다. 심지어 진짜 같은 오렌지 주스와 포도향이 나는 술을 마신다고 했다. 나는 평생 합성 바이타민과 무기질만 먹고 살아서 진짜 같은 오렌지 주스라는 게 무슨 맛인지 모른다. 아빠에게 오렌지 주스가 뭐냐 물으니 좋았던 시절에 생일이면 한 번씩 마셨다는, 질문에서 비켜나는 소리를 했다. 나는 종종 어른들은 왜 몰라도 모른다는 말을 하지 않는지 궁금했다.

"할머니는 항상 딱 반 잔씩만 사 왔어. 많이 마시면 속 쓰리다고. 마시면 아랫배가 약간 아리기는 했지만 배탈이 나도 좋으니 한 잔을 채워 마시는 게 소원이었지."

아빠의 눈빛이 아련해졌다.

어른들은 사고가 일어난 진짜 이유는 정부 고위들이 만능열쇠를 찾아 광산 깊은 곳에 들어간 탓이라고 했다. 그래 놓고 수집가들을 탓하며 광산 출입을 막았다. 수집가가 없으니 기술자들도 용품을 만들 부품이 없었다. 어른들은 기술이 퇴보한다고 걱정했다.

조금이라도 나아지려면 사람들에게 다시 허가증을 내줘야 하는데, 정부 고위는 기술이 퇴보할수록 기술을 독식하려 들었다. 기술자 관리라는 이름으로 새 기술을 만들 때마다 세금을 더 걷는 식으로 말이다. 그래서 기술자가 되려는 사람이 줄어들었다.

기술자가 주니 소소한 고장이 잦아졌다. 정부 고위들은 공짜로 고쳐 주면 사람들이 게을러진다며 단백질 공장 수리비, 가지등 교체비와 유지비, 길거리 정화비 따위의 명목으로 세금 목록을 늘렸다.

마을 사람들은 대부분 단백질 공장에서 일했다. 똑같은 시간을 일해도 세금이 늘어 상대적으로 월급이 줄어드는 반면 단백질값은 달마다 올랐다. 사람들이 항의하자 공장 유지비를 절감한다며 청소부를 해고했다. 단백질값은 내렸는데 양도 줄었다.

청소부가 사라지니 공장이 더러워졌다. 단백질 공장에서 만드는 단백질은 직원들과 그들의 가족이 먹는 음식이기도 했다. 직원들은 조를 짜서 돌아가며 공장을 청소하기 시작했다. 일하는 시간은 늘었는데 밥상은 갈수록 초라해졌다.

정부 고위는 VID 구역으로 들어가는 고급 단백질 라인만 청소부를 해고하지 않았다. 하지만 직원, 청소부 모두 임금이 깎였다. 그래도 사람들은 필사적으로 일했다. 관리 상태가 부실하거나 양질의 단백질을 만들지 못하면 잘렸다. VID 라인에서 일하는 사람들은 자기들은 평생 맛도 보지 못할 고급 단백질을 만드느라 허리가 휘고 머리가 하얗게 셌다. 출근할 때마다 손톱을 검사해 늘 손을 깨끗하게 씻어야 하는데, 거기에 드는 물값도 만만치 않았다.

그래도 항의할 방법이 없었다. 정부 고위들에게는 총이 있었다. 정부 고위를 호위하는 권인이 되는 건 아이들의 가장 큰 꿈이었다. 권인이 되면 영양소 부족에 시달리지 않았고, 부품 교체도 훨씬 싼 가격에 할 수 있었다.

아빠는 자가발전기에 바퀴를 붙이고 바퀴 양쪽에 '패달'이라는 걸 달았다. 못된 놈들을 발로 패듯이 달리라는 뜻으로 지은 이름이었다. 발로 돌리자 적은 힘으로 훨씬 많은 전기를 만들 수 있었다. 사람들은 아빠를 할머니 못지않은 기술자라 칭송했다. 모처럼 단백질, 바이타민, 무기질이 부엌 찬장을 채웠다. 간간이 길에서 아이들이 뛰어노는 소리도 들렸다.

지지난 주에 특고위가 아빠에게 사람을 보내 향후 10년 동안 무료로 단백질과 탄수화물을 제공할 테니 눈을 팔라고 했다. 아빠는 거절했다. 그다음 주에 새로 온 사람은 15년으로 기간을 늘리고 바이타민과 무기질도 추가로 주겠다고 제안했다. 아빠는 이번에도 팔지 않겠다고 대답했다. 언젠가 내게 물려줄 눈이었다. 그 눈과 아빠의 기술을 전수받으면 나는 평생 먹고살 수 있었다. 10년, 15년에 비할 바가 아니었다. 게다가 특고위든 누구든 정부 고위가 하는 말은 믿어서는 안 되었다. 중간에 말을 바꾸면 어쩔 것인가. 이전에도 정부 고위의 약속을 믿고 광산에서 말 그대로 목숨을 걸고 구한 부품을 넘긴 사람이 있었다. 채 1년이 지나지 않아 단백질 공장의 담당자가 바뀌었다. 새 담당자는 자기는 모르는 일이라며 단백질을 내주지 않았다. 이전 담당자는 허위 약속을 남발해 처벌을 받았다는 소식뿐, 어디 있는지 찾을 도리가 없었다.

아빠가 두 번이나 거절하자 특고위가 단발머리 기술자와 권인들을 보냈다. 기술자는 아빠가 자가발전기를 불법으로 개조했다며 벌금으로 단백질 300상자를 물어야 한다고 말했다. 아빠가 이미 패달에 대한 세금을 냈는데도 말이다.

한 상자에 단백질 3,000개가 들어간다. 단백질 3천 개면 4인 가족이 3년을 먹을 양이다. 우리에게 그만한 단백질이 있을 리 없었다. 특고위도 알고 기술자를 보낸 것이었다. 기술자는 예정된 일처럼 단백질 대신 아빠 눈을 가져갔다.

나는 할머니가 주고 간 모가빵을 자르고 단백질도 꺼내 그릇에 담았다.

"아빠, 밥 먹자."

아빠는 임시방편으로 손과 다리에 사물 감지기를 달았다. 가까운 거리에 장애물이 있으면 진동으로 알렸다. 하지만 전기를 많이 먹고 당연히 눈에는 한참 못 미쳤다. 우리 집은 온 사방에 철제 찬장을 놓아 지그재그로 움직여야 했다. 아빠는 사물 감지기와 기억에 의지해 미로 같은 집 안을 돌아다녔다.

가게는 내가 운영했다. 그간 아빠의 어깨너머로 배워 온 게 꽤 쏠쏠했다. 물론 아빠만은 못했다. 아빠는 최소한의 부품으로 꼭 필요한 만큼 움직이게 고칠 수 있었다. 나는 아빠보다 더 많은 부품과 시간을 써야 했다. 그래도 차츰 나아지는 게 느껴졌다.

"넌 껴보지도 못했네."

아빠가 침울하게 단백질을 씹었다.

"난 시력 좋아."

권인들이 아빠의 머리에 총을 겨누었다. 눈만 가져간 게 어딘데. 이 말은 퍽퍽한 모가빵과 함께 입속으로 삼켰다.

얼마 뒤 단발머리 기술자가 우리 마을에 부품 수리 가게를 열었다. 그리고 싼값으로 사람들을 꾀었다. 모두 아빠 가게가 문을 닫고 나면 그 기술자가 가격을 올리리라는 걸 알고 있었다. 안다 한들 어쩔 것인가. 우리 가게 앞에서 권인들이 서성이는데.

그러거나 말거나 우리 집에 오는 사람은 빵떡 할머니뿐이었다. 살날이 얼마 안 남은 사람은 무서운 게 없다나 뭐라나.

땅이 흔들렸다. 나는 찬장에서 먼 구석으로 가서 엎드렸다. 찬장에 묶어둔 이 빠진 톱니, 다양한 크기와 길이의 나사못, 못, 드라이버, 쇠줄, 두껍고 얇은 톱, 파이프 따위가 덜덜거리며 요란한 소리를 냈다. 이윽고 진동이 멎었다. 빵떡 할머니가 들어왔다.

"어디 다쳤어요?"

"아니야. 다행히 집에서 나가기 전이었어. 길에서 진동을 만났으면 큰일 날 뻔했지. 정부 고위 놈들, 도대체 광산에서 무슨 짓을 한 건지……. 손 좀 봐다오."

나는 할머니의 손목을 돌려 뽑아 손가락 관절에서 헐거워진 나사를 조이고 기름칠을 했다. 할머니는 손을 끼운 뒤 손가락을 움직이더니 흡족한 얼굴을 했다.

"아빠 솜씨를 고스란히 물려받았어. 싸면 뭐 해. 제대로 고치지를 못하는데. 이런 식으로 당한 마을이 한둘이 아니라더라. 자유 시장 원리에 따라 값이 싼 가게에 가는 게 당연한 거라나? 너 자유 시장 원리가 무슨 말인지 아니?"

"처음 들어요. 정부 고위들은 곰팡이 같아요. 자고 일어나면 거무죽죽한 말을 퍼뜨려요."

"나도 얼마 안 남았다. 정부 고위가 여기에 바리 빵집을 만든대."

하마터면 드라이버를 떨어뜨릴 뻔했다.

"윗마을에 빵집 주르를 만들어서 원래 있던 빵집이 문을 닫지 않았어요?"

"그러게나 말이다. 윗마을이나 다른 마을들은 그래도 우리보다는 형편이 나은 곳들이었어. 우리 마을처럼 작은 곳에 뭐 뜯어먹을 게 있다고 달려드는지……."

"정부 고위들이 만드는 빵집 이름에는 왜 다 바리나 주르가 들어가죠? 아랫마을에 만든 빵집은 바리와 빵집이었대요."

"원래 빵집에는 다 주르나 바리가 들어가야 하는 거야. 내 빵떡집도 주르의 빵떡집이잖니."

몰랐다.

할머니가 간 뒤 찬장을 열었다. 이제 단백질이 두 개밖에 남지 않았다. 바이타민과 무기질은 진즉에 떨어졌다. 나는 단백질과 할머니가 준 빵으로 상을 차렸다.

"할머니 빵떡집이 주르의 빵떡집이라는 거 알고 있었어?"

"주르의 빵떡집이었어? 바리의 빵떡집이 아니고?"

"내일부터 공장에서 일하려고 해. 왜 빵집 이름에는 다 주르나 바리가 들어가는지 모르겠네."

아빠가 고개를 들었다. 나는 아빠의 눈구멍에 눈동자를 그린 구슬 두 개를 끼워 주었다. 찡그려도, 웃어도 가짜인 게 너무나도 명확한 두 눈밖에 보이지 않았다. 그래서 아빠는 표정이 하나가 되었다.

"좋은 단백질 먹고 싶어. 무기질이랑 바이타민도."

표정 없는 아빠의 얼굴과 침묵에 눌려 그만 불필요한 말까지 튀어나와 버렸다.

"먼저 잘게. 졸려."

"그놈들이 빵떡 할멈까지 건드린다냐? 새 빵집을 연대?"

"남 일이야, 그러거나 말거나 신경 끄고 자."

나는 들으라는 듯 발소리를 내며 내 방으로 갔다. 마을 사람들은 대부분 식구가 몇이든 한 칸짜리 집에서 살았다. 밤이

면 옆으로 누워 칼잠을 자야 했다. 아빠와 내가 가림막이나마
쳐 각기 방을 두는 건 할머니와 아빠, 아빠의 눈 덕이었다. 이
제는 내가 아빠를 돌봐야 할 때였다.

새벽 6시에 일어나 밖으로 나왔다. 오늘따라 가지등 불빛
이 더 흐렸다. 불이 밝을 때면 30분이면 갈 거리를 한 시간이
나 걸려서 가야 했다. 길 곳곳이 패어 있어 서둘러 걷다가는
넘어져 다치기 십상이었다.

아빠만이 아니라 마을 어른들이 아이들에게 입버릇처럼 하
는 말이 '신체발부수지부모'라는 말이었다. 부모가 준 신체가
가장 싸게 먹히니 절대 다치게 하지 말고 귀하게 쓰라는 뜻이
었다. 작은 상처라도 생기면 앞날이 고달파졌다. 운이 좋으면
바로 낫지만 그런 경우는 드물었다. 아빠는 공기 중에 눈에 보
이지 않을 만큼 작은 승냥이 떼가 있는데, 그놈들이 피를 좋아
해 상처만 보면 몰려든다고 했다. 그래서 조금만 다쳐도 상처
가 커지고 열이 오르고 아픈 것이다. 상처가 걷잡을 수 없이
커지거나 크게 다치면 다친 부분을 잘라내고 기계로 교체해
야 했다. 기계는 비싸고 전기를 많이 썼다. 축전기가 떨어지면
공장에 가서 돈을 내고 충전해야 하는데 역시 비쌌다.

"청이도 공장에 가는구나."

동네 아주머니가 나직하게 혀를 찼다. 공장에 출근하는 다
른 어른들도 안쓰러운 얼굴을 했다. 모두 날 어릴 때부터 봐
온 사람들이었다. 엄마는 내가 세 살 무렵에 죽었다. 아빠는
아침이면 동네 아주머니들에게 돌아가며 날 맡기고 이런저런

부품들을 고쳐 주었다.

대폭발 이전에는 낮과 밤이라는 게 있었다고 했다. 하늘에서 광원이 빛나면 낮이었다. 사람들은 저절로 쏟아지는 빛을 받으며 일을 했다. 광원이 꺼지면 온 세상이 캄캄해졌다. 그럼 잤다.

"그런 광원이 마을마다 있었던 거야?"

내가 물었다.

"아니야. 딱 하나가 온 세상을 밝혔대."

아빠가 대답했다.

"그럼 엄청나게 컸겠네? 혹시 하늘 전체가 빛났던 건 아닐까? 거대한 전구 수천 개가 박혀 있던 거지."

"할머니가 광산에서 대폭발 이전 자료를 찾은 적이 있는데, 주먹보다 작았대."

"뭐래?"

내가 실소를 터뜨리자 아빠도 따라 웃었다. 아빠가 웃자 더 크게 웃음이 나왔다. 주고받을수록 점점 커지는 화음처럼 우리는 한바탕 신나게 웃어젖혔다.

"할머니가 광산에 너무 오래 있다가 헛것을 본 거지. 광산에는 절대 한 시간 이상 있으면 안 돼. 그 이상 있으면 머리가 이상해져."

"아유, 그새를 못 참고 또 잔소리는. 내가 광산에 내려갈 일이 어딨다고."

덧없는 추억에 잠긴 사이 공장에 도착했다. 침침한 조명 아래 보이는 공장 내부는 음식을 만들기보다는 관을 짜는 게 더 어울릴 것처럼 음산했다. 중앙 자리를 차지한 건 허리춤과 머리 높이로 놓인 직사각형 벨트 두 개였다. 위 벨트에서는 기계손 백여 개가 얻어맞은 사람들처럼 맥없이 팔을 내려뜨리고 있었고, 아래 벨트에서는 텅 빈 깡통들이 굶주린 입을 벌리고 있었다. 벨트 양쪽에 각 벨트를 돌리는 손잡이가 두 개씩 보였다. 벨트는 깨끗했지만 벽은 오래된 얼룩들로 지저분했고 바닥에는 버려진 부품들이 먼지를 뒤집어쓴 채 어수선하게 널브러져 있었다.

힘이 센 아저씨 네 명이 손잡이를 잡자 다른 사람들이 벨트 앞에 다닥다닥 붙어 섰다. 나도 눈치껏 사이에 꼈다. 아저씨들이 손잡이를 돌렸다. 벨트가 움직이는 속도에 맞춰 단백질 덩어리가 기계손에서 깡통으로 떨어졌다. 사람들은 깡통 뚜껑을 닫아 밀봉한 뒤 벨트 중앙에 있는 상자로 던져 넣었다.

기계손은 군데군데 녹슬었고 겉면이 벗겨져 날카로웠다. 가끔 기계손이 벌어지지 않으면 손으로 벌려야 하는데 움직일 때 건드리면 손이 잘릴 위험이 있었다. 그래서 그때마다 벨트를 멈춰야 했다. 30분이 지났다. 아저씨들의 근육이 터질 것처럼 부풀고 온몸이 땀에 절었다. 물도 별로 못 마셨을 텐데 어디서 저렇게 땀이 흐르는지…….

"교대는 언제 해요?"

옆에 선 아주머니에게 물었다.

"두 시간마다. 그 전에 교대하면 십장한테 매를 맞아."

아주머니가 대답했다.

"의자가 있으면 좋을 텐데······."

한 시간도 지나지 않았는데 다리와 허리, 어깨가 아파 왔다.

왜 의자를 놓지 않지? 적당한 높이의 의자에 앉아서 하면 다리도 안 아프고 그럼 일도 더 효율적으로 할 수 있을 것 같은데······.

겨우 교대 시간이 왔다. 다른 아저씨들이 가서 손잡이를 잡으려는 차에 십장이 들어왔다. 허리춤에서 권총집이 덜렁거렸다.

"잠시 자리를 비운다. 나 없다고 농땡이 피우느라 할당량을 채우지 못하면 급료는 없을 줄 알아!"

그는 으름장을 놓고 나갔다.

"정지!"

한 아주머니가 외쳤다. 기계손 여러 개가 연이어 말썽을 부린 것이었다. 아저씨들이 벨트를 멈췄다. 나는 허리춤에 찬 연장 가방에서 드라이버, 나사못, 기름통을 꺼냈다.

"고칠 시간 없어. 마감까지 할당량을 못 만들면 월급에서 깎여."

한 아저씨가 만류했다.

"얘네 아까부터 상태가 안 좋았어요. 중간중간 멈추느니 지금 고치는 게 나아요. 저 좀 올려 주세요."

아저씨 한 명이 나를 목말 태웠다. 나는 기계손들을 살펴 헐거워진 부분은 조이고, 뻑뻑한 곳에는 기름칠을 했다. 아저씨들이 다시 손잡이를 돌렸다.

"청이 대단하네."

내 옆에 선 아주머니가 칭찬했다. 중간에 멈추는 일이 줄자 현저히 속도가 올랐다. 그다음부터는 기계손이 말썽을 부릴 때마다 가서 고쳤다. 마음 같아서는 전체를 다 점검하고 싶었지만…….

요령껏 해!

귓가에서 아빠 목소리가 쟁쟁 울렸다. 고친다고 공장에서 수고비를 줄 리도 만무하니 내 시간과 체력만 뺏겼다. 내가 가진 몇 안 되는 도구로 벨트 전체를 고치는 것도 무리였다.

손잡이를 돌리던 아저씨가 교대하고 잘게 떨리는 손으로 벨트 앞에 섰다.

"아저씨, 그러다 다치겠어요. 잠깐 쉬면 안 돼요?"

"안 돼. 십장이 자리 비운다는 거 열에 아홉은 거짓말이야. 갑자기 들이닥쳐서 쉬고 있는 걸 보면 때리거나 쫓아내."

아저씨가 큰일 난다는 듯 고개를 저었다.

"벨트 잠깐 멈춰요. 제가 손잡이를 좀 볼게요."

"그러다 십장이 오면 어쩌려고 그래?"

"맡겨나 봅시다. 청이가 발목을 고쳐줬는데 심 기술자 못지않아. 아까 기계손도 잠깐 만지니 멀쩡해졌잖아. 내가 망볼게."

내 옆에 선 아주머니가 거들었다.

"까짓, 해봅시다!"

손잡이를 돌리던 아저씨들이 벨트를 멈췄다. 나는 손잡이를 살폈다.

"패달로 바꾸면 좋을 텐데……."

나는 공장을 뒤져 버려진 기계손, 떨어져 나간 톱니바퀴를 모았다. 그리고 기계손을 해체해 팔뼈로 기둥을, 손가락을 모아 손잡이를 만들었다. 톱니바퀴 양쪽에 손바닥으로 만든 패달을 달고 기둥을 이었다. 한 아저씨가 시험 삼아 패달을 밟자 벨트가 돌아갔다.

"세상에, 훨씬 편해!"

아저씨가 상기된 얼굴로 소리쳤다.

그 말에 다른 아저씨와 아주머니들이 나서서 쓸 만한 걸 찾아 공장을 뒤졌다. 덕분에 위 벨트를 돌리는 패달도 만들 수 있었다. 총 네 개가 필요한데 각기 하나씩밖에 만들지 못했다.

"벌써 시간을 많이 썼어. 다른 패달은 내일 만들자꾸나."

먼저 패달을 돌렸던 아저씨가 말했다.

"네, 톱니 날 조심하세요. 내일 집에서 도구를 가져와 모서리를 갈아 볼게요."

이제 근무를 마치려면 두 시간 반밖에 남지 않았다. 모두 자리로 돌아갔다. 패달을 돌리는 아저씨와 손잡이를 쓰는 아저씨들이 속도를 맞추느라 잠시 버벅거렸지만 오래 함께 일해 온지라 곧 호흡을 맞췄다. 패달을 밟는 아저씨가 힘을 많이 쓸 수 있어 벨트가 더 빨리 돌아갔다.

"다들 힘내 봅시다! 할당량의 10퍼센트를 초과하면 추가 수당을 받을 수 있잖아!"

패달을 돌리는 아저씨가 사람들을 독려했다. 집에 어린아이가 있는 아주머니들만 돌아갔다. 10시가 되었다. 8.5퍼센트를 초과했다.

"아깝다."

"내일이면 가능할 거야."

"15퍼센트도 될걸?"

"고맙다, 청아!"

"저기 염치없지만…… 내 팔 좀 봐 줄 수 있을까? 요 며칠 계속 삐걱거렸는데 단발머리 기술자 솜씨가 영 시원치 않더라고."

아저씨와 아주머니들이 내 주위를 에워쌌다.

"네, 보여 주세요."

절로 웃음이 새어 나왔다. 온몸이 쑤시고 피곤해서 눈앞이 핑핑 돌 것 같았지만 뿌듯했다. 그때 십장과 단발머리 기술자가 들어왔다. 파도 한 번에 모래사장에 공들여 그린 그림이 지워지듯 사람들의 얼굴에서 삽시간에 웃음이 가셨다.

나도 당황했다. 단발머리 기술자는 왜 온 거지?

"이게 뭐지?"

단발머리 기술자가 패달을 보며 물었다. 그 말이 흡사 나를 전염병 환자로 선고하는 내용이라도 되는 것처럼 사람들이 화들짝 놀라 내게서 떨어졌다. 대폭발 전 이야기책에서 군중 속의 고독이라는 표현을 봤다. 그게 이런 상황을 가리킨 것이었을까? 불과 몇 걸음 거리에서 어릴 때부터 날 돌봐 주고 방금까지 내 덕분이라고 추어주던 사람들이 자기와는 상관없는 일임을 증명하기 위해 온 힘을 다해 입을 다물고 있었다.

"패달을 만들었어요. 덕분에 평소보다 8.5퍼센트나 생산율이⋯⋯."

"공장 물건을 함부로 변형해?"

독 안에 든 쥐를 보듯 단발머리 기술자의 입꼬리가 득의만만하게 올라갔다.

"이 일과 관계없는 사람들은 가지. 아니면 같이 벌금을 물든가⋯⋯."

십장이 엄포를 놓기 무섭게 사람들은 불난 집에서 도망치듯 빠르게 사라졌다. 저런 게 빛의 속도일까?

재롱을 부린 뒤 칭찬을 기대하는 개처럼 십장이 단발머리 기술자를 바라보았다. 단발머리 기술자는 성가신 얼굴로 가라고 손짓했다. 십장은 풀이 죽어 나갔다. 넓은 공장 안에 나와 단발머리 기술자만 남았다. 갖은 불평을 토하며 굴러가던 벨트와 사람들의 가쁜 숨소리, 통조림이 상자에 들어갈 때 들리던 소음이 모두 사라진 공장에 기괴한 적막이 깔렸다.

단발머리 기술자는 쭈그려 앉아 패달을 꼼꼼히 살폈다.

"급조한 것치고는 꽤 쓸 만한 걸 만들었네?"

아까는 나무라더니 왜 칭찬이지? 불안해졌다.

"편하게 단백질을 받고 싶지 않니?"

무슨 말을 하려는 거야? 정부 고위나 그들과 일하는 사람은 절대 믿어서는 안 되었다. 단발머리 기술자는 내 눈앞에서 아빠의 눈을 빼 갔다.

"마음이 바뀌면 언제든 날 찾아오렴."

내 표정에서 경계하는 기미를 읽은 단발머리 기술자가 돌아섰다. 단발머리 기술자의 등에서 내가 자기를 찾아오리라 확신하는 기색이 또렷이 읽혔다. 갈 줄 알고?

나는 십장에게 갔다. 그는 왜 왔느냐는 듯 날 보았다.

"오늘 일당을 주세요."

"일당? 공장 기계를 망가뜨려놓고 일당을 달라고?"

"저는……!"

"넌 앞으로 열흘간 네가 망가뜨린 부품 값을 해야 해. 일당은 그 뒤에나 받을 수 있다. 일하러 오지 않으면 너희 집을 대가로 가져오게 될 거야."

청천벽력 같은 소리였다. 열흘? 열흘이라고? 오늘 빈손으로 돌아가야 한단 말이야? 집에는 아무것도 없었다. 빵떡할머니가 가져다준 빵은 아침에 아빠 먹으라고 주고 나왔다. 그리고 뭐? 집을 어쩐다고?

그는 망연자실한 날 보더니 검지만 한 단백질 조각을 내밀었다.

"그러게 왜 그런 짓을 하고 그래."

"감사합니다. 앞으로 말썽부리지 않고 열심히 일할게요."

나는 허리를 반으로 꺾으며 두 손으로 받았다.

"그래야지. 모난 정이 돌 맞는다고 했어. 나는 지금도 하루에 열여섯 시간씩 일해. 네 나이 때는 열여덟 시간을 일했다.

그렇게 십장이 된 거야. 요새 젊은 것들은 게으름이 몸에 붙었어. 일은 요령껏 하려 들면서 바라는 건 많지.”

그는 자기 젊은 시절에 대한 이야기를 길게 늘어놓았다. 나는 감동받은 얼굴로 들었다.

근무 시간이 끝나 가지등이 모두 꺼진지라 돌아가는 길은 한 치 앞도 보이지 않았다. 나는 랜턴을 켰다. 아빠가 하루 종일 패달을 밟아 축전기를 충전했다. 아껴 써야 하는데 이 귀한 걸……. 앞으로 열흘……. 뭘 먹고 살지? 빵떡 할머니 가게는 얼마나 버틸까? 빵떡 할머니는 공장에서 일하기에는 늙었다. 빵떡 할머니에게도 먹을거리를 가져다줘야 하는데……. 괜한 짓을 했어. 아빠가 늘 하던 말대로 시키는 일만 할걸.

집에 오니 빵떡 할머니가 와 있었다. 가슴이 덜컥 내려앉았다. 빵떡 할머니가 내 손을 잡고 밖으로 나왔다.

“청아, 놀라지 말고 들어.”

“무슨 일이에요?”

“네가 안 와서 네 아빠가 널 찾으러 갔다가 넘어졌다.”

“얼마나 다쳤어요?”

“오른 다리를 자를 수밖에 없었는데……. 대체할 기계 다리가 없잖니. 살 돈도 없고.”

“제가 만들면 돼요. 남은 부품으로 어떻게든…….”

축전기에 남은 전기가 얼마나 되지? 밤을 새워서라도 아빠 다리를 만들어 줘야지. 하룻밤쯤 새워도 끄떡없어. 난 젊잖아.

“아빠가 네 걱정이 이만저만이 아니야. 그러니 놀란 기색하지 마라."

"네."

나는 집으로 들어갔다. 누워 있던 아빠가 인기척이 난 쪽으로 상체를 세웠다.

"청이냐?"

"응, 나 왔어."

"별거 아니야. 축전기는 손으로 돌리면 되잖니. 발보다야 못하겠다만…… 손을 다쳤어야 하는데. 쯧."

"그러게. 신체발부수지부모 몰라?"

"시끄러! 왜 이렇게 늦었어? 십장이 괴롭히기라도 했어?"

"응. 내가 첫날이라 일이 서툴다고 아주 쥐 잡듯이 잡는 거 있지? 남아서 청소하고 가라잖아."

"썩을 놈이!"

"밥은 먹었어?"

"빵떡 할머니가 갖다줬다. 저기 너 먹을 것도 있어."

아빠가 말한 먹을 것은 아침에 나갈 때 내가 차려 뒀던 바로 그 빵떡이었다. 아빠는 종일 굶었고 빵떡 할머니는 오늘 장사를 공쳤다.

"빵떡 할머니한테 인사하고 올게."

"알아서 가겠지, 뭘 인사씩이나 한다 그래?"

나는 못 들은 척하고 빵떡 할머니에게 갔다.

"설마 할머니 가게 앞에도 권인들이 서성거려요?"

"그래, 이 늙은이를 왜 괴롭히는지 영문을 모르겠다."

이제 어떡하면 좋지? 어떻게 살지?

"하늘 뚜껑이 무너져도 솟아날 구멍은 있다고 했다. 저 뚜껑에도 분명 어딘가 구멍은 있을 거야."

빵떡 할머니가 말하며 내 손을 꼭 잡았다. 빵떡 할머니는 두려워하고 있었다. 이제껏 우린 친할머니, 친손녀처럼 지내 왔다. 아빠와 나는 할머니의 몸을 거저 고쳐 주었고, 할머니는 우리에게 빵떡을 가져다주었다. 빵떡 할머니는 내가 어릴 때 제일 많이 날 봐주었고 엄마를 찾으며 우는 내게 온갖 옛이야기를 들려주었다. 하지만 이제 빵떡 할머니는 우리에게 줄 게 없었다. 오늘 사람들이 날 모른 척했듯 우리에게 버려질까 무서운 것이었다. 손님이 끊긴 중에 우리마저 외면하면 할머니는 굶어 죽는다. 나는 주머니에서 아까 받은 단백질 조각을 꺼내 할머니 손에 쥐여 주었다.

"심장이 주더라."

"이걸 왜 날 줘? 너 오늘 첫날이라 일 서툴다고 다른 사람보다 덜 줬을 텐데……."

그렇구나. 늘 하는 수법이구나. 나한테는 아예 안 줬지만.

"심장이 지 젊었을 때 이야기를 주절거리며 잘난 척하기에 아양 좀 떨었더니 오늘만 봐준대."

"욕봤다."

"열흘이면 나도 다른 사람들만큼 준대. 그래서 오늘은 이뿐이네. 공짜 아냐. 가게도 한산하겠다, 울 아빠 좀 부탁할게. 그 김에 패달도 밟으면 좋고. 어디 삐걱거리면 내가 고칠 테니."

"뭐, 지나가는 길에 들르는 볼게."

애써 태연한 척 구는 할머니의 입가가 파르르 떨렸다. 내가 자기를 버리지 않으리라는 마음을 읽은 것이다.

"멀리 안 나가."

"오냐."

"넘어지지 말고."

"잔소리는!"

할머니는 가려다 말고 멈춰 섰다.

"왜?"

"절대 십장 눈 밖에 나지 마. 요즘 광산이 심상치가 않잖니. 땅울림도 잦고. 흉흉한 소문이 돌아. 정부 고위 놈들이 광산을 진정시킬 제물을 찾는대. 어린아이를 하나 바쳐야 한다나?"

"절대 사고 안 쳐."

오늘 단단히 교훈을 얻었거든.

할머니가 지팡이로 땅을 더듬으며 가는 모습을 보고 집으로 돌아왔다. 내가 무사히 돌아와 긴장이 풀렸는지 아빠는 그새 잠들어 있었다. 나는 아빠 다리를 만들 만한 부품을 찾았다. 가장 중요한 다리뼈 구실을 할 튼튼한 철봉이 없었다. 공장에서 버려진 부품을 슬쩍해 와야 할 것 같았다.

방에서 이불을 뒤집어썼다. 아까 십장이 한입 거리도 안 되는 단백질을 주며 갖은 생색을 낼 때 속에서 열불이 끓었다. 내 덕분에 공장 효율이 올랐다. 보너스를 줘도 모자랄 판이라고 따지고 싶었다. 십장의 말을 듣는 내내 단백질을 십장 얼굴에 던져 버리는 상상을 했다. 그러지 않고 고분고분 굴었기 때문에 빵떡 할머니에게 뭐라도 줄 수 있었다. 참길 잘했다. 그래, 어른들 말을 들으면 자다가도 떡이 떨어진다잖아. 앞으로는 요령껏…….

눈물이 터졌다. 아빠가 내 울음소리를 들으면 안 되기 때문에 이불로 입을 틀어막았다.

집에 있는 먹을거리는 말라 버린 빵떡 한 조각이 전부였다. 아빠는 오른쪽 다리를 잃었고, 빵떡 할머니 가게도 문을 닫을 지경이었다. 왜 이러는 거야? 어쩌란 말이야?

방법은 하나뿐이었다. 내일 십장 앞에 엎드려 비는 거다. 추가 수당 없이 한 달간, 아니 두 달이라도 야근을 하겠으니 매일 수당을 조금이라도 달라고. 그러고 보니 무릎 관절에 문제가 있는지 걷는 게 시원치 않았다. 다리도 공짜로 고쳐 주겠다고 해야지.

다음 날 나는 빵떡에 물을 붓고 끓여 죽 비슷한 것을 만들었다.

"아빠는 집에서 놀고먹으니 탄수화물이면 되지? 단백질은 내가 먹는다?"

"아빠한테 버릇없이!"

"흥. 나 출근해! 귀한 거니까 한 방울도 남기지 말고 먹어."

"오냐, 눈물이 다 난다!"

"눈도 없으면서 눈물 타령은……. 갔다 올게!"

"청아…….."

돌아서는데 아빠가 나직하게 나를 불렀다. 도둑질하다 걸린 사람처럼 온몸의 털이 다 솟았다.

"왜?"

나는 그대로 선 채 물었다. 돌아서서 아빠 얼굴을 볼 수가 없었다. 어린 소녀를 잡아먹으려 할머니 옷을 입고 있었다는 괴물처럼 아빠 얼굴을 한 전혀 다른 존재가 있을 것만 같았다.

"할머니가 죽었을 때 아빠가 어쨌다고 했지?"

아빠에게서 처음 듣는 낮고 고요한 목소리였다. 왜 그래? 차라리 소리를 질러!

"덩실덩실 춤을 췄다고……."

"빵떡 할멈에게 중매 서 달라고 했다."

"무슨? 벌써……!"

"네 기술에 남편이 공장에서 일해서 벌면 끼니를 걱정할까. 늦겠다. 어여 가."

"주책이야!"

나는 집을 나왔다. 사람들이 공장으로 가고 있었다. 어제와 달리 아무도 나와 눈을 마주치지 않았다. 뭐, 당연한 건가.

마을 사람들은 대체로 일찍 결혼하고 아이를 많이 낳았다. 가족이 많아야 자가발전기도 돌리고, 공장에서 일하고, 해변에 나가 광산에서 흘러온 고철도 주워 팔며 먹고살 수 있었다. 아빠는 엄마가 죽은 뒤 재혼하지 않고 나만 보며 살았다. 직접 만든 어둠상자로 찍은 엄마 그림을 늘 품에 지니고 있다가 이따금 꺼내 보며 훌쩍였다. 내가 모를 줄 알았지?

아빠는 음식을 먹지 않을 거다. 아빠는…….

사람들이 제자리에 멈춰 선 날 지나쳐 앞으로 갔다.

"난 춤 안 춰!"

돌아서서 단발머리 기술자의 가게로 갔다. 뚜껑까지 단 가게는 우리 집 크기의 다섯 배는 되었다. 마음을 굳게 먹고 문을 열었다. 천장에 붙은 가늘고 긴 조명이 강한 불빛으로 눈을 찔렀다. 번쩍거리는 금속으로 된 진열장에 크기별로 분류한 나사, 각종 드라이버, 인두, 몸체에 쓰이는 부품 따위가 권인들처럼 줄 맞춰 있었다. 작업대 위에 놓인 건 옆집 아저씨의 다리였다. 아빠와 내가 수없이 고쳐 준 다리니 잘못 볼 리 없었다.

"알아보겠니? 새것으로 교체해 줬단다."

푹신한 소파에 몸을 파묻은 단발머리 기술자가 말했다.

"아저씨는 그럴 만한 돈이 없을 텐데요."

"난 싸게 해주니까."

단발머리 기술자는 편안하게 앉은 자세만큼이나 거짓말도 쉽게 했다. 들켜도 상관없다 이거지? 맞아, 그러든 아니든 내가 어쩌겠어. 남 일이야. 아빠만 생각해야지.

"올 줄 알았어. 똑똑한 것들은 시간을 낭비하지 않거든."

"제가 뭘 하면 되죠?"

소파에서 일어선 단발머리 기술자가 뒷문을 열었다. 문 너머에 전기거가 서 있었다. 길이는 약 3미터로 바퀴는 모두 네쌍이었다. 큰 바퀴 두 쌍은 내 허리까지 왔고, 작은 바퀴 두 쌍은 종아리까지 왔다. 투명한 몸체 안에 크고 작은 톱니바퀴, 거대한 축전기, 축전기를 감싼 코일, 피스톤이 보였다. 뒤에는 로스로이드 V3.02라고 적혀 있었다. 나도 모르게 달려가 전기거에 몸을 붙이고 내부의 작동 원리를 읽었다.

"이만한 전기거를 움직이기에는 축전기가 작은데요?"

단발머리 기술자는 히죽 웃더니 가운데 자리에 올랐다.

나도 탔다. 앞뒤에는 둘씩 인형이 앉아 있었다. 단발머리 기술자가 앞에 붙은 버튼들을 눌러 작동시켰다. 축전기가 가동되는 소리가 웅 들리더니 진동이 느껴졌다. 인형이 발을 구르기 시작했다. 발이 바퀴와 연결되어 있었다.

"축전기로 인형을 작동시키고, 인형이 바퀴를 굴리는 동시에 축전기를 충전하는군요. 인형의 힘만으로 안 될 때는 축전기가 거들고요."

"과연⋯⋯."

단발머리 기술자가 둥근 손잡이를 돌리며 흡족하게 웃었다. 앞에 단 전등에서 불빛이 나와 길을 밝혔다.

"뚜껑이 없네요."

"전기거는 뚜껑이 없는 게 고급형이야."

전기거가 멀리서 불빛으로만 봐온 VID 구역으로 들어섰다. 길 양쪽으로 촘촘하게 세워진 가지등마다 등이 다섯 개씩 달려 있었고, 등과 등 사이에는 손톱만 한 전구가 그물처럼 엮여 있었다. 옛날이야기 속 빨강 머리 소녀가 초록 지붕 집으로 가는 길에 본 사과나무 가지등이 이렇게 아름다웠을까? 길이

평평해 빛이 없어도 넘어질 일이 없을 것 같은데 왜 이렇게 전구를 밝혔지? 전기거에 쓰인 축전기를 마을마다 하나씩만 만들어 줘도 출퇴근길에 불빛 걱정은 할 필요 없을 것이다. 편안히 앉아 빛나는 길을 따라가는 내내 방전된 성냥개비만 한 전등 하나 들고 남의 집 창문 아래 서 있었다는 이야기 속 소녀처럼 마음에 허기가 졌다.

전기거는 특고위의 저택이 있는 꼭대기에서 멈췄다. 특고위의 집은 3층으로, 수십 개의 창문마다 불빛이 흘러넘쳤다.

옛날 옛날에 다채로운 불빛을 내는 전등으로 집을 꾸며놓고 길 잃은 아이를 꾀어 죽을 때까지 자가발전기를 돌리게 하는 마녀가 있었다지.

나는 단발머리 기술자와 전기거에서 내렸다. 정문에 특고위의 문양이 새겨져 있었다. 커다란 동그라미 가장자리에 짧은 선을 그리고, 비늘이 달린 구불구불한 긴 몸에 짧은 다리 네 개를 가진 동물이 동그라미를 감싼 형태였다. 나는 문 앞에서 깊이 숨을 들이마셨다.

똑똑한 아이는 마녀를 불태우고 전등을 챙겨 집으로 돌아갔어. 그리고 엄마 아빠랑 환한 집에서 오래오래 행복하게 살았대.

아빠의 눈을 낀 특고위가 육중한 책상을 앞에 두고 날 맞이했다. 피부는 빛을 반사했고, 치아는 투명했으며 코와 입은 균형이 잡혀 있었다. 그녀는 가운데에 특고위의 상징을 새긴 노란색 가운을 입고 있었다. 가운은 하늘거리는 재질이라 길고 우아한 팔과 다리, 날렵한 허리선을 그대로 드러냈다. 지금 특고위가 특고위의 자리에 오른 지 100년이 넘었다. 그러니 태어날 때 몸 그대로일 리 없었다. 어떤 부품을 썼기에 저렇게 기계 티가 안 나지?

다른 무엇보다 내 시선을 끈 건 허리까지 오는 길고 매끄러운 머리카락이었다. 마을 사람들은 전부 머리카락이 짧았다. 한 뼘만큼 자랄 때마다 잘라서 이불과 베갯속을 채우는데 쓰기 때문이었다. VID 구역 사람들은 뭘로 베갯속을 채우는 걸까? 적어도 머리카락은 아닌 거지? 가슴속에다 화톳불을 피운 양 뜨거운 화가 치밀었다. 다 가지고 있으면서 아빠의 눈을 빼앗았다. 아빠에게는 눈밖에 없었는데…….

"저는 왜 찾으셨어요?"

공손해야 했다. 그래야 뭐든 얻어 갈 수 있다는 걸 알면서도 마음이 고장 난 피스톤처럼 요동쳤다. 특고위는 위아래로 나를 훑었다. 내 키와 몸무게 따위를 가늠하는 느낌이었다.

"내가 널 찾았다고?"

그녀가 되물었다. 본래 음색은 아름다우나 조율하지 않은 악기처럼 빼걱거리는 목소리였다.

"네?"

"그건 내가 물어야 할 소리 같은데……. 내게 뭘 바라지?"

특고위가 다시 물었다. 이게 무슨 막힌 하늘 뚜껑에서 비 내리는 소리야? 자기가 날 불렀잖아? 내가 바라는 건 당연히 ……. 단발머리 기술자가 팔꿈치로 옆구리를 쳤다. 즉각 엎드려 두 손을 이마에 붙였다.

"아빠의 눈을 돌려주세요."

"돌려 달라니? 누가 뺏었니?"

단발머리 기술자가 앙칼지게 나무랐다.

"제발 부탁드려요. 아빠에게 눈을 주세요."

특고위가 턱짓하자 단발머리 기술자가 상자를 하나 가져왔다. 상자 안에는 각기 다른 눈 두 개가 들어 있었다.

"이 눈 전에 쓰던 거다."

특고위가 말했다.

정부 고위는 공짜가 없었다. 항상 준 것 이상의 대가를 받아갔다. 도대체 뭘 바라기에 눈을 준다는 거지? 특고위가 날 내려다보고 있었다. 뭘 바라든 이 기회를 놓쳐서는 안 되었다.

"단백질 500상자, 탄수화물 300상자, 바이타민과 무기질, 지방도 각 100상자씩 주세요. 최상 등급으로요."

"네가 미쳤……!"

단발머리 기술자가 내 팔을 우악스럽게 잡았다.

"그러지."

특고위가 가볍게 턱을 까딱했다. 순순히 대답하는 모습에 더 올려 부르지 못한 걸 후회했다. 마을 사람들에게도 넉넉히 나눠 주게 1,000상자는 달라고 할걸. 특고위가 공으로 달라고 하느냐는 듯 손등에 턱을 괴었다. 미세하게 삐그덕거리는 소리가 났다. 움직임도 매끄럽지 못했다.

"뭐든지 할게요."

"뭐든지란 말이지?"

"네, 뭐든지요!"

특고위가 입가를 삐뚜름하게 올렸다.

"인당수 광산에서 마스터키를 찾아오너라."

"마스터키가 뭐예요?"

단발머리 기술자가 설명을 대신하듯 불을 끄고 검은색의 직사각형 상자를 조작했다. 그러자 벽에 빛나는 지도가 나타났다. VID 구역, 인당수, 인당수 주변에 있는 마을 전체를 그린 지도였다. 단발머리 기술자가 손에 쥔 단추를 눌렀다. 눈 깜빡할 새도 없이 지도가 인당수 아래에 있는 광산으로 바뀌었다.

"대폭발 이전에는 과학인들이 보통 인간들을 다스렸어. 그중 우수한 과학인들이 대폭발을 예견하고 벙크를 지었지. 벙크는 기술 구역인 광산과 지금 우리가 사는 주거 구역으로 나뉘어 있었어. 예상대로 대폭발이 일어났지만 인간은 과학인들의 보호 아래 벙크에서 평화롭게 살았지. 그런데 소수의 과학인들이 자기들의 세력을 키우려 벙크 바깥에 있는 비사망인들을 데려오려 한 거야. 하필 그자들 중에 기계공학, 광산을 다스리는 유사지능 과학인들이 껴 있었지. 그들이 내부에서 광산을 폐쇄했어. 세월이 흐르고 과학인들이 하나둘 죽자 그들의 기술도 사라졌지. 하지만 정부 고위들은 포기하지 않고 이제껏 광산을 재가동시킬 방법을 찾아왔어. 그게 바로 마스터키야. 마스터키만 있으면 광산을 다시 작동시킬 수 있다. 그럼 하늘에서는 태양이 뜰 거고, 땅에서는 작물이 자랄 거야."

마스터키가 만능열쇠인가 보다. 그게 진짜 있단 말이야? 태양은 뭐지?

"마스터키는 중앙통제실에 있다. 오랜 노력 끝에 60년 전, 바람구멍을 통해 중앙통제실로 들어가는 길을 찾았는데 구멍이 비좁아. 가는 길에 잠긴 문들도 열어야 하지. 솜씨 좋은 기술자면서 체구가 작은 사람이 필요해."

단발머리 기술자가 말을 마쳤다. 체구가 작고, 솜씨 좋은 기술자……. 나군.

"최근 땅울림이 잦아진 것도 다 광산이 불안해져서야. 광산이 폭발하면 벙크도 버티지 못해. 난 네게 너만이 아니라 네 아비, 마을 사람들……."

특고위가 말을 멈추더니 단발머리 기술자를 바라보았다.

"빵떡 할멈입니다."

"빵떡 할멈까지 다 살릴 기회를 주는 거다. 우리 고위들은 모두 당시 과학인의 자손이지. 너희 조상을 구해 벙크로 데려온 게 다 우리 조상이란 말이야. 난 당시 과학인을 이끈 수과학인의 직계 자손이고. 과학인들이 아니었다면 모두 진즉에 죽어 사라졌을 놈들이 은혜를 몰라. 하나를 주면 하나를 더 달라고 하지."

특고위가 아빠의 눈으로 날 내려다보았다. 아빠가 날 볼 때는 짓궂으면서도 인자하던 눈이 총구처럼 사납게 빛났다.

그녀는 내게 납작한 플라스틱 카드를 꺼내 보였다.

"이 비슷하게 생긴 거야. 나는 네게 이걸 찾아와서 더 나은 삶을 살 수 있는……."

"제가 요구한 단백질, 무기질, 바이타민, 지방 모두 마을 사람들 앞에서 주면서 절대 다시 가져가지 않을 거라고 특고위의 이름으로 약속해 주세요. 아빠에게 눈을 주기로 한 것도 공개적으로 이야기해야 해요."

다른 담당자는 바뀔 수 있지만 특고위는 바뀌지 않았다.

"특고위께서 네게 은혜를 베푸신 줄 몰라? 지금 당장이라도 권인을 보내 네 아비와 마을 사람들을……."

"땅울림으로 죽나, 권인들 손에 죽나 뭐 다르겠어요? 그 몸, 대폭발 이전 기술로 만들어진 거죠? 그때 기술이니 이제껏 버텼겠지만 슬슬 여기저기 삐걱거릴 거예요. 눈처럼 섬세한 부품은 대체할 수가 없고요. 어설픈 기술자를 보냈다가 잘못 건드려 광산만 더 위태롭게 만들었어요. 태양이니 작물이니 하는 건 다 핑계고 그 몸을 수리할 기술을 찾고 싶은 거잖아요? 네, 저도 죽이고, 아버지랑 빵떡 할머니도 죽이고, 마을 사람들도 죽이고, 그 몸이 다 닳아 없어지기 전에 작고 솜씨 좋은 기술자가 나타나기를 기다려 보시죠!"

내가 미쳤어. 아빠 목숨을 걸고 도박을 해? 나는 아빠의 눈을 바라보았다. 이게 맞다고 해 줘. 아빠, 제발.

특고위가 입술을 일그러뜨리며 웃었다.

"좋아. 단 눈은 네가 무사히 돌아오면 주마."

"뚜껑 달린 창고도 하나 지어 주세요."

"그럴 시간이 없어."

"기술자님 가게면 충분하겠는데요?"

"우리 덕에 사는 일꾼들 따위가……!"

조율만 한다면 가슴 깊은 곳을 떨리게 하는 아름다운 목소리이리라. 저렇게 흉악한 말 대신 고운 말을 하면 정말 좋을 텐데…….

"그렇게 하시죠. 어차피 진짜 필요해서 연 가게도 아니었으니까요. 얘가 성공하기만 하면 싸게 먹히는 겁니다."

단발머리 기술자가 특고위의 귓가에 입을 가까이했다. 특고위는 흡족하게 웃었다.

"그러지."

"감사합니다, 정말 감사합니다! 제가 버르장머리 없이 군 건 다 용서하세요!"

"그만 가자."

단발머리 기술자는 나를 전기거에 태워 마을로 향했다.

괜한 건방을 떨었을까? 하지만 안 그랬으면……. 아빠의 눈을 뽑아 가던 모습이 생생했다.

"할 말이 있지?"

단발머리 기술자가 말했다. 나는 잠시 망설이다 물었다.

"이렇게까지 해야 했어요? 그냥 저에게 단백질을 줄 테니 가져오라고 말할 수도 있었잖아요."

단발머리 기술자는 빙긋 웃었다.

"네가 승낙한다는 보장이 없지. 무엇보다…… 너, 똑똑한 사람을 더 똑똑하게 하는 방법이 뭔 줄 아니?"

나는 문득이 바라보았다.

"동기부여야. 그것만큼 사람을 강하게 만드는 게 없거든. 무사히 돌아오면 네 '맨토'가 되어 주마. 내 '맨티'가 되렴."

맨토? 맨티? 뭔 소리야?

내 뒤를 따라 바퀴가 스무 쌍씩 달린 거대한 전기거 두 대가 마을로 내려왔다. 옆 마을 사람들까지 와서 구경했다. 전기거가 불빛을 밝혀 전등도 필요 없었다. 권인들이 단발머리 기술자의 가게를 비우고 전기거에서 단백질, 지방, 탄수화물 따위가 든 상자를 꺼내 안에 쟁였다.

단발머리 기술자는 사람들 앞에서 지금 가져온 상자는 모두 영구히 아빠에게 소속된다는 특고위의 서명이 적힌 성명을 발표했다.

"눈이요!"

내가 날카롭게 외치자 단발머리 기술자가 옅게 웃더니 사람들을 향해 말했다.

"일을 마치고 나면 새로운 눈도 줄 것이다."

"청이가 인당수 광산에 가나 보네……."

"요즘 광산이 계속 불안하긴 했지."

"한몫 단단히 챙겼는가베."

"제대로 못하면 도로 뺏는 거 아냐?"

사람들이 수군거렸다.

"안 빼앗겨요! 특고위 이름으로 약속했다고요!"

나는 사람들을 향해 빽 소리를 질렀다. 그리고 확인하듯 단발머리 기술자를 보았다. 단발머리 기술자가 씨익 웃으며 고개를 끄덕였다. 나는 아빠에게 가게 열쇠를 건넸다.

"청아, 너 설마…… 광산으로 가겠다고 한 건 아니지? 내가, 내가…….."

무슨 말을 하려는지 내가 바로 알아차려서, 아빠는 더 말할 필요가 없었다. 내가 그냥 죽었어야 하는데…….

"사람들이 저거 얻어먹자고 아빠에게 알랑방귀를 뀔 거야. 특히 빵떡 할멈을 조심해. 팔다 남은 빵떡 쪼가리 좀 가져다준 걸로 생색을 내겠지. 아빠가 약해지면 자기가 창고를 차지하려 들 테고. 그러니 정신 바짝 차려! 약게 굴란 말이야. 달라는 대로 다 주면 우린 뭘 먹고 살아?"

"청아…….."

아빠도 내가 진짜 하려는 말을 다 알았기에 더 말을 보탤 필요 없었다. 아빠는 약게 살지 않았다. 가지고 있는 걸로 해 줄 수 있는 만큼 하며 살았다. 이제껏 내 앞에서 같지도 않은 허세를 떨어 왔을 뿐이었다. 자기만의 무기가 있어야 해? 권인들이 총 한 자루만 겨누면 뺏길 걸 가지고 무기? 또 뭐랬지? 악랄하게 살아야 한다? 이 똥멍청이 아빠야! 악랄하게 사는 것도 힘이 있어야 할 수 있는 거예요.

단발머리 기술자가 아빠의 눈을 뺏을 때부터 날 노렸다고 생각하지는 않았다. 그 뒤 내가 가게를 꾸려 나가는 모습에 자기도 가게를 차려 내가 고친 부품을 보고 솜씨를 확인했다. 내게 일당을 주지 않을 트집거리를 찾아 공장까지 왔다. 설령 벨트 손잡이를 개조하지 않았더라도 어떤 핑계라도 만들어 일당을 받지 못하게 했을 것이다. 빵떡 할머니 가게까지 밟으며 기어이 내 입으로 가겠다는 말을 하게 만들었다. 그래, 칭찬해주지. 확실히 동기부여가 되었으니까. 반드시 마스터키를 가져오겠다. 저 많은 단백질, 나도 먹어는 봐야 하지 않겠어?

"난 앞으로 VID 구역에서 살게 될 거야. 아빠 먹을거리는 장만해줬으니 나한테 빌붙을 생각하지 마. 간다!"

"청아!"

아빠의 손을 뿌리치고 단발머리 기술자의 전기거에 올랐다. 단발머리 기술자는 날 인당수로 데려갔다. 그새 출항 준비를 마친 배가 보였다. 배에는 정부 고위 기술자들과 선원으로 차출되어 온 마을 아저씨들이 타고 있었다.

단발머리 기술자는 광산의 외형을 그린 지도에서 한 지점을 가리켰다.

"바로 이 바람구멍으로 들어가야 해. 다른 데는 다 중간에 막혔어."

"네."

나는 잠수복을 입고 갑판으로 나왔다. 단발머리 기술자는 내 귀에 한 뼘 길이의 휘어진 벌레 기계를 꽂더니 다른 한쪽 끝은 내 입술 부근에 닿게 했다. 그리고 자기 손에 쥔 검은 상자에 대고 말했다.

"들리니?"

귀에 꽂은 벌레 기계에서 단발머리 기술자의 목소리가 들렸다.

"네, 잘 들려요."

단발머리 기술자가 쥔 검은 상자에서 내 목소리가 나왔다. 검은 상자를 거쳐 나온 내 목소리는 다른 사람 목소리 같아서 섬뜩했다. 단발머리 기술자는 이어 내 머리에 투명한 원형 뚜껑을 씌웠다. 뚜껑에는 호스가 연결되어 있었다.

"산소통은 크기 때문에 바람구멍을 통과할 수 없어. 끈이 꼬이지 않게 조심해. 네 생명줄이니까. 숨 쉬어 봐."

나는 시키는 대로 숨을 쉬었다. 조금 뻑뻑했지만 쉴 만했다.

"절대 숨 쉬는 걸 잊지 마. 잠깐이라도 숨 쉬는 걸 잊었다가는 폐가 터질 수도 있어. 그리고 명심해. 살고 싶으면 한 시간 안에 찾아서 나와야 해."

"알고 있어요."

단발머리 기술자는 내 공구 주머니에 몇 가지 필요한 도구를 넣었다.

"아비한테 하는 말 들었다. 제법 머리를 쓰더구나. 네가 돌아오지 못해도 네 아비는 어떻게든 살 방도를 마련해 줬다고 생각하겠지. 그런데 광산이 폭발할지도 모른다는 건 진짜야. 마스터키가 있어야 광산을 안정화할 수 있어."

당신들이 한 짓이잖아. 마스터키인지 뭔지를 찾아 깊이 들어가서 망가뜨린 다음에 다 우리 탓을 하며 세금만 늘려 놓고, 이제 와서 나더러 책임지라고?

"우리 이득만을 위해 마스터키를 찾는다고 생각하지 마라. 넌 대폭발 이전의 세계를 몰라. 어둠 속에서만 살아서 빛이라는 게 뭔지 모르지. 인공조명이 필요 없는 밝은 낮을 모른단 말이야. 우린 정부 고위로서 아무것도 모르는 너희를 부양해 왔어."

그게 진짜면 당신들이 쓰는 조명을 우리에게도 나눠 줬겠지. 당신들은 아무것도 잃지 않으려 들잖아.

"남이 가진 걸 쉽게 뺏으려 들지 마라. 난 특고위를 담당하는 기술자가 되기 위해 최선을 다해 노력했어."

우린 게을렀어? 우리도 이 악물고 살았지만 우리에게는 기회조차 오지 않았어!

"네 말대로 특고위가 사람들 앞에서 자기 이름으로 한 약속을 대놓고 어기기는 힘들지. 그런데 그게 다가 아니거든. 죽는 방법은 하나가 아니란다. 네가 제대로 못하면 네 아비, 빵떡할멈, 어릴 때부터 널 돌봐 준 사람들 싹 다 제발 자비롭게 죽여 달라고 애걸하게 될 거다."

나는 몸을 반으로 접었다.

"반드시 마스터키를 찾아오겠습니다."

"그래야지. 어설프게 머리 쓰지 말고 진짜 똑똑하게 굴어. 넌 내 후계자가 될 수도 있어."

단발머리 기술자가 다른 기술자들에게 가서 이것저것 지시하기 시작했다. 몸살에 걸린 것처럼 몸이 바들바들 떨렸다. 아까 특고위의 미소가 떠올랐다. 단발머리 기술자가 바로 직전에 한 말과 같은 말을 한 거겠지. 언제든 더 지독하게 뺏어 갈 수 있다고.

"청아."

공장에서 손잡이를 돌리던 아저씨가 내 공구 주머니에 무언가를 집어넣었다.

"소형 산소통이야. 15분은 버틸 거다. 혹시 모르니까."

아저씨는 내가 뭐라 말할 틈도 없이 가 버렸다.

바람도 불지 않는데 파도가 요동치기 시작했다. 배는 앞으로 들리는가 싶으면 어느새 뒤가 솟았다. 사람들은 넘어지고 기구들이 바닥을 굴렀다.

"가!"

단발머리 기술자가 외쳤다.

"지금 내려가 봐야 아무것도 못 합니다."

기술자 중 한 명이 말했다.

"이번 진동에 바람구멍이 막히기라도 하면 더는 시도할 방법도 없어. 뛰어내려, 당장!"

단발머리 기술자가 악을 썼다. 나는 떠밀리듯 인당수로 뛰어들었다. 허리춤에 무거운 돌을 달았는데도 바람에 날리는 종잇장처럼 사방팔방으로 몸이 떠다녔다. 일순 숨이 턱하고 막혔다. 끈이 꼬인 것이다. 바다가 다시 요동치며 운 좋게 꼬인 끈이 풀렸다. 이후에도 수차례나 눈에 보이지 않을 뿐 온 세상을 채우고 있는 것이 없는 그 순간을 겪어야 했다.

―빨리 가! 뭐 하고 있어?

단발머리 기술자가 고래고래 지르는 소리가 들렸다. 나는 대답할 겨를이 없었다. 무언가 거대하고 단단한 것에 부딪쳤다. 광산 벽이지 싶었다. 이렇게 허무하게 죽으려고 내려온 게 아니야!

조금씩 몸에 오는 충격이 잦아드는 게 느껴졌다. 나는 팔과 다리를 허우적댔다. 진동이 지나간 것 같았다.

— 왜 대답이 없어?

— 죽은 거 아닐까요?

단발머리 기술자와 다른 기술자의 목소리가 환청처럼 들렸다.

"바람구멍으로 가겠습니다."

가까스로 정신을 차리고 대답했다. 진동 때 어찌나 이를 악물었는지 턱이 얼얼했다. 인당수 속은 균일한 어둠으로 가득 차 있었다. 머리 뚜껑에 매달린 전등만이 내가 의지할 수 있는 유일한 불빛이었다.

내가 태어나기 전부터 이미 정부 고위들의 사람만 수집가 허가증을 받아 인당수에 내려갈 수 있었다. 그래서 나는 인당수에 내려온 게 처음이었다. 작은 물의 흐름에도 몸이 거품처럼 떠다녔다. 나는 본능적으로 몸을 눕히고 손과 발을 놀렸다. 눈앞에 산맥 같은 금속 벽이 나타났다. 이 넓은 곳에서 바람구멍을 어떻게 찾으라는 거야?

"바람구멍은 어디 있죠?"

— 지도 보여 줬잖아.

단발머리 기술자가 모른다고 하기는 싫고 차근차근 설명할 능력은 없는 사람 특유의 신경질을 냈다. 그래, 보여 줬지. 지도로 볼 때는 광산이 이렇게 큰 줄 몰랐을 뿐. 멀리서 전체를 봐야 바람구멍의 위치를 확인할 수 있겠지만 전등으로 볼 수 있는 건 1~2미터가 한계였다. 나는 지도상에서 바람구멍이 광산 위쪽에 있었다는 기억에 의지해 손으로 벽을 더듬으며 무작정 위로 올라갔다. 문득 어딘가로 물이 빨려 들어가는 듯한 움직임이 느껴졌다. 그 흐름을 따라가자 내 몸이 겨우 들어갈 만한 네모난 구멍을 찾을 수 있었다. 왜 이걸 바람구멍이라고 하지? 물구멍이 아니라?

발장구를 치기에는 비좁은 구멍이라 팔로 바닥을 짚어가며 기듯이 앞으로 나아가야 했다. 부력으로 인해 둥둥 뜬 몸으로 좁은 통로를 끝도 없이 기어가다 보니 폐소공포증이 올 것 같았다. 이따금 바닥에 창살문이 나타났다. 창살문에 조명을 비춰 보았지만 아래에 뭐가 있는지 확인하기는 어려웠다. 갈림길이 나올 때마다 단발머리 기술자가 가야 할 방향을 지시했다. 깊이 들어갈수록 공기를 빨아들이기 어려워졌다.

"공기를 좀 더 보내 주세요."

내 요청에 배에서 펌프질을 했는지 한결 수월하게 숨을 쉴 수 있었다.

—거기야.

단발머리 기술자가 말했다.

나는 아래로 내려가는 창살문을 확인했다. 모서리마다 두 개씩 나사못 여덟 개가 박혀 있었다. 나는 드라이버를 꺼냈다. 아무리 기를 써도 드라이버가 아닌 내 몸이 돌아갔다.

단발머리 기술자가 넣어 준 장비를 확인하니 펌프식 드라이버가 보였다. 양다리를 벽으로 뻗어 몸을 지탱하고 총을 쏘듯 버튼을 누르니 그제야 나사가 돌아갔다. 이제 일곱 개를 더 돌려야 했다.

—왜 이렇게 꾸물대? 벌써 35분이 지났어. 서둘러!

단발머리 기술자가 무턱대고 재촉하는 통에 더 집중하기 힘들었다. 살면서 자기 뜻대로 되지 않는 일을 경험해 본 적이 없었고, 그래서 단발머리 기술자의 사전에는 참을성이 없는 모양이었다.

나는 단발머리 기술자의 목소리가 들리지 않는다고 상상했다. 고요한 인당수의 수면과 일정한 듯 일정하지 않게 들리는 파도 소리를 떠올렸다. 내가 잠투정을 하거나 엄마를 찾아 울 때면 아빠가 나를 업고 인당수에 갔다고 했다. 난 아빠에게 돌아갈 거야! 드라이버를 나사의 홈에 꽂고 버튼을 눌렀다. 나사를 모두 푼 뒤 창살문을 치우고 아래로 내려갔다. 용도 모를 단추들이 달린 기계로 가득 찬 방에서 한 쪽 벽의 일부만 딱 문 크기로 비어 있었다. 그런데 손잡이가 없었다. 가까이에서 살펴보니 빈 벽의 끄트머리가 다른 벽 안쪽으로 들어가 있었다. 혹시나 하는 마음에 빈 벽에 손바닥을 대고 옆으로 밀어 봤지만 꼼짝도 하지 않았다. 어떻게 여는 건지는 모르겠지만 설마 이 방에 드나들 때마다 물구멍을 거쳐 나사를 풀어야 하는 창살문을 쓰지는 않았을 테니 여기가 문이 맞았다. 나는 공구 주머니에서 폭탄을 꺼내 빈 벽의 네 귀퉁이에 붙였다.

—거기가 확실해? 그 문을 부술 만한 폭탄은 그게 전부야.

어떤 대꾸를 하든 시끄러운 소리만 돌아올 게 뻔해 나는 묵묵히 폭탄을 부착했다. 그리고 서둘러 바람구멍으로 올라가서 최대한 멀리 헤엄쳤다. 온몸에 진동이 느껴졌다. 아까 바다가 요동치는 건 태산이 흔들리는 것 같았다면, 이건 거인이 내 몸을 잡고 흔들어대는 것 같은 충격이었다. 단발머리 기술자가 뭐라 하는 것 같은데 귀가 먹먹해 제대로 들리지 않았다.

—……려, 정신 차리라고!

"네, 내려가서 문을 확인할게요."

—5분 밖에 안 남았어. 빨리 마스터키를 찾아!

5분? 내가 얼마나 정신을 잃었던 거지? 폭발을 피해 바람구멍으로 올라올 때 머리부터 와서 뒷걸음질을 쳐야 했다. 내려가서 보니 폭탄의 화력이 과했는지, 문이 예상보다 약했는지 문만이 아니라 벽까지 갈기갈기 찢겨 있었다.

—빨리 들어가!

단발머리 기술자의 목소리와 이명이 뒤섞여 들렸다. 찢겨서 날카로워진 모서리에 공기줄이 걸리기라도 하면 끝장이었다. 나는 내 생명줄을 조심스레 잡고 그림에서나 봤던 상어의 입처럼 보이는 문을 통과했다. 마치 꿈속처럼 내 몸이 아득하게 느껴지는 게 꼭 남의 몸속에 들어와 있는 것 같았다. 아뿔싸, 한 시간을 넘겼구나. 단발머리 기술자가 거짓말을 하고 있었다. 나는 심호흡을 하며 정신을 붙들기 위해 기를 썼다. 살아서 나가야 했다.

문밖은 기다란 복도였다. 헤엄쳐서 가는 게 아니라 걸어서 가는 게 자연스러운 구조였다. 원래는 땅 위에 있었는데 인당수에 가라앉은 거구나. 바람구멍이라는 말이 뒤늦게 이해가 갔다. 나는 헤엄쳐서 앞으로 나아갔고, 통제구역이라는 글자 앞에 섰다. 이 문에는 약한 폭탄을 붙여야 했다. 고개를 숙여서 공구 주머니를 확인하는 것조차 버거웠다.

정신 차려!

여섯 살 때 아빠가 만들어 준 공구 주머니였다. 그 뒤 늘리고, 줄이고, 주머니를 덧대고, 합치며 10년간 내 힘으로 가꿔 왔다. 나는 손의 감각에 의지해 작은 폭탄을 꺼내 부착했다.

충분한 간격을 확보하기도 전에 폭탄이 터지는 바람에 몸이 뒤로 밀렸다. 돌아가 보니 다행히 문은 뚫려 있었다. 나는 안으로 들어갔다. 허연 게 나를 덮쳤다. 식겁해 비명을 지르며 몸부림쳤다.

—이 바보가, 뭐 하는 거야?

날 덮친 건 이불이었다. 공황에서 벗어난 뒤에도 숨 쉬기가 힘들었다.

"공기를 주세요."

—보내고 있어!

나는 이불을 방 밖으로 밀어냈다. 사람이 쓰던 방이었는지 작은 전등, 볼펜, 정체를 알 수 없는 금속판들이 떠다녔다. 뼈와 채 분해되지 못한 살점들도 말이다. 이런 건 미리 말해 주면 좋았잖아!

나는 너덜너덜해진 시체의 목에서 특고위가 말한 것과 같은 카드를 찾았다.

"마스터키를 찾았어요."

—마스터키를 공기줄에 걸어, 빨리!

물속에서는 뭐든 빨리하는 게 불가능했다. 나는 공기줄에 있는 고리에 마스터키를 걸려다 떨어뜨렸다. 온몸이 근질거리고 손목이 쑤시기 시작했다. 상체를 내리고 다리를 저으며 카드를 집어 공기줄에 걸었다. 발목이 욱신거리고 속이 메스꺼웠다. 산소병이었다. 나는 아까 부순 문의 모서리에 공기줄이 걸리지 않도록 조심스럽게 줄을 잡고 방을 나왔다. 바람구멍이 보였다. 저 바람구멍을 따라가기만 하면 되었다. 괜찮아, 다 했어. 이제 나가기만 하면 돼.

바람구멍 입구에 도착했을 때 다시 진동이 왔다. 나는 물이 요동치는 대로 줄에 매달려 흔들리는 장난감처럼 여기저기 부딪쳤다. 안 돼, 이러다가는……! 입으로 울컥 짠물이 들어왔다. 기어이 공기줄이 모서리에 걸린 것이다. 나는 급한 대로 입 앞에서 공기줄을 움켜잡아 물이 더 들어오는 걸 막았다.

—공기줄이 손상된 것 같습니다.

—카드는 걸었니?

다급한 기술자의 목소리와 대조적으로 단발머리 기술자의 어조는 내가 인당수에 내려온 이래 처음으로 차분했다.

"네."

—너, 쓸 만한 애였는데 아깝다.

무심하게 던진 아깝다는 말이 오히려 내가 그녀에게 얼마나 하찮은 존재였는지를 각인시켰다. 차라리 그냥 버리는 패로 삼았다면 덜 아플 것 같았다.

"시키는 대로 다 하고 마스터키를 찾았으니 제발 약속을 지켜 주세요. 아빠에게 눈도 줘야 해요."

—약속하지. 마스터키를 보내. 네 아비에게 네게 고통은 없었다고 전하마.

나는 공기줄을 잘랐다. 마스터키와 함께 잘린 공기줄이 내 눈앞에서 멀어졌다. 내게 남은 공기는 머리 뚜껑 안에 있는 게 전부였다. 한 번 숨을 들이마실 때마다 공기가 줄어드는 게 느껴졌다. 습관적으로 공구 주머니를 뒤졌다. 아까 받은 산소통이 손에 잡혔다! 산소통은 머리 뚜껑과 연결할 수 없었다. 마지막 남은 공기를 모두 들이마시고 뚜껑을 벗는데 목 부분이 빡빡해 얼굴 살이 다 벗겨질 것 같았다. 뚜껑을 벗은 뒤 다급히 산소통을 입에 대었다. 공기가 들어왔다. 살았다. 돌아갈 수 있어. 15분이면 충분해. 충분할 거야.

나는 한 손에는 전등, 다른 손에는 산소통을 쥐고 바람구멍으로 올라갔다. 그런데 내가 어느 방향에서 왔지? 나는 양쪽으로 길게 뻗은 바람구멍에서 방향감각을 잃었다. 아래 공간을 보며 확인해야 할 것 같았다. 뼈와 물에 분 살점들이 둥둥 떠다니던 방, 그 전에 죽은 기계들의 방이 있었다. 그쪽으로 가려면…….

흐릿한 빛이 느껴졌다. 숨을 멈춘 채 손을 더듬어 산소통을 찾았다. 어디에도 산소통이 없었다. 와락 겁이 났다.

—무리해서 움직이지 마.

중년 남자의 목소리가 들렸다. 더 버티지 못하고 숨을 들이마셨다. 짠물이 들어올 걸 각오했는데 막상 들어온 건 공기였다. 주변을 둘러보니 나는 커다란 유리 상자 안에 들어 있었다. 유리 상자 바깥은 온통 물이었다.

"여긴 어디죠? 누가 말하는 거예요?"

눈앞에 옅고 푸른빛이 나타나더니 조금씩 선명해졌다. 특고위의 문양에서 본 것과 같은 길고 구불구불한 동물의 모습이었다. 색만 달라 특고위의 문양은 황금색이었는데 이 동물은 푸른색이었다.

—감압실 안이야. 잠수병에 걸린 사람을 치료하는 곳이지. 난 벙커에서 전력과 춤을 맡고 있는 인공지능 수룡水龍이야!

수룡은 '수룡이야!'를 빠르게 말하며 상체를 곧게 세우고 머리 양쪽에 있는 지느러미를 길게 뻗었다. 뭐 하는 거지?

"이름이 수룡이에요?"

—내 이름은 김수용이었단다. 별명은 김 박사였지. 옛이야기에서 위기의 순간에 언제나 나타나는 김 박사 말이다. 그런데 이렇게 길게 말할 시간이 없어. 너 때문에 마지막 남은 비상 전력을 가동했거든. 바로 이럴 때를 대비해서 남겨 뒀었지. 나 김 박사가 말이야!

수룡이 과시하듯 온몸의 지느러미를 세웠다.

수다는 그쪽이 떨고 있거든요. 그리고 뭐라고?

"비상 전력이 떨어지면 어떻게 돼요?"

—더 이상 널 살려 둘 방법이 없단다.

"저 여기 죽으려고 온 거 아니거든요?"

—너 벙커에서 온 아이지? 벙커 사람들에게 말 좀 해 줄래? 거기서 자꾸 부품을 빼 가는 바람에 연구소가 나날이 위험해지고 있어.

"제가 쓰고 온 머리 뚜껑에 음성 전달기가 있을 거예요."

—작동해 봤는데 거리 제한이 있나 봐. 여기선 안 되더라.

"제 산소통은요?"

—공기가 떨어졌지.

"수룡 아저씨가 직접 가서 말하면 안 돼요?"

—난 실체가 아니라 빛으로만 존재하고 여기를 벗어날 수 없어.

"마스터키를 전달했으니 VID 구역에서 여기로 들어올 수 있을 거예요. 그럼 전기를 다시 가동해서……."

—키만 있다고 문이 열리나. 내부에서 출입구 가동 라인을 고쳐야 해.

"그럼 아저씨가 할 수 있는 건 뭐예요? 그냥 잠깐 날 이 상자 안에 살려 두는 것?"

나도 모르게 왈칵 성질을 냈다. 수룡의 잘못이 아닌데…….

"죄송해요."

─아니, 모두 내 잘못이야. 나는 벙커 바깥에 남은 생존자들을 데려오는 걸 반대했단다. 우리만 살아남기에도 버겁다고 생각했어. 그래서 생존자들을 찾아 나간 사람들이 들어오지 못 하게 문을 막아 버렸지. 들어오려는 자들, 들여보내려는 자들, 막으려는 자들 사이에서 싸움이 일었어. 인공지능도 혼선을 일으켜 사람들을 공격했어. 그 난리 속에서 누가 멍청하게 연구실 안에서 총을 쏜 거야. 통신기가 파괴되었고, 와중에 지진까지 일어나며 연구소가 인당수에 가라앉았어. 대폭발을 대비해서 지은 연구소라 가장 안쪽은 물이 들어오지 못 하게 막을 수 있었지만 안에서 나갈 방법도 없었지. 결국 하나씩 다 죽고 나와 인공지능 과학자만 남았을 때 그 과학자가 우리 뇌를 인공지능에 옮기자고 했어. 다시는 인공지능이 사람들을 공격하는 일이 없도록 말이야.

"그 사람은 어딨어요?"

─부품 담당 인공지능 화룡이 되었단다. 지금은 못 불러. 전력이 없으니까.

"연구소에는 발전기가 없나요?"

─발전소로 가는 길이 제일 심하게 아작 났어. 서로 거기부터 차지하려고 싸웠거든. 발전소를 차지하면 우위에 설 수 있으니까. 그래서 전력을 보충할 수가 없는데 거주 지역 사람들이 전기를 쪽쪽 빨아 가는 거야. 결국 연구소는 완전히 작동을 멈추게 되었지.

"발전소는 어디 있어요?"

—가르쳐 줘 봤자 못 가. 사람이 숨을 참을 수 있는 시간은 길어야 3분이야. 가는 데 10분은 걸려.

"제가 가져온 산소통이 15분은 버틴다고 했어요. 감압실 공기로 산소통을 채우면요?"

—이론적으로는 가능하다만 가 봐야 고치기 쉽지 않을 거야. 그러지 말고 나랑 여기 남자꾸나. 네가 가고 나면 난 다시 혼자가 될 거야. 다른 인공지능 용들이 하나씩 꺼질 때마다 쓸쓸했는데…….

"제가 성공하면 다른 인공지능 용들도 깨어날 거예요."

—진심이니? 넌 잠수병에 걸렸어. 비상 전력도 거의 끝났지. 발전기를 가동해 보기 위해 남은 전력을 써 버리면 감압실을 다시 작동시키지 못 해. 실패하면 익사하는 거야. 너 익사가 얼마나 고통스러운지 모르지?

"여기에서 산소가 떨어질 때까지 아저씨와 이야기하다 평온하게 가는 것도 나쁘지 않을 것 같아요. 최근에 사는 게 빡빡해서 싫느니 죽지 싶었거든요. 하지만 제겐 아빠가 있어요. 절 기다리고 있을 거예요."

수룡이 깊은 눈으로 날 바라보았다. 그러더니 입가를 올려 웃었다.

—해보자꾸나.

"시간은 공기다, 알죠? 당장 시작해요!"

눈앞에 연구소의 전체 지도가 뜨며 미로의 정답 선처럼 내가 있는 곳에서 발전소까지 가는 길이 표시되었다.

─길을 잘 외워 두렴. 이 방을 나가면 내가 도와줄 방법이 없어. 너 혼자 힘으로 해내야 해.

나는 힘차게 고개를 끄덕였다. 수룡이 가르쳐 준 대로 감압실 안에 있는 호스와 산소통을 맞췄다.

"기다려, 아빠."

🐾

가게가 성냥개비로 쌓은 탑처럼 흔들리더니 집기들이 떨어졌다.

"옘병, 광산이 또 미쳐 날뛰는가 보네."

빵떡 할머니가 말했다. 심 기술자는 넋이 나간 채 앉아 있었다.

"장비들 단단히 묶어. 떨어져서 망가지기라도 하면 청이가 와서 잔소리할걸?"

심 기술자는 대답이 없었다.

"청이 안 죽었어! 왜 산 사람 장례를 치르고 그래?"

"내가…… 곱게 눈을 내놨어야 하는데……."

"자기 생각해서 안 줬어? 청이 주려고 안 준 거 아냐?"

"괜한 욕심을 부려가지고……."

빵떡 할머니는 소리 없이 한숨을 지었다. 청이 인당수에 내려간 지 한 달이 넘었다. 산소통을 가지고 가도 물속에서 버틸 수 있는 건 최대 한 시간 반이었다.

단발머리 기술자는 청을 인당수 속으로 내려 보낸 다음 날 돌아와 단백질 등을 모두 압수해 갔다. 청이 가져온 물건이 아무 쓸모가 없었다며, 특고위를 상대로 사기를 쳤는데 처벌을 면하는 것만으로도 관대한 처사라고 일장 연설을 했다. 주기로 약속했던 눈에 대해서는 입도 뻥긋하지 않았다. 그나마 부품 가게와 새 빵집은 철수해 빵떡 할머니는 근근이 벌어먹으며 심 기술자를 돌봐 왔다.

바깥이 소란스러웠다. 사람들이 뭐라고 소리를 지르며 펄쩍펄쩍 뛰었다.

"또 뭔 일이 났나 보네. 여기 있어 봐."

"내가 가긴 어딜 가."

빵떡 할머니가 거리로 나가니 사람들이 모조리 인당수로 달려가서 목을 뒤로 꺾고 하늘을 보고 있었다.

"하늘 뚜껑이 무너진다아아아아아!"

누군가 절규했다. 그의 말대로 하늘에 선명한 직선이 그어지며 정확히 반으로 갈라지고 있었다. 어른들은 아이를 품에 안고, 도망칠 곳을 찾아 무작정 달렸다. 빵떡 할머니는 다리가 풀려 그대로 주저앉았다.

"저, 저게 뭐지?"

인당수 밑에서 마치 커다란 꽃봉오리처럼 분홍빛으로 빛나는 둥근 물체가 솟아오르고 있었다. 그 물체는 수면으로 떠올라 해변까지 다가왔다. 문이 열리더니 안에서 청과 사람 모양 인형 십여 개가 나왔다.

"처, 청이니?"

빵떡 할머니가 잘못 봤나 눈을 비볐다.

"할머니!"

청이 달려왔다.

"아빠는요?"

"집에 있다. 기운이 좀 없지만 널 보면 다 나을 거다. 어여 가 봐."

사람들은 청을 보랴, 청이 타고 온 분홍 물체를 보랴, 하늘 뚜껑이 쪼개지는 광경을 보랴 정신을 차리지 못했다. 차츰 벌어지는 하늘 뚜껑을 통해 드러난 허공은 비현실적으로 푸른 색이었으며 찬란한 빛이 들어와 온 세상을 밝혔다.

"이보게, 심 기술자! 청이가 돌아왔어!"

누군가 심 기술자의 집으로 뛰어 들어와 외쳤다.

"청이, 청이라고?"

심 기술자가 오른발을 대신하는 지팡이를 짚고 밖으로 나왔다. 사람들이 그를 부축해 인당수 쪽으로 데려갔다. 그동안 청도 집으로 전력질주 했다.

"아빠!"

청이 심 기술자의 품에 뛰어들었다.

"청아, 청아! 정말 청이냐?"

심 기술자가 청의 얼굴과 몸을 더듬었다.

"아빠, 있어 봐! 꼼짝도 하지 마!"

청은 품에서 소중히 가져온 눈을 꺼냈다.

"세상에, 청아……."

"가만히 좀 있어 봐! 이거 되게 섬세한 거야."

심 기술자의 구슬 눈을 뺀 청이 새 눈을 장착해 주었다. 심 기술자가 눈을 깜빡였다. 찬란하게 빛나는 불빛 아래 청이 서 있는 게 보였다.

"청아!"

"대폭발은 끝났어. 바깥은 이제 안전해. 화룡이 마을 사람들 몸을 다 고쳐 줄 거야."

"청아아아아아아."

심 기술자는 세상이 어떻게 되었다든지 하는 이야기는 조금도 귀에 들어오지 않았다. 그저 청을 품에 안고 한없이 그 이름을 부를 뿐이었다.

단발머리 기술자가 전기거를 몰고 내려왔다. 청은 화급히 손바닥으로 눈물을 닦았다. 진짜 빛이 들어오자 VID 구역이 본디 모습을 드러냈다. VID 구역은 돌을 깎아 만든 흉물스러운 언덕일 뿐이었다. 전등 불빛은 태양 빛 아래에서 힘을 잃었고 꼭대기에 있는 특고위의 저택도 알아볼 수 없었다.

"인공지능들은 모든 사람을 똑같이 돌볼 거예요. 그렇게 세팅했어요. 정부 고위고, 특고위고, 이제 그런 거 없어요."

"거짓말하지 마. 네가 마스터키를 빼돌린 거지?"

단발머리 기술자가 손짓하자 권인들이 청에게 총을 겨눴다. 청을 따라온 인형들이 권인들, 정확히는 권총을 향해 작은 섬광을 발했다.

"그 총은 이제 작동 안 해요. 코드가 엉켰어요."

청이 말했다.

"쏴!"

단발머리 기술자가 외쳤다. 심 기술자가 청을 몸으로 막았다. 총은 작동하지 않았다.

"마, 말도 안 돼! 특고위께서 새로운 세상에 맞는 법을 만들 거야."

"그런 법 당신들이나 지켜요!"

인당수에서 연구소가 떠오르며 연구소로 가는 다리가 해변까지 이어졌다. 청은 마을 사람들에게 손짓했다.

"다들 연구소로 가세요. 물에 잠겼던 곳들을 완전히 수리하지는 못했지만 아쉬운 대로 부품 수리 구역은 작동시켰어요. 태양열로 연구소가 충전되면 단백질 공장도 안정적으로 돌아갈 거예요. 물론 이제 진짜 작물을 키울 수 있지만요."

청은 심 기술자를 향해 고개를 돌렸다.

"아빠, 진짜로 온 세상을 밝히는 광원이 있었어. 할머니 말대로 주먹보다도 한참 작더라니까? 더 이상 빛을 걱정할 필요 없어."

"청아, 내 딸······."

"하늘을 봐, 아빠, 하늘을······!"

작은 광원 하나가 온 세상을 밝혔다. 늘 거무죽죽했던 인당수도 빛을 받아 시리도록 푸르게 빛났다.

II
후천적 교집합

호수의 여신

『판소리 에스에프 다섯 마당』, 구픽, 2023 발표.

1. 사건의 시작 ─ 올리버 최

"이름은 옹원영, 예명은 호수, 지구 국적은 대한민국, 현재 나이는 아흔일곱 살로 출생년도와 생물학적 나이가 일치합니다. 호수가 행성 호수로 이주할 당시는 웜홀이 발견되기 전인지라 냉동 장치로 이동했기 때문이죠. 물론 겉보기는 아흔일곱 살로 보이지 않을 겁니다. 노화 방지 기술이 발전한 지 꽤 되었으니까요. 호수는 열다섯 살에 5인조 남성 그룹 '스페이스 워커'로 데뷔했습니다. 그룹에서는 랩을 맡았죠."

불을 끈 회의실에서 인간형 로봇 제피가 자리에 앉아 있는 올리버 최에게 설명했다. 화면에 5인조 남성 그룹이 V자 대형으로 춤추며 노래하는 장면이 잡혔다. 그중 후위에 서 있는데도 시선을 확 끄는 아이가 바로 호수였다. 호수가 클로즈업

되자 화면이 멈췄다. 영화, 드라마, 광고, 뮤직비디오, 어디서든 선남선녀가 넘치는 시대였다. 호수는 그중에서도 단연 군계일학이었다. 열다섯 살이니 아직 더 클 텐데, 제발 저대로 커 달라고 두 손 모아 빌고픈, 여리면서도 강인한 선이 있는 화사한 미남이었다.

"2년 뒤 복면을 써서 정체를 감추고 노래하는 음악 버라이어티에서 11주간 1위를 하며 랩만이 아니라 가창력까지 뛰어나다는 찬사 속에 솔로로 앨범을 냅니다."

화면 속에서 첫 번째 우승을 한 호수가 가면을 쓴 채 변조된 음성으로 인터뷰하는 장면이 나왔다.

「단 한 명이라도 제 노래를 들어 주는 이가 있다면 계속 노래할 수 있어요.」

"솔로 앨범의 타이틀 곡 뮤직비디오가 뮤직비디오로는 최단 기간인 6개월 만에 100억 뷰를 달성하며 호수는 열여덟 살에 우주적 가수로 성장했습니다. 2년 뒤 스페이스 워커는 해체되고 호수는 본격적인 솔로 활동을 시작합니다. 작사와 작곡도 하며 쉰세 살에 은퇴하고 행성 호수로 이주할 때까지 발라드, 록, 힙합, 트로트까지 장르를 불문하고 200여 곡의 히트곡을 냅니다. 행성 호수로 이주한 후에도 꾸준히 콘서트를 열고 있습니다만 지금은 옛 팬이나 찾는 정도입니다."

화면에 은퇴 무대를 여는 호수가 잡혔다. 외모만 보면 30대로 보였다. 열다섯 살 모습에서 기대했던 이상으로 성장해, 세상 풍파를 겪으면서도 곧은 기둥으로 자란 은행나무 같은 단단한 자태에, 해마다 찬란한 꽃을 피우는 목련처럼 고왔다. 경지에 오른 화가가 붓 한 필로 인물화부터 풍경화까지 단숨에 그려 내듯 호수는 진성과 가성을 넘나들며 목소리 하나로 화려한 그림을 그려 냈다. 관절이 없는 연체동물처럼 몸을 돌리고 늘리고 휘다가 절도 있는 동작으로 전환하는 순간 올리버의 솜털이 곤두섰다. 사람 맞아?

"선장님?"

"아, 응응, 그래, 스페이스 워커는 왜 해체된 거지?"

제피가 불러서야 정신을 수습한 올리버가 여전히 시선은 화면에 꽂은 채로 물었다.

"소속사의 공식 입장은 계약 기간 만료입니다. 하지만 세간에는 여러 설이 분분했는데요. 솔로로 성공하게 된 호수가 그룹의 제약에서 벗어나고 싶어 했다, 호수가 안하무인에 고집이 세서 그룹 멤버들과 불화를 일으켰다, 호수를 스카우트한 다국적 기획사 크리미에서 호수만 원했다 등등입니다."

"그 고집 때문에 나에게까지 의뢰가 들어온 거지."

올리버가 중얼거렸다.

"네, 팬들 사이에서도 유명해서 별명이 옹고집이었다고 합니다. 5년 뒤 크리미와 계약이 만료된 후에는 스스로 기획사를 차렸습니다. 오직 자기 자신만을 위한 회사였죠."

"은퇴한 이유는?"

"호수가 인터뷰를 통해서 밝힌 이유는 성공에 대한 압박을 내려놓고 오직 자신이 만들고 싶은 음악만 만들겠다는 것이었습니다. 세간에서는 박수칠 때 떠나고자 했다고 합니다. 호수의 절정기가 끝나 간다는 인식이 팽배했거든요.

첫 뮤직비디오가 6개월 만에 100억 뷰를 달성한 뒤 다음 뮤직비디오는 5개월, 그다음 뮤직비디오는 4개월로 줄어들며 호수는 스스로 자기 기록을 깨기 시작했습니다. 최고 기록은 31일 만에 100억 뷰 달성이었죠. 그러다 조금씩 기간이 길어지기 시작했습니다. 은퇴하기 전 마지막 노래는 6개월이 지나도록 10억 뷰도 되지 않았습니다. 여전히 전설급 가수지만 쇠락해 가는 조짐이 보였죠. 자존심이 강한 호수가 그걸 견디지 못했다고 합니다."

"곡이 별로였나?"

"그렇다고 보긴 어렵습니다. 호수의 노래는 평론가들에게는 계속 좋은 평을 받았거든요. 그보다 홀로그램 가수의 시대가 열리며 상대적으로 밀렸다는 게 중론입니다. 당시 전지구적인 흥행작이나 히트곡을 낸 가수와 배우들이 사생활에서 물의를 일으키는 일이 연이어 발생했습니다. 성폭행, 스태프에 대한 폭언과 폭행, 음주 운전, 마약 따위였죠. 동경하고 사랑하는 스타들의 이면에 대중들은 지쳤습니다. 그런데 결코 실망시키지 않을 가수가 등장한 거죠."

화면에 대표적인 홀로그램 가수인 레지나와 쉬엔의 모습이 떴다.

"이전에도 가상 가수가 있었습니다만 2차원 그래픽으로 애니메이션 캐릭터에 가까웠고, 소수의 마니아만이 향유했죠.

그걸 홀로그램을 통해 3차원으로 구현하고 외형 또한 사람과 흡사하게 만들며 첫 홀로그램 가수, 레지나가 탄생합니다. 레지나가 마니아를 넘어서 대중적인 인기를 끌자 홀로그램 기획사들이 우후죽순으로 생겨납니다. 홀로그램 가수에게 문제가 생긴다 한들 그건 스태프나 제작진의 잘못이지 가수의 책임은 아닙니다. 공연에서 실수하는 일도, 사고를 칠 염려도 없었죠. 홀로그램 가수들은 결코 지치는 법 없이 팬들의 환호에 응답했습니다. 최고의 작사가와 작곡가, 세션들이 홀로그램 가수에게 모였죠. 그들에게도 홀로그램 가수는 매력적이었습니다. 인간은 낼 수 없는 저음과 고음이 가능한 데다 언제나 최상의 컨디션을 유지했고, 각기 다른 팀에서 여러 곡을 동시에 녹음할 수도 있었습니다. 소위 연예인 갑질도 없이 오롯이 그들이 원하는 음악을 수용했죠. 그중 레지나가 지구를 넘어서 다른 행성에까지 우주적으로 이름을 떨치기 시작할 무렵, 호수가 홀로그램 가수를 비난하는 모습을 호수의 스태프가 몰래 촬영해 공개했습니다. 기획사들은 이제 소속 가수들을 다 계약 해지하고 음성 합성 엔진을 다양화하면 되겠다며 비아냥거리는 것에서 시작한 호수는, 홀로그램 가수는 실체 없는 그래픽에 불과하고 홀로그램 가수의 노래에서 목소리는 음향효과 중 하나일 뿐이라며, 그걸 가수라고 열광하는 사람들은 다 머저리라고 독설을 퍼부었습니다."

화면에서 호수가 흉포한 얼굴로 날 선 말들을 뱉는 모습이 나왔다. 지킬 박사와 하이드처럼 조금 전 무대에서 화사하게 웃던 사람과 같은 사람이라는 걸 상상하기 어려운 극과 극의 모습이었다.

"연예인이 그렇지."

올리버가 헛웃음을 지었다.

"해당 영상이 공개되고 며칠 후, 신곡 발표 무대에서 레지나는 자기 자신을 실재하는 그래픽이라 칭하며 자신을 사랑하는 팬들을 자신 또한 진심으로 사랑한다고 했죠. 그 공연 무대가 30일 만에 100억 뷰를 달성하며 하루 차이로 호수의 기록을 깼습니다. 레지나 자신도 아직 깨지 못한 기록입니다."

"그리고 호수는 은퇴를 선언했군?"

"네. 하지만 대중의 반응은 차가웠습니다. 호수가 은퇴 선언을 한 게 처음이 아니었으니까요. 폭언으로 도마 위에 오를 때마다 호수는 은퇴를 하겠다고 했고, 팬들은 잡는 걸 반복했죠."

"그런데 이번에는 진짜로 은퇴하고 행성 호수로 가 버렸다 ……."

"그렇습니다. 어느 평론가는 삐쳤다고 하더군요."

올리버는 킥 실소를 터뜨렸다. 하지만 웃음은 곧 가셨다. 의뢰를 받았을 때부터 쉬운 일은 아니리라 짐작했지만 호수에 대한 자세한 정보를 받고 나니 더 난감해졌다.

한때 지구에서는 팬들이 돈을 모아 사랑하는 스타에게 별을 선물하는 게 유행이었다. 말이 선물이지, 숫자와 기호로 된 항성 혹은 행성에 스타의 이름을 붙여 주는 것이었다.

그러다 본격적인 우주 탐사와 개발의 시대가 열렸다.

우주 탐사와 개발의 전초기지인 페가수스 우주정거장 건설이 자금난으로 인해 지지부진해지자, 범우주항공국은 실제로 별을 팔기로 했다. 물론 해당 행성에 지적인 생명체가 있을 경우, 판매는 무효화되고 돈은 돌려주지 않는다는 조항이 있었다. 천문학적인 금액을 붙였는데 딱 두 행성이 실제로 팔렸다. 그중 하나가 이미 오래전에 호수의 이름으로 팬들이 사 줬던 행성 호수였다. 다른 하나는 레지나였다.

호수는 은퇴하며 행성 호수로 떠났고 전과 다른 실험적인 형태의 노래를 발표했다.

그로부터 얼마 뒤 웜홀이 발견되며 우주탐사에 획기적인 길이 열렸다. 공간을 건너뛸 수 있게 된 것이다. 다만 웜홀을 통과한 우주선은 반드시 안전 점검을 받아야 했다. 웜홀을 지난 뒤 10~20퍼센트의 확률로 계기판에 이상이 발생하기 때문이었다.

약 10년 전 행성 호수 부근에서 열두 번째 웜홀이 발견되었고, 이름은 도스라고 지어졌다. 도스 웜홀을 쓰면 지구에서 페가수스 우주정거장으로 가는 시간을 2년 3개월 단축할 수 있었다. 현재는 3년이 걸려서 자동 운행 시스템을 쓰거나 사람이 꼭 탑승해야 할 경우 교대로 냉동 장치를 사용했다.

웜홀도 완벽하지는 않았다. 시간과 공간은 불가분의 관계다. 한 점에서 다른 점으로 이동하는 데에는 필연적으로 시간이 걸렸다. 웜홀은 거리를 이동하는 데 걸리는 시간의 흐름까지 모두 지워 주지는 못했다. 즉, 도스 웜홀을 통해 지구에서 페가수스 우주정거장으로 가는 사람이 느끼는 체감 시간은 3개월이나 실제로는 9개월이 흘렀다. 도스 웜홀을 써서 지구와 페가수스를 오가는 사람은 체감으로는 2년 9개월, 실제 시간으로는 2년 3개월을 단축하는 셈이다.

범우주항공국과 페가수스 우주정거장 측은 도스 웜홀로 단축되는 시간에 환호했다. 그런데 호수가 행성 호수에 우주선 정비소를 건설하는 것을 거부했다. 행성 호수는 호수의 사유지였다. 호수의 허가 없이 건설할 수 없었다.

행성 호수에서 호수가 실제 사용하는 공간은 저택 하나에 불과하니 정비소를 지을 공간은 얼마든지 있었다. 저택에서 최대한 먼 곳에 짓겠다, 정비소 바깥으로는 일절 출입하지 않겠다 등등 다양한 방법으로 설득했으나 호수는 매번 일언지하에 거절했다. 범우주항공국 직원에 이어 페가수스 우주정거장 함장까지 직접 그를 찾아가서 부탁해 보려 했지만 전부 행성 착륙 허가조차 얻지 못했다.

돈으로는 호수를 설득할 수 없었다. 은퇴 후 그는 예전 같은 히트 곡을 만들지 못했다. 하지만 그가 과거에 만들었던 노래들은 지금도 지속적으로 판매되거나 리메이크되며 그에게 막대한 저작권료를 안겼다. 옛날에 지구의 어떤 가수는 집에 놀이공원을 만들었다는데, 호수는 행성 하나를 소유한 거부였다.

올리버는 행성 간 분쟁을 해결하는 프리랜서 협상가였다.

그에게 호수를 설득해 달라는 페가수스 우주정거장의 의뢰
가 들어온 것이다. 올리버는 호수의 공연을 보고 그에 대한 자
료를 찾으며 생각에 잠겼다. 아무래도 쉽지 않은 일이 될 듯
했다.

2. 문제의 주인공 ─ 호수

"호수! 호수!"

"호수!"

100만 명을 수용할 수 있는 객석을 가득 메운 관중들이 호
수의 이름을 연호했다. 무대에서 먼 곳에서도 코앞에 있는 양
감상할 수 있도록 실제 같은 홀로그램 영상이 떴다. 무대에서
는 거세게 쏟아지는 소나기처럼 연출한 사이키 조명 아래에
서 한 소녀가 머리를 손으로 감싼 채 뛰었다. 그때 소녀에게
우산이 씌워졌다. 얼굴을 가렸던 우산이 느린 선율의 음악에
맞춰 올라오며 매혹적인 청년의 모습이 드러났다. 청년은 소
녀를 보며 맑은 웃음을 지었고 소녀의 얼굴은 홍당무처럼 달
아올랐다. 오래전 영화를 오마주한 연출이었다. 이어 청년이
앞으로 나오며 우산을 펼쳤다 접거나 돌리는 춤과 함께 노래
를 부르기 시작했다. 격렬하게 몸을 꺾는 동작 사이사이에 우
아하고 느린 선을 더했다. 관중석은 응원곡으로 함께했다.

노래가 끝나고 청년은 관객을 바라보며 청아하게 인사했다.

"이상으로 제 499번째 단독 콘서트를 마칩니다! 비비안들, 다음은 500번째 콘서트입니다. 그날 공연을 기대하세요!"

호수가 인사하며 양손을 흔들었다. 관중석을 꽉 채운 팬들이 가지 말라는 아쉬움의 함성과 응원봉의 불빛과 발 구름으로 공연장을 덮쳤다. 이어 호수에게만 보이는 알림판에 '앙코르 요청'이라는 버튼이 깜빡였다.

관중석을 향해 싱긋 웃어 보인 호수가 손가락을 튕기자 무대 중앙에 마법처럼 의자가 나타났다. 그는 다리를 포개고 편안한 자세로 앉아 시선을 카메라로 향했다.

"내 마음은 호수요, 그대, 노 저어 오오."

김동명의 시를 인용한 나직한 독백으로 시작하는 발라드로, 화면을 보는 이들은 누구나 오직 자신에게만 불러 준다 믿을 만한 자세와 눈빛이었다.

"또 만나요."

노래를 마친 호수는 연인들이 자기 전 통화를 마치고 잘 자라는 인사를 하듯 감미로운 목소리에 숨결을 섞어서 인사했다. 무대 조명이 모두 꺼졌다. 무대는 열 평 남짓한 공간이었고 관중석은 홀로그램이었다. 호수는 무릎을 짚으며 일어섰다. 무대에서 나오자 호수에게 덧씌워졌던 홀로그램도 사라지며, 해맑게 웃는 젊은이를 대신해 권태와 깊은 피로가 자리한 노인이 나타났다. 그는 마치 이다음에는 뭘 해야 할지 모르겠다는 공허한 표정으로 천천히 주변을 둘러보았다. 콘서트를 준비하는 음향과 각종 조명 장치가 있는 서른 평 남짓한 공간이었다. 그는 느린 걸음으로 자신이 콘서트홀이라 이름 붙인 방을 나왔다.

주방으로 간 그는 푸드 프린터 앞에 섰다. 푸드 프린터는 그가 원하는 맛과 질감을 얼마든지 구현해 주었다. 그런데도 그는 늘 같은 음식을 먹었다. 말린 무화과, 치즈 세 종류, 연어 치커리 샐러드를 단아한 접시에 담아 식탁 위에 올린 그는 홀로그램을 가동시켰다. 곧 식탁 앞에 젊은 시절 그의 모습이 나타났다. 조금 전 홀로그램을 입혔던 그와 겉모습은 같았으나 기기의 도움 없이 라이브로 노래했고, 홀로그램을 입힐 필요 없이 자신의 몸으로만 춤을 췄다. 콘서트홀에 있던 관중들은 예전 공연에서 따온 관중들의 영상을 그가 부르는 노래에 맞춰 반응하도록 조정한 홀로그램이었지만 지금 그의 식탁 앞에 펼쳐진 영상에서 보이는 관중들은 작은 점 하나하나까지 모두 진짜였다. 마지막 곡이 끝나면 모두 한목소리로 앙코르를 요청했다.

음악 소리가 갑자기 줄어들더니 흰 티셔츠에 청바지를 입은 건장한 청년이 다가왔다.

"개인 우주선 우루 호에서 착륙 허가를 요청합니다."

"이 멍청아! 웜홀관리국 연락은 안 받는다고 했잖아!"

"웜홀관리국 소속이 아니라 개인 우주선……."

"그놈이 그놈이지, 그걸 몰라? 내 매니저로 70년 넘게 일했으면서 아직도 똥인지 된장인지 처먹어 봐야 알아?"

"계기판 이상으로 긴급 점검이 필요하다는 구조 신호를 보냈습니다. 특별한 사유 없이 구조 신호를 무시하는 건 우주법 1조 7항에 의거해서 인공지능인 저는 할 수 없습니다. 제가 거부하면 우주 경찰이 조사하러 옵니다. 그걸 바라지 않으시 잖아요."

매니저가 우는소리를 했다.

"빌어먹을!"

"얼른 응답하지 않으시면 왜 응답이 늦어졌는지에 대한 사유서를 작성하셔야 하고, 사유서를 작성하지 않으시면 우주 경찰이 조사하러……."

"바꿔!"

"넵!"

매니저가 즉각 홀로그램 통신을 열었다.

「안녕하십니까. 옹원영 씨 맞으신가요?」

"네네, 제가 옹원영입니다. 무슨 일이시죠?"

호수가 본론만 말하라는 듯 인상을 썼다. 직전까지 본 젊고 쾌활한 얼굴이 아닌 폭삭 늙은 얼굴에 사나운 눈빛과 표정으로 인해 올리버는 일순 위화감을 느꼈다. 애니메이션이 실사 영화화되면서 원작 캐릭터와 딴판인 배우가 캐스팅된 느낌이었다.

「저는 개인 우주선 우루 호의 선장 올리버 최라고 합니다. 반갑습…….」

"반갑다? 우리가 아는 사이요?"

「옹원영 씨, 아니 예명인 호수 씨라고 불러드릴까요? 전 호수 씨의 팬입니다.」

그 말에 호수의 표정이 아까보다 더 험상궂게 일그러졌다. 진짜 팬이라면 호수라는 예명부터 나와야 했다. 호수는 올리버를 30대 중반으로 보았다. 기술이 노화를 늦추는 시대에 들어선 지 오래라 호수도 겉보기로는 60대 초반으로밖에 보이지 않았다. 그래서 겉보기로 나이를 유추하는 건 힘들었다. 하지만 호수는 눈빛이나 말투, 표정 등에서 나이를 잘 읽어 내는 편이었다. 올리버는 겉으로 보이듯 실제로도 30대 중반일 것이다. 우주선을 운영하는 자들은 어려 보이는 걸 기피해서 30대에서 40대까지의 외형을 유지하는 걸 선호했다. 30대 중반이라면 그가 은퇴한 후에 태어난 사람이라는 소리였다. 그런데 자기 팬이라? 뻔한 사탕발림이라 코웃음도 아까웠다.

「우루 호의 엔진에 경고등이 켜졌습니다. 잠시 착륙해서 점검해도 되겠습니까?」

호수의 날 선 반응에도 올리버는 차분하고 예의 바르게 용건을 말했다.

"우주법 17조 9항에 의거해서, 특별한 사유 없이 점검이 필요한 우주선의 착륙을 거부하면 우주 경찰이……."

"닥쳐!"

올리버는 매니저와 호수의 대화를 듣지 못했다. 매니저가 홀로그램 통신의 음성 모드를 오프 모드로 바꾼 채 말했기 때문이었다. 하지만 영상은 보여서 올리버는 호수의 입 모양에서 '닥쳐!'를 읽었다. 아마도 매니저를 향해 한 소리라고 그는 짐작했다. 곧이어 매니저가 올리버에게 통신을 보냈다.

「안녕하세요. 저는 호수 님의 매니저인 매니저라고 합니다.」

"매니저? 이름은 뭐지?"

「제 이름이 매니저입니다. 매니저 계의 극한 직업 호수 님의 매니저이기도 하고요. 저도 이름 같은 이름을 받고 싶은데 호수 님에게는 말도 못 꺼내 봤어요. 그래도 우리 호수 님이 본성은 착하시거든요. 다만 성격이 조금 까다로우실 뿐이죠. 그래도 실력은 여전하시답니다. 언제든 공연 요청은 제게 연락 주세요.」

"우린 공연 요청을 하려는 게 아니야."

「알고 있습니다. 직업병이니 이해해 주세요.」

매니저는 보란 듯이 과장된 한숨을 내쉬고는 말을 이었다.

「진짜 문제가 있는 게 아니라면 이만 돌아가시는 게 어떨까요? 어디까지나 비공식적으로 말씀드리는 건데요. 저희 호수 님께서 성격이 정말 지랄맞으셔서요. 엔진에는 아무 이상 없고 다 핑계라는 걸 인공지능인 저도 아는데 호수 님이 모르시겠어요? 제발 그냥 돌아가 주세요.」

"우리 계기판에 나온 경고등을 보여 줄까?"

매니저의 눈꼬리가 아래로 축 처졌다. 외형만 보면 사람인지 로봇인지 구분이 되지 않았다. 홀로그램 통신이기에 더 그랬다. 하지만 과장된 표정에서 만들어진 이미지, 즉 로봇이라는 게 얼핏 드러났다.

「정 그러시면 다시 말씀드려 볼게요.」

시무룩하게 고개를 숙인 매니저의 홀로그램이 사라졌다.

"착륙을 거부할 명분이 없습니다. 어쩌죠?"

"어쩌긴 뭘 어째?"

호수가 버럭 성질을 냈다.

"네."

"그놈이 네 소개 듣고 뭐라든?"

"제 이름이 뭔지 묻더라고요."

호수의 입술이 삐뚜름하게 일그러졌다. 그럼 그렇지, 팬이니 뭐니 하는 건 역시 다 헛소리였다. 진짜 팬이라면 그의 로봇 매니저 이름이 매니저라는 걸 모를 리 없었다.

매니저는 우루 호를 행성 호수 우주선 착륙장으로 유도했다.

올리버는 행성 호수의 대기권으로 진입하며 감탄 어린 휘파람을 불었다. 오래전 범우주항공국은 아무 거리낌 없이 행성을 판매하겠다고 했다. 사진을 통해 빛나는 색깔과 밤하늘에 있는 위치가 마음에 든다는 이유로, 기실 무작위로 선택된 행성에 지적인 생명체가 있을 확률은 사막에서 모래 한 알을 주웠는데 그게 다이아몬드일 확률과 같았다. 웜홀 발견으로 인해 본격적인 우주 탐사와 이주의 시대가 열린 현재까지도 지적인 생명체의 흔적은 발견하지 못했다.

"이건 다이아몬드보다 더 대단한 거 아냐?"

올리버는 창밖에 보이는 풍경에서 눈을 떼지 못했다. 수십에서 수백 미터에 이르는 붉고 푸르고 노란 원색의 나무들이 행성을 빼곡하게 메워 땅에서 노을이 이는 듯한 착시를 불러

일으켰다. 어떤 나무들은 침엽수처럼 뾰족하게 솟았고, 어떤 나무는 잎들이 분수처럼 우아한 곡선을 만들며 아래를 향했다. 바다처럼 거대한 호수는 황금색으로 빛나며 다채로운 나무의 향연을 담아냈다.

"오만한 가수가 은퇴한 뒤 살기 딱 좋은 곳이네."

그는 누가 길쭉한 송곳으로 관자놀이를 찌르는 듯한 두통을 느꼈다. 첩첩산중이었다. 호수는 이곳을 자기만의 낙원으로 삼았다. 순순히 우주선 정비소 건설을 허락할 것 같지가 않았다.

"나라도 싫겠다."

올리버는 피곤한 한숨을 내쉬었다. 행성 호수의 가장 큰 매력은 다른 사람이 없다는 데 있었다. 사람은 사회적인 동물이면서 자기 공간에 대한 집착이 강했다. 특히 아름다운 곳은 독차지하고픈 욕망이 있는 존재였다.

착륙장에는 아무도 없었다. 행성 호수에 사는 지적인 생명체는 호수가 유일했다. 그는 제피와 함께 에어카를 타고 착륙장을 나왔다. 호수는 자신의 저택, 지구 및 인류가 정착한 다른 행성들과 소통할 통신소를 지은 것 외에는 행성을 있는 그대로 놔두었다. 착륙장은 저택과 700킬로미터 떨어진 곳에 있었다. 유일한 착륙장과 저택의 거리가 멀다는 건 애초에 행성 바깥출입을 하거나 찾아오는 이를 맞이할 의사가 없다는 소리였다.

올리버는 에어카로 주변을 돌며 우주선 정비소를 설치할

후보지를 물색하고 촬영한 뒤 착륙장으로 돌아왔다. 그러면서 착륙장을 정비소로 확장하는 게 비용과 효율 면에서 가장 좋다는 결론을 내렸다. 다만 황금빛 호수 가까이에 무인 카페를 하나 만들어 줬으면 하는 바람이 일었다. 우주선을 정비하는 동안 쉬기에 안성맞춤인 장소였다.

형식적으로 우루 호를 점검하는 시늉을 한 그는 매니저에게 연락해서 호수에게 감사 인사를 하고 싶다고 했다. 하지만 돌아온 건 사유지 내 위법 행동에 대한 고소장이었다.

"사유지에서는 허가 없이 보조 로봇이 착륙할 수 없습니다. 또한 착륙장 바깥을 무단으로 벗어났으니 사유지 무단 침입죄에 해당합니다. 혹시 행성 내부를 촬영하셨다면 사유지 불법 촬영에 해당합니다. 그러게 착륙하지 말라고 말씀드렸잖아요."

매니저가 침울한 목소리로 뒷말을 붙였다.

"무슨? 나가지 말라는 말도 없었잖아!"

올리버가 기함을 토했다.

"선장님, 매니저의 말이 맞습니다."

우주법을 검색한 제피가 말했다.

"뭐?"

우주법상으로는 매니저의 말이 맞았다. 다만 이미 오래전에 사문화되어 대부분 그런 조항이 있는지조차 모를 뿐이었다. 착륙을 허가한 뒤 착륙장 바깥으로 나가지 말라는 건, 집에 초대한 뒤 현관에만 서 있으라는 것처럼 비상식적인 행동이었다. 로봇을 대동하지 말라는 것도 사람만 들어오고 가방은 밖에 두라는 것과 같았다.

"호수 님께서 즉시 떠나시랍니다. 벌금을 내거나 법정에서 만나자고 하시네요. 제가 벌금을 깎아 드릴 테니 법정까지 가지는 않는 걸로 하시죠."

"호수 씨를 만나야겠어!"

"선장님, 불법 행위로 인해 떠나라는 요구를 받았는데 지연하시면 이 또한 위법 행위로 걸립니다."

제피가 만류했다.

"역시, 로봇끼리는 말이 통한다니까요!"

매니저가 내 고충을 너만은 알리라는 눈빛으로 제피를 보았다.

"이런……!"

"선장님!"

제피의 외침에 올리버는 입 밖으로 튀어나올 뻔한 욕설을 가까스로 삼켰다. 입술 안쪽까지 올라온 토사물을 도로 삼킨 듯 기분이 더러워졌다.

"엔진에 아무 이상이 없다는 증거도 확보했습니다. 제발 더 이상 문제를 일으키지 말아 주세요."

매니저가 애걸했다. 턱을 강하게 맞문 채 돌아선 올리버가 우루 호에 올라 행성 호수를 떠났다.

3. 전개

「고소라니? 도대체 일을 어떻게 처리한 건가?」

페가수스 우주정거장 함장이 낯빛을 굳혔다.

"범우주항공국 소속이 개인의 사유지를 침범해서 고소당했다면 물론 문제가 크겠죠. 그래서 절 고용하신 거 아닙니까. 전 프리랜서예요."

올리버가 느긋한 태도로 대답했다.

「우리가 자네를 고용하지 않았나.」

"임시 고용이죠. 문제 생기면 절 해고하시면 될 일이에요."

「방법이 있는 건가?」

"기다려 보시죠."

통신을 마친 올리버는 푸드 프린터에서 두툼한 스테이크를 선택해서 큼직하게 썰어 먹었다.

"어쩌실 거예요?"

"그러게. 호수에게 가족이나 설득해 볼 만한 친구가 있을까?"

함장 앞에서는 태연을 가장했지만 속마음은 막막했다.

"부모님은 40년 전 열악한 요양원에서 돌아가셨다고 합니다. 형이 있었는데 12년 전에 죽었습니다. 죽기 전에 형이 성공한 가수이면서 부모님과 자신을 방치한 호수를 비난하는 인터뷰를 했습니다만, 호수에 대한 세상의 관심이 거의 사라졌을 때라 별다른 후속 기사 없이 지나갔습니다. 세 번 약혼했다가 세 번 다 파혼했고 결혼한 적은 없습니다."

"같이 일하던 스태프는?"

"행성 호수로 가기 전 호수는 스태프 전원과 계약을 해지했습니다. 초반에는 몇몇 기획사에서 연락했지만 호수가 전부 거절했고요. 사적으로 연락하는 사람은 없다고 합니다."

"그래, 누구든 마음을 돌릴 사람이 있었으면 진즉 웜홀관리국이든 페가수스 우주정거장이든 찾아서 연락했겠지. 콘서트는 계속 연다며?"

"네, 행성 호수로 이주한 뒤 연 첫 콘서트는 10억 3천만 명이 동시 관람했습니다. 그때 판 티켓 값만으로도 평생 먹고 사는 데 부족함이 없죠."

"지금은?"

"10만에서 20만 명 정도입니다. 앙코르 요청을 하는 팬들도 20~30명은 있습니다."

"그래도 제법 되네?"

"최초로 동시 관람 30억 명의 기록을 세운 가수니까요. 물론 현재 그 기록은 깨졌지만, 그 무렵 인구 대비로는 여전히 1위입니다. 그때에 견주면 없는 거나 마찬가지죠."

"흐음……."

올리버는 고소장을 바라보며 생각에 잠겼다.

호수가 매니저에게 말했다.

"다시 말해 봐."

"네, 다섯 번째 다시 말씀드립니다만, 행성 호수에서 가장 가까운 행성인 험다에서 재판이 열릴 예정이니 참석하셔야 합니다."

"화상으로 하면 되잖아!"

"화상 재판을 신청했으나 기각당했습니다."

"왜?"

"호수 님 건강하시고, 이동하는 데 드는 비용도 감당할 수 있어서 화상 재판을 진행할 사유로 부적격……."

"진짜 이유는 뭐야?"

"미운털 박히신 거죠. 사실 화상 재판은 판사 재량으로 편의를 봐줄 수도 있는 건데, 예전처럼 사람들이 재판장 앞에 구름처럼 모일 것도 아니고……."

"입!"

"닥치겠습니다."

"그놈은 뭐래?"

"재판으로 해결하자고……."

"약삭빠른 놈. 벌금을 깎아 주겠다고 해 봐야 싫다 하겠지?"

"네. 허가받은 착륙이었다며 맞고소를 하겠다고……."

"내가 고소를 취하하면 본인이 고소해서라도 나를 기어이 재판장으로 불러내겠다?"

"그런 의도지 싶습니다."

"배를 갈라 내장을 꺼내 순대를 만들어 채를 쳐 버릴!"

호수의 입에서 장장 10분간 단 한 어휘도 겹치지 않는 총천
연색 비난이 내용과 어울리지 않게 리듬을 타고 쏟아졌다.

호수는 단 한 번도 디스 랩을 만든 적 없었다. 많은 래퍼들
에게 수없이 디스 랩을 받았으나 그는 랩으로 대처하지 않았
다. 도를 넘었을 경우에는 고소하는 쪽을 택했다. 하지만 그의
스태프와 오랜 팬들은 호수가 디스 랩을 만들면 전설적인 랩
이 나올 거라고들 했다. 매니저는 그 말에 적극 동의했으나 호
수 앞에서는 내색하지 않았다.

숨을 몰아쉬며 푸드 프린터로 간 호수가 무알콜 와인을 택
했다. 그는 평생 건강식을 먹고 술은 어쩌다 마시며 매일 운동
을 하면서 몸을 관리해 왔다. 그는 와인 잔을 천천히 돌렸다.
투명한 잔 안에서 석양을 품은 바다처럼 붉은 물결이 일었다.
호수는 잔을 들고 창가로 가서 블라인드를 걷었다. 어떠한 보
정도 필요 없는 총천연색 세계가 펼쳐졌다.

호수는 행성 호수의 곳곳에서 백여 편의 뮤직비디오를 찍
었다. 행성 호수는 태고의 신비를 간직한 곳이었다. 어떤 곳은
원색으로 찬란하게 빛났고, 어떤 곳은 무채색조로 잔잔하고
서글픈 느낌을 주었다. 호수는 난생처음 놀이동산에 온 아이
처럼 행성 호수를 만끽했다. 그는 열두 살에 연습생 생활을 시
작했다. 그 뒤 쉰 살이 넘도록 혼자만의 시간을 보낸 적이 없
었다. 휴가 때조차 언제나 파파라치를 의식해서 연출된 모습
을 만들었다.

자유와 고독 속에서 작곡과 노래, 공연으로 즐거움과 공허

를 채우는 동안 43년이 흘렀다. 호수는 43년 동안 행성 호수 안에서, 전적으로 그의 비위를 맞추는 로봇 매니저하고만 살아왔다. 올리버가 그를 맞고소하는 건 두렵지 않았다. 그는 살면서 수많은 고소를 했고 고소를 받았다. 문제는 행성 호수를 나가야 한다는 데 있었다. 지금에 와서 행성 호수 바깥으로 나가는 건, 이제까지 용돈 받으며 살던 중학생에게 갑자기 생활 전선에 뛰어들라는 말처럼 막막하고 두려운 일이었다.

행성 호수 안에서만 살 생각은 아니었다. 그는 사람들이 결국 다시 그를 찾으리라 믿었다. 행성 호수에 온 뒤 그는 해마다 신곡과 함께 뮤직비디오를 발매했고, 콘서트를 열었고 티켓은 비싼 값에 팔렸다. 그의 예상대로 홀로그램 가수에 대한 사람들의 반응도 조금씩 시들해졌다.

홀로그램 가수의 장점은 곧 단점이었다. 무대에서 벌이는 실수, 인간적인 결점은 곧 고유한 캐릭터이기도 했다. 무대에서는 옷을 찢어 균형 잡힌 근육을 자랑하는 가수가 예능 프로그램에서 허약해 보이는 희극인에게 팔씨름을 지는 일도 발생했다. 그래서 겉보기용 근육이라며 '패션 근육'이라는 말이 생겼다. 지적인 이미지의 배우가 흥부와 놀부 중 누가 형인지도 모를 정도로 기본적인 상식이 결여되어 있기도 했다. 단점들은 포장하기에 따라 얼마든지 매력으로 탈바꿈될 수 있었다. 허당미, 순백미, 패션 근육계의 최강자 등등 예상 밖의 모습에 따라붙는 별명은 팬들의 호감을 끌어냈다.

홀로그램 가수에게는 사람 가수에게는 있는 바로 그 의외성이 없었다. 홀로그램 가수는 뛰어난 가창력과 춤 솜씨는 갖추었으나 그뿐이었다. 스타에게는 가창력과 춤 솜씨 이상의 것이 필요했다. 홀로그램 가수는 어떤 모습을 보이든 연출이었다. 그건 다른 말로 예측 가능한 범위 내에 머무른다는 소리였다.

홀로그램 가수의 전성기는 빠르게 지나갔다. 레지나와 쉬엔처럼 소수의 홀로그램 가수만 살아남아 여전히 인기를 누리며 성공 사례로 남았다. 그러나 은퇴한 호수와 사라진 홀로그램 가수의 빈자리는 다른 가수들로 빠르게 채워졌다.

호수는 계속 공연을 이어 나갔다. 티켓 판매는 하향 곡선을 그렸지만 열다섯 살에 데뷔한 뒤 활동하는 수십 년간 롤러코스터처럼 삽시간에 변하는 대중들의 마음과 선호도에 대해서는 단련될 만큼 단련되어 있었다. 그는 일희일비하지 않으며 꾸준히 새로운 곡을 만들었다. 유성처럼 일순간 빛을 발하고 타서 사라지는 가수들이 얼마나 많든 자신은 그렇게 될 리 없다고 확신했다. 그는 호수였다. 호수는 다른 무엇보다 자기 자신의 천재성을 믿었다. 그는 분명 희대의 천재였다.

그렇다고 호수의 공연 연출과 노래가 모두 그 혼자만의 아이디어로 만들어진 건 아니었다. 그에게 자기 의견을 제시하고, 그의 의견을 반대하고, 좋은 안건은 살리도록 지지하고 새로운 안을 덧붙이는 사람들이 있었다. 혼자가 된 호수는 차츰 자기만의 세계에 침잠하며 정체되었다.

호수도 그 사실을 알았다. 좋은 노래와 무대를 만들기 위해서는 스태프를 모집해야 했다. 그러나 호수는 그러지 못했다. 아집임을 누구보다 더 잘 알기에 더욱 그 아집에서 나오지 못했다.

평생 다 쓰지 못할 돈은 이미 모았다. 만들고 싶은 음악만을 만들겠다는 명분으로 그는 자기만의 성에 스스로를 가두었다. 그가 바라는 음악을 구현하려면 다른 사람들의 협력이 필요하다는 걸 알기에 전력으로 거부했다. 그 자신만의 힘으로 다시 전설적인 히트곡을 만들어야 했다. 스태프를 모집하는 건 그 뒤의 일이었다. 그렇게 공연을 이어가던 어느 날 그는 야외 공연에 체력적인 한계를 느꼈다. 그간 찍어 둔 행성 호수의 영상이 페타바이트 단위로 저장되어 있으니 실내에서 촬영한 뒤 배경을 덧씌우면 되었다. 그러다 노래와 춤까지 기계와 홀로그램의 도움을 받기 시작했다. 어느 순간부터 그는 기계와 홀로그램의 도움이 아니면 전처럼 노래하고 춤추는 모습을 보이는 게 불가능해졌다.

"그래서 협상안이 뭐야?"

무알콜 와인을 다 마신 호수가 물었다. 올리버가 원하는 건 행성 호수에 우주선 정비소를 건설하는 것일 터였다. 그건 그를 압박만 해서는 얻을 수 없었다.

"험다중앙공연장에서 최고의 스태프들과 500번째 콘서트를 열게 해 준답니다."

"내가 정비소 건설을 허가하면 말이지?"

"명확하게 그렇게 말한 건 아닙니다."

"흥. 하지만 그걸 바라겠지."

"아무래도 그렇죠."

호수는 두 번째 와인을 따랐다. 이번에는 1도로 낮은 알코올을 넣었다.

험다중앙공연장은 호수가 은퇴하기 전에 건축을 시작했다. 완공된 후 현재까지 전 우주에서 가장 환상적인 설비를 갖춘 공연장으로 명성을 떨치고 있었다. 호수는 오랜만에 마시는 알코올 기운이 몸에 번지는 걸 느끼며 험다중앙공연장에 가기 위해서라면 행성 호수를 떠날 수 있음을 인정했다. 다시 한 번 진짜 관객들 앞에서 노래하고 싶은 마음이 덩굴식물처럼 그의 전신을 감으며 올라왔다. 매니저가 매번 함성 수치를 조절하지만 그 누구보다 호수 자신이 과거의 그림자에 불과함을 알았다.

"재판을 최대한 미뤄. 미룰 수 있는 핑계란 핑계는 다 써."

"네."

매니저는 의기소침해져서 돌아섰다.

올리버는 호수가 재판을 늦추려는 모습에 그가 자기의 제안을 거부했음을 알았다.

"이제 어쩌죠?"

"채찍, 당근, 다음은 다시 채찍이지. 콧대를 한번 꺾어 줘야

겠군."

올리버의 입술에 자신만만한 웃음이 매달렸다.

4. 쉬엔

「내 마음은 호수요, 그대, 노 저어, 오오…….」

공기 7할, 소리 3할, 비누가 물에 녹듯 발끝부터 머리끝까지 녹아 버릴 것 같은 달콤한 목소리가 무대를 한 바퀴 돌았다. 현장에 있는 팬들은 숨을 들이켠 채 전신을 긴장시켰다. 집에서 맥주와 안주를 앞에 두고 홀로그램으로 공연을 보던 사람들은 입에 넣은 땅콩을 그대로 물고 있었다.

「노 저어 오, 오!」

두 번째 "노 저어 오오"는 고음으로 올라갔다. 팬들은 굳었던 온몸을 펴며 목청껏 함성을 질렀다. 록 발라드로 리메이크한 '호수의 마음'이 심장을 맥동시키는 진동으로 공연장을 울렸다. 험다중앙공연장에서 열리는 쉬엔의 1301번째 콘서트였다. 활동 시기에 견주어 콘서트 횟수가 많은 건, 쉬엔이 홀로그램의 특성을 이용해 여러 곳에서 동시다발적으로, 각 행성의 문화에 맞춘 콘서트를 열기 때문이었다. 이후 많은 홀로그램 가수가 따라 했으나 결과적으로 그 가수에 대한 신비감만 떨어뜨렸다. 쉬엔만 예외로 남아 팬들은 한정판 굿즈 모으듯 그의 모든 공연 관람 티켓을 구매했다.

같은 날 호수도 500번째 콘서트를 열었으나 참석한 팬은 만 명이 채 되지 않았다. 앙코르 요청은 단 한 명뿐이었다.

쉬엔은 콘서트 전에 신곡 세 곡을 발표했다. 그중 두 곡이 '호수의 마음'을 비롯한 호수의 대표 히트 곡 리메이크였다. 쉬엔의 오리지널 곡은 소소한 반응을 얻었으나 '호수의 마음'은 쉬엔의 역대 히트 곡 기록을 깼다. 절대다수의 사람들이 그게 호수의 노래인 걸 알지 못했고, 안다고 한들 이렇다 할 관심을 두지 않았다. 콘서트에서도 쉬엔은 호수의 여러 노래를 리메이크해서 불렀는데 모두 음원 차트 상위권에 올랐다.

"이렇게 잘될 줄은 몰랐는데, 기대 이상이야."

올리버가 박장대소하며 박수를 쳤다. 신차를 사는데 조금이나마 보태려고 타던 차를 중고 시장에 내놨는데, 마니아층에게 수집 가치가 있는 모델이라 신차 이상의 값을 받은 기분이었다.

험다는 관광 행성이었다. 도스 웜홀을 사용할 수 있으면 험다에 오는 관광객의 수가 대폭 늘어날 터라, 험다중앙공연장의 협조는 쉽게 얻을 수 있었다. 쉬엔을 택한 건 단독 콘서트를 대부분 호수의 리메이크 곡으로 채운다는 조건을 선선히 받을 거의 유일한 가수이기 때문이었다. 가수보다 기획사를 설득하는 게 훨씬 쉬웠다. 험다중앙공연장은 예약을 잡기도 힘들었고 가격도 비쌌다. 쉬엔의 기획사는 험다중앙공연장에서 대관료를 깎아 준다는 말에 흔쾌히 응했다. 그리고 상상 이상의 히트를 쳤다.

"본디 곡이 좋았기 때문이겠지……."

올리버는 호수의 원곡과 쉬엔의 리메이크 곡을 번갈아 가며 들었다. 쉬엔의 리메이크 곡은 최근 유행하는 리듬을 따라 만들어서 훨씬 귀에 잘 들어왔다. 하지만 원곡의 깊이는 담지 못했다.

호수의 매니저가 쭈뼛거리며 수입을 보고했다. 무려 500번째 콘서트가 최저 관객 수를 기록했는데도 오랜만에 큰돈이 입금되어 있었다. 리메이크 된 곡이 올린 수익이었다.

호수는 푹신한 소파에 스스로를 파묻은 채 말이 없었다. 그는 자기 기획사를 연 뒤 만든 곡은 리메이크를 허락하지 않았다. 하지만 이전 기획사와 계약했을 때 리메이크 계약을 했던 곡들은 어쩔 수가 없었다.

"그러게 제가 콘서트 날짜를 바꾸자고 했잖아요. 쉬엔이라서가 아니라 험다중앙공연장에서 큰 공연이 열릴 때는 피해야 한다고요!"

호수는 들은 체도 하지 않았다.

"고소할까요? 쉬엔은 리메이크했던 곡을 다시 리메이크했는데 계약서 조항을 잘 물고 늘어지면……."

매니저는 뒷말을 잇지 않았다. 분명 노이즈 마케팅이라는 갖은 비난과 조롱이 쏟아질 것이다. 이전의 호수라면 자기처

럼 정상에 이른 가수가 뭐가 아쉬워서 노이즈 마케팅을 하겠
냐며 너끈히 맞설 수 있었다. 하지만 지금의 호수는 그런 모욕
을 견딜 수 없었다. 그 고소로 원곡에 시선이 몰리고 조금이라
도 더 판매되면, 그의 의도와 상관없이 진짜 노이즈 마케팅이
될 것이기 때문이었다. 최악은 조롱만 받으며 원곡은 팔리지
않는 거였다.

"너무 오래 살았어."

호수가 툭 말을 던졌다.

그는 이후 일어날 일을 어렵지 않게 그릴 수 있었다. 단물
이 고인다 싶으면 황금 알을 낳는 거위의 배를 가르는 행위일
지라도 달라 붙어 빨아먹는 게 공연계였다. 이미 리메이크 판
권을 산 회사들은 그의 노래를 다시 리메이크 할 것이다. 그의
안무, 예전 무대 의상과 연출을 오마주하는 곳도 우후죽순으
로 생길 터였다. 그리고 원곡에 관심을 갖는 사람들은 극소수
에 불과하리라. 대부분의 사람들은 그게 리메이크라는 것도
모르고 지나갈 것이다. 그 자신이 영화와 드라마의 명장면들
을 오마주해서 공연을 열 때 여실히 느꼈던 점들이었다. 사람
들은 원본에 관심 없었다.

호수는 창밖 어딘가로 초점 없는 눈을 돌렸다. 조금씩 줄어
드는 관객 수를 보는 게 나이 들고 병들며 나날이 쇠약해져 가
는 자기 몸을 보는 것 같았다면, 지금은 단두대에 놓인 신세였
다. 호수에게 잊힘은 곧 죽음이었다.

"흠흠, 올리버가 험다중앙공연장 공연 제안을 다시 해 왔습

니다. 호수 님, 좋은 제안이에요. 당당하게 그 곡들이 호수 님의 곡이라는 걸 밝힐 기회입니다. 마침 흐름도 좋습니다. 이 흐름을 타면 다시 전성기를 맞이할 수 있어요!"

"홀로그램을 입혀서 노래하는 게 무슨 의미가 있지?"

"나이 들어서도 계속 라이브로 노래하는 가수들도 있어요. 지금 목소리와 성대에 맞도록 편곡하세요. 안무도 새로 짜시고요. 빠르고 격렬한 안무만 좋은 안무가 아니에요. 느린 호흡에 맞춰서 우아하면서 절제된 안무를 짜는 거예요. 호수 님은 천재잖아요!"

호수는 눈을 감았다. 그리고 나직하면서 분명하게 말했다.

"싫어."

"법정 출두는요?"

"안 가면 벌금인가?"

"체포되실 수도 있어요."

"그러라 그래."

"호수 님!"

호수는 매니저에게 가라는 듯 손짓했다.

5. 제3의 인물 — 홍안나

올리버는 검지로 의자를 톡톡 두드렸다. 딱따구리가 부리로 머리를 쪼아대는 것 같았다.

"이렇게까지 하겠다고?"

호수의 매니저가 울상을 지으며 호수는 벌금을 얼마를 물든, 체포 영장을 받든 절대로 법정에 출두하지 않을 거라고 전했다.

"이만하면 판은 다 깔아 줬잖아. 예전의 명성을 되찾을 기회를 준 거라고. 공연할 자신이 없나?"

"그럴 수도 있습니다. 언제부턴가 호수의 콘서트가 홀로그램을 입혀서 만든 거라는 걸 알 만한 사람들은 다 아니까요."

"험다중앙공연장에서도 그렇게 할 수 있어. 행성 호수에 있는 공연장이 유치원이라면 대학교 수준이잖아."

"네, 그 점도 전달했습니다."

"대관절 이렇게까지 고집을 부리는 이유가 뭐지?"

올리버는 날카로운 눈으로 호수의 500번째 콘서트를 보았다. 약점이 없는 사람은 없다. 기댈 곳이 필요하지 않은 사람도 없다. 사람은 인공지능 매니저에게만 기대서 살기에는 지나치게 사회적으로 진화된 동물이었다.

「오늘 제 500번째 콘서트에 함께해 준 여러분에게 진심으로 감사드립니다. 앙코르 요청이 들어왔네요.」

호수의 얼굴에 싱그러운 웃음이 번졌다.

「단 한 명의 팬만 있어도 저는 노래합니다.」

이어 호수는 '이름 모를 소녀에게'라는 발라드 곡을 불렀다.

"하여간, 연예인들이란……. 단 한 명의 팬만 있어도 노래한다? 그럼 험다중앙공연장에서 수십 억의 팬에게 노래할 기회는 왜 걷어차? 허세하고는."

"진짜일지도 모르죠."

"뭐?"

"호수의 콘서트 접속자를 조사했습니다."

조사가 아니라 해킹이지만 올리버는 제피에게 그 점을 지적하지 않았다. 법률의 경계에서 일하는 게 그의 방식이고, 페가수스 우주정거장에서도 그 사실을 알기에 그를 고용한 것이다.

"한 명이 꾸준히 접속합니다. 이번 500번째 공연에서 앙코르 요청을 한 단 한 사람이기도 하고요."

"누군데?"

"홍안나. 103세로, 현재 의료 전문 행성인 제이다의 의료 시설에서 지내고 있습니다."

"그래도 20만, 적어도 10만 명의 팬 중 하나 아니야?"

"호수의 공연 날짜는 들쭉날쭉합니다. 자기 생일이나 데뷔 기념일에 맞출 때도 있고, 곡과 무대를 준비하는 대로 열기도 해요. 그런데 12년 전부터 7월 29일에는 반드시 콘서트를 열었습니다."

"무슨 날인데?"

"홍안나의 생일입니다. 홍안나가 행성 제이다로 이주한 뒤 제이다의 의료 시설에도 목돈을 기부했습니다. 호수는 기부하지 않는 걸로도 유명했거든요. 자기가 힘들게 번 돈을 왜 남에게 공으로 줘야 하느냐는 발언으로 막말 논란을 일으킨 적도 있습니다."

"이번에도 7월 29일에 열었어. 쉬엔과 같은 날이었지. 본인에게 불리하다는 걸 몰랐을 리 없는데 말이야. 흐음……."

올리버는 즉시 행성 제이다로 우주선 항로를 잡았다.

행성 제이다의 우주선 선착장에서 내리자 나른한 운율의 음악 같은 포근한 공기가 그들을 맞이했다.

올리버는 홍안나와 의료 시설 내부에 있는 산책로를 거닐었다. 홍안나는 인공 관절과 인공 뼈로 인해 꼿꼿하게 서서 걸었다. 주름 제거 수술 덕에 피부도 좋았고, 눈동자는 맑았다. 무엇보다 생기가 도는 표정이 그녀를 나이보다 한참 젊어 보이게 만들었다.

"103살에 의료 전문 행성에서 지내는 사람치고는 활발하다고 생각하시는군요. 기다릴 게 죽음밖에 남지 않았다고 해서 자신을 가꾸지 않을 이유는 없잖아요?"

안나가 말문을 열었다.

"그런 생각은 하지 않았습니다."

올리버는 뜨끔했지만 침착하게 부정했다.

"저쪽에 앉아서 이야기할까요?"

빙긋 웃어 보인 안나가 올리버를 정자로 안내했다. 두 사람은 마주 보며 앉았다.

"만나 주셔서 감사합니다."

"행성 간 분쟁 협상가께서 의료 시설에서 방 하나 가지고 사는 노인네를 찾아올 이유가 뭘까요?"

안나의 질문에는 이미 그가 자기를 찾아온 까닭을 안다는 뜻이 담겨 있었다. 호수의 오랜 팬이라면 호수가 행성 호수에 우주선 정비소 건설을 거부하는 걸 모를 리가 없었다.

"실례인 줄 압니다만 호수 씨와 어떤 관계인지 여쭙고 싶습니다."

"관계요? 팬과 가수죠. 달리 뭐가 있겠어요?"

안나가 황당한 표정을 지었다.

"안나 씨라면 호수 씨가 왜 우주선 정비소 건설을 거부하는지 아실 겁니다."

"물론 알죠. 사유지는 주인의 허가 없이 정비소를 건축할 수 없어요. 호수는 그 이유로 거부하고 있어요. 하지만 그 외에 숨겨진 다른 이유가 있으리라는 전제하에 묻는 거라면, 모릅니다."

올리버는 모를 리가 하고 속으로 중얼거렸다. 그는 일단 말머리를 돌렸다.

"호수 씨에게 험다중앙공연장을 대관하게 해드리겠다고 했습니다."

안나의 눈동자에 기대가 떠올랐다.

"거절하더군요."

안나는 안타까운 듯 눈을 내리깔았다. 그게 다였다.

"단도직입적으로 말씀드리겠습니다. 저는 안나 씨에게 호수 씨를 설득해 달라고 부탁드리러 왔습니다."

"네? 왜 저에게요?"

"두 분은 특별한 사이니까요."

"아까도 무슨 관계냐고 물으시던데, 저는 호수의 수많은 팬 중 한 명일 따름이에요."

"호수 씨가 12년 전부터 7월 29일에는 꼭 콘서트를 열어 온 것 아시죠?"

"네."

"안나 씨의 생일 아닌가요?"

안나의 눈이 동그래지더니 이어 웃음이 번졌다.

"호수가 제 생일에 맞춰서 콘서트를 연다고요? 말도 안 되는 소리 하지 마세요. 당연히 우연이죠. 저야 해마다 생일 선물을 받은 양 기뻤지만요."

올리버는 당황했다. 안나가 거짓말을 하는 것 같지는 않았다. 그는 헛기침을 하고 말을 이었다.

"전 우연이라고 보지 않습니다. 기부 관련 막말 논란까지 일었던 호수가 유일하게 기부한 곳이 제이다의 의료 시설입니다. 그것도 홍안나 씨가 이주 신청을 한 뒤의 일이죠. 안나 씨라면 호수를 설득할 수 있을지도 몰라요. 쉬엔이 호수 씨의 과거 히트곡들을 리메이크했습니다. 그 곡들이 열다섯 개 행성에서 음원 차트 상위권에 올랐습니다. 다섯 곳에서는 1위를 했죠. 이때 호수가 험다중앙공연장에서 원곡을 부르면……."

"쉬엔에게 호수의 노래를 부르게 해서 원곡을 지운 건 올리버 씨잖아요?"

안나가 상냥한 목소리로 전혀 상냥하지 않은 이야기를 했다.

"쉬엔은 자기 오리지널 곡도 불렀습니다. 리메이크한 노래가 그 정도로 히트 칠지는 예상할 수 없었어요."

"하지만 그걸 바라셨죠. 호수가 홀로그램 가수를 얼마나 싫어하는지 알기에 홀로그램 가수가 그의 노래를 부르게 해서 호수를 지웠어요. 봐라, 홀로그램 가수가 진짜보다 더 대단하지. 인정 못하겠으면 나와서 증명해 봐, 덤으로 우리에게 우주선 정비소 자리도 내주고 말이야. 마치 당신들이 호수에게 당연히 받아야 할 권리라도 되는 듯요. 호수가 웜홀관리국에 빚이라도 졌나요? 나도 행성 호수를 구입하는 모금에 참여했어요. 그건 팬들이 호수에게 준 선물이에요. 당신들은 아무 권한도 없지 않나요?"

안나의 목소리는 여전히 부드러웠다. 중요한 건 내용이지 언성이 아니었다.

"정말로 호수와 아무 관계도 없습니까?"

안나는 확고한 표정으로 그렇다는 뜻을 보였다. 잠시 생각한 올리버가 다시 입을 열었다.

"그래도 오랜 팬으로서 호수가 과거의 명성을 되찾길 바라지 않으세요? 이번 의뢰를 맡은 뒤 그의 공연들을 보았죠. 물론 조사를 위해서였지만, 조사만을 위해서라면 밤을 꼬박 새우며 볼 필요까지는 없었습니다. 전설적인 가수라는 게 헛된 명성이 아니더군요. 호수는 공연계에서 완전히 은퇴한 게 아니에요. 여전히 콘서트를 열면서 그의 음악이 널리 알려지길 바라죠. 그럴 기회를 주겠다는 거예요."

"남의 사유지에 우주선 정비소를 짓고 싶다는 이야기를 거창하게 하시네요."

"호수 씨를 위해 좋은 선택을 하시길 바랄 뿐입니다."

"전 호수의 수많은 팬 중 하나일 뿐이에요. 호수가 왜 제 말을 듣겠어요?"

"저번 공연에서 앙코르 요청을 한 유일한 팬이시죠. 호수는 안나 씨 한 명뿐임을 알고 있었어요. 그리고 안나 씨가 요청한 노래를 불렀죠."

안나의 뺨이 봉선화처럼 붉게 물들었다.

"제 앙코르 곡에 화답한 건 3년 만이에요. 앙코르는 팬마다 다른 곡을 바라죠. 호수는 여러 노래를 돌아가며 부르거든요. 전 늘 '이름 모를 소녀에게'를 신청해요."

100살이 넘은 노인이 사춘기 소녀처럼 기뻐하는 모습은 올리버에게 다소 생소한 감수성을 건드렸다. 단 한 사람을 위해서라도 노래할 수 있다는 말을 막연하게나마 알 것 같았다. 그는 마음을 다잡았다.

"저는 지푸라기라도 잡는 심정으로 안나 씨를 찾아왔습니다. 호수 씨에게는 가족이 없더군요. 호수 씨의 부모님은 시설이 열악한 요양원에서……."

"어떤 스타를 좋아한다고 하면 그 스타에 대해 안 좋은 소리를 하는 사람들이 있어요. 실체를 모르고 좋아하는 거라 실체를 알면 마음이 식을 거라는 듯이요. 왜 그러는지 모르겠어요. 남이사 누굴 좋아하든 무슨 상관일까요? 그리고 세상에 단점 없는 사람이 있나요? 전 백세 살이에요. 설마 호수가 완벽한 사람이라서 아직도 좋아하겠어요?"

"호수 씨에 대해 좋지 않은 이야기를 하려던 건 아닙니다."

"그런데 하셨네요. 굳이 '열악한'이라고 할 필요가 있었나요? 그 요양원이 어떤 곳인지는 제대로 조사해 보셨어요? 전 제이다에 오기 전 여러 시설을 찾아봤어요. 호수의 부모님이 있던 곳을 포함해서요. 호화롭지 않을 뿐, 열악한 곳은 아니에요. 호수의 부모님이 오면 호수가 기부할 걸 기대했던 요양원 직원들이 호수가 면회 한 번 안 오자 언론 플레이를 했던 거예요."

"어쨌든 호수 씨는 부모님을 더 좋은 곳에 모실 수도 있었습니다."

"가족과 연을 끊고 싶다고, 가족들이 어떻게 살든 절대 돌아보지 않으리라는 생각을 단 한순간도 해 본 적 없다면, 올리버 씨는 현자거나 축복받은 삶을 살아왔거나 당신 자신이 가족에게 돌아보고 싶지 않은 대상인 겁니다. 그 문제를 거론한 언론사와 비난하는 댓글을 단 사람들에게 말하고 싶네요. 너나 부모님께 효도하세요."

"페가수스 우주정거장에도 의료 시설이 있습니다만 거기서 치료하기에 무리인 중병의 경우 환자의 빠른 이송을 위해서도 도스 웜홀이 필요합니다."

올리버는 화제를 돌렸다. 호수에 대한 정보에서 수십 년 된 팬을 능가하는 건 불가능했다.

"냉동 이송을 하면 되잖아요."

"3년을 허비하는 겁니다."

"3년이 흐른다고 3년을 늙는 게 아니잖아요? 그리고 냉동이 어때서요? 솔직히 전 제이다에 냉동 이송으로 오고 싶었어요. 긴 여행을 하기엔 늙었거든요. 그런데 웜홀이 발견된 이후 1년 미만은 냉동을 하지 않는다더군요."

"그 시간을 기다려야 하는 가족과 친구들을 생각해 보세요."

"올리버 씨는 타인을 위해 어떤 헌신을 하고 사시는지 궁금하네요."

"행성 호수는 지구의 위성인 달의 150퍼센트 크기입니다. 거기에 정비소 하나 짓는 데 헌신까지 필요한가요?"

"페가수스 우주정거장은 우주탐사와 개발에 중대한 역할을 맡았죠. 그래서 지구의 갑부들이 우주정거장 건설 비용을 보탰나요? 누구든 그 사람들에게 당신들은 기부금 좀 낸다고 통장에 축날 일 없으니 기부해 달라고 요청했나요?"

"행성 호수는 상황이 다릅니다. 도스 웜홀을 이용하려면 행성 호수가 반드시 필요해요. 호수 씨에게 그 어떠한 불편도 없도록 하겠습니다. 호수 씨는 행성 호수에 우주선 정비소가 있는 줄도 모르게 조용히 운영하도록 약조합니다. 계약서에 해당 조항을 넣겠습니다."

"호수가 싫다잖아요."

"싫을 이유가 없잖습니까? 호수 씨가 바라는 조항은 다 넣어드리겠다니까요? 험다중앙공연장에서도 공연할 기회를 드리겠다고도 했고요. 이 이상 뭘 어떻게 해야 합니까? 아무리 큰돈을 불러도 싫다고 하고. 네, 돈이야 충분하겠죠."

"호수가 바라는 건 자기 행성을 내버려 두라는 거 딱 하나잖아요."

올리버는 아랫입술을 물었다. 안나가 호수와 아예 모르는 사이라는 사실에 당황했고, 막다른 길에 몰렸다는 위기감에 말이 빨라지고 톤이 높아지고 있었다. 그가 마음을 가다듬는 동안 안나가 말을 이었다.

"도스 웜홀이 발견된 후 많은 기자들이 페가수스 우주정거장과 웜홀관리국의 편만 들며 호수를 이기적인 고집불통이라고 비난했어요. 더 많은 이용금을 받으려는 수작이라는 이들도 있었죠. 그런데 애초에 행성을 판 건 행성관리국 아닌가요? 페가수스든 웜홀관리국이든 행성관리국이든 그 나물에 그 밥, 결국은 같은 사람들이 일하는 곳이죠. 자기들이 별 가치 없다고 판단하여 팔아 놓고 이제 와서 왜 이러는 걸까요? 답은 돈이죠. 험다가 왜 중앙공연장을 기꺼이 대관해 주겠다고 할까요? 도스 웜홀을 쓸 수 있으면 더 많은 관광객이 몰려서 더 많은 돈을 벌 수 있으니까요. 그런데 행성 험다가 돈이 부족한 곳인가요? 가장 부유한 행성 중 하나잖아요. 도스 웜홀이 급한 환자 이송에도 쓰이겠죠. 하지만 그런 일은 극히 드물 거예요. 더 많은 행성에 더 빨리 가서, 얼른얼른 개발해서 더 많은 돈을 버는 게 진짜 목적이잖아요. 돈이면 다라고, 돈을 벌기 위해서 별짓을 다하는 게 어느 쪽이죠? 다수의 이익을 위해서 소수가 희생하라는 거잖아요."

"말씀이 지나치십니다. 희생이라니요."

"그 사람들이 돈 벌자고 우리 호수 괴롭히는 거잖아요. 이기적인 고집불통이 어느 쪽인지 묻고 싶네요."

상황과 어울리지 않는 은은한 바람이 올리버의 귓가를 간지럽혔다. 올리버는 감정을 조절하기 위해 애썼다.

"안나 씨의 말은 분명 일리가 있습니다."

"이제 와서 공감하는 척하지 말아요. 도스 웜홀이 발견된 후 호수가 얼마나 시달렸는지 알아요? 과거 호수의 말과 행동을 계속 기사화했죠. 애초에 인성에 문제가 있는 사람이라며……. 노래할 때의 모습은 다 가식이고, 스태프들에게 폭언하는 모습이 실체다? 올리버 씨는 사업상 교섭할 때와 가족이나 친구와 있을 때 보이는 모습이 완전히 똑같나요? 일이 잘 풀리고 기분이 좋을 때는 누구나 좋은 모습을 보이죠. 살다가 막다른 곳에 몰려서, 말다툼을 하다가, 어떤 이유로든 막말 한 번 안 해 본 사람이 있을까요? 올리버 씨는 이제껏 살면서 단 한 번도 욕하고 싸운 적 없나요? 사람은 누구나 다양한 면모를 가지고 있어요. 호수는 여러 모습이 박제되었을 뿐이에요. 사람들이 왜 호수가 대중들 앞에서 보인 모습은 다 가식이라고 말하는지 아세요? 사람들은 안 좋은 모습이 그 사람의 본질이라고 믿거든요."

"안나 씨, 저는 호수 씨를 비난하려는 게 아닙……."

올리버에게 발언권을 뺏길 새라 안나는 바로 이야기를 이었다. 차분했던 톤은 차츰 사라지고 그간 쌓인 한풀이라도 하듯 말을 쏟았다.

"호수가 이따금 거친 표현을 쓴 건 사실이지만 욕을 한 적은 없어요. 술에 취해 몸을 가누지 못하는 모습이 파파라치에게 찍힌 적은 있지만 한 번도 음주 운전은 하지 않았어요. 취한 채 시동은 걸었지만 차는 움직이지 않았다고요. 매니저가 올 때까지 추워서 히터만 틀 생각이었다고 했어요. 제가 팬심에 눈이 멀어서 호수가 하는 말은 다 믿는 거라면, 무작정 호수를 비난하는 사람들은 성공한 사람에 대한 맹목적인 질시인가요? 약혼과 파혼? 전 두 번 이혼했어요. 가족과 절연한 거? 맙소사, 정말로 세상 모든 가족들이 다 화기애애하다고, 그래야만 한다고 믿는 건 아니죠? 가족 간의 내밀한 관계는 타인은 모르는 거예요. 호수든 누구든 타인을 비난하긴 쉬워요. 하지만 그럴 만한 속사정이 있을 거라고 믿는 건 어렵죠. 전 호수를 택했어요. 호수가 일개 팬인 제 말을 들어줄 리도 없지만, 그런다고 해도 호수를 설득할 마음 없다고요. 세상에, 호수가 앙코르에 화답 한 번 한 걸 가지고 제 뒷조사를 해서 여기까지 찾아오다니, 이게 무슨 짓이에요? 호수는 평생 이렇게 시달리며 살아온 거예요. 하루 24시간을 감시당하는 삶을 상상해 본 적 있나요? 호수가 혼자 편하게 살고 싶다면, 그러게 내버려 두라고요!"

올리버는 더 말을 붙이지 못하고 의료 시설을 나왔다.

"그 가수에 그 팬이라고, 둘 다 고집은……."

터덕거리는 마음으로 우주선으로 돌아온 올리버는 호수의 500번째 단독 콘서트의 앙코르 영상을 틀었다. 여러 번 공연을 봤기에 그도 이제는 호수의 미묘한 표정 차이를 읽을 수 있었다. 앙코르 요청을 확인하자 활짝 핀 꽃에 고인 빗물, 거기에 떨어지는 미세한 빗방울 하나가 만들어 내는 섬세한 파문처럼 호수의 얼굴에 그를 잘 아는 이들만이 알아볼 따뜻한 웃음이 번졌다. 신청곡인 '이름 모를 소녀에게'는 호수가 작사, 작곡을 배우기 시작하며 만든 세 번째 노래였다. 그는 200곡이 넘는 히트 곡을 가지고 있으나 이 곡은 한 번도 순위권 진입하지 못했다. 호수도 딱히 이 노래를 흥행시키려 노력한 바없었다. 하지만 이 노래를 사랑하는 소수의 팬들이 있었다.

"가식이 아니라면⋯⋯."

올리버는 호수의 초기 영상들을 틀었다.

「단 한 명이라도 제 노래를 들어 주는 이가 있다면 계속 노래할 수 있어요.」

전설급 히트를 쳤던, 정상의 맛을 아는 가수였다. 설사 저말이 가식만은 아니더라도 많은 팬을 바라지 않을 리 없었다.

"그렇지 않으면 저렇게 꾸준히 콘서트를 열 이유가 없잖아."

그는 잠시 생각하더니 말했다.

"호수의 매니저를 연결해 봐."

"네."

매니저의 홀로그램이 나타났다.

「아, 올리버 최 선장님! 제가 호수 님에게 고소를 취하하라고 설득하고 있습니다. 양쪽 모두 원만하게 합의로…….」

"홍안나 씨에 대해서 알아?"

「저는 호수 님의 매니저입니다. 공연 요청을 하실 게 아니면…….」

매니저의 표정과 목소리가 사무적으로 바뀌었다.

"난 호수를 법정으로 끌고 오고 싶지 않아. 그래 봐야 일만 악화될 뿐이지. 당연히 너도 그걸 바라지 않을 거 아냐. 타협점을 찾아 보자는 거야."

한참을 주저하던 매니저의 입이 열렸다.

「홍안나 님은 제가 호수 님의 매니저가 되기 전부터 호수 님의 팬이었죠.」

"열성 팬인가?"

「호수 님의 음원을 모조리 다운 받고, 친구들에게 선물하고, 뮤직비디오를 반복 재생하며 조회 수를 올리고, 굿즈와 호수 님이 광고하는 물건을 사고, 콘서트에 오는 정도였죠. 보통 팬이었어요.」

"그 정도가 보통 팬이면 열성 팬은 어느 정도인 거지? 아니, 대답하지 않아도 돼. 그게 중요한 게 아니야. 홍안나 씨의 생일이 7월 29일이던데, 그래서 호수가 7월 29일이면 콘서트를 여는 건가?"

「아마도요.」

"안나 씨는 자기 생일에 맞춰서 연다고 생각하지 않는 눈치던데?"

「네, 호수 님이 티를 내신 적은 없으니까요. 저희 호수 님이 말은 험하셔도 내면은 순수하세요. 부끄러워서 티를 못 내시는 걸 거예요. 호수 님이 데뷔했을 때 안나 님은 스물한 살로 누나 팬이었죠. 사는 게 바쁠 때면 잠시 호수 님의 공연을 챙겨 보지 못하다가, 힘들 때는 돌아와 호수 님에게 격려받고, 다시 사랑하고 응원하며 살아온 세월이 82년이에요. 상상이 가시나요? 저는 안나 님의 건강이 걱정이에요. 오래오래 사셔야 할 텐데…….」

"행성 제이다는 의료 전문 행성이지. 안나 씨는 어디가 아픈 거지?"

제이다의 의료 시설에서 지내니 아프다는 건 짐작했다. 다만 정확한 병명까지 조사하지는 않았다. 뒷조사에도 적정선이라는 게 있었다.

「현대 의학으로 늦출 수는 있지만 영원히 막을 수는 없는 것, 노화죠. 안나 씨는 제이다의 노화 전문 의료 시설에서 지내세요. 그곳은 연명 치료를 거부하고, 당장의 고통을 줄이는 치료만 받으며 자연스러운 죽음을 기다리는 이들을 위한 곳이거든요. 저는 안나 님의 건강이 늘 걱정이에요. 안나 님은 앞으로 몇 년을 더 살 수도, 몇 달밖에 못 살 수도 있어요. 아무도 예측할 수 없죠. 82년을 함께한 사람이 어느 날 떠난다면 그 상실의 크기는 어느 정도일까요? 호수 님의 건강도 예전 같지 않으니까요. 사실 이미 많은 팬이 떠났답니다.」

떠났다는 말은 죽었다는 의미였다. 충분히 그럴 수 있는 나이였다.

"안나 씨는 호수에게 왜 특별한 거지?"

「안나 님에게 그 많은 스타들 중에서 왜 호수 님이 특별했을까요? 아무도 알 수 없죠. 마찬가지예요. 팬만이 가수를 사랑하는 게 아니에요. 스타의 일부만 보고도 사랑하는 게 팬이라면 스타도 잘 모르는 팬을 막연한 감정으로 사랑할 수 있는 거예요.」

"호수는 안나 씨의 존재를 어떻게 알게 된 거지?"

「호수 님은 팬레터를 삭제하신 적이 없어요. 행성 호수에 온 뒤 이따금 무작위로 읽곤 하셨죠.」

"팬이 줄어드는 만큼 팬레터도 줄어드는데 안나 씨는 꾸준히 팬레터를 보냈고, 그래서 눈에 띈 거군?"

「정답입니다! 어느 날 호수 님은 안나 님이 이제껏 보낸 팬레터를 순서대로 읽으셨죠. 거기에는 안나 님의 인생이 담겨있었어요. 안나 님은 팬레터에서 일기처럼 일과를 이야기하셨거든요. 특히 힘든 일이 있을 때면 호수 님의 노래를 들으며 위로받는다고 했어요. 안나 님이 삶에서 버거운 시간을 보낼 때 호수 님의 노래가 격려가 되었듯, 호수 님도 외로운 순간마다 안나 님의 팬레터에서 위안을 얻으셨던 거예요. 스타와 팬이기에, 그 어떤 개인적인 관계로도 얽히지 않았기에 오히려 서로가 서로의 열렬한 지지자가 될 수 있는 거죠. 로봇인 제가 이런 말 해도 될지 모르겠지만 배우자도 그렇게까지는 못해줄 거예요. 안나 님은 제이다로 가기로 결정하면서 몹시 슬퍼

하셨어요. 제이다에서는 행성 호수에서 열리는 공연을 실시간으로 볼 수 없거든요. 지구에서 행성 제이다는 체감 시간으로 11개월, 실제 시간으로는 2년이 걸리죠. 호수 님은 안나 님이 행성 제이다로 가는 동안 제이다에 기부해서 기지국을 세우셨어요. 안나 님이 도착해서 기지국을 볼 생각만으로도 즐거워하셨어요.」

"그거였군!"

「네?」

"나중에 다시 연락하지!"

무언가가 떠오른 올리버가 통신을 끊었다. 그는 행성 제이다와 행성 호수의 위치를 확인했다. 도스 웜홀을 활성화하면 전파 간섭이 일어나 행성 호수에서 행성 제이다로 바로 통신이 불가능했다. 다른 행성을 우회해야 했는데, 그럼 홍안나는 제이다에 기지국이 세워지기 이전처럼 호수의 공연을 실시간으로 보는 길이 막혔다.

6. 고집불통 VS 고집불통

올리버가 생각해 낸 방법은 행성 호수와 행성 제이다 사이의 무인 행성 G-1974에 기지국을 건설하는 것이었다. 하지만 웜홀관리국과 페가수스 우주정거장에서는 난색을 표했다. G-1974가 무인 행성인 건 공기층이 없어 사람이 살기 적합

하지 않기 때문이었다. 공기층이 없는 곳에 기지국을 건설하는 건 위험하고 어려웠다. 다른 말로 공기층이 있고 이미 사람이 거주하는 곳과는 견줄 수 없는 금액이 소요되고, 그럴 예산은 없다는 뜻이었다.

"예산이 없는 게 아니라 예산을 배정할 의지가 없는 거겠지. 그러니까 한 사람에게 웜홀관리국과 페가수스 우주정거장에서 필요한 정비소 건설 부지를 요구할 수는 있어도, 한 사람에게 필요한 기지국을 지어 주는 건 거절한다? 하!"

웜홀관리국과 페가수스 우주정거장과 통신을 마친 올리버가 허탈한 한숨을 뱉었다.

─그 사람들이 돈 벌자고 우리 호수 괴롭히는 거잖아요. 이기적인 고집불통이 어느 쪽인지 묻고 싶네요.

안나의 말이 귓가에서 쟁쟁 울렸다.

올리버는 웜홀관리국과 페가수스 우주정거장에 연락하기 전에 호수의 매니저에게 만약에 행성 제이다에 호수의 콘서트 영상을 바로 송출할 수 있다면, 호수가 우주선 정비소 건설을 허가해 줄지 물었다. 매니저는 반신반의하는 목소리로 대답했다.

「호수 님에게는 제가 말해 볼 수 있습니다만 그쪽에서 하려 들까요?」

"인공지능도 아는 걸 모르고 있었네."

올리버의 눈이 제피에게 향했다.

"좋은 방법이 있을까?"

"호수의 자존심을 건드리지 않을 명분부터 찾아야 합니다."

"끄응……."

올리버의 입에서 절로 앓는 소리가 나왔다. 행성 간 분쟁은 대부분 이권 싸움이었다. 행성 호수에 얽힌 일은 이권만으로는 접근할 수 없기에 그가 이제껏 해 온 일 중 가장 난감했다.

헙다중앙공연장의 무대 중앙에 서서히 빛이 밝혀졌다. 거기에 20대 초반의 모습을 홀로그램으로 덧씌운 호수가 서 있었다. 첫 곡은 리믹스 한 '이름 모를 소녀에게'였다. 무명의 가수가 늘 자기 무대를 찾는 구석 자리의 소녀에게 부르는 노래로, 호수가 이 곡을 앙코르가 아닌 정식 무대에서 부르는 건 처음이었다. 노래에 맞춰 어린 소녀가 무대에 올라왔다. 무대 배경에는 호수의 그간 공연 중 엄선된 장면이 시간 순으로 펼쳐졌다. 배경에서 등장하는 호수가 나이들 듯 소녀는 여인으로 자랐다. 호수의 홀로그램이 벗겨졌다. 호수는 무대용 메이크업만 한 본연의 모습으로 노래했고, 여인은 레지나가 되었다. 호수의 노래가 끝나자 레지나가 다음 곡을 불렀다. 호수를 동경한 소녀가 자라서 가수가 된 듯한 연출이었다.

이어 호수와 레지나가 같이 부르거나 혼자 나와 부르는 노래들이 이어졌다. 호수는 신곡, 예전 노래의 리믹스, 쉬엔과 레지나의 노래를 리메이크해서 선보였다. 레지나 또한 호수의 노래를 리메이크했고, 서로 상대의 노래를 함께 부르기도 했다.

콘서트 중간에 사회자가 나와서 호수에게 홀로그램 가수를 실체 없는 그래픽이라고 평하지 않았느냐는 질문을 던졌다. 그 뒤에 이어진 홀로그램 가수의 팬들에 대한 막말은 생략했다. 호수의 얼굴에 어둠을 몰아내는 아침 햇살 같은 웃음이 번졌다.

"전 그때 오만했습니다. 여기 레지나가 제 어리석음을 일깨워 주었죠. 전 아흔일곱 살이지만 아직도 스스로를 젊다고 느낍니다. 젊다는 건 변화하고 발전하고 과거의 실수를 바로잡을 기회가 있다는 거죠."

호수와 레지나의 합동 콘서트는 모든 행성에 실시간 공연 관람권을 줘야 한다는 취지의 자선 콘서트였다. 콘서트로 올린 수익과 이 콘서트에서 발표한 신곡의 수익 절반은 기지국이 없어 실황으로 콘서트를 보지 못하는 행성을 위한 기지국 건설에 쓰이기로 했다. 콘서트 전후로 별도의 모금 운동도 벌였다.

합동 콘서트는 대성공이었다. 동시 관객 수가 무려 300억 명으로, 험다중앙공연장의 최고 기록을 세웠다. 둘의 노래도 많은 행성에서 상위권에 올랐다.

행성 호수에서 호수는 열기가 감도는 눈으로 각 행성의 노래 순위를 살폈다. 그의 입꼬리가 위로 길게 올라갔다. 그가 발표한 쉬엔의 리메이크 곡이 원곡을 능가한 것이다. 쉬엔의 원곡은 히트하지 못했었기에 더 뜻깊은 성과였다. 애초에 그걸 노리고 그 곡을 골랐지만…….

물론 호수 혼자 리메이크한 건 아니었다. 호수는 그를 직접 겪어 본 바 없는, 그를 전설적인 가수로 그저 무대와 노래로만 접한 젊은 작곡가, 작사가, 안무가, 무대 연출가와 팀을 짰다. 그들은 호수를 우러르며 각 행성별 선호하는 노래 스타일, 최신 유행 장르에 맞춰 호수의 노래에 현대적인 감각을 입혔다. 호수는 그들을 온화하게 대했다. 젊은 스태프들은 그간 호수에 대한 평이 악의적으로 편집된 기사라며 호수를 추켜세웠다. 거기에는 매니저의 숨은 공로가 있었다. 매니저는 44년 만에 호수가 행성 호수를 나와서, 그것도 홀로그램 가수인 레지나와 공연을 여는 과정을 다큐멘터리로 찍자고 제안했다. 카메라 앞에서 호수는 언제나 완벽했다. 호수가 구설수에 오른 건 모두 몰래 찍힌 영상으로 인해서였다.

모처럼 수많은 카메라와 추종자들에게 둘러싸여 한껏 들뜬 호수는 그의 의견에 대한 직접적인 반대에도 차분하고 여유롭게 대처했다. 강하게 자기주장을 펼칠 때도 있었지만 억지를 부리지는 않았다. 놀랍게도 호수는 강한 의견 제시와 억지의 선을 분명하게 인지하고 있었다.

"다시 말씀드리지만 제 일은 끝났습니다. 호수는 행성 호수에 우주선 정비소를 건설하는 데 동의했습니다."

「기왕 건설할 거, 조금만 당기자는 거 아닌가.」

"다른 협상가를 찾으세요."

「왜 이리 고집인가. 웜홀관리국에서 추가금을 지급하기로 이야기를 마쳤네.」

'고집은 누가 부리는 건지…….'

속마음과 달리 올리버는 예의 바르면서 사무적인 태도를 유지했다.

「당장 호수가 콘서트를 열 계획이 있는 것도 아닌데, 정비소 건설과 기지국 건설을 동시에 하지 못할 이유가 뭔가? 왜 기지국 건설을 마치고 정비소를 짓겠다는 거야? 그리고 정비소 바깥으로는 절대 나가면 안 되고, 유리창도 불가하다? 바깥을 보지도 말라는 건가?」

"저도 도와드리고 싶습니다. 하지만 다른 일을 이미 맡았습니다. 그러지 않았다면 기꺼이 했을 텐데, 저도 아쉽습니다."

「오래 걸릴 일인가?」

"행성 간 분쟁이 그러하듯 최소한 1~2년은 잡아야 할 일이지요. 어느 행성인지 말씀 못 드리는 점은 양해 구합니다. 비밀 서약을 비롯한 계약서를 이미 작성해서요."

가까스로 통화를 끝낸 올리버가 담배 연기 같은 긴 한숨을 뿜었다.

"질기네. 언젠 정비소만 건설한다면 다른 부분은 다 양보한다더니."

호수는 기지국 건설이 완료된 후에 우주선 정비소 건설을 시작하겠다고 말했다. 시험 가동을 통해 아무 문제가 없음을 확인한 뒤 웜홀을 활성화시키고 싶은 건 당연한 일이었다. 정비소에는 법에서 명시된 화장실과 휴게소까지만 허락했다. 유리창도 안 된다고 한 건 심했지만…… 올리버는 쓰게 웃었다. 호수는 대기가 없는 행성의 연구소들이 그러하듯 답답하면 홀로그램 창문을 설치하라고 말했다.

"추가로 부른 액수가 기존 진행비를 초과하는데 정말 안 맡으실 거예요?"

제피가 물었다. 올리버가 다른 일을 맡았네 운운한 건 거짓말이었다.

"나도 고집 좀 부려 보려고. 이 일은 여기서 끝내고 싶네. 사유지잖아. 내주는 걸 고맙게 알아야지, 뭐 맡겨 놓은 사람들처럼……"

올리버가 혀끝을 찼다.

"개발의 논리가 본디 그러하죠."

"그렇지. 호수니까 이만큼 버틴 거지."

도로나 댐을 짓기 위해, 지하철, 기차역 등이 들어설 때, 오래된 주거지를 재개발할 때 원래 살던 주민들이 얼마나 무자비하게 쫓겨나고 그들의 삶이 피폐해지는지 알기 위해 지난 역사를 들춰 볼 필요까지는 없었다. 현재도 자행되는 일이었다.

올리버는 호수와 레지나의 합동 콘서트 영상을 틀었다. 마지막은 호수의 독무대였다.

「이번 콘서트의 마지막 곡은 제 팬클럽 비비안에게 바치는 노래입니다. 이 무대에서 처음 선보이네요. 제목은 '7월 29일, 당신을 기억하는 날'입니다. 단 한 명이라도 제 노래를 들어 주는 팬이 있다면 저는 계속 무대에 설 것입니다. 비비안, 건강한 모습으로 또 만나요!」

착한 아이
피노

웹진 「크로스로드」 2023년 1, 2월호 발표.

"아버지는 단 한 번도 제게 사랑한다는 말을 하지 않았죠. 평생 누구에게도 사랑한다는 말을 들어 보지 못했어요."

헤페토가 말했다.

여인은 그의 말에 귀를 기울였다. 용기를 낸 헤페토는 자신이 얼마나 외롭고 섬세한 사람인지 더 자세히 들려주었다. 어머니는 그가 세 살 때, 아버지는 열일곱 살 때 죽었다. 지난 10년간 헤페토는 작업장 겸 집에서 홀로 먹고 자고 일했다.

많은 다른 여인들처럼 그녀도 다시 연락하지 않았다.

깊은 밤, 헤페토의 작업실은 적막으로 가득 차 있었다. 헤페토는 작업대 의자에서 두 손바닥에 얼굴을 묻었다. 낮에 들은 린다에 대한 이야기가 타르처럼 진득하게 달라붙어 있었다. 린다가 아들을 스튜어트 기숙학교에 보냈다고 했다. 사람들은 돈을 벌 나이의 아이를 학교에 보냈다며, 그녀가 헛바람이 들었다고 쑥덕거렸다.

린다는 그에게 다섯 번을 연락한 유일한 여자였다. 자동 인형 백화점에서 일하는 그녀는 그에게 출하 전 불량으로 판정되어 버려지는 자동 인형을 가져다주었다. 쪼들리는 그를 배려해 늘 자신이 계산했다. 자신은 작은 마음만으로도 행복할 수 있는 사람이라며 사별한 남편이 들꽃 한 송이만 꺾어다 줘도 설렜다고 말했다.

린다와 잘 되어가느냐는 이웃의 질문에, 그녀가 더 이상 연락하지 않는다고 답하자 이웃은 그를 한심해 하는 눈으로 바라보았다.

"네가 먼저 연락하면 되잖아."

"내가 연락하기 싫어서 안 해?"

오금을 걷어차인 듯 헤페토는 아픔으로 인한 노여움에 휩쓸렸다. 사랑받으며 자란 사람은 사랑받지 못하며 자란 사람을 이해하지 못했다. 얼마나 간절히 사랑을 갈구하는지, 그렇기에 먼저 손을 내밀지 못하는 근원적인 두려움을, 아무리 말해도 듣지 않았다.

"노점 커피라도 사 줘. 중요한 건 성의야."

그는 아무것도 모르면서 참견하는 이웃을 가련하게 바라보았다.

연락을 끊은 사람에게 어떻게 연락하란 말인가? 노점 커피도 그에게는 사치였다. 그는 누구도 상상 못 할 멋진 자동 인형을 만드는 꿈을 꾸고 있었고, 그가 버는 돈은 고작해야 고물상에서 필요한 자재를 사기에도 빠듯했다.

린다에게서 여섯 번째 연락이 오지 않은 채 어느덧 7년이 흘렀다. 그는 이따금 린다를 떠올렸으나 그녀는 그가 모르는 새 재혼해 아들까지 낳았다.

린다는 결혼식에 그를 초대해야 했다! 그녀는 그들 둘만이 알 짧지만 깊은 눈빛을 주고받고, 그가 저미는 가슴을 누른 채 그녀의 새 출발을 축하할 기회를 박탈했다.

린다의 아들은 던랜드 최초로 하층민들을 위해 설립된 스튜어트 기숙학교의 첫 번째 입학생이자 첫 번째 졸업생이 될 것이다. 그는 아들에게 학교 안에서의 처세술을 가르쳐 주고, 공부를 봐줘 최고의 학생으로 졸업하게 도울 수 있었다. 불량이라 버려지는 자동 인형을 분해해 본 것만으로 아버지의 목공소를 자동 인형 가게로 탈바꿈하는 데 성공한 그였다. 학교에 다녔다면 그가 무엇을 해냈을지 누가 알랴. 그가 던랜드에 최초의 자동 인형 백화점을 여는 사람이 될 수도 있었다.

얼음물 속에 내던져진 듯 몸서리쳐지는 고독이 몰아쳤다. 납작해진 몸체를 마저 태우고 사라진 양초 불빛의 자리를 두 개의 달이 쏟는 빛이 메웠다. 헤페토는 손바닥으로 눈두덩을 눌렀다. 고장 난 펌프처럼 몸속에서 뜨거운 물이 역류해 눈두덩을 때렸다. 설사 린다가 결혼하리라는 걸 사전에 알았더라도 달라질 건 없었다. 그는 그녀의 결혼식을 멀리서나마 보러 갈 관계조차 안 되었다.

금붕어, 새, 고양이, 개, 토끼 인형들이 어디도 보지 않는 공허한 눈으로 침묵 속에 놓여 있었다. 그가 공들여 만들었으나 팔리길 기다리는 게 전부인 존재들이었다. 그는 철저하게 혼자였다.

문득 그의 눈에 며칠 전 주워 온 소나무 토막이 잡혔다. 별생각 없이 던져 둔 모양이 꼭 사내아이가 다리를 벌리고 앉아 있는 모습처럼 보였다.

헤페토는 인형의 태엽을 돌렸다. 상반신은 남자아이, 하반신은 바퀴 달린 원뿔로 키는 1미터였다. 인형의 얼굴이 그에게 향했다.

"성공할 줄 알았어!"

그는 떨리는 마음으로 인형을 불렀다.

"피노야."

"피노야?"

인형이 그의 말을 따라 하자 불모지를 개간해 첫 수확을 한 농부 같은 찬란한 기쁨이 그의 전신에 차올랐다. 그가 원한 건 단순한 자동 인형이나 녹음된 음악만 반복하는 오르골이 아니었다. 스스로 움직이고, 말하고, 학습하는 복합 인형이었다.

"네 이름은 피노란다. 네가 누구라고?"

"피노."

그는 피노를 작업대에서 내려놓았다. 피노는 제자리에서 빙글빙글 돌았다.

"잘했어. 이제 앞으로도 가 볼까?"

천천히 바닥을 구르던 피노가 느닷없이 속도를 올렸다. 그리고 그대로 진열장에 몸체를 박았다.

"아이쿠!"

헤페토가 이마를 쳤다. 그는 피노의 바퀴를 고정한 뒤 바닥에 떨어진 자동 인형들을 정리했다. 그리고 피노의 앞판을 열고 알고리듬에 '앞이 막혀 있다' '속도를 줄인다'라는 경우의 수를 추가했다.

"자, 다시 해 보자."

피노는 몇 번 더 벽에 부딪치고 나서야 속도를 줄이는 경로를 선택했다. 헤페토는 피노의 머리를 쓰다듬어 그 경로를 독려했다. 반복된 경로는 유연해져 그 경로를 선택할 확률을 높였다.

작업대에 관심을 둔 피노가 망치를 집어 잠시 살핀다 싶더니 그대로 창문을 향해 던졌다. 유리창이 박살 난 모습에 피노가 펜치를 집어 들었다.

"워워!"

헤페토는 화급히 피노를 정지시켰다.

"위험한 건 미리 막아야겠네."

그는 일부 경로를 다듬어서 다른 경로를 선택하기 어렵게
했다.

"다시 해 볼까?"

펜치를 든 피노는 한참 들여다보았다. 그러더니 펜치를 헤
페토에게 주었다.

"잘했다!"

헤페토는 피노의 머리를 쓰다듬었다. 피노의 양 입가가 위
로 올라갔다.

헤페토는 오르골의 춤곡에 따라 콧노래를 흥얼거리며 고양
이 자동 인형의 나사를 조였다. 피노는 하반신을 빙글빙글 돌
리며 춤을 췄다. 그러면서도 헤페토에게 적재적소에 드라이
버와 딱 맞는 나사를 건넸다.

"다 됐다! 이번에는 어떤 색으로 칠할까?"

"파란색이요!"

피노가 대답했다. 헤페토는 검지를 흔들었다.

"파란색 고양이는 없어."

"녹색이요!"

"녹색 고양이도 없다."

"노란색이요!"

"노란색은 있지……."

헤페토는 턱을 쓰다듬었다. 이런 식으로 하나하나 가르치는 건 비효율적이었다. 피노가 스스로 익혀야 했다. 그의 가게 앞에는 계단 두 개가 있어서 피노는 이제껏 밖에 나가 본 적이 없었다. 경사로를 만들까?

그는 이전과 다른 눈으로 길거리를 살폈다. 그의 가게가 자리한 도룬 시티의 애덤 거리에는 오래되어 군데군데 깨진 벽돌이 깔려 있었다. 자칫 넘어지면 망가질 터였다. 바퀴를 키워 안정성을 높이면 어떨까? 그는 자신이 왜 거친 길과 계단을 잘 다닐 수 있는지에 대해 인지했다.

"다리를 달아 주마."

개와 고양이는 네 다리로 균형을 잡았다. 새의 다리는 두 개지만 몸체가 앞뒤로 길고 다리가 짧아 균형을 맞추기 쉬웠다. 세로로 긴 인간이 길쭉한 두 다리로 균형을 잡으며 걷는 건 어려운 일이었다. 사람들은 어린 시절 수 천 번씩 넘어지면서 걷는 법을 익혔다.

헤페토는 누가 자기 몸에 펌프질을 하는 것처럼 가슴이 부푸는 것을 느꼈다. 커피 인형, 청소 인형 등 자동 인형들의 하반신은 하나같이 원뿔에 바퀴가 달린 형태였다. 그가 최초로 두 다리로 걷는 자동 인형을 만드는 것이다.

"다 됐다."

헤페토의 말이 떨어지자 피노가 작업대에 놓인 앵무새 자동 인형을 집었다. 팔을 한 바퀴 회전시키고 고개를 180도로 돌렸다. 속이 빈 관을 연결해서 만든 피노의 팔이 길어졌다. 피노는 길어진 팔로 진열장의 꼭대기 층에 앵무새 인형을 놓았다. 관절의 움직임을 원활하게 만드는 과정에서 피노의 키는 173센티미터가 되었고, 더 다양한 알고리듬 장치를 수용하느라 부두노동자처럼 체격도 커졌다. 얼굴을 제외하면 앞뒤 구분이 없었고 발도 앞뒤가 똑같았다. 그게 균형을 잡기 훨씬 유리했다.

헤페토의 얼굴이 문득 어두워졌다. 꼭대기 칸에는 그의 기술이 집대성된 작품들이 놓여 있었다. 금붕어들은 다채로운 지느러미를 달았고, 앵무새들은 짧은 말은 배울 수 있었으며, 개, 고양이는 다른 가게의 자동 인형에 비할 바 없이 자연스럽게 움직였다. 아름답고 정교한 작품들이나 팔리지 않을 것이다. 재료비와 만든 공을 생각하면 합당한 금액을 받아야 했다. 하지만 애덤 거리에는 중류층에 갓 진입한 사람들이나 왔다. 그들은 안목이 없거나 돈이 없거나 둘 다 없었다.

바야흐로 자동 인형의 전성시대라고들 했다. 시작은 릭의 자동 인형 백화점이었다. 릭은 자동 인형을 대량 생산하는 공장을 개발해 자동 인형 백화점을 열었다. 백화점에서는 다양한 크기와 디자인의 커피를 타는 인형, 악기를 연주하는 인형, 청소 인형 따위를 팔았다. 곧 크고 작은 자동 인형 가게들이 우후죽순으로 생겼다.

그렇게 될 줄 헤페토는 진즉 예측하고 있었다. 그는 자신에게 흐름을 읽는 눈이 있다고 자부했다. 린다에게 받은 자동 인형을 가지고 기술을 익혔으나 이미 시작점에서 뒤쳐졌다.

헤페토는 새로 개장한 자동 인형 가게를 방문했다. 다른 가게처럼 단순한 기술로 만들어진 조잡한 제품에 색만 화려하게 입힌 것들이었다. 그런데 그 인형들이 그의 인형보다 훨씬 잘 팔렸다. 가게가 좋은 위치에 있기 때문이었다.

그는 힘없이 자신의 가게 문을 열었다. 피노가 환하게 웃으며 그를 맞았다.

"엄마!"

바깥에 나가기 시작한 이래 피노의 어휘력은 빠르게 늘었다. 하지만 간혹 엉뚱한 소리를 하기도 했다. 헛웃음을 지은 헤페토는 피노의 이마에 손을 짚었다.

"아빠로 하자."

"아빠!"

피노가 커다란 눈으로 그를 올려다보았다. 오븐에서 빵이 부풀듯 헤페토의 가슴 속에서 따뜻한 기운이 뭉게뭉게 피어올랐다. 피노는 헤페토의 손을 잡고 작업대로 갔다. 서툰 솜씨로 만든 마차가 놓여 있었다.

"잘 만들었구나."

헤페토의 목소리가 진동했다.

릭은 도룬 시티 최고의 시계 장인으로 불린 윌슨 버틀러의 도제였다. 자동 인형 제작 기술은 시계 제작 기술에서 발전한 것이라, 현재 명성을 떨치는 자동 인형 제작자는 다 윌슨의 도제에서 나왔다고 해도 과언이 아니었다. 그의 아버지가 목수가 아니었다면, 그를 윌슨의 도제로 보내 줬다면, 그는 진즉 귀족들이 오는 번화가에 자동 인형 가게를 열었을 것이다.

"네가 원하는 건 다 하게 해 줄 거야. 넌 내 아들이니까."

"전 아빠 아들 피노에요."

피노가 목을 뱅뱅 돌리며 기쁨을 표했다. 헤페토는 피노를 쓰다듬었다. 물에 빠진 채 겨우 고개만 내민 것처럼 그를 숨막히게 하던 외로움이 작별을 고하는 소리가 들렸다.

피노의 손을 잡고 스튜어트 기숙학교로 향하는 헤페토의 발걸음과 표정은 담담했다. 혹여 린다를 만난다면 무심하리라……. 가볍게 묵례만 하고 지나쳐야지. 어쩌면 인사 정도는 나눌지도 모르지만…….

정성껏 손질한 옷을 입고 어깨를 펴고 가게를 나설 때와 달리 헤페토는 술에 취한 사람처럼 휘청대며 가게로 돌아왔다.

"차라리 잘된 일이야. 어리석은 자들이 널 놓친 거다. 나중에 두고두고 비웃음거리가 될 거야."

"소름 끼친다는 게 무슨 뜻이에요?"

피노가 물었다.

스튜어트 기숙학교의 교장은 피노가 자동 인형이라서, 다른 아이들이 무서워할까 봐, 자기를 뚫어지게 보는 게 소름 끼쳐서 등등 얼토당토 않는 소리로 피노의 입학을 불허했다.

헤페토는 피노의 다갈색 눈동자를 바라보았다.

"어렵지 않아."

혼잣말을 중얼거린 그는 곧 피노에게 눈까풀을 달았고 불규칙적으로 오르내리게 했다.

"무거워요."

"익숙해질 거란다."

"네, 아빠."

헤페토의 쓰다듬을 받은 피노가 환하게 웃었다.

스튜어트에서 입학을 불허했다고 실망할 필요는 없었다. 헤페토는 평일에 교회의 예배당을 빌려 문을 연 작은 학교에 찾아갔다. 학교를 시작한 이이자 유일한 선생은 30대 초반 남자로 신사 계급이나 가난해 소정의 돈을 받고 아이들을 받았다.

"내가 학교를 연 건 아이들에게 가능성을 열어 주기 위해서지, 하층민들에게 푼돈을 뜯거나 자동 인형을 가르치기 위해서가 아니오."

그러니까 돈이 문제라는 거지. 헤페토가 속으로 읊조렸다.

"저는 목수이기도 합니다. 교탁과 칠판, 아이들을 위한 책상을 만들어 드리지요."

"그렇게까지 하셔야겠다면야……."

선생은 떨떠름한 얼굴로 허락했다.

콧노래 소리가 점점 가까워졌다. 헤페토의 입가에 잔잔한 웃음이 번졌다. 잠시 후 피노가 가게에 들어섰다.

"다녀왔어요, 아빠!"

"오늘은 뭘 배웠니?"

"팽이치기를 했어요! 친구가 팽이를 빌려줬어요."

"어제까지는 구슬치기를 하지 않았니?"

"이제 구슬치기는 안 해요. 팽이치기를 해요."

"그렇구나……."

지난주에는 딱지치기를 한다고 사방에서 종이를 주워 와 방을 딱지로 가득 채웠다. 그러다 구슬, 이제는 팽이였다. 헤페토는 나무를 들어 팽이를 깎기 시작했다.

"선생님이 내일 아빠 학교에 오래요."

"또?"

헤페토가 중얼거렸다.

다음 날 헤페토는 피노와 함께 학교에 갔다. 피노의 책상은 교실 뒤쪽 구석에 자리해 있었다. 체격이 큰 피노가 앞에 앉으면 다른 아이들이 칠판을 볼 수 없다고 해서 더 큰 칠판과 함께 단상까지 만들어 주었는데도 도로 뒷자리였다.

"이번에는 뭘 해 달라고 부르는 거지."

선생은 석고처럼 경직된 얼굴로 헤페토를 맞이했다.

"피노는 공부에는 영 관심이 없습니다. 학교에 놀러 오는 것 같아요."

"먼 자리에서는 수업에 집중하기 힘듭니다."

"저도 피노에게 앞자리를 주려 해 봤습니다. 그런데 갑자기 고개를 뒤로 확 돌린단 말입니다. 몸은 앞을 보는데 고개는 완전히 뒤로 돌아가 있어요! 얼마나 오싹하던지……. 밤에 가위에 눌렸습니다. 그 상태로 팔을 늘려서 제일 뒷줄에 앉은 아이와 장난을 쳐요. 태엽이 돌아가는 소리도 시끄러워서 수업에 방해가 됩니다. 작은 아이들은 피노를 무서워해요."

"필요한 걸 말씀하시면……."

"피노에 대해서 불평하는 학부모들도 있어요. 지금까지는 어떻게든 설득해 봤습니다만 더는 어려울 것 같습니다."

헤페토는 화가 치밀었다. 학교에 오는 아이들은 일곱 살부터 열여섯 살까지 다양했다. 체구가 커서 앞자리에 앉지 못한다는 건 억지였다. 결국 피노가 자동 인형이라는 게 문제였다.

수업을 마친 피노가 헤페토에게 뛰어왔다.

"학교 수업은 재밌니?"

"네! 쉬는 시간에 허수아비를 했어요. 제가 이겼어요!"

피노가 의기양양하게 대답했다.

"잠깐 학교를 쉬어야겠구나."

"왜요?"

"아무도 너에게 아무 소리 못하게 해 주마."

"왜요?"

"너는 내 아들이야. 아버지라면 당연히 아들이 당당하게 어깨를 펴고 세상을 살아가게 해 줘야 하는 법이란다."

피노는 아무도 자기에게 말을 걸지 않는 상황을 바라지 않았다. 그래서 다시 물었다.

"왜요?"

"아무 말 말고 아빠만 믿어라."

헤페토가 피노의 머리를 쓰다듬었다. 지금 하는 말을 듣는 게 좋다는 의미였다. 그래서 피노는 양 입가를 올려 웃었다.

"네."

"앞으로는 놀이보다 공부에 집중하거라."

"네."

헤페토는 설계도를 그리고 버리기를 반복했다. 피노의 내부는 미노타우르스의 미로보다 복잡한 알고리듬 장치로 가득차 있었다. 피노를 작게 만들면서도 알고리듬을 단순화하지 않으려면 내부 부품이 섬세하고 정교해야 했다. 다리 또한 한 방향을 향하면서도 안정적이게 만들고 싶었다. 피노에게는 길고 짧고 굵고 얇은 다리가 붙었다가 버려졌다.

"널 꼭 진짜 아이처럼 만들어 줄게."

"네, 아빠."

헤페토가 잠자리에 들면 피노는 작업실에서 밤새 춤을 추었다. 지금은 팔도 다리도 없이 상체에 목만 붙어 있어서 춤을 출 수 없었다. 그래서 노래를 불렀다. 푸른 달빛이 포근한 이 부자리처럼 피노를 덮어 주었다.

키가 130센티미터로 줄어들어 헤페토를 올려다보는 피노의 눈에 천장이 들어왔다. 피노는 천장에 있는 나뭇결을 따라 시선을 움직였다.

"걸어 보렴."

헤페토가 말했다. 피노는 앞으로 걸었다.

"이젠 뛰어 봐."

피노는 깡충깡충 뛰었다. 그리고 진열대를 향해 팔을 뻗었다. 팔은 길어지지 않았다. 피노는 왜 팔이 길어지지 않는지 물어보려고 고개를 돌렸다. 고개는 좌우로 90도까지 밖에 움직이지 않았다.

"훌륭해! 이제 아무도 널 자동 인형이라고 멸시하지 않을 거야. 진짜 아이와 흡사해졌으니까."

헤페토는 피노의 가슴에 귀를 가져다대었다. 태엽이 돌아가는 소리가 미세하게 들렸다. 그는 피노의 몸에 맞는 옷을 입혀 주었다.

"불편해요."

"옷을 입으면 작은 소리도 새어 나가지 않을 거야. 다시 학교에 가야지."

"신나요!"

"학교에 가면 어떻게 해야 한다고 했지?"

"놀지 말고 공부해요."

"그렇지!"

"진열대에 손이 닿지 않아요."

"이제 일은 아빠에게 맡기렴. 나는 널 대학에 보내고 싶다. 그러면 누구도 널 멸시하지 못할 거야."

"네, 아빠."

2년 동안 주름과 새치가 는 선생은 설마 다시 올 줄 몰랐다는 얼굴로 헤페토와 피노를 맞이했다.

"안녕하세요, 선생님!"

"많이…… 작아졌구나."

"돌아보렴."

헤페토의 말에 피노가 머리를 포함해서 전신을 한 바퀴 돌렸다. 헤페토는 더 트집 잡을 게 있느냐는 매서운 눈초리로 선생을 쏘아보았다. 선생은 피노에게 자리를 내주었다.

피노가 알던 아이는 한 명뿐이었다.

"완전 쬐끄매졌네."

2년 전에는 피노를 올려다보던 아이가 이제는 내려다보며 말했다.

"아빠가 진짜 아이처럼 만들어 줬어."

"그래 봐야 가짜지!"

아이가 웃으며 피노를 밀었다. 구경하던 아이들도 피노를 작대기로 툭툭 건드리거나 밀며 낄낄댔다. 피노도 웃으며 자기를 민 아이를 밀었다. 아이가 엉덩방아를 찧더니 큰소리로 울음을 터뜨렸다.

헤페토는 다음 날 학교에 불려 갔다.

오후에 하교한 피노를 맞이한 헤페토가 엄격하게 물었다.

"아빠가 학교에서 어떻게 하라고 했지?"

"놀지 말고 공부하라고 했어요. 쉬는 시간에 아이들이 술래잡기를 하자고 했지만 저는 공부했어요."

피노도 술래잡기를 하고 싶었지만 노는 경로가 선택되지 않았다. 헤페토가 해당 경로로 들어가는 입구를 좁힌 것이다.

"아빠가 학교에서 싸움질하라고 하던?"

"아니요."

"그런데 왜 싸웠니?"

"싸우지 않았어요."

"선생님이 네가 반 아이를 넘어뜨렸다고 하던데?"

"절 밀면서 웃기에 새로운 놀이인 줄 알았어요."

"아까는 놀지 않고 공부했다면서?"

이 질문에 맞는 경로는 없었다. 놀지 않았다고 했는데 놀았다. 오류였다.

"이제 아빠에게 거짓말도 하는 거니?"

"거짓말하지 않았어요. 공부했어요."

"아깐 놀았다면서?"

피노는 대답하지 못했다.

"아빠에게 거짓말을 하다니! 정말 실망스럽구나. 지난 2년
간 아빠는 널 학교에 보내려 네 몸을 새로 설계하고 제작하고,
학비를 모으느라 구운 지 며칠 지나 딱딱해진 빵을 사고, 시들
어 버려진 채소를 주워다 먹었다! 아끼던 자동 인형도 다 헐
값으로 팔았어! 네가 울퉁불퉁하고 비좁은 거리를 벗어나 반
듯한 대로가 깔린 동네에서 살게 하려고 말이다. 거기라면 자
동 인형 가게든, 빵집이든, 뭐든 할 수 있어. 어설픈 재주를 가
진 사람도 단지 좋은 거리에 있다는 이유로 쉽게 돈을 버는데,
아빠와 네가 거기로 이사 가면 뭐든 못할까? 아빠가 얼마나
노력했는지, 왜 그랬는지 넌 전혀 이해를 못하는구나!"

"절 사랑하니까요."

좌절로 인해 꺾였던 헤페토의 고개가 들렸다.

"선생님이 그러는데 부모는 아이를 사랑한대요. 그래서 힘
들게 번 돈으로 학비를 내준대요. 열심히 공부해서 부모님께
보답하는 착한 아이가 되래요."

"그 선생이 아주 형편없지는 않구나. 난 내 아버지처럼 자
식에게 무심하지 않아. 널 위해서라면 뭐든 할 수 있어."

"착한 아이가 될게요."

"아빠와 약속한 거다?"

헤페토가 새끼손가락을 내밀었다. 피노는 마주 걸었다. 헤

페토는 다른 손을 피노의 머리에 얹고 오래도록 쓰다듬었다.

🐾

선생이 아이들에게 초급 산수와 초급 철자 예비 시험 성적
표를 나눠 주었다. 점수를 본 아이들이 앓는 소리를 냈다. 교
탁으로 돌아온 선생이 아이들을 훑어보았다. 하나 같이 팔꿈
치, 무릎 등을 기운 옷을 입고 있었다.

"계층마다 평균 수명이 다르다는 걸 아니? 하류층은 35세,
중류층은 56세, 상류층은 63세란다. 왜 이런 차이가 날까?"

선생이 매를 든 것도 아닌데 아이들 사이에서 얼어붙은 침
묵이 감돌았다.

"하층민의 평균 수명이 눈에 띄게 낮은 건 영유아 사망률이
높기 때문이야. 출생신고를 하기도 전에 죽은 아이들을 넣으
면 더 낮아지겠지. 영유아 사망률을 빼면 45세 정도로는 올라
갈 거다. 그래도 여전히 중류층이나 상류층에 견주면 턱없이
낮지. 영양 상태가 좋지 못하고, 아프거나 다쳐도 병원에 가지
못하기 때문이야. 너희는 몇 살까지 살고 싶으냐?"

"오래 살면 뭐가 좋나요. 사는 건 힘들기만 한데요."

열 살짜리 아이가 노인처럼 한숨지었다.

"너희들의 아버지는 대부분 막노동꾼이고, 형제는 구두를
닦거나 거리에서 신문을 팔 거야. 어머니와 누이들은 빨래 일
을 하거나 봉제 공장에서 일하고 돌아와 온종일 기침을 해댈

테고 온 가족이 비좁은 방에서 칼잠을 자지. 그러니 사는 게 힘들 수밖에. 산수와 철자 시험을 통과하면 깨끗한 가게에서 사환으로 일할 수 있다. 정말 열심히 하면 은행원이 될 수도 있어. 모두 너희 하기에 달린 거야. 시험까지 이틀 남았다. 너희들의 수명과 삶의 질이 걸린 일이라는 걸 명심해라."

아이들은 어깨가 땅에 닿을 듯 쳐져서 교실을 나왔다.

"엄마가 이번에도 초급 철자 시험을 통과 못하면 다시 구두 닦으래. 학교엔 동생을 보낸대."

한 아이가 우울한 목소리로 말했다.

"형이 인쇄기 공장에서 일하는데 진짜 너무 힘들다고 나보고 꼭 사환으로 취직하래."

"모레가 학교에 오는 마지막 날이 되겠네."

아이들 사이에서 그믐처럼 어두운 기운이 감돌았다.

"이틀 동안 어떻게 점수를 올려? 차라리 마지막으로 마음껏 놀자!"

"그래, 뭐 하고 놀까?"

"얼음땡 하자!"

"그러자!"

아이들은 금세 분위기를 바꿔 환호성을 질렀다.

"난 가야 해."

피노가 말하자 아이들이 과녁을 겨누는 궁수처럼 매서운 눈으로 피노를 쏘아보았다.

"넌 통과할 수 있잖아."

"시험이 걱정되면 공부해야지."

"와, 쟤 말하는 것 봐. 완전 우리 엄마 같아!"

아이들이 피노에게 야유를 퍼부었다. 욕을 하는 아이들도 있었다.

피노는 못들은 체하며 발걸음을 옮겼다. 누군가 뒤에서 피노를 밀었다. 즉각 일어선 피노가 뒤를 돌아보았다. 민 아이는 다른 아이들 틈에 숨었지만 피노는 누군지 바로 알아챘고, 가서 밀었다.

"자동 인형 따위가 왜 학교에 오는 거야?"

밀린 아이가 달려들어 피노의 멱살을 잡았다.

"그만!"

마침 교회를 나온 선생이 개입했다. 선생을 본 아이들이 돌팔매에 놀란 참새 떼처럼 흩어졌다.

"피노, 또 너냐?"

선생이 쯧 혀를 찼다.

집에 돌아온 피노는 헤페토에게 성적표를 건넸다. 산수는 100점, 철자는 85점이었다. 산수는 주어진 경로대로 계산하면 답이 나왔지만 철자는 '키다' '켜다' '간만에' '오랜만에' 등등이 헷갈렸다. 헤페토가 "불을 키거라."라고 말하곤 해서 피노는 불은 '키는' 건 줄 알았는데 답안지에는 '켜다'라고 써야 했다. 다들 '간만에'라는 말을 쓰는데도 글로 쓸 때는 '오랜만에'만 맞는 표현이라고 했다. 별다른 규칙이 없이 틀렸다는 걸 알고 올바른 정보를 새로 입력해야 하는 게 많아서 어려웠다.

"철자는 더 연습해야겠구나."

헤페토가 이맛살을 찌푸렸다.

"스물다섯 명의 아이들 중 예비 시험에서 70점 이상을 맞은 아이는 저를 포함해서 셋뿐이에요. 선생님이 잘했다고 칭찬하셨어요."

"칭찬에 만족하면 성장하지 못해. 제일 높은 점수를 받은 아이는 몇 점이었니?"

"철자 95점이요. 하지만 산수 100점은 저 혼자였어요."

"다른 아이와 널 비교하지 마라. 너 스스로 잘할 생각을 해야지."

조금 전 헤페토가 다른 아이의 점수를 물었던 터라 피노는 혼란스러워졌다. 하지만 질문하면 꾸중이 돌아오기 때문에 가만히 있었다.

"학교에서 또 다른 일은 없었니?"

"아이들이 제가 같이 놀지 않는다고 화를 냈어요."

"놀지 않는다고 화를 내는 아이들과는 말도 섞지 말거라. 무시해."

"누가 절 뒤에서 밀었어요. 그래서 저도 밀었어요. 그러니까 자동 인형 따위가 왜 학교에 오느냐고 했어요."

"다른 아이와 싸웠단 말이니? 아빠가 싸우지 말라고 한 말을 그새 잊은 거야?"

"그 애가 밀어서 저도 민 거예요."

헤페토는 짧은 신음을 뱉었다. 피노를 만들 때 다른 사람의 행동을 모방하며 배우도록 한 게 문제였다.

"이미 학습된 건 되돌리기 쉽지 않지. 괜찮아, 아빠는 인내심이 많은 사람이니까. 잘 들어라. 네가 가장 우선시해야 하는 건 아빠가 하는 말이다. 내가 자동 인형 가게를 열고 싶다고 했을 때 다들 비웃었어. 아무나 만들 수 있는 게 아니라고, 기술자의 도제로 들어가 10년 이상은 배워야 한다고 말이다. 나는 나를 비웃는 사람들, 목수 일이나 배우라고 윽박지른 아버지를 이겨내고 자동 인형 가게를 열었다. 그깟 애들, 아무것도 아니야. 사소한 역경일 뿐이지. 역경이 무슨 말인지 배웠니?"

"어려운 일이라는 말이에요."

"역경을 딛고 일어서야 해."

"선생님과 아이들 부모님이 하는 이야기를 들었는데 애들은 싸우면서 크는 거래요. 저는 왜 싸우면 안 돼요?"

"그 애들은 절대 하층민을 벗어나지 못할 거야. 넌 달라. 내 아들이니까. 아빠의 인생은 좌절과 고난과 절망의 연속이었어. 넌 내 삶에서 유일한 성공이야. 네가 고급 철자 시험을 합격하면 꼭 대학에 보내 주마. 아빠가 네 학비를 어떻게 벌고 있는지 알지?"

"상류층들이 오는 거리에 있는 자동 인형 가게에 아빠의 자동 인형을 팔고 있어요."

"그래."

헤페토의 목소리에서 깊은 고통이 배어났다. 그의 자동 인형을 구매한 기술자는 그걸 다섯 배, 열 배의 가격으로 팔았다. 때로 보석을 덧대기도 했는데, 그에게 맡긴다면 훨씬 더 아름답게 넣을 수 있었다. 하지만 기술자는 그가 장식해주겠다는 걸 거절했다.

엄한 표정을 푼 헤페토가 싱긋 미소 지었다.

"모레 초급 철자 시험에 합격하면 주려고 했다만…… 미리 주는 것도 괜찮겠지."

피노의 눈이 작업장 한쪽으로 갔다. 네모난 물체에 빛 바랜 천이 덮여 있었다. 헤페토가 천을 치우자 작은 책상과 의자가 모습을 드러냈다.

"네 거란다."

"감사합니다!"

피노는 책상에 달려가 앉았다. 서랍도 두 개나 달려 있었다. 신이 난 피노가 나무조각과 작은 톱을 들자 헤페토의 얼굴이 굳었다.

"뭐하는 거냐?"

"마차를 만들려고요."

헤페토의 어조에서 혼나기 직전임을 감지한 피노의 목이 움츠러들었다.

"내일이 시험인데, 철자 시험에서 85점을 받았어. 마차를 만드는 것과 철자 공부를 하는 것 중에서 어느 걸 선택해야 할 것 같니?"

70점 이상이면 합격할 수 있었다. 헤페토는 피노가 마차를 만들었을 때 기뻐했다. 피노는 혼란 속에서 대답했다.

"시험공부요."

"그래야지."

헤페토가 다가와서 피노의 머리를 쓰다듬었다. 안도한 피노가 활짝 웃었다. 그리고 책상에 앉아서 공부를 시작했다.

🐾

피노의 키는 150센티미터가 되었다. 몸체가 커진 만큼 더 복잡하고 다양한 알고리듬을 수행하는 게 가능해졌다. 간단한 수리는 직접 할 수도 있었다. 피노는 갑작스레 길어진 다리 때문에 몇 번인가 넘어졌고, 물건을 제대로 잡지 못하거나 깨뜨리는 실수를 저질렀다.

"괜찮아, 곧 익숙해질 거란다. 언제까지 아이의 모습일 수는 없잖니. 먼 훗날 너 혼자 살 때를 대비해야 하고 말이다. 아빠는 늘 미래도 함께 생각한단다."

헤페토는 다정하게 피노를 격려했다.

방과 후 피노는 선생과 따로 역사와 지리를 공부했다. 피노를 대학에 보내기 위해 헤페토가 선생에게 추가금을 지급한 것이다. 어느 순간부터 아이들은 피노를 질색하며 싫어하기 시작했다.

"넌 자동 인형이니까 지칠 일이 없잖아."

"잠 잘 필요도, 먹을 필요도 없고, 추위도 더위도 타지 않으면서, 왜 그렇게 기를 쓰고 공부해?"

"네가 돈을 벌어서 어디에 쓸 건데?"

아이들은 피노에게 거친 말을 퍼부어댔다.

교재를 안은 선생이 피노 혼자 남은 교실에 들어왔다.

"아버지가 많이 기뻐하셨지?"

선생이 물었다. 어제 피노는 상급 철자 예비 시험에서 95점을 받았다. 여태껏 피노가 받은 최고 점수였다.

"더 노력하라고 하셨어요."

"아버지는 아들에게 엄하기 마련이야. 사랑하는 만큼 기대도 크기 때문이지. 난 수시로 매를 맞았다. 네게 교양 과목까지 가르치느라 월사금을 두 배로 내느라 많이 힘들 게야. 네가 잘해야 해."

"네."

"솔직히 네가 이 정도로 해낼 줄 몰랐다. 성실하고 착하고 노력까지 해. 널 받을지 말지 많이 고민했는데 받길 잘했구나. 다른 아이들은 신경 쓰지 말렴. 그 애들은 끽해야 사환이나 될 거야. 네가 좋은 직장을 얻으면 다시 볼 일 없는 아이들이지."

"다른 아이들이 절 괴롭히는 걸 알고 계셨어요?"

잠시 피노를 바라본 선생이 말을 이었다.

"너라면 은행에 취직할 수 있을 거다. 편집자도 괜찮지. 사환보다 벌이도 낮고 더 반듯한 일이야. 인력난에 시달려서 여자들까지 고용할 정도라니 자동 인형인 너도 일자리를 얻기 어렵지 않을 게다. 네게 상류층의 예의범절을 가르쳐 주마. 따로 돈을 받지는 않을 거야."

배우는 게 늘어나면 시험도 늘어났다. 하지만 피노는 "네."라고 대답했다. 선생님과 아버지에게는 늘 "네."라고 대답하는 게 정답이었다.

"오늘은 내가 집에 일이 있으니 수업을 조금 일찍 끝내자꾸나. 내일 더 봐주마."

"네."

학교를 나오자 하늘에서 첫 번째 달이 떴다. 오늘은 가장 밝은 달 두 개를 포함해 세 개가 뜨는 날이었다.

광장에 가까워지자 음악과 웃음, 노랫소리가 들렸다. 반원으로 선 사람들이 무대를 보며 박수를 치고 있었다.

"오늘은 수업이 일찍 끝났으니까, 잠깐은 보고 가도 되지 않을까?"

피노는 사람들 틈을 비집고 들어갔다. 마른 체형의 사람들이 나와서 몸을 완전히 뒤로 접었다. 그리고 고양이나 겨우 들어갈 법한 상자 안에 들어갔다.

"와아!"

사람들이 환호성을 질렀다. 집에 갈 시간임을 인지한 피노가 막 돌아서려는데 1미터 남짓한 꼭두각시 인형들이 무대로 올라왔다.

"나 같은 애들이네?"

인형들은 다리를 번쩍번쩍 들고 몸을 빙글빙글 돌리며 춤을 추었다. 한때 피노도 저렇게 춤을 출 수 있었다.

"다른 아이들은 70점을 넘으면 부모님이 상으로 맛있는 걸

해 줬다고 했어. 난 음식을 먹지 않으니까 상으로 잠깐 공연을 봐도 되지 않을까?"

피노는 가방에서 드라이버를 꺼내 몸체를 열고 놀이를 선택하는 알고리듬 통로를 넓혔다. 관절의 조임쇠를 풀어 가동 범위도 확장했다. 오랜만에 작동된 알고리듬이 빠르게 움직이기 시작했다. 피노는 생각할 틈도 없이 무대로 뛰어들었다.

돌발 상황에 익숙한 단장은 인형을 조종하는 이들에게 손짓해 피노를 위한 자리를 마련해 주었다. 피노의 춤은 딱딱하고 거칠었다. 박자도 틀렸다. 인형을 조종하는 이들은 즉석에서 갓 입문한 단원을 가르치는 극을 만들어 냈다. 곧 피노도 박자를 맞춰서 다른 인형들과 어울리기 시작했다. 사람들은 환성을 지르며 동전을 던졌다.

곡이 끝나자 단장이 피노에게 다가왔다.

"안녕하세요, 전 피노라고 해요."

"세상에, 줄이 없이 움직이더니 말까지 하네! 누가 널 만들었니?"

"아빠가요. 아빠는 자동 인형 가게를 운영해요. 이름은 헤페토예요."

"대단한 기술자구나."

아빠를 칭찬하는 말에 피노의 어깨가 한껏 위로 올라갔다.

"한 곡만 더 추고 가지 않을래? 관객들이 아주 좋아해."

"아니요, 전 집에 가야 해요. 아빠는 제가 열심히 공부해서 대학에 가길 바라세요."

"아쉽구나. 자, 이건 네 몫이다. 아빠 가져다 드리렴. 흘리지 않게 조심하고."

단장은 피노에게 돈을 건넸다.

"감사합니다!"

피노는 춤을 추며 집으로 향했다.

"아빠, 제가 돈을 벌었어요!"

헤페토는 피노가 내민 돈을 물끄러미 바라보았다.

"네가 어떻게 돈을 벌었지?"

"광장에서 인형들이 춤을 췄어요. 저도 같이 춤을 췄어요. 단장님이 아빠 가져다 드리라고 했어요. 하나도 안 흘리고 잘 가져왔어요!"

"네게 정말 실망했다."

"아빠는 늘 돈 걱정을 하셨잖아요."

"언제 네게 돈을 벌어 오라고 했니? 네가 버는 돈으로 살려고 아빠가 힘들게 널 가르치는 것 같아?"

"아빠가 힘들지 않기를 바랐어요."

"네가 공부만 열심히 하면 아빠는 힘들 일이 없어! 공부하기 싫었던 게냐?"

"아니에요."

"거짓말을 하는구나. 공부하는 게 싫어서 놀다 온 거지?"

"아니에요. 그냥 잠깐만 놀고 싶었어요."

"그게 공부하기 싫었던 거다. 아빠에게 거짓말을 하다니 ……."

"전 상급 철자 예비 시험에서 95점을 받았어요. 다른 아이들은 70점을 받으면 부모님이 상을 준대요."

"날 다른 부모와 비교하겠다는 게야? 95점이잖아. 하나는 어쩌다 틀린 게냐?"

"실수했어요."

"왜 실수를 해?"

"사람은 누구나 실수를 한대요. 저는 왜 실수를 하면 안 되죠?"

"95점을 받고 나니 아빠가 아빠로 안 보여? 이제 말대꾸까지 하는 게냐?"

"그렇지 않아요, 아빠."

"지금 하는 게 말대꾸다! 춤을 추지 못하게 네 팔과 다리를 고정해야겠다. 학교를 오가려면 걷는 것만으로 충분해."

"아까 무대에서 어떤 사람이 몸을 완전히 뒤로 꺾었어요. 사람들은 그걸 보고 환호했어요. 왜 저는 그렇게 움직이면 안 돼요?"

"배우가 되고 싶은 게야? 널 대학에 보내고 번듯한 중류층으로 만들기 위해 아빠가 지난 수 해 동안 들인 노력을 물거품으로 만들 셈이냐? 네 꿈은 고작 그거야? 딴따라?"

"아니에요, 아빠. 한 번도 배우가 되고 싶다고 생각한 적 없어요."

"그럼 뭐가 되고 싶으냐?"

피노에게 처음 주어진 질문이었다. 피노가 바로 대답하지 못하자 헤페토의 얼굴에 좌절과 분노가 드리웠다.

"아빠는 제가 뭐가 되길 바라세요?"

"아빠는 네게 뭐가 되라고 강요할 생각이 없다. 네가 바라는 걸 이루어 주고 싶은 거야."

"그럼 대학에 가지 않아도 되나요?"

헤페토는 급소를 찔린 양 뒷걸음질을 치더니 땅바닥에 주저앉았다.

"아빠!"

피노가 달려와 헤페토 앞에 무릎을 꿇었다.

"아빠가 어릴 때는 학교가 없었다. 학교는 신사나 귀족, 왕족들만 갈 수 있었어. 세상은 언제나 나에게 모든 기회가 박탈된 다음에야 내가 예측한 방향으로 움직였지. 넌 그런 좌절을 겪지 않기를 바라서, 무엇이든 네가 원하는 삶을 선택할 수 있도록……!"

헤페토가 절망에 찬 목소리를 쥐어짰다.

"제가 잘못했어요. 앞으로 시키는 대로 다 할게요. 아빠, 제발 아프지 마세요."

헤페토의 거친 손이 피노의 머리를 쓰다듬었다.

"약속한 거지?"

"네, 아빠. 바로 공부할게요."

헤페토는 한참 가쁜 숨을 쉬다가 몸을 일으켰다.

"더 이상 아빠를 속이지 말아다오."

"네, 아빠."

피노는 책상 앞에 앉았다. 자기만 잘하면 헤페토는 건강하게 오래오래 살리라고 피노는 생각했다.

☙

아빠는 피노가 집과 학교만 오가며 항상 책상 앞에 앉아 있기를 바랐다. 피노는 그렇게 했고, 고급 철자 시험에서 100점을 받았다.

광장이 가까워지자 음악 소리가 들렸다. 피노는 집과 광장으로 가는 갈림길에서 발을 멈췄다. 아주 잠깐만…….

피노는 곧 마음을 고쳐먹었다. 아빠에게 딱 한 시간만 보겠다고 허락받아야지. 100점을 맞았으니까 어쩌면 들어주실지도 몰라.

피노는 참으로 오랜만에 콧노래를 부르며 집으로 향했다. 의기양양하게 성적표를 내민 피노는 쓰다듬어 달라고 헤페토에게 머리를 가까이 했다.

시험지를 물끄러미 바라보던 아빠가 말했다.

"이보다 잘할 수도 있을 텐데……."

피노는 혼란스러웠다. 100점이 최고 점수였다.

"글자를 더 반듯하게 써야겠구나. 손가락의 움직임이 충분히 정교하지 못한 걸까?"

헤페토는 피노의 손을 면밀하게 살폈다.

"나는 내 아버지처럼 자식을 내팽개쳐 두지 않아. 널 최고

의 인형으로 만들기 위해 최선을 다했지. 지금보다 더 잘 쓸
수 있지 않겠니?"

"네, 더 노력할게요."

"그래. 현재에 만족하면 앞으로 나아가지 못해. 이제 대학
에 갈 준비를 해야지. 널 170센티미터로 키울까 한다. 어른이
될 때가 되었어. 관절도 더 정교하게, 진짜 사람처럼 만들어
주마."

"어른이 되면 완전해지나요?"

"네가 하기에 따라 달렸지. 나는 너를 완벽하게 만들었으
니까."

"그런데 왜 또 고쳐져야 해요?"

"널 더 낫게 만들어 주는 거야. 아빠는 언젠가 죽을 거야. 하
지만 넌 계속 살아가겠지. 먼 훗날 아빠는 네 뒤에서 네가 스
스로 네 길을 가는 모습을 기쁘게 바라보게 될 거야."

헤페토가 머리를 쓰다듬었다. 언제부턴가 헤페토는 공부하
라는 지시를 내릴 때에만 머리를 쓰다듬었다. 그래서 피노는
책상 앞에 앉았다. 헤페토는 피노의 설계도를 다듬다 자리 갔
다. 혼자 남은 피노가 텅 빈 아빠의 작업대를 향해 물었다.

"아빠는 왜 거짓말을 하나요? 아빠가 거짓말을 하면 누가
혼내죠?"

병자처럼 파르스름한 달빛이 집안을 가득 메웠다. 어디도
보지 않는 금붕어, 강아지, 새, 고양이, 귀뚜라미 인형들이 진
열대에 빼곡히 놓여 있었다. 금붕어의 지느러미는 실제보다

화려했고, 고양이와 강아지는 진짜보다 부드러운 털로 덮여 있었다. 그래야 잘 팔렸다.

"왜 나는 인간처럼 보여야 하지?"

피노는 진열대 앞에 섰다. 한때 자동 인형들은 피노에게 친구와 같은 존재였다. 이제는 그의 학비와 수리 비용과 교환될 존재에 불과했다.

"그래도 너희는 한 번 만들어지면 끝이잖아. 난 절대 아빠를 만족시키지 못할 거야."

피노는 살그머니 문을 열고 밖으로 나왔다. 거리는 물속처럼 적막했다. 광장으로 가니 극단의 마차에 아직 불이 밝혀 있었다.

"피노야! 널 못 보고 가는 줄 알고 섭섭했다. 우린 내일 아침 일찍 떠난단다."

짐을 정리하던 단장이 환한 얼굴로 그를 반겼다.

"저도 같이 가도 될까요?"

"우리 단원이 되고 싶으냐?"

"노래하고 춤추는 게 즐거워요."

"즐겁기만 한 일이 아니야."

"아빠가 저를 자꾸 고쳐요. 아빠와 같이 있으면 저는 어딘가 잘못된 존재, 무언가 부족한 존재로 살아가야 해요. 더 이상 바뀌기 싫어요. 지금의 저 자신으로 살고 싶어요."

"그새 어휘력이 늘었구나."

감탄한 눈빛으로 피노를 바라보던 단장이 물었다.

"네 아빠가 허락했니?"

"말씀 못 드렸어요."

"난 정직한 사람이란다. 허락 없이 널 데려가면 도둑이 돼. 넌 네 아빠의 소유물이니까. 집으로 돌아가렴. 아빠에게 말하지 않고 나오면 안 돼. 우린 3~4년 후에 또 오게 될 거야. 그때 보자."

"안녕히 가세요."

피노는 집에서 멀어지는 방향으로 하염없이 걸었다. 길을 따라 강이 흘렀다. 텐스 강일 거라고 피노는 생각했다. 집과 학교를 오가느라 한 번도 강까지 와 본 적이 없었다. 피노는 강물이 흐르는 방향을 바라보았다. 자신은 아빠의 아들이 아닌 아빠의 소유물이었다. 소유물은 허락 없이 소유자를 떠나서는 안 되었다.

피노의 첫 기억은 빛과 함께 보인 한 남자였다. 피노는 남자의 고개를 움직이는 대로 고개를 따라 움직였다.

"성공할 줄 알았어!"

남자가 기쁨에 겨워 외쳤다.

피노는 다섯 개의 달 중 가장 큰 달을 향해 물었다.

"아빠가 절 지금 모습 그대로 사랑해 주실 수는 없을까요?"

귀뚜라미가 귀뚤귀뚤 우는 소리가 "안 될 소리."라고 말하는 것처럼 들렸다. 피노는 강을 따라 하염없이 걸었다. 체스터 시티를 가리키는 이정표가 나왔다.

잠자리에서 일어난 헤페토가 늘어지게 기지개를 켰다. 1층으로 내려가니 피노가 책상 앞에 앉아 있었다. 헤페토는 뿌듯한 웃음을 지으며 피노의 머리를 쓰다듬었다. 피노와 함께 학교로 간 헤페토는 선생과 피노를 대학에 보내기 위해 공부할 과목에 대해 의논했다. 선생은 피노에게만 집중할 선생을 소개해 주기로 했다. 개인 교습은 월사금보다 비쌌지만 헤페토는 기꺼이 지불하겠노라 대답했다.

"오늘이 학교에 가는 마지막 날이구나. 성실하게 공부하고 오너라."

"네, 아빠. 사랑해요."

헤페토의 몸이 태엽이 다 돌아간 자동 인형처럼 굳었다. 이윽고 헤페토의 눈시울이 붉게 물들었다. 그는 커다란 손으로 피노의 머리를 쓰다듬었다.

학교에 간 피노는 자리에서 그간 배운 내용을 되새겼다. 헤페토는 하류층과 중류층 사이에 있었다. 헤페토의 수명은 45.5세를 전후한다는 뜻이었다. 앞으로 대략 12.5년이 남았다. 12.5년 후에 피노에게 스스로 자기 몸을 고칠 기회가 올까? 12.5년 후 자기 자신은 여전히 자기 자신일 수 있을까? 아빠가 죽을 날을 헤아리는 아이가 착한 아이일 수 있을까?

"그간 수고했다."

선생이 드물게 웃음 지으며 피노를 배웅했다.

"선생님."

"물어볼 게 있니?"

선생이 기특한 얼굴을 했다.

"나쁜 아이도 아빠를 사랑할 수 있나요?"

당황한 선생은 멀거니 피노를 보다 말했다.

"아빠 말씀을 잘 들으면 착한 아이란다. 대학에 합격하면 날 찾아오너라. 착한 아이는 은사에게 보답할 줄 아는 아이이니까."

피노는 "아빠 말씀을 잘 들으려면 나쁜 아이가 되는 모순이 발생해요."가 아닌 "네, 선생님."을 택했다. 모순을 처리하려면 거짓말을 해야 했다. 피노는 허용된 가동 범위 내에서 집으로 향하는 발걸음을 옮겼다.

귀여움이
세상을 구원하리라

밀리의 서재 '밀리 오리지널' 2022 발표.

깊고 광활한 우주에서 푸른 점이 나타났다. 점은 구슬이 되고 구슬은 수박만큼 커지고 수박은 파라솔만 해지더니 삽시간에 한눈에 담기 버거울 정도로 확대되며 흰 구름, 푸르른 대양, 붉은 사막과 산맥의 굴곡을 드러내 샤-히아가 달라붙은 우주선의 창문을 가득 메웠다. 그러다 어느 순간 우주선이 지구의 한 점이 되었다. 점 속의 점인 샤-히아의 작은 가슴이 요동쳤다. 마침내 지구에 도달한 것이다. 아름답고 푸른, 고양이가 사는 행성에…….

샤-히아의 고향 행성의 이름은 굳이 지구인의 성대로 발음하자면 아르르르가 될 것이다. 아르르르인들은 성대로만 대화하지 않고 몸짓언어를 수반하기에 발음만으로 표현하는 건 애초에 무리지만 말이다. 그녀의 이름 또한 샤-히아라는 음성언어에 몸짓언어가 동반되어야 했다.

대기권에 진입하자 샤-히아는 거울에 비친 자기 모습을 확인했다. 이제는 제법 익숙해진 지구인의 모습이 나타났다. 키는 159센티미터, 몸무게는 58킬로그램, 얼굴과 눈은 둥근 편으로 지구인에게는 귀여운 느낌을 주는 인상이라고 했다. 나이는 스물네 살, 이름은 최미선이었다. 그녀는 원래 135센티미터고 영장류처럼 두 발로 걸었지만 양서류에 더 가까웠다. 샤-히아, 최미선은 초조하게 창밖을 살폈다. 낙하산을 주면 기꺼이 뛰어내리고 싶을 만큼 빨리 고양이가 보고 싶었다.

잠시 후 우주선은 강원도의 목화종합병원 뒤뜰에 자리한 격납고에 수직으로 착륙했다. 투명화한 데다가 레이저 탐지 방지 코팅을 입혀서 그녀를 지구로 부른 슈뢰딘어의 몇몇 직원을 제외하고는 지구인 중 누구도 외계의 우주선이 지구로 진입했다는 사실을 알지 못했다.

「각 행성인 별로 호출할 테니 잠시 기다려 주십시오.」

착륙 절차를 끝낸 최미선은 우주선에서 내렸다. 아르르르에서 온 행성인은 그녀 하나뿐이었다. 마지막으로 나왔는지 거대한 창고 같은 격납고는 텅 비어 있었고 그녀를 마중 나온 사람은 보이지 않았다. 고대하던 착륙이 다소 허무하게 끝나자 괜한 무안함에 검지로 뺨을 긁적이며 최미선은 격납고를 나갔다. 녹색 십자가를 올린 커다란 흰색 건물을 향해 난 산책로 양쪽으로 만개한 앵도나무가 화사한 분홍빛을 뿜었다.

최미선이 아르르르를 떠날 때와 달리 슈뢰딘어 직원들은 지구 인류의 존속을 두고 다른 은하계의 행성인들과 회의를 하느라 바빠지는 바람에 그녀에게 신경 쓸 겨를이 없었다. 지구가 가까워질 무렵 안내받은 내용이었다. 어지러운 마음으로 산책로에 들어선 최미선은 눈앞에 나타난 고양이의 모습에 모든 걸 잊었다.

"진짜 고양이가 있었어!"

10미터 정도 떨어진 앵도나무 아래에서 회갈색 줄무늬 고양이가 앞발과 뒷발을 접어 배 아래에 깐 채 졸고 있었다. 몇 미터 떨어진 벤치 위에도, 벤치 아래에도 흰 바탕에 검은색이 들어간 고양이가 보였다. 밑에 있는 고양이는 위에 있는 고양이가 아래로 늘어뜨린 꼬리를 앞발로 툭툭 치며 장난을 쳤고, 위에 있는 고양이는 장단을 맞추는 건지 그네처럼 꼬리를 흔들었다. 셋 다 둥글둥글한 몸매, 짧은 코에 두툼한 꼬리 등 체형이 비슷한 게 아무래도 가족이나 친척 같았다. 이제껏 사진, 조각, 그림, 동영상으로만 보던 고양이가 살아 움직이는 모습을 눈앞에서 보자 동경하던 배우를 직접 마주한 듯 심장이 부풀었다.

"내리자마자 고양이를 세 마리나 본 거야! 태블릿으로는 행성 간 전송이 안 된다니 아쉽다. 가족과 친구들이 보면 정말 좋아할 텐데……."

고양이들을 놀라게 하지 않으려 멀리서 사진과 동영상을 찍으며 최미선이 행복에 잠긴 동안 슈뢰딘어의 대표인 송준형과 실장 문연수, 훈련 조교 권오민은 회의실에 앉아 니윗, 야나합, 란고세성므란, 옴 치노, 록따하 샷 행성 대표와 회의를 하고 있었다. 다섯 행성인들은 모두 홀로그램 형태였다. 수생 종족인 니윗은 몸 비율의 반을 차지하는 타원형 얼굴에 손이 자 발 여섯 개가 달려 있었다. 야나합은 딱딱하고 거친 재질로 덮여 있었고 입과 눈은 아주 작아서 거의 보이지 않았다. 란고 세성므란은 사람과 유사한 형태이나 3센티미터의 초소형 종 족이었다. 옴 치노는 긴 오렌지색 부리가 달린 비행 종족이었 고, 록따하 샷은 북슬북슬한 털로 뒤덮여 있었다.

"지구를 경유하는 초광속 루트를 개발하는 문제는 천 년 뒤 에 본격적으로 논의하기로 하지 않았습니까? 그때쯤이면 지 구인도 태양계를 벗어날 만큼 기술을 발전시킬 테니까요."

송준형의 말이었다.

「송준형 대표의 일방적인 의견이었을 뿐 행성 간 회의를 통 해 확정되었던 건 아닙니다. 그리고 당시 니윗 행성의 대표는 폭행과 살인미수로 대표직을 사퇴하고 재판을 준비 중입니 다. 전 대표가 한 말이 뭐든 현재로서는 무의미합니다.」

예상했던 반발인지 니윗 행성의 새 대표는 여유롭게 말을 받았다.

「최근 우리 야나합 행성과 니윗 행성 간의 교류가 활발해져 서 루트 확정일을 당기기로 했습니다.」

야나합 대표가 의견을 보탰다.

"흐음…… 전 대표는 성품이 온유한 분 아니셨나요?"

「그러게나 말입니다. 지성체들은 겉보기론 모른다더니.」

니윗 대표가 짐짓 혀를 찼다.

"지구인의 의사를 묻지 않고 일방적으로 결정할 수는 없습니다."

「지구인은 아직 태양계를 벗어나지 못했죠. 자신들의 태양계는 벗어날 기술력이 있어야 은하연합에 가입할 자격이 생깁니다.」

"그래서 천 년을 기다리기로 했던 거죠. 지구인이 은하연합에 가입한 뒤 회원의 자격으로 이 일을 논의할 수 있도록요. 초광속으로 항행하는 우주선들은 강력한 에테르를 발생시킵니다. 대부분의 생명체들에게는 무해하나 지난번 회의 이후 검사해 보니 특이하게도 지구인에게는 해롭더군요."

「허어, 그랬나요? 그런데 초광속 항행 에테르를 견디지 못한다면 애당초 태양계를 벗어나는 것도 무리 아닐까요? 은하연합에 가입할 날이 올지요……..」

니윗 대표는 애초에 가입도 못할 미개한 행성인을 고려할 필요가 있느냐는 어조로 말했다.

"모든 행성은 각 행성인의 신체 조건에 맞게 기술을 발전시켜 왔습니다. 지구인이 어떤 기술을 만들어 낼지는 모르는 일입니다. 현재 지구인의 기술 발전 속도로 미루어 보아 천 년이면 태양계를 벗어날 가능성이 높습니다.

슈뢰딘어에서 예상되는 에테르 발생량과 지구인이 받을 영향을 검토해 보니, 루트가 활성화되면 3년 안에 지구인의 8할이 사망에 이르게 된다는 결과가 나왔습니다."

「우주연합에서는 지구의 생물종을 약 1억 종으로 추산합니다. 인간은 일억 종 중 단 한 종입니다.」

　미리 준비한 답을 말할 때가 왔다는 듯 야나합 대표가 끼어들었다.

　"지성체."

　회의 내내 그림자처럼 자리만 지키던 문연수가 입을 열었다.

　"지구의 유일한 지적인 생명체죠."

　송준형이 풀어서 말했다.

「그래도 2할은 남지 않습니까? 대략 200년 전만 해도 지구 인구는 7억에 불과했습니다. 지금은 79억이죠. 번식력으로 보건대 금방 다시 번성할 겁니다.」

　니윗 대표는 별일 아니라는 투였다.

　"63억의 지성체가 사라지는 일을 쉽게 말씀하지 마십시오. 게다가 소수의 다른 생물종들도 영향을 받을 수 있습니다."

「인간을 이리 옹호하실 줄 몰랐습니다. 송준형 대표는 어떤 종이든 멸종만은 막기 위해 노력하는 분 아니셨나요? 우주전쟁을 일으켜 수십 개의 행성에 크나큰 피해를 끼치고, 일곱 행성을 초토화해 수천 억의 생명을 앗아가서, 열한 종의 지성체를 포함한 백억의 생물종을 멸종시킨 리쿠트 엘힘브낙도 멸종만은 막자고 주장하는 분 아니십니까? 그런데 인간은 매일 지구의 생물종을 최소한 열 종씩 멸종시키고 있습니다! 지구인들부터가 지금이 제6의 멸종기이고 그 원인 제공을 자신들이 하고 있다는 걸 인정하고 있지요. 인간 수의 급증이 그 원인이고요. 지구 전체의 생물종 입장에서는 지구인의 수가 주는 게 괜찮은 일 아닌가요?」

란고세성ㅁ란 대표의 말에는 분노가 깔려 있었다. 란고세성ㅁ란은 리쿠트 엘힘브낙이 벌인 우주전쟁에서 피해를 본 행성 중 하나였다.

「지구인의 기준에서도 모순되지 않습니다. 지구인은 강한 물리력을 가진 문명이 약한 물리력을 가진 문명을 만나면 기꺼이 물리력을 행사했죠. 국가 대 국가, 사회 혹은 사업체 대 개인, 다수 대 소수까지, 크게 보든 작게 보든 예외는 없었습니다. 지구인도 불평하지 않을 겁니다.」

니윗과 야나합의 대표는 강경했고, 관망하던 다른 두 대표는 란고세성ㅁ란 대표의 말에 더욱 이 일에 개입하지 않을 뜻을 표했다.

"지구인들 간에 벌어진 일을 기준으로 행성 간의 일을 처리하려고 들면 곤란하죠. 생명이 발생한 행성은 스스로 진화하며 길을 찾을 때까지 관여하면 안 된다는 게 우주연합기본법에 명시되어 있습니다."

「고작 8할입니다. 에테르에 적응하면 도로 불어날 겁니다. 에테르 하에서 태어나면 에테르의 영향력이 최대 79퍼센트까지 감소한다는 게 여러 행성에서 증명되었습니다. 자료를 보내드리죠.」

"각 행성인마다 에테르에 대한 반응이 다른 만큼 에테르 영향 하에서 태어난 지구인이 무사하리라는 보장은 없습니다."

소모적인 논쟁이 이어지자 다른 행성의 대표들이 오늘은

이만 마치자고 해서 일단 끝났다. 다섯 행성인의 홀로그램이 사라진 회의실에 반동처럼 정적이 깔렸다. 가볍게 머리를 턴 송준형이 권오민에게 눈을 돌렸다.

"니윗과 야나합에서 에테르가 인간에게 해롭다는 걸 알아 낸 모양이네요. 천 년 뒤 인간들이 찬성할 리가 없으니 지금 밀어붙이기로 한 거죠. 슈뢰딘어 직원들과 가족들은 대표님 이 보호해 주실 수 있죠?"

우주선들이 지구를 거치기로 작정하면 어쩌겠느냐는 듯 어 깨를 으쓱한 권오민이 말했다.

"그야 물론입니다. 하지만 지구는 사업하기 좋은 행성이에 요. 은하연합에서도 지구를 슈뢰딘어의 본거지로 인정하고 있고요. 문명이 적당히 발달했으면서 자신이 속한 태양계를 벗어나지 못한 행성을 찾는 건 쉽지 않아요."

내용과 달리 송준형의 말투는 심드렁했다. 회의 중에도 말 로는 지구를 옹호했으나 태도에서는 열의를 보이지 않았다.

"9.5."

문연수가 말했다. 송준형은 침묵했다. 권오민이 마지못한 태도로 해석했다.

"네, 연구를 통해 가장 낙관적인 경우는 7할, 가장 부정적인 경우는 9.5할이 사망한다는 결과가 나왔습니다. 대체로 8할 이라는 결론이······."

"9.5."

같은 말과 함께 문연수의 노여움을 담은 시선이 송준형에게 꽂혔다.

"초광속 루트가 본격적으로 활성화되기까지 최소한 10년은 걸릴 거야. 그 안에 에테르를 완화시킬 방법을……."

"9.5."

더 들을 가치도 없다는 듯 문연수가 말을 잘랐다.

"알겠어. 그런데 어떻게 설득해?"

"제3행성."

권오민은 눈을 끔벅였다. 문연수는 제대로 된 문장을 말하는 법이 없었다.

"다른 행성인들을 설득해 보자는 거지? 이 일에 관여하는 행성은 총 다섯 곳이야. 니윗과 야나합은 설득하기 불가능할 테고, 란고세성므란은 내가 싫어서 동의하지 않을 것 같고, 설령 옴 치노와 록따하 샷이 동의한다 해도 우리까지 세 표, 동률이야. 하지만 동률을 만들기도 쉽지 않을걸? 옴 치노와 록따하 샷도 이 루트가 열리면 간접적인 이익을 얻어. 지성체의 8할에서 9.5할을 사망케 하는 악역을 맡기 싫어서 가만히 있을 뿐이지."

문연수의 고른 치아가 아랫입술을 물었다. 잘 만든 목각 인형처럼 늘 무감정한 문연수의 얼굴에 표정이 떠오르자 권오민은 실장도 사람이 맞긴 맞구나 싶어졌다.

'내가 10년만 젊었어도 밥 한번 먹자고 해 보겠는데……. 근데 진짜 몇 살일까?'

문연수는 선명한 이목구비에 또렷한 턱선으로 인해 서구적인 분위기를 풍겼다. 하얗고 맑은 피부에 얇고 긴 입술은 고혹적이었다. 길고 커다란 눈에는 이따금 모습을 드러내는 속쌍꺼풀이 있었고, 허리까지 내려오는 긴 생머리를 가볍게 묶어 우아한 목덜미가 드러났다. 손목에 건 고무줄 두어 개와 슈뢰딘어 직원 전용 스마트워치가 유일한 장신구였으며 화장도 하지 않았다. 자신을 꾸미는 데 무관심한 모습이 오히려 그녀의 차갑고 이지적인 미모를 도드라지게 했다.

슈뢰딘어 내에서 송준형과 문연수의 정확한 나이를 아는 사람은 없지만 겉보기로 송준형은 30대 중반, 문연수는 20대 초반으로 보였다. 하지만 문연수는 송준형을 동년배처럼 대했고 송준형은 그 점에 이의를 제기하지 않았다. 그러니 아마 동년배가 맞을 것이다. 동안인 사람도 20대의 풋풋함은 사라지기 마련인데 문연수에게는 여전히 갓 10대를 벗어난 듯한 싱그러움이 있지만 말이다.

권오민은 30대 중반이라 그가 문연수에게 밥 한번 먹자고 말하지 못하는 건 나이 차이를 걱정해서는 아니었다. 10년 전이었다면, 설사 거절받을 확률이 9.5할일지라도 용기를 내봤을 것이다. 지금의 그에게는 청춘의 특권이라는 패기가 없었다.

문연수는 어떻게든 방법을 찾겠다는 의지를 보이며 나갔다. 권오민도 인사하고 회의실을 떠났다.

"그러고 보니 문연수 실장이 무언가에 적극적인 모습을 보인 적이 있었나……."

회의실은 12층이었다. 그는 무심코 창밖으로 보이는 풍경을 바라보았다. 나지막한 집들 너머 생뚱맞게 서 있는 아파트 단지들이 눈에 들어왔다.

"9.5할이라……. 집값이 내리려나. 그럼 떠나기 아까워지는 거 아냐?"

그는 회의 내내 이렇다 할 의견을 제시하지 않았던 옴 치노와 록따하 샷을 조사하기로 했다. 문연수 실장은 어떻게든 방법을 찾을 태세니 일하는 시늉이라도 할 필요가 있었다. 상사가 까라면 까는 거지.

권오민이 사무실로 돌아가니 최미선이 기다리고 있었다.

"안녕하세요! 최미선입니다. 조금 전 도착했어요. 잘 부탁드립니다!"

"아이고, 참. 정신이 없어서 깜빡했네요. 슈뢰딘어 견습으로, 아르……르르에서 왔지. 내가 지구인이라 발음이 이상해도 양해해요. 아, 나는 조교 권오민이에요."

"괜찮습니다. 저도 이 신체가 아니면 지구인들의 발음을 제대로 발성하는 건 불가능한 걸요."

"힘들게 왔는데 어쩌나. 또 이주할지도 몰라요."

"네?"

"아니, 당장은 아니고……. 니윗 행성과 야나합 행성 간 초광속 루트를 찾았는데, 그게 지구를 지나거든. 그런데 지구인이 초광속 항행 에테르에 약해요. 그래서 적으면 7할, 많으면 9.5할이 죽게 될 거야. 그것 때문에 긴급회의다 뭐다 일이 많아서 미선 씨 일 배우는 건 좀 기다려야 할 것 같아요."

"세상에……!"

최미선은 고양이는 초광속 항행 시 발생하는 에테르에 영향받지 않는다는 데 감사했다.

"지구가 지적 생명체 밀도가 엄청 높던데요?"

"응, 높지. 지성체가 있는 행성 중 10위 안에 들걸요? 루트가 개통되면 한가해지겠어요. 빠르면 몇 년 안에 진행될지도 모르니 맥주와 커다란 수건을 상비해 두세요."

권오민이 한쪽 눈을 찡긋하며 장난스레 웃었다.

"은하수 여행 안내서부터 사야겠네요."

최미선이 농담을 받았다.

"자, 이거 받아요. 여행 안내서는 아니고……."

권오민은 서랍에서 작은 종이 상자를 꺼내 건넸다. 안에는 슈뢰딘어 직원 전용 스마트워치가 들어 있었다.

"사용법은 설명서 보고, 뭐, 젊은이들은 이런 거 금방 익히니까 걱정은 안 할게요. 상황이 이래서 당장은 일을 가르칠 여력이 없네. 부를 때까지 쉬어요. 고양이가 보고 싶어서 왔다고 했죠? 여기 병원 돌아다니다 보면 고양이 많이 볼 거예요."

"안 그래도 벌써 여러 마리 봤어요!"

"그래요, 멀리서 왔는데 미안하네."

"괜찮습니다!"

최미선은 활기차게 인사하고 권오민의 사무실을 나갔다. 복도를 걷는데 앞에서 빛이 비치는 듯한 착각이 일었다. 긴 생머리를 가볍게 올려 묶은 여자가 최미선 쪽으로 오고 있었다. 지구인과 아르르르인의 아름다움에 대한 기준은 달랐다. 하지만 최미선은 지구로 오기로 결심한 뒤 열심히 지구의 문화를 익혔고, 오는 동안에도 각종 동영상, 뉴스, 영화, 드라마를 봐서 지구인의 시선에 익숙해진 터라 앞에서 오는 여자가 얼마나 미인인지 인지할 수 있었다. 최미선의 얼어붙은 시선에 아랑곳하지 않고 무심히 지나치려던 여자가 멈춰 섰다. 그리고 최미선을 잠시 보더니 물었다.

"고양이?"

"네? 아, 네, 네. 최미선입니다."

최미선은 일순 당황했지만 여자가 자기가 고양이를 보기 위해 슈뢰딘어에 인턴 신청을 한 아르르르인인지 묻는 거라고 짐작했다. 최미선이 질문을 해석해서 대답하는 동안 여자는 기억을 더듬는 듯 애매한 곳에 시선을 두더니 무언가 떠오른 기색으로 자기 스마트워치를 조작했다. 그리고 최미선을 정면으로 응시하며 세상에서 가장 중대한 임무를 맡기는 얼굴로 말했다.

"고양이."

여자의 목소리가 중저음으로 낮아졌다. 여성체가 발화하는 중저음은 남성체의 중저음과는 또 다른 울림이 있었다. 여성체의 중저음이, 그것도 다른 행성인인 자신에게 이토록 마음 떨리는 여운을 줄 수 있다는 사실이 준 경이와, 난해한 화법에 어찌할 바를 모르는 최미선을 두고 여자는 용건을 마쳤다는 듯 가 버렸다. 최미선은 뭔가에 홀린 느낌으로 뒤를 돌았다. 여자가 연기처럼 사라졌어도 놀라지 않을 기분이었는데 멀어지는 뒷모습이 명확히 보여서 더 이상했다. 반쯤 넋을 놓고 있던 최미선은 팔목에서 진동이 오는 바람에 화들짝 놀랐다. 여자가 무언가를 보낸 모양이었다. 보낸 사람을 확인하니 문연수 실장으로 슈뢰딘어 조직도에서 본 이름이었다. 최미선은 문연수가 보낸 문서를 열었다. 초광속 항행 시 발생하는 에테르가 지구 생물종에 미치는 영향에 대한 각종 수식과 도표로 가득 찬 긴 보고서였다. 서서 읽을 분량이 아닌지라 안뜰로 간 최미선은 벤치에 앉아서 다시 보고서를 불러냈다. 떨어진 곳에 있는 벤치 위에서 도착하자마자 봤던 회갈색 줄무늬 고양이가 햇볕을 즐기며 입이 찢어지게 하품을 했다.

최미선은 의대 출신이기에 복잡한 실험 결과에 관한 내용을 읽는 건 어렵지 않았지만 왜 이걸 자기에게 보냈는지가 의문이었다. 지구에 온 지 고작 세 시간으로 슈뢰딘어 인턴 교육도 시작하지 못했는데 행성 간 일에 투입될 리가 없지 않은가.

"그러고 보니 고양이랬지?"

최미선은 문서에서 고양이를 검색했다. 잠시 후 최미선은 트램펄린에서 튀어 오르듯 펄쩍 뛰어올라 권오민의 사무실로 달려갔다.

"조교님! 조교님!"

숨이 턱에 차서 들어오는 최미선을 보고 권오민이 의아한 얼굴을 했다.

"왜? 무슨 일 있어요?"

"고양이요!"

"고양이가 왜?"

"고양이 말이에요!"

최미선이 다급하게 스마트워치를 가리켰다.

"어디서 다친 고양이라도 봤어요?"

"아니요, 그러니까 에테르요!"

숨이 찬 데다 마음이 급한 최미선의 목구멍에서 말들이 병목 현상을 일으켰다. 간신히 호흡을 정리한 최미선이 말했다.

"고양이가 에테르의 영향을 받아요?"

"고양이가 영향을 받아?"

"여기, 여기, 여기 좀 보세요!"

최미선이 문서를 열어서 깨알 같은 글씨로 쓰인 주석을 확대했다. 에테르의 영향을 받을 가능성이 있는 동물 목록에 고양이가 있었다.

"어, 그러네? 와, 이걸 용케 찾았네."

제한된 시간 안에 지구상의 모든 생명체를 다 연구할 수는 없었기에 포유류 500종, 양서류 100종 등 종별로 일부만 연구했다. 최오민은 이 보고서를 여러 번 읽었지만 10,000여 종에 이르는 생물종의 이름까지 일일이 확인하지는 않았다.

"10퍼센트에서 최대 20퍼센트의 확률이면 영향 안 받을 가능성이 80~90퍼센트네."

"받을 수도 있잖아요!"

최오민이 난처한 얼굴을 했다.

"음, 지금 지구인도 최대 95퍼센트가 사망할 수 있는 상황이라……."

"방법이 없을까요?"

최미선이 단말마의 비명처럼 외쳤다. 고양이를 보기 위해 은하계를 넘어서 지구까지 온 그녀였다.

"안 그래도 문연수 실장이 다른 행성에서 반대하면 방법이 있지 않을까 하던데……."

"저희 행성에서 반대할 거예요."

"아르르르는 현재 이 루트와 연관이 없어요."

"뭐든 해 봐야죠! 그런데 제 태블릿으로는 아르르르에 연결할 수 없어요."

"기초 교육은 이수해야 연구소 내부에 들어갈 수 있는데, 아, 우주선이라면 되겠네. 문연수 실장에게 허락받아야 해요. 워치에 연락처 있죠?"

"네!"

최미선은 다급하게 문연수에게 연락했고 우주선 이용 허가를 받았다. 그녀는 뒤도 돌아보지 않고 격납고로 달려갔다. 그녀의 종족은 달리기보다 헤엄에 익숙했다. 지구인의 몸을 빌린 뒤 러닝머신에서 매일 30분씩 뛰었지만 한 번도 전속력으로 달려 본 적은 없었다. 달리기는 헤엄보다 100배는 더 힘들었다.

"고양이가 왜? 우리 행성 생물종은 전부 초광속 항행 에테르에 영향받지 않는데?"

현재 아르르르는 80퍼센트가 물로 이루어진 행성이라 작은 호수와 강이 지천으로 널려 있었다. 과거, 그러니까 약 천만 년 전에는 달랐다. 그때는 지상의 90퍼센트가 육지였고, 지구 기준으로 설치류에 가까웠던 다한-카모가 숫자 면에서 아르르르의 지배적인 지성체였다. 양서류가 살기 더 척박한 환경이라 최미선의 조상은 전체 지성체의 3퍼센트에 불과했다. 두 종족은 사이가 좋았고 함께 그들의 태양계를 탐사할 기술력을 발전시켰지만 우주여행에는 관심이 없었다. 오직 지적인 호기심으로 무인 탐사선을 만들어 보냈다. 행성연합이 탄생한 건 십만 년 전인지라, 고대 아르르르인과 다한-카모가 현재까지 알려진 지성체들 중에서 가장 빨리 우주탐사에 성공한 종이라고 알려져 있다. 여행을 기피하는 종이라는 걸 감안하면 아이러니한 일이었다.

천만 년 전, 아르르르 행성에 거대한 운석 수십 개가 몰려왔다. 안타깝게도 그 운석들을 모두 파괴하거나 궤도를 돌릴 방법이 없었다. 행성 멸망이 코앞으로 다가왔다. 다행이라면 유인 탐사선, 지구어로 번역하자면 샛별호가 시험 운행을 앞두고 있었다는 데 있었다. 하지만 행성을 떠나고 싶어 하는 이들은 극히 드물었다.

아르르르인들은 자맥질과 일과를 마친 뒤 가족과 함께하는 단란한 저녁 식사, 마을 단위의 흥겨운 축제와 고양이를 사랑했다. 다한-카모 또한 매일 같은 일과를 반복하는 데서 행복을 느꼈다. 양 종족을 합쳐서 직접 우주를 탐사하고 싶어 한 이들은 극소수에 불과했으며 그들은 괴짜 중의 괴짜로 불렸다. 그 괴짜 중에서도 괴짜들이 유인 탐사선을 만들었던 것이다. 그들은 태양계 바깥을 탐사하기 위해 만들었던 무인 탐사선도 유인 탐사선으로 개조했다.

살기 위해 자발적으로 고향을 떠날 의지를 보인 사람은 당시 두 종족을 합친 25억 인구에서 100여 명에 불과했다. 덕분에 우주선 좌석을 둔 싸움은 일어나지 않았다. 남은 자리는 떠나고 싶지 않더라도 아르르르 행성의 역사를 이어가기 위해 의무적으로 샛별호에 타야 하는 행성인들이 채웠다. 역사학자, 교육자, 예술가, 의료진, 기술자, 생물학자 등이 다급하게 선발되었다. 물론 가능한 한 많은 생물들을 위한 자리도 마련되었다. 그렇게 샛별 1호에서 9호가 아르르르 행성을 떠났다.

예정대로 운석들이 행성을 강타했다. 학자에 따라 다르지만 당시 적게는 70퍼센트, 많게는 90퍼센트의 행성인이 죽었다고 추정했다. 멸종된 생물종의 수는 헤아리기도 불가능했다. 호수와 강만이 아니라 바다까지 끓어오르며 증발했다. 한순간에 모든 걸 잃은 이들은 당장 먹을 것과 입을 것을 찾아 헤매야 했고, 전 같으면 알약 하나, 주사 한 번으로 나을 병에 목숨을 잃었다.

시간이 흐르자 환경은 변화를 거치며 안정되어 갔다. 살아남은 종은 진화하며 번성했다. 다한-카모는 끝내 멸종되는 바람에 최미선의 종족이 아르르르 행성의 유일한 지성체가 되었고 스스로를 아르르르인이라고 불렀다. 기술이 발전하며 다시 우주탐사의 시대가 열렸다. 그들은 방어를 위해 우주탐사에 적극적으로 임했다. 무인 탐사 위주라는 건 전과 다름없었지만 말이다.

환경과 사회가 안정된 후부터 아르르르인들은 열정적으로 과거를 조사했다. 유물을 발굴하며 그들은 다한-카모와 아르르르인들이 공통적으로 애정을 쏟았던 한 포유류의 흔적을 찾았다. 많은 무덤에서, 그림에서, 장식에서, 사진에서, 가까스로 복구한 과거의 영상에서 그들은 우아하고, 도도하며, 사랑스러운 고양이를 볼 수 있었다.

행성연합에 가입한 뒤 그들은 천만 년 전 아르르르를 떠난 조상의 흔적을 찾았다. 하지만 어디서도 우주선에 대한 흔적은 찾을 수 없었다. 아르르르인들은 그들이 좋은 곳에 정착해서 잘 살고 있기만을 바랐다.

그러던 어느 날 여러 행성을 돌고 돈 한 동영상이 아르르르 행성까지 도달했다. 최미선은 우주선 격납고에 스마트워치를 갖다 대 출입 허가 인증을 받으며 그날을 떠올렸다. '도대체 왜 이러는 걸까요?'라는 제목으로 소파 모서리에 끼어 자고, 작은 공을 향해 돌진하다 미끄러지자 시치미를 떼는 털북숭이 동물의 모습을 담은 동영상이었다.

아르르르 행성인들은 열광했다. 최미선은 그때 다섯 살이었지만 처음 그 영상을 본 순간을 똑똑히 기억했다. 행성 전체가 축제 분위기였다. 다만 여러 행성을 떠돌다 온 영상이라 출

처가 불분명했다. 아르르르 행성인들은 포기하지 않았다. 어딘가에 천만 년 전 그들을 떠난 동족이, 유성이 떨어진 후 아르르르 행성에서는 멸종한 고양이가 살아 있었다. 지구라는 게 밝혀지는 데 꼬박 10년이 걸렸다. 당장 탐사대가 조직됐고 무려 천여 명의 아르르르인들이 고양이를 데려오는 임무에 자원했다. 여전히 여행을 꺼리는 아르르르인에게는 놀라운 일이었다. 돌이켜 보면 샛별호를 만든 것 자체가 신기한 일이었다.

현재 아르르르 행성 곳곳에는 샛별호 제작을 추진한 사람의 동상이 서 있다. 동상 받침에는 '세상에는 괴짜가 필요하다'라는 글귀가 새겨져 있었다. 샛별호를 추진한 사람이 남긴 말이라는데, 안타깝게도 그 사람의 이름은 남아 있지 않았다. 두 지성체 중 어느 쪽이 먼저 유인 탐사를 하기로 했는지도 알려지지 않아 동상은 보통 두 종족이 함께 서 있는 모습으로 만들었다.

1차 탐사대는 고양이라고 이름 붙인 우주선을 타고 지구로 왔다. 슈뢰딘어의 도움으로 지구 고양이의 유전자를 그들이 가진 고양이의 유전자 정보와 비교했고, 고양이의 조상인 스티리오펠리스가 아르르르의 고양이가 맞다는 걸 확인했다. 스티리오펠리스의 출연을 천만 년 전으로 잡고 있으니 시기상으로도 일치했다. 이후 지구를 샅샅이 조사했으나 다한-카모와 아르르르 행성인들의 모습과 다른 생물종은 찾아볼 수 없었다. 고양이만 지구에 적응해서 살아남았던 것이다.

1차 탐사대는 슈뢰딘어의 도움으로 고양이 100마리를 데리고 아르르르로 돌아갔다. 그 이상 데려가는 건 우주선의 구조상 무리였다. 현재 아르르르는 최대한 많은 고양이를 안전하게 데려올 수 있는 우주선 개발에 박차를 가하고 있었다.

최미선은 평범한 아르르르인으로 여행에 관심이 없었다. 하지만 고양이에 대한 열망이 종에 내재된 성격을 뛰어넘었다. 의대를 졸업한 그녀는 용기를 내 슈뢰딘어에 연락했다. 지구까지 오는 동안 타 행성인 진료 자격증을 딴다는 조건으로 슈뢰딘어에서는 그녀를 받아들였다. 최미선은 약속대로 우주선 내에서 시험을 봐 현재 지구에서 슈뢰딘어의 직원으로 일하는 세 행성인의 진료 자격증을 취득하는 데 성공했다.

아르르르 생물종은 초광속 항행 시 발생하는 에테르에 영향받지 않았다. 그런데 고양이가 왜? 우주선으로 들어간 최미선은 오면서 쓴 방에서 차근차근 보고서를 다시 읽었다. 천만 년은 긴 시간이다. 고양이는 지구의 환경에 적응해 살아남기 위해서, 그리고 어느 순간부터 인간과 함께하며 진화했다. 그 과정에서 지구화되는 바람에 에테르에도 영향을 받게 되었다고 봐야 할 것 같았다.

아리따우면서도 길든 듯 길들지 않은 고양이는 그 자체로서 존재 의미가 있는 종이자, 멸종해 버린 한 지성체와 다시 진화를 시작하며 힘겹게 번성한 행성 아르르르의 고통에 대한 유일한 보상이었다. 행성의 전 생물종이 멸종할 위기에서 살아남아 준 고마운 생명체였다. 단 1퍼센트라도 다시 잃어버

릴 확률을 묵과할 수 없었다. 최미선은 즉시 고향 행성에 통신
을 넣었다.

🐾

"귀여움이 행성을 구원하리라."

니윗, 야나합, 란고세성므란, 옴 치노, 록따하 샷의 거리, 공
중, 수중 전광판마다 고양이 동영상이 걸렸다. 언덕에 기대서
낮잠을 자듯 커다란 레트리버에게 파묻히다시피 몸을 맡기고
자는 새끼 고양이, 소파 등받이 위를 걷다가 균형을 잃고 뒤로
넘어가는 고양이, 좁은 벽 틈을 문어처럼 통과하는 마술사 같
은 고양이…… . 아르르르인들이 고양이를 살리기 위한 모금
운동을 벌여서 시작한 캠페인이었다. 중립을 표방한 세 행성
중 가장 어려우리라 생각했던 란고세성므란인들이 뜻밖에 제
일 먼저 열광하며 니윗과 야나합에 초광속 루트를 변경하라
는 성명서를 냈다.

효과가 보이자 문연수는 지구를 여행했던 다섯 행성인들에
게 인기를 끈 생물종 정보를 찾아서 최미선에게 보냈다. 비행
종족인 옴 치노인들은 옥색긴꼬리산누에나방을 유독 좋아했
다. 옥색긴꼬리산누에나방은 극소량의 에테르에도 노출되는
즉시 녹아 버렸기에 초광속 항행 루트가 열리면 멸종이었다.
옴 치노의 환경단체, 행성 여행 전문 작가와 사진사 단체가 란

고세성므란인들과 힘을 합쳐서 초광속 루트 변경 시위를 벌였다.

"이야, 우리 인턴이 한 건 했네."

화면 속에서 옴 치노인들이 오색 날개를 펄럭이며 행성부 청사를 반구형으로 에워싸고 시위하는 모습에 권오민이 연신 감탄을 퍼부었다.

"문연수 실장님이 정보를 보내 주신 덕이죠. 그런데 왜 직접 안 하시고…….."

"다른 사람들을 설득할 자신이 없을 테니까."

"아…….."

최미선은 바로 납득했다. 문연수는 아무 설명 없이 자료만 보냈다. 최미선은 해답 그림도 없이 몇 개만 맞춰 놓은 직소 퍼즐 같은 문연수의 자료를 해독해서 일을 진행했다.

"니윗 행성인과 야나합 행성인 중에서도 속도보다 생명이 중요하다며 지성체의 최대 9.5할이 사망할 위험부담을 안고 초광속 루트를 여는 걸 반대하는 사람들이 있어요. 그런데 소수라서 각 행성의 정치인들이 수용할지 모르겠어요. 게다가 역효과도 났어요. 인간으로 인한 지구 생물종의 멸종이 도마 위에 올랐거든요. 지구 관광을 왔다가 모기를 손바닥으로 때려잡고 좋아하는 모습을 보고 경악해서 절대 못 갈 행성이라고, 지구인은 아예 멸종해야 한다고 주장하는 행성인도 있더라고요. 저도 오기 전에 모기에 대해서 들었어요. 아주 자그마하고 연약한 생명체인데 물면 가려워서 지구에 가면 꼭 물려

보라고 하더라고요. 모기에게 물리는 게 지구 관광 시 경험할 101가지 중 54위에요."

최미선의 목소리가 침울하게 가라앉았다.

일부 란고세성므란인들과 옴 치노인들이 루트 변경을 요청하고 있으나 두 행성의 정부는 아직 명확한 답을 내놓지 않고 있었다. 록따하 샷은 이렇다 할 움직임이 없었다. 그들은 사막 종족인데 지구의 사막 생물들은 에테르에 영향받지 않았다. 물론 20종만 표본 검사한 결과지만 말이다.

"지금 제일 큰 걸림돌은 우우우우우우우움 루 행성이에요. 거기는 수행성이잖아요. 다들 물에서 사는……."

"너희와 이름이 비슷하네?"

"아니거든요! 저희는 몸짓언어가 수반되는 중고음의 톤으로 발음하고, 우우우우우우우움 루는 중저음으로 6성조가 있어요!"

지금 벌어지는 일로 우우우우우우우움 루에 대해 감정이 좋지 않은 최미선이 정색했다.

"아이고, 미안 미안. 거기는 명분이 뭐야?"

"우우우우우우우움 루는 돌고래가 원래 자기네 행성 종이라고 한다면서요?"

"그렇지, 참. 우우우우우우우움 루의 돌고래와 지구 돌고래의 유전자 구조가 흡사하다더라."

"근데 지구인이 바다를 망치고 있다는 거죠."

"바다에 미세 플라스틱이 엄청 많다며?"

"네, 26만 9천 톤이래요."

"히야……."

"수질오염이 어찌나 심한지, 미시간호에 사는 갑각류 동물 플랑크톤에게서 악성종양이 발견된 적이 있을 정도니까요."

"플랑크톤도 암에 걸려?"

최미선의 둥근 눈동자에 아이가 놓친 풍선처럼 의문이 떠올랐다.

"조교님은 어느 행성인이에요?"

"지구인인데? 전에 말 안 했나?"

"정말요?"

"정말."

"그런데 왜 이렇게 남 일처럼 이야기하세요?"

그 말에 무언가 고심하듯 마른세수를 한 권오민이 커피를 두 잔 타 와서 최미선의 앞에도 한 잔 두었다.

"대학교를 졸업하자마자 슈뢰딘어에 지원했다고 했지?"

"네."

"사회 초년생에게 벌써 이런 좌절을 주면 안 되는데……. 이거 못 막아요."

"그게 무슨 말씀이세요?"

"우우우우우우우움 루가 이 일에 왜 개입했겠어요. 인간이 바다를 위협해서? 천만의 말씀. 현재 야나합과 니윗 루트 중간에 우우우우우우우움 루 행성이 있어요. 야나합과 니윗은 오가는 길에 우우우우우우우움 루와 근처 행성들과 교역을 하죠. 그런데 야나합과 니윗의 직행 루트가 열리면 우우우우 우우우움 루 입장에서는 부근 행성 교역을 독차지하게 되는 거야. 가만히 있으면 호박이 넝쿨 채 굴러 들어오게 생겼는데 아르르르에서 방해한 거예요. 아르르르에서는 고양이를 들고 오겠다? 그럼 돌고래로 막아 주지, 하면서 공개적으로 찬성하는 거야."

"조교님은 어떻든 상관없으세요?"

최미선은 지구인인 권오민이 강 건너 불구경하듯 구는 모습을 도무지 납득할 수 없었다.

"안 될 일에 힘 빼지 않으려는 거지. 가족도 없고, 뒤져 보면 먼 친척이야 있겠지만 지금까지 서로 존재도 모르고 살았는데 피차 의미 없고. 슈뢰딘어의 고객은 어차피 지구인이 아니거든. 슈뢰딘어 직원들에게는 대표가 에테르 보호 장비를 지급해 줄 거고. 그래도 지구에서 정 못 버틸 상황이 오면 대표가 이주할 다른 행성을 찾을 거야. 여기가 직원 복지 하나는 끝내주거든. 미선 씨 진짜 좋은 회사 왔다."

최미선은 입을 반쯤 벌린 채 그를 바라보았다. 같은 종의 생사에 대해서 이렇게 무심하다는 게 거짓말 같았다. 그런 최미선을 물끄러미 보던 권오민이 불쑥 질문을 던졌다.

"미선 씨 펭귄 알죠?"

"네."

"귀엽지? 예쁘지? 사랑스럽지?"

"네! 얼음 위에서는 뒤뚱뒤뚱 걷다가 물속에만 들어가면 어찌나 날쌔지는지…….”

“그 귀여운 애들이 멸종 위기예요.”

“네, 황제펭귄, 아프리카펭귄 등등 11종의 펭귄이 멸종 위기라고 들었어요. 전체 펭귄종의 과반수예요.”

“나보다 잘 아네. 아무튼 타행성인인 미선 씨가 아는데 지구인이 그걸 모르겠어요? 세부적인 종 이름까지 줄줄 말하진 못해도 북극곰, 펭귄처럼 극지방 동물들이 멸종 위기라는 것은 어지간한 지구인은 다 알아요. 그래서 지구인 76억 명 중 펭귄의 멸종을 막기 위해 애쓰는 사람들이 몇 명이나 될까? 30명? 많아야 100명? 지금이 지구의 여섯 번째 대 멸종기라고 하잖아요. 그거 소위 선진국, 그러니까 의무교육제도가 있는 나라 사람들은 어지간하면 다 아는 사실이에요. 그래서 그걸 누가 신경 써? 지구인들부터 지구의 생물종에게 관심이 없는데 다른 행성에서 지구인에게 관심을 갖겠어요? 고양이 하나 때문에 지구를 배려해 주겠느냐고요. 아니, 동물을 따질 때가 아니지. 지금 지구 곳곳에서 애들이 먹을 게 없어서 죽어 가요. 지구에 난민들 숫자가…….”

“840만 명이요.”

권오민이 숫자까진 잘 모르는 얼굴을 하자 최미선이 대신 대답했다.

“아이고, 공부 많이 했네.”

기특하다는 듯 씩 웃어 보인 권오민이 말을 이었다.

“그 난민들을 위해 나서는 사람들은 몇 명이나 될까? 지금도 지구 어딘가에서는 전쟁이 일어나고 있어요. 당사자들 말고 누가 신경 쓰나? 부지런하고 착한 극소수의 사람들이나 전쟁 반대 시위하고 전쟁으로 이득 보는 기업들 불매운동하지만, 그 기업들이 그 정도에 꿈쩍이나 할까? 안 되는 일이에요.

그래도 미선 씨 아직 젊잖아. 해보고 싶은 건 다 해 봐요. 내가 도와줄게. 나중에 술 한잔 마시고 싶어지면 언제든지 말하고. 요는, 지구인도 지구 생물은커녕 같은 지구인에게 관심이 없는데, 저 먼 타 행성인들이 지구인이 멸종하든 말든 관심을 갖겠느냐는 거야. 미선 씨도 고양이가 위험해질 수 있다는 걸 알기 전에는 별 감흥 없었잖아."

"그땐 지구에 막 와서 상황을 몰랐잖아요!"

허허 웃은 권오민이 말을 이었다.

"앞서 낙심하지 말아요. 고양이가 영향받을 확률은 10~20퍼센트에 불과하니까. 인간보다는 훨씬 낮지, 안 그래?"

"네에……."

"다른 행성 일인데도 발 벗고 나서는 아르르르 행성인들에게는 고마워하고 있어요. 나도 지구인이잖아. 나중에 송준형 대표에게 고양이들을 더 빨리 데려갈 방법이 없는지 슬쩍 물어봐요. 아마 도와줄 거야."

"네."

우우우우우우우움 루의 훼방을 어떻게 막을지, 이후 어떤 방법을 시도하면 좋을지 논의하려고 왔던 최미선의 마음속 생각들이 권오민의 말로 어지럽게 뒤엉키며, 여러 색의 물감을 마구잡이로 섞어 칙칙해진 팔레트처럼 어두워졌다.

우주선으로 간 그녀는 가족들에게 화상통신을 걸었다. 최미선의 가족은 4세대 25명이 함께 사는 보통 가족이었다. 커다란 화면에 갓난아이부터 할머니, 할아버지의 모습이 잡혔다. 아이들은 행여나 자기가 화면에 안 잡힐까 야단이었다.

「얼굴이 안 좋네. 무슨 일이냐?」

할아버지가 물었다. 최미선은 손바닥으로 눈두덩을 눌렀다. 눈물보다 콧물이 먼저 나오더니 목이 메었다.

"조교님이…… 안 될 거래요."

이어 최미선은 권오민에게 들은 말을 옮겼다. 가족들은 안타까운 얼굴로 그녀의 이야기에 귀를 기울였다.

"그래도, 대표님에게 잘 말하면…… 고양이는 도와줄 거라고……."

최미선은 말끝에 닭똥 같은 눈물을 쏟았다. 자신이 한없이 작고 초라하게 느껴졌다.

「결과에 연연하지 말고 할 수 있는 건 다 하는 거야.」

어머니가 다정한 목소리로 최미선을 위로했다.

"네."

최미선이 울음 반 소리 반으로 대답했다.

천만 년 전, 유성이 행성을 강타하리라는 걸 안 뒤에도 생존을 위한 노력을 포기하지 않았듯, 아르르르인들은 이번에도 쉽게 물러서지 않았다. 멸종 위기에 처한 생물들을 지키려는 지구인의 숭고한 노력을 찾아서 송출했고, 어느 행성인이

든 마음을 움직이게 할 갓난아이부터 어린아이의 모습을 담았다.

"여러분이 돕지 않으면 이 아이들 백 명 중 다섯 명만 성인이 됩니다."

슈뢰딘어에서도 아르르르에 각종 자료를 보내며 캠페인에 적극적으로 동참했다. 다섯 행성만이 아니라 다른 행성들에서도 단지 행성 사이를 빨리 이동하기 위해서 지성체의 8에서 9.5할을 사망에 이르게 하는 건 잔인하다는 주장을 펼치는 이들이 있었다.

투표 전 마지막 회의가 열렸다. 이날 슈뢰딘어에서는 송준형과 권오민만 참석했다. 니윗과 야나합의 대표는 단호한 태도를 풀지 않았다.

「지구 표현으로 로마에 가면 로마법을 따르라는 말이 있죠. 우주연합의 법에도 각 행성의 고유한 문화와 질서를 존중해야 한다는 조항이 있습니다. 지구인의 문화는 어떨까요? 자료 화면을 보시죠. 참고로 이 자료는 지구력 1986년과 2009년에 촬영된 것으로, 지구인들이 태생적인 신분제에서 벗어나서 기본적인 인권에 대한 개념을 장착한 후에 벌어진 일입니다. 물론 몇몇 나라에서는 여전히 혈통에 의한 신분제가 남아 있습니다만 그건 일단 제외하죠.」

니윗 대표가 자료 화면을 틀었다.

불도저가 난입하며 집을 밀더니 이어 동네를 지워 나갔다. 허술하게 지어진 집들은 작은 손동작에 무너지는 도미노처럼 속수무책으로 쓰러졌다. 저항하는 사람들에게는 강력한 수압의 물 대포가 발포되었다. 헬멧을 쓰고 검은 진압복과 방패로 무장한 지구인들이 손에 쥔 진압봉으로 상대적으로 비무장인 지구인들을 공격했다.

「여기서 무장한 쪽은 경찰이고 비무장한 쪽은 일반인이며, 경찰이 부수고 있는 건 일반인이 살던 동네입니다. 저들의 동네가 파괴되는 이유는 다른 나라의 지구인들이 해당 도시로 와서 대규모 스포츠 경기를 여는데 허름한 집들이 모여 있으면 보기에 좋지 않기 때문이고, 파괴하는 근거는 국가에 허가받지 않고 지은 집이라는 겁니다. 여기서 묻습니다. 지구인은 허가받고 진출했습니까? 누가 달에 착륙하고 멋대로 국기를 꽂아도 된다고 허가했죠? 행성연합은 지구인에게 그런 허가를 한 바 없습니다.」

권오민은 턱에 힘을 주어 벌어질 뻔한 입을 제어했다. 비약에도 정도가 있었다. 그에게도 발언권이 있었으나 그는 입을 다무는 쪽을 택했다. 이미 대세는 찬성에 기울어져 있었다. 가만히 있으면 중간은 가는 법, 그가 분위기를 깨고 눈총을 받을 이유가 없었다. 무엇보다 대표인 송준형이 잠자코 있었다. 송준형이 저게 억지 주장인 걸 몰라서 안 나설까. 이미 결론이 난 것이다.

권오민은 슈뢰딘어가 직원들을 책임져 주는 것에 감지덕

지할 뿐, 전 지구 인류를 책임져야 한다고는 생각하지 않았다. 안타까운 일이나 어쩌랴. 그가 삶의 극단에 몰렸을 때 국가와 이웃, 친구 모두 그를 외면했다. 그를 살린 건 슈뢰딘어, 다른 말로 송준형이었다. 그는 송준형의 말만 들으면 되었다. 그는 슈뢰딘어의 훈련 조교일 뿐이고, 어떤 일이 생기든 그의 책임은 아니었다.

「다음은 2009년입니다.」

니윗 대표가 다음 자료를 틀었다. 번화한 상가에서 산뜻한 옷을 입은 사람들이 친구, 애인, 가족들과 함께 거리를 지나다니다 노점상이나 가게에서 마음에 드는 물건을 사고 도로 양쪽으로 늘어선 음식점과 카페에 들어갔다.

「며칠 뒤의 모습입니다.」

노점상들은 쇠사슬로 단단히 연결되어 있었다. 다섯 행성인들은 직전에 본 화면 때문에 노점이 쉽게 파괴되는 걸 막기 위해 쇠사슬을 설치했음을 알 수 있었다. 이번에는 경찰이 아닌 노란 조끼를 입은 젊은이들이 나섰다. 그들은 힘이 셌고, 수가 많은 데다 손에는 쇠 파이프를 쥐고 있었다. 쇠사슬을 장만해 꽁꽁 묶은 노력이 허무하게 노점상들은 곧 분해되었으며 저항하는 사람들은 경찰들이 지켜보는 중에 폭행당했다.

권오민은 예전에 뉴스 등을 통해서 이미 아는 내용이라 집중하기 힘들었지만 송준형을 따라 경청하는 시늉을 했다.

「노점은 한 생물종이 지성체로 진화하고 정착 생활을 시작하면 자연스레 발생하는 상업 행위임이 많은 행성에서 관찰

되었습니다. 슈뢰딘어가 있는 지구의 국가에서도 국가의 이름은 바뀌어도 이들은 계속 존재했죠. 그런데 어느 날 갑자기 그들을 불법이라 규정하며 유일한 생계 수단을 파괴하고 폭력을 가한 주체가 바로 국가입니다. 그들이 제도 안에 들어오도록 제도를 개선하는 대신에 말이죠. 전 지구적으로도 이런 예시는 얼마든지 찾아볼 수 있습니다. 지구인들의 제도는 형평성을 맞춰서 제도 안에 있는 인간들이 공정하게 살게 하기 위해서가 아니라 폭력과 착취를 정당화하기 위해서 쓰입니다. 서로 간에 폭력을 행사하는 많은 지성체가 그들의 소속 태양계를 벗어나기 전 자멸하는 걸 우리는 수차례 목도했습니다. 그러면 차라리 다행이죠. 살아남아 우주로 진출하면 우주적으로 전쟁을 일으킵니다. 리쿠트 엘힘브낙이 좋은 예죠. 이 폭력적인 지구인은 이미 자신들의 태양계를 조사할 만큼 기술력을 발전시켰습니다. 저는 감히 지구인들이 제2의 리쿠트 엘힘브낙이 될 위험이 있다고 말씀드리고 싶습니다. 지구인들이 우주로 나와 더 큰 문제를 일으키기 전에 미리 그 수를 줄여 놓는 것도 우주적인 차원에서 나쁜 일은 아닐 겁니다.」

"같은 말을 반복하게 하시는군요. 지구 행성 내부의 일로 지구의 유일한 지성체의 앞날을 위태롭게 만드는 걸 정당화하지 마십시오. 참고로 많은 종교 단체와 시민 단체, 학생, 일반인들이 저 행위를 규탄하고 반대했다는 것도 덧붙이죠."

내용과 달리 송준형의 어조는 담담하다 못해 심드렁했다.

「극소수죠. 그들이 살아남는 2할이 되기를 간절히 바랍니다. 슈뢰딘어의 기술력이면 회사와 직원들은 충분히 살릴 수 있는데도 굳이 끼어든 송준형 대표가 아니라면 회의다 뭐다 하느라 여러 행성 대표들이 바쁜 시간을 쪼개지 않아도 됐을 텐데요. 이제 발언을 마무리하겠습니다. 속도보다 생명이 중요하다, 행성연합에 가입된 행성인들 중 그걸 모를 행성인이 있을까요? 그런데 지구인이 속도보다 생명을 중시하나요? 저희는 지구 곳곳에서 벌어지는 전쟁과 비지성체 몰살에 대한 방대한 자료를 준비했습니다. 공교롭게도 정확히 회의 직전에 갑작스러운 바이러스 공격으로 유실되어 급하게 찾은 게 저 정도입니다. 지구인들이 빠른 개발, 즉 속도를 위해 같은 지구인의 목숨과 삶의 질, 비지성체의 생존권을 얼마나 하찮게 여기는지에 대한 자료는 무궁무진합니다. 물론 인권과 동물권에 대한 인식이 발생한 이후 기준으로요. 보행이나 차량 통행에 방해가 될 경우에 생존에 직결되는 생계 수단일지라도 철거해도 된다면, 지구 또한 우리와 야나합이 통행하는 데 방해가 되니 철거해도 되는 겁니다. 그래도 우리는 지구를 철거하자고 주장하지는 않습니다. 그냥 지나가겠다는 겁니다. 우리 니윗과 야나합 간의 초광속 루트 개설은 행성연합법과 지구의 제도 중 그 무엇과도 어긋남이 없다는 것으로 제 이야기를 마치겠습니다.」

야나합 대표의 발언이 이어졌다.

「니윗 대표께서 제가 할 이야기를 다 하셨습니다. 감사드리며 저희 야나합 측 의견을 짧게 덧붙이고자 합니다. 지성체의 목숨이 비지성체의 목숨보다 더 중요한가요? 지성체는 비지성체의 목숨을 손쉽게 앗을 수 있습니다. 그래서 지성체는 자신의 힘을 조절하며 조심히 써야 합니다. 그런데 지구인에게는 그런 경각심이 없어요. 지구인이 에테르에 영향받으니 항로를 바꿔라? 지구인이 쓰는 에너지, 일상생활에 쓰이는 물건들이 수많은 생물종들의 생존을 위협하고 있습니다. 자정 노력이 전혀 없다고 할 수는 없으나 미미합니다. 지구 전체를 봤을 때 지구인의 수가 주는 건 실보다 득이 많습니다. 이 항로가 그걸 의도한 건 아니지만 결과적으로는 지구에 좋은 일을 하는 거라 확신합니다.」

송준형이 무감정한 얼굴로 마지막 발언을 시작했다.

"지구인은 잡식성으로 육식을 하는데도 불구하고 대부분의 초식동물보다 물리력이 떨어집니다. 부족한 신체 능력을 발달한 지능으로 커버해서 의학과 기술을 발전시키며 인구가 가파르게 증가했고 그 과정에서 많은 생물종이 멸종되었으며 지금도 멸종되는 중이라는 건 사실입니다. 그러나 이게 지구만의 문제인가요? 지구인처럼 약한 신체 능력을 지능의 진화로 극복한 지성체가 사는 많은 행성이 지구와 유사한 길을 걸었습니다. 니윗 대표의 말씀대로 자멸한 행성들도 있지만 공존의 길로 나아간 행성들도 존재합니다. 지구인도 그럴 수 있습니다. 지구인의 자정 노력이 미미한 게 아니라 이제 시작하는 단계에 들어선 겁니다. 활자 기록을 남기기 시작한 이래로 따져도 인권을 인지한 것부터가 얼마 되지 않습니다. 물리력으로 타국을 침공해서 영토를 넓히는 게 당연하던 시대에서, 어떠한 이유로도 전쟁은 그 자체로 절대 악이라는 인식 또한 최근에야 생겼죠. 그렇게 보자면 지구상 모든 생물종을 인간과 같은 생명으로 존중하자는 인식은 빠르게 나타난 겁니다. 여기서 지구인이 다시 멸종에 준하는 위기를 겪는다면 지구인의 정신이 다음 단계로 도약하는 걸 막게 됩니다. 지구인의 방식대로 지구인을 대하는 거라는 말은 언어도단입니다. 여러분 스스로가 우주의 모든 생명을 존중하는 지성체임을 증명해 주시길 바랍니다."

"이상으로 회의를 마치겠습니다."

란고세성므란 대표가 회의를 정리했다. 이제 사흘 뒤면 투표 날이었다.

권오민에게 회의 결과를 들은 최미선은 게으른 주인이 방치한 화분 속 식물처럼 다 죽어 가는 얼굴을 했다. 반대 의향을 비친 건 란고세성므란 대표 한 명뿐이었다. 하지만 송준형을 향한 울분과 증오가 담긴 표정만 보면 찬성 같았다고 권오민이 덧붙였다.

"란고세성므란 대표가 반대할지는 확실하지 않아요. 본인도 투표하기 직전까지 결정하지 못할지도요."

"고도로 문명화된 행성인들이 이렇게까지 나오다니 너무

해요."

"아르르르에는 유성이 떨어졌다고 했죠?"

권오민이 말을 돌렸다.

"우린 전 생물종을 지키기 위해서 최선을 다했어요!"

최미선이 항변조로 말했다.

"누가 뭐래요. 미선 씨 이력과 행성 정보 다 열람했어요. 훈련 조교잖아요."

권오민은 새삼스레 최미선을 응시했다. 타 행성 일에 이렇게까지 나설 이유가 뭘까. 아르르르에서 나서 준 만큼 송준형은 반드시 고양이를 구해 줄 것이다. 은원이 확실한 사람이니까.

타 행성인들은 지구인을 뭉뚱그려 지구인이라고 불러도 개별 사람들 간에는 명확한 개체차가 있었다. 하지만 크게 보면 한국인, 중국인, 미국인들 사이에 정서적 공통점이 있듯 행성인들도 그러했다.

유성이 떨어졌을 때 아르르르인들은 그들이 속한 태양계 너머까지 탐사할 만큼 높은 수준의 기술력을 가진 종족이었다. 그들은 자신들의 최후를 기록해서 벙커에 남겼다. 그 기록을 통해 모든 다한-카모와 아르르르인들이 유성이 떨어지리라는 걸 안 순간부터 각 생물종들에게 적합한 대피소를 만들기 위해 고군분투했음을 알 수 있었다. 그들 자신의 생존이 위태로운 상황에서도 말이다. 망망대해를 항해하던 배에 걷잡을 수 없는 화재가 일자 선원이고 승객이고 할 것 없이 배에

태운 토끼와 새를 살리기 위해 노력하고, 구명보트의 좌석을 우선 배분한 것과 같았다. 권오민이었다면 배에서 뛰어내렸을 것이다. 죽는 순간을 좀 늦추는 것에 불과하더라도 말이다.

"대표님을 만날 수 있을까요?"

"고양이 부탁하러?"

"네."

"남은 사흘간 뭐든 해보려 정신없이 바쁠 거예요. 개설되더라도 첫 초광속 항행까지 10년은 걸릴 테니 이야기할 시간은 아직 충분해요."

권오민이 위로하듯 말했다.

"네."

최미선이 무언가 망설이며 권오민의 눈치를 살폈다. 권오민이 말하라는 듯 턱짓했다.

"대표님은 지구인이에요?"

지구의 위성인 달이 지구인이 유인 탐사를 해 본 유일한 곳인데 슈뢰딘어의 기술력은 전 우주적으로 인정받고 있었다.

"그럴걸요? 어떤 행성인지, 엄청나게 발달했다가 무슨 일인가로 멸망해 버린 행성인이 어쩌다 지구까지 흘러들어 어쩌다 송준형에게 도움을 받고 자기 기술력을 다 줬대요."

"진짜예요?"

"모르죠."

"그럼 누가 알아요?"

"아무도 몰라요. 다른 행성인들도 송준형 대표의 정체를 궁금해 해."

"조교님은 안 궁금하세요?"

"난 월급쟁이예요. 월급쟁이는 시키는 일하고 다달이 월급 받으면 되는 거야."

권오민은 훈련 조교였기에 슈뢰딘어 직원들은 어느 행성인인지 다 알았다. 그가 확실히 모르는 사람은 송준형과 문연수 둘뿐이었다. 그렇지만 그는 딱 꼬집어 설명할 수 없는 느낌으로 둘 다 지구인이라 여기고 있었다. 10년간 슈뢰딘어에서 일하며 지구인 행세를 하는 외계인들을 만나 왔는데 정도 차이가 있을 뿐 어딘지 모르게 지구인이 아닌 티가 났다. 10년이흘러도 그대로인 송준형과 문연수의 외모는 슈뢰딘어의 기술력으로 인한 보정이라고 그는 추측하고 있었다.

"조교님도 참 특이하세요."

"모르는 게 약이에요. 미선 씨도 본격적으로 사회생활 하다보면 알게 될 거야. 해마다 월급 올려 줘, 야근이며 특근수당 꼬박꼬박 챙겨 줘. 결정적으로 여기는 웃대가리 살자고 아래 직원 죽이는 짓은 절대 안 해. 진짜 위험한 일은 대표와 실장이 도맡아요. 업무 특성상 휴가 갔다가도 일 터지면 돌아와야 하는 거 빼면 이만한 회사가 없어요. 나중에 고향에 돌아가거나 다른 행성에 가면, 아, 슈뢰딘어가 진짜 좋은 곳이었구나, 거기서 뼈를 묻을걸, 할 거예요."

"안 그런 곳이 더 많아요?"

"모르긴 몰라도 9.5할 정도?"

"아하하."

권오민이 농담을 한다고 여긴 최미선이 짧은 웃음을 흘렸다. 그러더니 다시 심각해졌다.

"란고세성므란에서 반대해도 2대 4네요."

"그렇죠."

폐 가득 공기를 불어넣은 최미선은 권오민의 사무실을 나왔다. 아직 사흘 남았다. 앞서 포기할 필요는 없었다.

사흘 후 투표 결과는 4대 2로 지구 위를 지나가는 초광속 항행 루트는 부결되었다.

「이, 이게 무슨……!」

비밀투표였으나 경악한 옴 치노 대표의 얼굴에서 그는 찬성에 표를 던졌다는 걸 알 수 있었다. 강한 바람에 흔들리는 잎새처럼 요동치는 옴 치노 대표의 동공이 니윗, 야나합, 란고세성므란, 록따하 샷에게 차례차례 가닿았다.

「현재 우리 란고세성므란은 재건에 힘쓰느라 다른 행성 일에 관여할 여력이 없습니다. 해서 처음에는 관망하려 했으나 고작해야 이동 시간 단축을 위해 한 행성의 유일한 지성체의 존속이 위태로워지는 걸 용인할 수는 없었습니다. 특히 리쿠트 엘힘브낙에 의해 전 생물종의 멸종 위기를 겪은 우리 행성에서는 더더욱요.」

란고세성므란 대표의 노여움으로 일렁거리는 눈동자가 송준형에게 가닿았다.

「맞는 말씀입니다. 지성체의 최대 9.5할이 사망할 수 있는 일을 감행하는 건 인도주의 차원에서 옳지 않죠.」

이어 니윗, 야나합, 록따하 샷이 수긍하는 짧은 발언과 몸짓을 했다. 권오민은 과연 닳고 닳은 정치인들은 다르다며 속으로 혀를 내둘렀다. 얼결에 속을 드러낸 옴 치노 대표와 달리, 다른 대표들은 결론이 나자 빠르게 태세를 전환하며 표정 관리를 하고 있어서 찬성한 다른 한 대표는 누구인지 가늠이 되지 않았다.

「이걸로 지구를 경유하는 초광속 항행 루트 체결안은 부결되었습니다.」

란고세성므란 대표가 회의를 종식시켰다.

지구에 온 이래 고양이와 인간 어린아이, 그 외 에테르에 취약한 생물종들의 동영상을 찾고, 가장 아름다운 화면을 선별해 편집하고, 각 행성에 보내느라 수면 부족과 과로로 인해 눈에 핏발이 선 최미선이 권오민의 사무실에서 피로를 인지하는 걸 막는 아드레날린 과다 분비로 방방 뛰었다. 그녀는 권오민에게 아르르르와 다섯 행성의 환경과 여행 단체들, 심지어 우우우우우우우움 루인들조차 일부 합세해서 얼마나 치열하게 갓 태양계 탐사를 시작한 지성체를 지켜야 한다는 운동을 벌였는지 숨도 쉬지 않고 쏟아 냈다. 기적 같은 일이었다.

"역시 세상을 지배하는 건 귀여움이었어요! 제가 그랬잖아요. 귀여움이 행성을 구원한다고요!"

마침내 방전된 최미선이 의자에 엉덩이를 붙였다. 권오민은 한 번도 끊지 않고 그녀의 말을 끝까지 들었다.

"그러게요, 애썼네. 그게 먹힐 줄이야. 고생했어요, 미선 씨. 지구인을 대표로 내가 큰절 한 번 올려야겠네."

권오민이 인자하게 웃었다.

"이제 우주선 사용 허가가 끝날 테니 가족들에게 인사해요. 앞으로는 연락하기 힘들 거예요. 지구는 슈뢰딘어 설비가 아니면 다른 행성과 연락할 수단이 없는데 신입이 자주 이용하기는 힘들거든."

"아, 그러네요! 감사해요."

최미선이 촉촉해진 눈가를 검지로 훔쳤다.

"어머니께서 결과에 연연하지 말고 최선을 다하라고 하셨는데…… 포기하지 않길 정말 잘했어요."

허리를 반으로 접어 인사한 최미선이 피로와 흥분으로 나비처럼 나풀거리며 사무실을 떠났다. 그녀가 사라진 후에도 사무실에는 꽃이 진 자리에 흩어진 꽃잎처럼 최미선의 열기가 떠다녔다.

"귀여움이 세상을 구원한다니, 아이고, 저 순진한 젊은이를 어찌할고……."

권오민은 쓰게 웃으며 문연수 실장이 반납한 장비를 정리했다.

"문연수 실장은 거친 방법은 지양해 왔는데, 그래도 이런 상황이라면 기꺼이 움직인단 말이지?"

권오민은 창문을 열었다. 지방 특유의 한적한 도로에서 노란색 유치원 차량이 움직이는 모습이 눈에 잡혔다. 얼핏 20인승으로 보였다. 그는 아이들에게 관심이 없었고 자신에게도 유년기가 있었다는 사실 역시 실감 나지 않지만, 자칫 10년 후 저 안에 타고 있는 병아리 같은 아이들이 적으면 하나, 많아야 넷이 살아남았을지도 모른다는 생각이 들자 기분이 조금 묘해졌다.

그는 좀 더 먼 곳으로, 상가와 주택가와 아파트와 낮은 산 등성이와 오늘따라 유독 화창한 하늘과 구름으로 눈길을 던졌다. 슈뢰딘어 내에는 문연수가 간절히 찾는 사람이 있다는 소문이 떠돌았다. 아무도 그 소문의 진원지를 알지 못했고 문연수에게 대놓고 물을 배짱이 있는 사람도 없었다.

"그 소문이 사실일까? 사실이라면 문연수가 질색하던 어두운 방식도 마다하지 않고 행동에 나서게 한 건 지구인의 9.5할일까, 아니면 0.5할이라는 낮은 확률에 걸리기를 바라기에는 불안했던 단 한 명일까?"

어쨌든 문연수는 기왕 하기로 결정했다면 자기가 직접 하는 쪽을 택했다.

"하여간에 강철 체력이야. 행성 간 공간 이동이 체력 소모가 보통 큰 게 아닌데……. 그나저나 반대로 바꾼 행성은 어딜까? 뭐로 설득했을까?"

슈뢰딘어가 직원 복지가 좋은 곳이라고는 해도 위에서 어떤 과정을 거쳐 일을 진행하는지 아래에서는 정확히 알기 어렵다는 점에서는 세상 모든 곳과 같았다.

"월급쟁이야 시키는 일 하면 되는 거지."

그는 길게 기지개를 켜고 서울로 돌아갈 준비를 했다. 한 달가량을 지낸 터라 그간 짐이 제법 되었다.

"그래, 이사가 귀찮은 일이긴 해."

가져갈 짐과 버릴 짐을 골라내며 권오민이 중얼거렸다.

최미선은 송준형의 사무실 문을 두드렸다.

"들어와요."

"안녕하세요, 최미선입니다."

사무실에 들어선 최미선이 인사했다.

"어서 와요."

송준형은 의자에서 일어나며 최미선을 맞이했다. 194센티미터의 키에 떡 벌어진 어깨 때문에 자그마한 최미선은 거인이라도 마주한 양 위축되었다. 그러나 송준형이 온화한 웃음을 머금으며 앉으라고 손짓하는 모습에 곧 긴장이 풀렸다. 송준형은 짙은 눈썹에 이목구비가 강렬한 만큼이나 웃는 얼굴이 매력적이었다.

"대표님도 엄청 잘생기셨네요."

최미선이 저도 모르게 속마음을 뱉고는 손바닥으로 입을 가렸다. 송준형이 하하 웃었다.

"고마운 말이군요. 오자마자 정신없었죠? 슈뢰딘어 본사는 서울에 있어요. 내일 아침 일찍 갈 테니 준비하고요. 서울에서 지낼 곳을 배정 받고, 이후 권오민 조교가 할 일을 가르쳐 줄 거예요. 권오민 조교가 미선 씨 칭찬을 많이 했어요. 이번 일에 정말 수고 많았어요."

"감사합니다."

말과 달리 최미선의 표정이 탁하게 바뀌었다. 잠시 마주한 손가락을 꼼지락거린 최미선이 용기를 내 물었다.

"어떻게 4대 2가 나왔는지 여쭤봐도 될까요?"

근 스무 시간을 자고 일어난 최미선은 투표 결과가 꿈이 아니라는 걸 확인한 뒤 안뜰로 가서 고양이들 사진을 찍었다. 눈에 익은 아이들과 헤어지자니 아쉬웠지만 서울에 가도 고양이는 많다고 했다. 그녀는 벤치에 누워 콧노래를 흥얼거리며 지구에 도착한 뒤 있었던 파란만장한 일들을 되짚었다. 그녀의 콧노래가 갑자기 뚝 끊겼다.

그녀는 자기 마음에 불편함을 불러일으킨 원인을 찾았다. 권오민이었다. 안 될 일이라는 둥 사회가 어쩌고 세상이 어쩌고 하던 권오민이 이 결과를 지나치게 순순히 받아들였다.

란고세성므란 대표는 자신이 반대에 표를 던졌음을 드러냈다. 4대 2였으니 니윗, 야나합, 록따하 샷 중 두 곳, 즉 이 루트 개설을 가장 강력하게 주장했던 니윗과 야나합 중 최소한 한 행성은 반대했다는 소리였다. 혹여 록따하 샷이 찬성했다면 둘 다 반대한 거였다. 둘 중 하나든, 둘 다든 어째서 마음을 바꿨을까? 한 행성 내 유일한 지성체의 최대 9.5할이 사망할 수 있는 일을 감행하는 건 인도주의 차원에서 옳지 않아서? 그건 회의 전부터 알려진 사실이었다. 니윗과 야나합은 지구인이야말로 지구의 생명체에게 해를 끼친다며 내내 그 주장을 일축해 왔다.

"흐음……."

송준형이 그녀를 가늠하듯 바라보았다. 최미선은 어려 보이지 않으려고 허리에 힘을 주고 어깨를 폈다.

"저는 들을 자격이 있어요."

"맞아요. 미선 씨가 고양이, 옥색긴꼬리산누에나방, 모기 등등 지구의 각종 생명체를 살려야 한다는 캠페인을 벌인 덕에 변경된 일에 대응할 시간을 벌 수 있었거든요. 다른 행성 대표들은 다 준비되어 있었는데, 니윗 대표가 갑자기 실각하고 예상외의 인물이 부각되며 대표가 되는 바람에……. 정말이지 정치라는 건 주식만큼이나 예측하기 어렵다니까요."

최미선은 불현듯 심장이 느리게 뛰는 기분이 들었다. 송준형은 그녀를 맞이할 때처럼 상냥한 미소를 지으며 그녀의 의문에 답을 주었다.

"협박이죠. 정치인들치고 약점 없는 사람은 없으니까요. 특히 현 니윗 대표처럼 갑자기 부각된 행성인일수록 뒤가 구린 데가 있기 마련이죠. 알고 보니 전 대표가 실각한 일……."

송준형은 파랗게 질린 최미선을 보더니 예의 부드러운 웃음은 유지한 채 말을 멈췄다.

"옴 치노 대표는 반대했잖아요. 약점이 없었나요?"

두려움 속에서도 최미선은 용기를 내서 물었다.

"네 표면 충분하니까요. 문연수 실장이 아무리 튼튼해도 옴 치노까지 가기는 무리예요. 한 곳은 놔두는 게 더 낫고요. 본보기가 되거든요. 현재 옴 치노 대표는 반대로 돌아선 행성이 어디인지, 왜 그랬는지 몰라요. 자기에게는 정보가 주어지지 않았다는 것, 다른 말로 중요한 결정에서 배제되었다는 건 공포죠. 알아낼 수도 있습니다. 그것도 괜찮아요. 언제든 자신도 같은 일을 겪을 수 있다는 걸 알게 되었다는 의미거든요. 중요한 건 이 일로 옴 치노만이 아니라 이후 슈뢰딘어에 반하는 일을 하려는 행성들은 실행에 옮기기 전에 고민하게 될 거라는 점이죠."

"저는 앞으로 슈뢰딘어에서 무슨 일을 하게 되나요?"

송준형의 눈동자에 이채가 감돌았다. 이전에는 최미선을 지나다니는 길에 있는 돌멩이 하나로 여겨 스쳐 지나쳤다면 지금은 주워서 장식장에 올릴 만한지 검토하는 기색이었다.

"당연히 의료 지원이겠죠? 최미선 씨처럼 지구인의 외형을 입고 슈뢰딘어에 일하러 혹은 관광차 온 다른 행성인들이 아프거나 사고를 당할 경우 치료할 의료진이 필요해요. 대한민국은 특히 교통사고율이 높거든요.”

“네.”

최미선은 송준형의 사무실을 나왔다. 자기가 할 일은 치료다. 걱정할 필요 없다. 그러다 ‘사고를 당할 경우’라는 말이 두려움으로 다가왔다. 어떤 사고? 정말로 교통사고처럼 단순한 사고일까?

🐾

송준형이 양손에 하나씩 육중한 캐리어 두 개를 끌고 주차장에 들어설 무렵 건너편 입구에서 문연수도 들어왔다. 똑같이 한 달 여를 살았는데도 문연수의 짐은 한 쪽 어깨에 걸친 백팩 하나가 전부였다. 문연수는 백팩을 뒷좌석에 던지듯 놓았다. 송준형은 캐리어를 차 트렁크에 실었다.

“피곤할 텐데 내가 운전할까?”

문연수는 대꾸 없이 운전석에 앉았다. 송준형은 그럴 줄 알았다는 듯 조수석 문을 열었다.

서울로 가는 내내 송준형은 이런저런 잡담을 걸었지만 문연수는 턱짓으로 하는 대답조차 하지 않았다. 문연수가 과묵하긴 해도 이 정도는 아니었다. 하지만 송준형은 아무 눈치 없는 사람처럼 태연하게 이야기를 계속했다.

“아, 곧 휴게소다. 잠깐 들르자. 커피라도 한잔하게.”

휴게소에 도착한 문연수가 차에서 내렸다. 따라 내린 송준형이 길게 기지개를 켰다.

"뭐 마실래? 라테? 아아?"

강원도를 떠난 지 두 시간 만에 문연수가 송준형과 눈을 마주쳤다.

"4대 2."

"그래, 4대 2로 부결되었지."

문연수는 무언으로 대답을 독촉했다.

"네가 직접 갔는데 실패할 리가 있겠어? 난 널 믿은 거야."

"4대 2."

"지구를 거치는 초광속 루트는 취소되었어. 네가 찾는 사람이 9.5에 휘말릴 위험은 사라졌다고."

"4대 2."

"그래, 내가 찬성표 던졌어."

포기한 송준형이 인정했다. 문연수가 계속 말하라는 듯 팔짱을 꼈다.

"지금쯤 다섯 행성 대표들은 얼마나 머리가 아플까. 내가 찬성표를 던졌다는 건 이제 다 알 테고 말이지. 우린 예측이 불가능해야 해."

"9.5."

"설사 가결되었더라도 네가 찾는 사람은 루트가 활성화되기 전에 어떻게든 찾아서 보호했을……."

"9.5"

차에 올라탄 문연수가 휴게소를 떠났다.

"이러기야?"

고속도로 휴게소에 덩그러니 남겨진 송준형이 진심인지 연기인지 구분이 가지 않는 한숨을 지었다.

🐾

운전하는 권오민의 스마트워치가 울렸다.

"예, 대표님."

「권 조교님 위치 보니까 조금만 더 오시면 제가 있는 휴게소네요. 아직 점심 전이죠?」

"아이쿠, 대표님! 저희가 강원도에서 특식을 먹고 와서요. 이거 아쉬워서 어쩌죠? 신입 대접한다고 제가 커피에 무슨 이름 어려운 디저트까지 알차게 샀지 말입니다."

「그래요, 서울에서 봅시다.」

말끝에 송준형이 웃는 듯했다.

전화가 끊기자 권오민이 안도의 한숨을 내쉬었다.

"저희 밥 먹었어요?"

스피커폰으로 받은지라 통화 내용을 옆에서 들은 최미선이 의아한 기색으로 물었다.

"아아, 미안해요. 안 그래도 점심때라 배고플 텐데, 대표님이 전화 안 했으면 그 휴게소 들를 뻔했네. 조금만 참아요. 내가 서울 가서 진짜 맛있는 거 사 줄게요. 디저트도요. 먹고 싶은 거 검색해 봐요."

"대표님이 밥 사주려고 하신 거 아니에요?"

"이야, 미선 씨 제법이네. 그런 거 같죠?"

"근데 왜 거짓말하셨어요?"

"내가 미선 씨에게 인생 선배로 진짜 중요한 거 가르쳐 줄 게요. 사회생활에서 가장 중요한 게 뭘까요?"

"정직과 성실함, 노력……."

"눈치예요."

"네?"

"몇 번을 말해요. 슈뢰딘어는 직원 복지 좋은 곳이라니까? 대표가 사면 기본이 한우예요. 휴게소 음식 뻔하지, 설마 비빔밥 사 주려고 우릴 부르겠어요?"

"그럼 왜 부르는 걸까요?"

"그러니까! 무슨 일인지 모를 때는 일단 피하고 보는 거죠. 아무 일 없더라도 상사랑 밥 먹는 자리라는 게 편할 수가 없는 건데 고작 비빔밥 한 그릇에? 어림없죠."

"네에."

"나도 따지면 상사니까 나랑 밥 먹는 불편함을 보상하게 진짜 좋은 거 사 줄게요. 뭐든 골라요."

"조교님 하나도 안 불편한데요."

미선이 방긋 웃었다. 그래도 맛있는 걸 사 준다는 건 좋았다. 그녀는 워치를 작동시켜 음식점을 검색했다.

공기에 기분 나쁜 기운이 섞였다. 음식점 검색에서 서울 명소 검색으로 넘어가 온갖 곳을 찾아보던 미선이 워치에서 창밖으로 눈을 돌렸다.

"와아!"

고층 빌딩들이 하늘을 향해 길쭉길쭉한 몸을 뻗고 있었다. 어느덧 차가 서울에 들어선 것이다.

"아이고, 퇴근 시간도 아닌데 이렇게 막히나. 이놈의 사람들, 다 어디서 오는지."

권오민이 앓는 소리를 냈다.

"도로가 엄청 넓네요? 여기 있는 차마다 전부 사람들이 타고 있는 거죠? 저 건물은 몇 층이에요? 저 많은 건물에 다 사람이 살아요?"

"어떤 건물은 주거용, 어떤 건물은 업무용, 어쨌든 다 사람이 쓰는 건물 맞습니다, 맞고요. 서울은 OECD에 속한 나라의 도시 중 인구밀도 면에서 압도적인 1위를 차지하죠."

"우와!"

아르르르에서 가장 키가 큰 나무는 2미터였고, 가장 높은 산은 457미터였다. 지구보다 두 배 큰 행성에 19억 명이 살아서, 행성연합에 속한 행성 중 지성체 밀도가 제일 낮은 축에 속했다. 최미선은 한 공간에 이렇게 많은 지성체가 몰려 있는 모습은 난생처음 보았다.

지구로 와 열흘도 채 되지 않는 시간 동안 최미선은 아르르르에서 살았다면 일생토록 겪지 못할 경험을 하고 극단적인 감정을 오갔다. 반복되는 일상에 행복해 하던 그녀가 여러 생물종이 까딱하면 멸종할 위기를 코앞에서 보고, 그걸 막지 못할지도 모른다는 공포에 사로잡혔으며, 투표 결과 후 공포에 비례해서 찾아온 황홀한 희열에 잠겼고 희열이 컸던 만큼 더 처참하게 정신을 난도질해버린 진실을 들었다. 송준형은 자신을, 자신을 통해 아르르르인들의 순수한 마음을 이용했다. 아니, 이용당하기나 했을까? 자기가 없었더라도 같은 결과가 나오지 않았을까? 우리의 선의는 도대체 무엇을 위한 것이었나. 그 버거운 고뇌를 뚫고 첫날 처음 본 회갈색 고양이의 모습이 떠올랐다.

몇 시간 전 그녀는 아르르르에서 기뻐하고 있을 가족과 행성인들의 모습에 전신이 짓눌리며 숙소를 나왔다. 숙소 건물 문 앞에 회갈색 고양이가 앞발을 얌전히 모은 채 앉아 있었다. 최미선은 주머니에서 츄르를 꺼냈다. 하지만 회갈색 고양이는 츄르에 흥미를 두지 않았다. 그저 느린 걸음으로 다가와서 그녀의 종아리에 몸을 비비며 맴돌았다. 처음 만난 이후로 계속 밥이나 간식을 줬지만 닿는 건 거부하던 고양이였다. 먼저 접촉하는 모습에 용기를 낸 최미선이 고양이의 머리를 손끝으로 가볍게 긁었다. 고양이는 본격적으로 쓰다듬을 받겠다는 듯 옆으로 누워 눈을 가늘게 뜨고 목을 울렸다.

그 순간 그녀는 어째서 멸종한 다한-카노와 고대 아르르르인들이 고양이를 특별하게 여겼는지 깨달았다. 그건 바로 이 진동이었다. 고양이는 개만큼이나 사람과 오래 함께했는데도 개와 달리 완전히 길들지 않았다고 했다. 아르르르에 남은 기록도 같은 증언을 했다. 고양이는 자기가 원할 때만 다가왔다.

행복하면 목에서 진동음을 냈다. 거짓이나 오해가 불가능한, 사랑에 대한 명확한 증거였다. 지금 이 고양이는 그녀가 떠난다는 걸 알아채고 지난 며칠간 그녀로 인해 행복했다며 작별인사를 하고 있었다. 눈물이 솟구쳤다.

고양이가 이리저리 꿈틀거려서 몸의 각도를 바꿔 발등에 머리를 포개고 배를 보였다. 최미선은 눈물을 닦고 맑은 눈으로 고양이의 얼굴을 마주했다. 황금색과 녹색이 어우러진 가운데에 햇빛을 받아, 가는 줄 같은 동공이 그어진 눈동자가 그녀를 향해 애정 어린 시선을 보냈다. 고양이의 눈동자에는 신비로운 깊이가, 우주가 담겨 있었다.

아르르르인들은 여행을 기피하고 타 종족과의 교류에 소극적이었다. 최미선은 그 순간 자신에게 내재된 본능을 오롯이 이해했다.

아르르르 행성 바깥은 위험해. 저들은 우리와 달라.

그들은 이용당했다. 그들의 선의는 타 행성인에게는 도구에 불과했다. 그게 어쨌단 말인가. 그녀는, 아르르르 행성인은 천만 년 전에는 살리지 못했던 고양이를 살리고자 최선을 다했다. 그녀와 아르르르인 모두 다 고양이가 에테르에 영향받을 확률은 10~20퍼센트에 불과하다는 사실을 명확하게 알았다. 설사 영향받는다 해도 슈뢰딘어에서 고양이를 보존할 수 있을 만큼은 살려서 아르르르에 보내 줄 것도 믿었다. 그러나 모든 고양이를 살릴 수는 없었다. 누굴 데려가고, 누굴 남기는가? 어떤 기준으로 선별하는가? 종이 보존된다면 개체의 존속은 외면해도 되는가? 생명 앞에서 확률이 무슨 의미가 있는가.

그녀를 포함한 전 아르르르인들은 어떠한 사심도 없이 오로지 살리고자 전심전력을 쏟았다. 아르르르인들의 의도와 결과에는 어긋남이 없었다.

한편으로 최미선은 권오민의 무심한 태도에 말려서 지구인의 9.5할에 대해 깊이 생각하지 않고 같이 농담을 했던 첫날을 기억에서 지울 수가 없었다. 군중심리는 두 명 사이에도 발생할 수 있으며 누구라도 휩쓸릴 수 있었다. 자신조차 예외는 아니었다.

"미선 씨, 안 피곤해요? 차 막혀서 한참 걸릴 거예요. 좀 자도 되는데……."

"전혀요!"

"그러고 보니 간밤에 푹 잤나 보네요. 확실히 얼굴이 좋아졌네."

"네!"

최미선은 움츠러든 마음을 감추고자 일부러 씩씩하게 대답했다. 지금 그녀의 마음은 시소처럼 양쪽을 오가고 있었다. 지구에서 머물며 더 많은 것을 배우고 경험하기를 바랐다. 그러다 자칫 지구인의 가치관에 물들까 두려웠다. 지구에서, 지구인 틈에서 자신의 본질을 지킬 수 있을까?

무심코 턱을 든 그녀의 시야에 각양각색의 직사각형 건물들 때문에 형태는 조각 났어도 색채만은 고유의 푸른색을 간직한 하늘이 들어왔다. 최미선의 입가에 따사로운 미소가 번졌다. 예고 없이 찾아온 봄바람처럼 해답이 그녀를 쓰다듬었다. 그녀는 도시를 메운 차량과 횡단보도를 오가는 사람과 사람들로 가득 찬 빌딩을 바라보았다. 이 사람들 중 9.5할을 살리는 데 그녀가 일조했다. 그 또한 진실이었다.

앞으로 어떤 일이 닥치든 아르르르인답게 하면 된다. 문화의 영향이든 타고난 본성이든 그 둘이 만들어 낸 시너지 효과든, 최미선은 자신이 아르르르인이라는 데 감사했다.

4퍼센트

『우리의 신호가 닿지 않는 곳으로』, 요다, 2022 발표.

「가네샤 실험실에서 유메바 세포 분열을 관찰하는 데 성공했다고요?」

「그렇습니다. 유메바는 유로파의 대표적인 원생생물이죠. 현재까지 유로파의 바다에서 발견된 원생생물은 약 3,000종으로…….」

「여기까지 오는 데 큰 희생이 따랐지요. 1차 유로파 유인 탐사선 오디세이의 폭발 후…….」

"재아 씨 전공이 이쪽이라고 하지 않았어요? 우주생명학과랬나?"

손님이 없는 틈을 타 팟캐스트를 듣던 약사가 물었다. 내 전공은 우주식물학과였다. 약사가 뭐가 궁금하든 그 질문에 가장 정확하게 설명할 수 있는 사람은 우주생물학자일 것이다. 나도 기초적인 건 알려 줄 수 있지만…….

"졸업한 지가 언젠데요. 다 잊어버렸죠."

나는 무심한 어조로 대답했다.

"그래, 누가 전공 따라 사나. 내 친구들 중에서 전공 살린 사람은 나 하나야."

약사가 중얼거리더니 다시 팟캐스트에 집중했다. 약사의 관심사는 내용이 아니라 미남 진행자인지라 며칠 지나면 또 잊어버리고 비슷한 질문을 할 것이다. 이 정도는 아무것도 아니었다. 처음 고깃집에서 아르바이트를 할 때는 온종일 가게에서 튼 방송에서 가네샤 이야기를 들어야 했다. 뉴스부터 버라이어티까지 가네샤를 다루지 않는 프로그램이 없었다.

그게 언제 적 일이지?

나는 새삼스레 내 나이를 확인했다. 내년이면 쉰이었다. 지금 일하는 약국은 아르바이트를 전전하다 처음으로 자리 잡아 3년째 일하는 곳이었다. 승진할 일은 없지만 약국이 망하기 전에는 잘릴 걱정도 없었다. 나는 단조롭고 평화로우며 공허한 일상이 쇠를 녹슬게 하는 산소처럼 날 산화시키도록 놔두고 있었다.

맑은 종소리와 함께 문이 열리더니 60대로 보이는 남자 손님이 들어왔다.

"어서 오세요."

"아, 네."

남자는 머뭇거리며 내 눈치를 살폈다.

"뭐 찾으세요?"

"아, 어, 저, 이렇게 불쑥 찾아오면 안 되는 건데……. 저 조근찬입니다."

"네?"

"저 조근찬이라고요."

남자가 기대 어린 눈으로 날 바라보았다.

"누구시라고요?"

아무리 봐도 모르는 사람이었다. 얼굴이 벌게진 남자가 도망치듯 약국을 떠났다. 약사가 어리둥절한 얼굴로 날 보았다. 나도 영문 모르는 일이라는 표정을 돌려주었다.

퇴근 후 간단한 저녁을 차리고 소주를 땄다. 어제 보던 드라마를 몇 화까지 봤는지 기억이 안 나지만 초등학교 입학 전부터 함께했던 성장형 인공지능 아랑이 알아서 다음 화를 틀어 줄 것이다. 소주 반 잔으로 입가심을 하고 디스플레이로 눈을 돌렸다. 디스플레이에 3차 유로파 탐사 유인 우주선 제작 과정이 떴다. 3차 탐사선 이름은 무려 유로파였다. 그간 우주 비슷한 것도 틀지 않았던 터라 너무 놀라 채널을 바꾸라고 말할 생각도 못 했다.

3차 탐사선은 2차 탐사선인 가네샤 수리에 필요한 부품도 가지고 간다. 가네샤 수리 시뮬레이션을 하는 장면을 지나 우주선 자생식물 팀장의 모습이 나왔다. 조근찬이었다.

"저 사람, 아까 그 사람 아냐?"

『맞아. 날 찾아왔던 거야. 내가 논문을 보냈거든.』

아랑이 대답했다.

"무슨 논문?"

『전기장을 이용한 자생식물 논문.』

"네가 논문을 썼다고?"

『넌 그만뒀지만 난 그만두지 않았거든.』

중학교를 졸업하던 해, 오디세이가 폭발하는 뉴스 화면이 바로 직전 일처럼 또렷하게 떠올랐다. 그럼 아랑이 내게 자그마한 새끼손가락을 내밀었던 건 언제였지? 깨끗하게 닦은 창문 너머 찬란하게 빛나는 별들에 정신이 팔려 있는데 아랑이 말했다.

『나도 데려가.』

"당연하지, 약속!"

『약속!』

작은 손가락 두 개가 겹쳐졌다. 나와 아랑의 꿈은 우주였다.

"생일 축하합니다, 생일 축하합니다!"

「사랑하는 재아의……」

『생일 축하합니다!』

생일 축하 노래가 끝나자 나는 아빠와 함께 스크린을 향해 일곱 개의 초가 꽂힌 케이크를 들었다. 스크린 속에 있는 엄마, 나, 아빠, 인형 크기로 식탁 위에 앉아 있는 아랑의 홀로그램이 동시에 초를 향해 입김을 혹 불었다. 아빠는 부는 시늉만

했다. 내가 다 꺼야 직성이 풀리는 줄 알기 때문이었다.

「우리 딸, 생일 축하해!」

스크린 속에서 엄마가 화려한 불꽃놀이 영상을 띄웠다.

"고맙습니다."

나는 일어서서 배꼽 인사를 했다.

「재아 많이 컸네.」

"아랑이도 많이 컸어. 이제 말 다 알아듣고 할 말도 다 해."

『재아의 생일을 축하해 주셔서 고맙습니다.』

스크린을 향한 아랑이 조금 전 나를 따라 배꼽에 양손을 올리고 허리를 접었다. 아랑은 작년에 엄마가 사 준 생일 선물이었다.

"아랑이를 동생처럼 좋아해."

아빠가 복잡한 얼굴로 말했다.

「그렇지, 부모의 사랑을 두고 경쟁하지 않으면서 시키는 건 다하는 동생이라니. 모든 언니의 꿈이지.」

스크린 속에서 엄마가 까르르 웃었다. 그러더니 표정이 조금 굳었다.

「올해 생일도 같이 못 보내서 미안해.」

"엄마는 일생일대의 기회를 잡아야 하잖아."

내 말에 엄마 아빠 사이에 짧은 침묵이 돌았다.

「우리 재아가 어느새 이렇게 커서 엄마도 이해해 주고…….」

엄마가 목이 메어서 말했다.

엄마는 공간도약항법사였다. 공간 도약은 우주 공간에서

임의의 점과 점을 연결해 공간을 접어서 도약하는 방식으로, 인위적으로 만들어 내는 웜홀이라고도 할 수 있었다. 공간도 약항법사는 우주선의 질량과 재료에 따라 공간을 접을 거리를 계산하는 사람이었다.

엄마의 꿈은 유로파 유인 탐사선에 공간도약항법사로 탑승하는 것이었다. 유로파 탐사선에 타고 싶어 하는 사람은 많았고, 탈 수 있는 사람은 적었다. 엄마는 젊은 사람들에게 뒤처지지 않으려면 쉬지 않고 노력해야 한다고 했다. 그게 엄마가 늘 바쁜 이유였다.

"먹자!"

엄마가 사라진 빈자리를 채우려는 듯 아빠가 요란하게 케이크를 잘랐다. 나는 케이크를 깨작거렸다.

"맛없니?"

아빠가 걱정스레 물었다.

"아빠."

"응?"

"나한테도 일생일대의 기회가 올까?"

아빠는 흔히 어른들이 애가 애답지 않은 말을 했다고 생각할 때 짓는 표정으로 웃었다.

"물론이지. 우리 재아는 어떤 기회를 잡고 싶은데?"

나는 창밖으로 시선을 돌렸다. 담장을 따라 개나리가 새끼 손톱만 한 꽃망울을 올린 모습이 눈에 들어왔다. 거기서 조금만 시선을 올리면 별들이 찬란하게 빛나는 밤하늘이 펼쳐졌다. 지구에서 식물이 자라고, 동물과 사람이 살 수 있는 까닭은 공기가 있기 때문이다. 엄마가 천체망원경으로 별을 보여주며 말했다. 지구를 감싼 대기를 지나면 우주라고.

『나도 데려가.』

아랑이 말했다. 나는 아랑을 보며 배시시 웃었다.

"당연하지, 약속!"

『약속!』

아랑이 새끼손가락만 실제 크기로 키웠다. 우린 손가락을 걸고 비밀을 공유하는 웃음을 나눴다.

고등학교 교복을 찾아서 집으로 왔다. 현관문을 여는데 엄마 목소리가 들렸다.

"엄마야?"

나는 신발을 내던지고 거실로 뛰어 들어갔다. 거실에 있는 스크린에 엄마가 보였다.

「재아 왔구나! 우리 재아가 벌써 고등학생이라니, 정말 많이 컸네.」

"결과 나온 거야?"

자라면서 엄마에게 가장 많이 들은 말은 "많이 컸네."였고 제일 자주 본 표정은 미안한 얼굴이었다. 바로 그 표정으로 엄마가 머뭇거렸다. 그 표정이 의미하는 건 하나였다.

"빨리 말해 줘!"

"엄마 출항일이 확정됐대. 오디세이 공간도약항법 팀장으로 탑승 허가를 받았대다."

아빠가 대신 대답했다.

"엄마으아가악! 축하해, 엄마 정말 축하해!"

나는 환호성을 지르며 거실의 이 끝에서 저 끝까지 깡충깡충 뛰었다.

「고마워, 재아야. 엄마가 미안해.」

"에이, 여직 엄마 없이 잘 컸는데 무슨 걱정이야?"

무심코 뱉은 말이 엄마와 아빠 사이에 익숙한 정적을 만들어 냈다.

"아유, 진짜, 이럴 거야? 엄마, 마음껏 축하 받아. 18년을 노력했어. 나 열여섯 살이야. 엄마는 내 나이보다도 많이 노력한 거야."

"그래, 당신 정말 애 많이 썼어."

아빠와 내 말에 엄마의 눈에 눈물이 그렁그렁했다.

오디세이는 목성의 위성인 유로파 유인 탐사선으로 인도, 우크라이나, 미국, 독일, 일본, 중국 등등에 우리나라까지 스물일곱 국가가 참여하는 전 지구적 프로젝트였다. 항법 팀, 조종 팀, 정비 팀, 의료지원 팀, 다큐멘터리 팀 등 총 56명이 탑승하는 인류 최초의 최대 규모, 최장 거리 공간 도약이었다. 공간도약항법사 중 누구도 이런 대형 탐사선 공간 도약을 직접 실행해 보지 못했다. 모든 건 숫자와 가능성으로만 존재했다. 18년 전에 시작된 오디세이 프로젝트는 그간 수없이 재설계를 했으며 탑승자가 바뀌었다. 설계에 작은 변동만 생겨도 항로를 새로 계산해야 했다.

내가 자라면서 엄마는 왜 강원도에서 같이 살지 못하고 외나로도에서 따로 사는지 설명해 주었다. 외나로도는 우주산업집적지로 대한민국 우주항공국을 비롯해서 우주항공대학, 우주센터, 우주인훈련장, 우주천문과학관 등이 자리한 곳이었다. 엄마는 오디세이 프로젝트가 본격적으로 발족되기 전부터 오디세이에 타기를 꿈꿨고, 이런 기회는 일생에 한 번 올까 말까라고 말했다. 수많은 우주인이 있었지만 달 탐사가 재개되기 전까진 아무도 달에 가지 못한 것처럼, 재능이 있고 가진 재능 이상으로 노력해도 때가 맞지 않으면 갈 수 없었다.

"10년 뒤에 내가 해골 문신을 하고 입술과 코에 피어싱을 하고 있어도 너무 놀라지 마."

나는 팔짱을 끼며 의기양양하게 말했다. 환하게 웃는 엄마의 코가 빨갰다.

지구의 일상은 단조롭게 흘러갔다. 나는 평소처럼 저녁 설거지를 마치고 침대에 앉았다. 시계는 9시를 가리켰다. 엄마는 10시간 후, 오전 7시에 화성을 향해 두 번째 공간 도약을 하고 나는 오후에 외나로도로 갈 예정이었다. 나는 외나로도에 있는 우주과학고등학교 우주식물학과에 들어가기로 했다.

『재아야, 일어나.』

잠결에 아랑이 깨우는 소리가 들렸다. 일어나야 한다는 생각과 달리 우주선 탑승과 발사 체험 때처럼 중력이 몸을 끌어당기는 양 전신이 무겁고 눈까풀은 꼼짝을 안 했다. 그러다 갑작스레 눈이 번쩍 떠졌다. 오전 9시였다.

"엄마 도약 마쳤겠네. 왜 안 깨웠어?"

『네가 안 일어났어.』

우주항공국 사이트에 들어가려다 화원부터 갔다. 아빠는 항상 엄마가 도약하는 장면을 보지 않고 평소처럼 생활했다. 어릴 때는 그게 이해가 안 갔지만 지금은 알 것 같았다. 아무 일 없으리라 믿으려는 아빠 방식의 의식이었다.

하우스에 들어가니 아빠가 창백한 얼굴로 누군가와 통화를 하고 있었다. 제자리에 가만히 서 있는데도 누가 날 절벽으로 떠민 것처럼 아빠가 멀어지는 착시가 일었다.

"오디세이 뉴스 틀어 봐."

내 말에 아랑이 바로 홀로그램 뉴스를 틀었다.

『오늘 한국 시간으로 오전 7시에 화성기지를 향해 두 번째 공간 도약을 한 오디세이에 이상이 발생했습니다. 오디세이에 탑승한 김종욱 다큐멘터리 피디가 촬영분을 우주항공국으로 전송했는데, 우주항공국에서 괜한 혼란을 일으키게 될까 우려된다는 이유로 방송국에 보내는 걸 거부해…….』

나는 우주항공국 사이트에 들어갔다. 뉴스 이상의 정보는 보이지 않았다. 그동안 아빠는 다른 탑승자 가족과 통화했다.

"그럼요, 무사히 돌아올 겁니다, 그래야죠!"

아빠가 힘주어 말하는 소리가 들렸다. 머리가 아득해졌다. 아무도 뉴스 이상으로 일이 어떻게 돌아가는지 알지 못했다. 신문사와 방송사에서 전화가 오기 시작했다. 나는 아랑에게 언론사 전화는 전부 무음으로 처리하라고 말했다. 잠시 후 우주항공국 직원이 연락해 우릴 호텔로 데려갈 사람을 보낼 테니 짐을 싸 두라고, 다른 탑승자 가족들도 모두 이송 조치 중이라고 덧붙였다. 아빠는 딱 잘라 거절했다. 나도 엄마가 돌아오지 못할 때를 대비하는 것 같아 싫었다. 우주항공국 직원은 절대 언론과 접촉하지 않겠다는 다짐을 듣고서야 전화를 끊었다. 언제든 호텔로 옮겨 보호받고 싶으면 연락하라는 말도 빼놓지 않았다. 보호라는 말이 이렇게 무서운 말인 줄 미처 몰랐다.

며칠 뒤 방송국에서 피디가 보낸 영상을 내주지 않으면 우주항공국에 소송을 걸겠다고 했다는 뉴스가 나왔다. 우주항공국은 마지못해 영상을 내주었다. 급하게 편집된 화면 속에서 사람들은 우주로 나온 걸 자축하며 웃고 떠들고 있었다. 엄마가 공간 도약을 설명하는 인터뷰를 했다. 자막으로 "공간도약항법 팀장 이연애"가 떴다.

"아무 문제없을 겁니다."

엄마가 싱긋 웃으며 말을 마쳤다. 그다음 화면은 어지러웠다. 카메라 감독이 중심을 잃고 휘청거린 듯 화면이 흔들리더니 여기저기서 "무슨 일이야?" 하는 소리와 함께 누군가의 손바닥이 카메라 렌즈를 덮었다. 화면이 바뀌었다. 피디는 항법실에 밀고 들어갔고, 얼핏 엄마가 보였다.

"무슨 일이죠?"

피디가 엄마에게 카메라를 들이댔지만 엄마는 온 허공에 복잡한 도식을 담은 디스플레이 창만 띄울 뿐 들은 척도 하지 않았다.

"지금은 방해하시면 안 됩니다."

다른 항법사들이 밀어내다시피 다큐멘터리 팀을 쫓아냈다. 화면은 거기까지였다. 아빠와 나는 며칠간 숨도 쉬지 못하며 하루 종일 뉴스만 들여다봤다.

공간 도약 항로를 계산할 때 엔진 재질과 질량을 제대로 합산하지 않은 게 원인으로 의심된다는 기사가 나온 후 우주항공국에서 다시 호텔에서 지내게 해주겠다는 전화가 왔다. 우린 이번에도 거절했다. 허황된 믿음이라는 걸 알면서도 집에서 기다려야 엄마가 무사히 돌아올 것만 같았다.

누군가 항법사들의 신상을 웹에 올렸고, 무심코 들어간 웹에서 오가는 이야기를 본 날 밤 가위에 눌렸다. 기자들은 밤낮으로 집 앞을 서성였다. 우린 집의 인공기능을 정지시키고, 블라인드를 내려서 집을 떠난 것처럼 꾸몄다.

탐사선은 화성 기지로 갈 수도 지구에 돌아올 수도 없었다. 뉴스에서는 연일 탐사선이 화성 기지나 지구, 달 가까이에서 폭발할 경우 얼마나 큰 피해가 일어날지를 액수로 산정해 떠들어댔다. 나는 무슨 말인지 이해할 수가 없었다. 자칫 폭발하면 수십 조 원의 피해가 날지도 모르니 돌아오지 말라는 소리인가?

공간 도약 도중에 폭발할 위험을 안고 최대한 먼 곳으로 도약하느냐, 아니면 천천히 나아가느냐를 두고 갑론을박이 벌어졌다. 그건 엄마가 암에 걸렸는데 체력이 약해 강한 항암 치료는 몸이 버티지 못하고, 약한 항암 치료로는 암을 잡지 못할텐데 둘 중 어느 치료를 선택할지 묻는 것과 같았다. 결국 탐사선은 유로파를 향해서 공간 도약을 하기로 결정했다.

항법 팀과 조종 팀 중 최소 인원만 남고 나머지는 구조선을 타고 오디세이를 떠났다. 팀장이기에 엄마는 남을 수밖에 없었다.

엄마에게 포기하지 말라고 기적처럼 문제를 해결하고 귀환하라고 빌고 또 빌었다. 다큐멘터리 피디가 남은 사람들의 마지막 말을 녹화해 지구로 보냈다. 거기에 엄마는 없었다. 엄마는 가족에게 보낼 작별 인사를 할 시간도 거부한 채 마지막까지 항법실에서 일하는 사람들을 보여 줄 때 스쳐 지나갔다. 뉴스는 그 장면을 항법사들이 자기들의 계산 착오를 만회하기 위해 발버둥치는 걸로 다뤘다.

탐사선은 도약 후 일주일을 버텼고, 다음 도약을 준비하는 중에 폭발했다. 우린 그 장면을 실시간 뉴스로 봤다. 엄마는 작열하는 빛이 되어 사라졌다. 나는 비명을 질렀다.

"재아야, 재아야……."

아빠는 날 끌어안고 한없이 내 이름만 부르며 통곡했다.

탐사선이 폭발하고 10개월이 지난 다음에야 진짜 원인이 밝혀졌다. 문제는 세 번째 엔진에 있었다. 이 엔진은 공간 도약 후 오는 반동을 감당하지 못할지도 모르니 교체하거나, 보조 엔진을 더 달거나, 두 번째 엔진과 거리를 두어 만약을 대비하자고 주장한 엔진설계사, 항법사 명단에 엄마 이름도 있었다.

오디세이 계획이 발족된 이래 18년간 참여한 국가들의 이권 싸움과 경제 상황에 따라서 탐사선 제작은 몇 번이나 중단될 뻔했다. 올해는 목성이 지구에 가장 가까이 접근하는 해였다. 다음 기회는 12년 후에나 올 텐데 그때까지 이 계획이 유지된다는 보장이 없었다. 이러다 출항을 못 하고 주저앉을까 겁이 난 탐사선 개발위에서 엔진 설계를 새로 하려면 올해 안에 출범이 불가능한 데다 모의 항해에서는 아무 이상 없었다는 이유로 기각했다. 엔진을 변경하려면 예산을 추가로 배정받아야 한다는 것도 문제였을 것이다. 예산을 초과할 때마다 개발에 참가한 나라들은 어디서 얼마를 보탤지를 두고 첨예한 다툼을 벌였다.

사실은 추측만큼 세간의 관심을 끌지 못했다. 탐사선 폭발은 이미 지나간 일이었다. 세상에는 언제나 놀랄 만한 일이 터졌고, 연예인과 정치인의 언행이 실시간 검색 상위를 차지했다.

대학 전공은 고등학교 때와 같은 우주식물학과를 택했다. 교정에 개나리꽃이 만발했다. 나는 씩씩하게 강의실에 들어가서 오리엔테이션 때 얼굴을 익힌 친구들과 인사했다.

탐사선은 점점 더 멀리 나아갔고, 가볍고 튼튼한 금속이 속속들이 개발되었지만 공간 도약을 견디는 횟수에는 한계가 있었다. 사람은 먹고 마셔야 하는 존재다. 물은 최대한 순환시킨다고 해도, 음식은 소모품이면서 부피와 무게 면에서 탐사선에 큰 부담을 안겼다. 화성 기지에서 수경 재배를 하고 있지만 실험적인 단계로 건조식품이 절대적인 비율을 차지했다. 때마다 지구에서 화성으로 식량과 물을 전달하는 데에만 수십 억의 돈이 들었다.

탐사선이 더 먼 곳으로 날기 위해, 달 기지와 화성 기지의 안정화를 위해, 유로파에도 기지를 만들고 우주인이 짧게는 몇 주, 길게는 몇 년간 연구하며 생활하도록 우주에서 자라고 시드는, 순환하는 작물이 필요했다.

같은 과 동기와 선배들은 아르바이트로 등록금을 감당하느라 휴학을 밥 먹듯 하는 동안 나는 공부에만 전념할 수 있었다. 오디세이는 국가에서 진행한 프로젝트였다. 덕분에 난 국가유공자의 자녀로 B+ 이상으로 평균 학점을 유지하기만 하면 등록금을 면제받았고 기숙사도 우선 배정받았다.

아무 말도 하지 않았는데도 어느새 다들 내가 누군지 알았다. 아직도 오디세이 폭발을 공간 도약 계산 착오로 인한 사고라 아는 사람이 있었다. 전공자들마저 이 모양이니 일반 사람들은 어떨지 눈에 선했다. 침착하게 잘 설명하고 넘어가는 날도 있었고, 나도 모르게 언성을 높였다가 밤잠을 설치기도 했다. 10년째 학교를 다니는 구경수 선배가 내가 국가 유공자의 딸이라는 걸 알고 무심코 "좋겠다."고 말했다가 정적이 이어진 5초 후 얼굴이 벌겋게 달아올라 사과했다.

졸업반이 되었다. 선택지는 유학을 가거나 세계적인 식품 회사이자 우주 식량도 만드는 JD 식품에 입사 원서를 넣거나 대학원에 진학하는 것이었다. 나는 일말의 고민도 없이 대학원에 진학해, 오디세이 탐사선에 자생식물 자문을 맡은 바 있는 홍성진 교수님 밑에서 전기장이 식물의 성장에 미치는 영향을 연구했다.

전기장이 배아에 미치는 영향에 대한 연구는 1900년대 후반 스위스에서 시작했다. 쌀을 전기장 처리하면 새로운 품종의 쌀이 나왔다. 화석으로만 남은 고대 식물과 유사한 잎을 틔우는지라 전기장이 어떻게 해서인지 원시 유전자를 깨워 다른 속성을 제치고 자기 특성을 발하는 것이라 생각했다. 쌀알은 30~40퍼센트 가량 컸고, 6~8주면 수확할 수 있었다. 그뿐 아니라 한해살이 작물인 벼가 줄기를 잘라도 다시 자라 두

세 번까지 수확이 가능한 데다 비료도 거의 필요 없었고, 빛이 적거나 물이 부족해도 전기장 처리를 하지 않은 대조군보다 월등히 잘 견뎠다. 우리 연구가 성공하면 좁고 적대적인 환경에서 더 많은 쌀을 수확할 수 있었다. 쌀만이 아니라 다른 작물도 가능했다. 처음 전기장 처리를 한 당근을 수확했을 때 SF 영화를 보는 것처럼 놀랐다. 우린 팔뚝만 한 당근을 뽑아 사진을 찍고, 무게를 기록하며 어린아이처럼 좋아했다.

그 무렵 과거의 실패를 딛고 2차 유로파 유인 탐사 우주선 개발에 들어갔다는 소식이 들려왔다. 이름은 가네샤였다. 달과 화성에 들렀다가 최소 열일곱 번, 최대 스물세 번의 공간 도약 끝에 유로파에 착륙해서 언젠가 유로파에 기지를 지을 만한 곳이 있는지, 얼음 아래 있는 물에 원시 생명체가 있을지 연구할 탐사선이었다.

무인 탐사선은 아직 생명의 징후를 찾지 못했지만 지구의 심해에도 생명이 있다는 걸 인류가 알게 된 건 원시 인류가 물고기를 사냥하기 시작한 이래 300만 년이 지난 뒤니 몇 번의 조사에서 허탕 쳤다고 생명체가 없다고 확언할 수는 없었다.

홍 교수님은 대한민국우주항공국에 우리 프로젝트 초안을 보냈다. 우리 말고도 세계 각지에서 우주 환경에 걸맞도록 유전자를 변형하거나, 우주 육종 재배, 수경 식물 재배 등의 방식으로 탐사선에서 키울 수 있는 식물을 연구하는 연구 팀들이 있었고, 어느 쪽이 먼저 성공하느냐가 관건이었다.

교수님은 강의실보다 흙먼지가 덕지덕지한 옷을 입고 장화를 신고 밭에서 일하는 게 어울리는 사람이었다. 차츰 우주항공국과 연락하는 일은 구경수 선배가 맡게 되었다. 이 선배와 이렇게 질기게 인연을 이어갈 줄은 몰랐다. 힘든 일은 떠넘기며 약삭빠르게 굴어 얄밉기도 하지만 그런 면이 우주항공국 사람들을 다루고 로비하는데 제격이기도 했다.

식물이 자라는 데는 절대적인 시간이 필요하다. 우리 프로젝트는 더디게 진행되었지만 다른 곳이라고 다를 리 없다는 게 유일한 위안이었다. 대학원에 들어와 하루 네 시간 이상을 잔 날이 없었다.

일을 마치면 아랑에게 그날 연구에 대해 이야기했다. 아랑과 떠들다 좋은 착상을 얻을 때도 많았다. 나 혼자 하는 게 아니라 아랑과 함께한다는 생각이 들 정도였다.

고생한 보람이 있어 우리나라에서 단 세 팀에게만 주는 프로젝트 기금을 받는 데 성공했다. 교수님은 강의와 연구를 병행했고, 나와 경수 선배, 몇몇이 팀을 이루어 기금으로 연 연구소의 실험실과 하우스에서 살다시피 했다.

젊은 나도 힘들었는데 어쩌면 당연한 일이었을지도 모른다. 교수님이 쓰러져서 응급실에 갔다. 병실이 잡히길 기다리는 중에 아빠에게 전화가 왔다.

「우리 딸, 어떻게 지내?」

"교수님이 갑자기 응급실에…… 다행히 크게 걱정할 필요는 없다고……."

간단한 말인데도 목이 잠겨서 말이 제대로 나오지 않았다.

「넌 아픈 데 없고?」

"응, 난 건강해."

「네 이름으로 계좌 만들었으니 확인해 봐.」

"계좌? 무슨 계좌?"

아빠는 긴말하지 않고 전화를 끊었다. 아랑이 계좌를 확인해 주었다. 생각지도 못한 액수였다. 엄마 보상금에 아빠가 조금씩 보태서 만들어 뒀던 모양이었다. 그때 교수님 아들이 왔다. 교수님 상태를 설명하고 입원실에 올라가는 모습을 확인한 뒤 집에 오니 새벽 3시였다. 내일 아빠에게 다시 전화해야겠다고 생각하며 잠이 들었다.

기금을 따오는 실무를 경수 선배가 했든, 사실상 연구를 진행한 건 나였든 간에 교수님은 우리 팀의 기둥이었다. 교수님이 쓰러지자 생각도 못 했던 온갖 책임들에 어깨가 짓눌렸다. 아랑이 없었다면 해내지 못했을 것이다. 팀원들도 최선을 다해 주었고 경수 선배의 쇼맨십 덕분에 자생식물 심사 1차 프레젠테이션 때 분위기도 좋았다. 교수님이 퇴원하면서 사기도 올랐다. 우린 희망을 갖고 결과를 기다렸다.

그런데 때 아닌 장마가 졌다. 오래전 어떤 대통령이 억지로 만든 댐이 무너져 수확을 앞둔 논밭을 쓸었다. 세금을 어디다 쓰느냐는 성토가 이어졌고, 유로파 탐사 계획이 대표적인 세금 낭비로 몰매를 맞았다. 지역 주민들이 댐에 금이 갔다고 수리를 요구할 때마다 예산 부족을 핑계로 미루더니 눈에 띄는 효과도 없는 유로파 탐사에 쓸 돈은 어디서 나오느냐는 이야기였다. 기금이 대폭 축소되어 연구소는 문을 닫을 위기에 처했다.

10년을 꼬박 달려 이제 고지가 얼마 남지 않았다. 거의 모든 작물이 5세대까지 안정적인 형질을 유지하고 있는데 여기서 포기할 수 없었다. 교수님이 집을 내놓았다고 말했다.

"교수님, 그건 아니죠!"

내가 정색하자 교수님이 자애롭게 웃었다.

"입원했을 때 이대로 죽는구나 싶자, 살아 이룩한 게 없다는 게 그렇게 안타까울 수가 없더라. 죽기 전에 성공하고 싶어. 지금까지 들이부은 돈이 있는데 그리 쉽게 무산시키진 못할 게다. 1년만 버티면 다시 기금을 받을 수 있을 거야."

"저도 보탤게요. 집을 내놓진 마시고요. 대출로 어떻게 안 될까요?"

"네게 무슨 돈이……."

말하던 중 답을 알아챈 교수님이 깊은 눈빛으로 날 보았다.

경수 선배는 똑같은 조건하에 실험해도 두 세대를 못 넘겼다. 팀원 중 5세대를 넘긴 건 나뿐이었다. 이렇게 불안정한 결과물로는 최종 심사를 통과할 수 없었다. 최종 심사를 통과한 두 팀은 연구지원금에 생활보조금도 나왔다. 더불어 유로파 유인 탐사선이 출발할 때 둘 중 하나 혹은 둘 다 채택되어 탐사선에 탈 수 있었다. 우리 팀의 목표는 당연히 탐사선에 타는 것이었다. 최종 심사를 통과하려면 어떤 유전자가 전기장에 반응하는지 찾아야 했다. 연구는 계속 제자리걸음을 했다.

"새벽 4시다."

함께 일하는 람 언니가 말했다. 불현듯 피로가 몰려왔다. 어느새 연구실엔 둘뿐이었다.

"그러네요, 우리도 이만 들어가요."

"진짜 머리에 인공지능을 심을 수 있으면 좋겠어. 프랑스에서 인공지능을 쥐에 전이시키는 걸 실험 중이라더라."

"우와, 잘하면 4차나 5차 탐사선은 다 인공지능이 끌고 갈지도 모르겠네요. 인류여, 안녕."

람 언니와 나는 모처럼 잠시 웃었다.

물먹은 솜처럼 몸이 무거운데 쉽사리 잠이 들지 않았다. 나는 괜히 아랑을 불렀다. 아랑은 다른 팀이 공개한 프로젝트 설명서를 살피면서『응?』하고 대답했다.

"유전자, 찾을 수 있겠지?"

『그럼.』

아랑이 부러웠다. 아랑은 먹지도, 자지도, 지치지도, 낙담하지도, 상처받지도, 불안해 하지도, 좌절하지도 않으며 오직 목표를 향해 나아갔다.

구급차가 두 번째로 사이렌을 울리며 연구소로 들어왔고,

교수님은 심장 수술을 받았다. 수술 경과는 좋다지만 적어도 몇 달은 병원 신세를 져야 했다. 교수님이 연구소를 운영하기 어렵다는 건 누가 봐도 명백했고 최종 심사에도 타격이 왔다. 우주항공국에서 보기에 나는 연구소를 이어가기엔 아직 어렸고 경수 선배는 아군만큼이나 적도 많았다.

한 달, 한 달, 한 해, 한 해 힘겹게 버틴 연구소였다. 넉 달간 아무도 월급을 받지 못한 채 프로젝트가 최종 발탁되기만을 바라며 일했다. 람 언니가 제일 먼저 차마 누구와도 눈을 마주하지 못하며 짐을 쌌고, 다른 연구원들도 차례차례 떠났다.

11년 동안 쌓아올린 게 모래성처럼 무너져 내렸다. 밤에도 불이 꺼질 날 없던 연구소가 낮인데도 휑하니 비어 있는 모습을 보며 장비를 팔아 얼마라도 밀린 월급을 챙겨 줘야 하지 않을까 생각했다.

"맥주 한잔할래?"

기척도 없이 들어온 경수 선배가 말했다. 나는 황급히 눈물을 닦고 아무렇지도 않은 듯 고개를 끄덕였다. 맥주잔이 빌 무렵 경수 선배가 물었다.

"너 연구 어떻게 할래?"

"그러게."

이제 어떻게 해야 하나. 학교로 돌아가 강사 자리를 알아봐야 하나, 다른 연구소를 찾아야 하나. 새삼스레 내년이면 마흔 살이라는 사실에 절벽을 마주한 양 막막해졌다.

"나 JD에서 스카우트 제의를 받았어."

"잘됐네."

"나만 가려니 미안하지."

JD 식품에서는 이번 유로파 탐사에 건조식품을 제공했다. 선배는 JD를 설득해 전기장 연구를 계속하자고 이야기해 볼 참이라고 했다. 하지만 선배의 경력은 좋게 말해 외교 쪽이었지 실제 실험이 아니었다. 선배에게는 성과를 낼 수 있는 연구원이 필요했다.

"나야…… 나쁠 거 없지만……."

나는 떨떠름하게 대답했다. 경수 선배의 얼굴에서 교활하고 계산적인 표정이 떠올랐다. 저 얼굴을 할 때 좋은 말이 나온 적이 없었다.

"뭐야, 뭔데?"

"거기서 스카우트한 건 나잖아……. 내가 같이 일한 팀원이라고 말하면 한 명 정도 받아 줄 법도 한데……."

말끄트머리를 길게 늘이며 나온 이야기의 결론은 내 연구에 자기 이름을 앞에 넣어 달라는 것이었다. 내 연구를 날로 먹겠다고? 내 표정을 읽은 선배가 잽싸게 연봉을 제시했다.

"나는 너만큼 연구는 못하지만 사람 다루는 건 잘하잖아. 네가 성과만 내면 목성 탐사선에 JD 연구원 대표로 탈 수도 있어. 난 애도 아직 어리니 설사 발탁되더라도 못 가. 무조건 네가 타는 걸로 지원할게."

집으로 오는 내내, 씻고 잠자리에 누워서도 선배의 제안이 머리를 떠나지 않았다.

경수 선배가 말한 연봉이 어마어마한 액수였다는 건 아니다. 하지만 작은 돈도 아니었다. 적어도 나는 그 정도 돈을 벌어 본 적이 없었다. 더 이상 연구소를 운영하는 건 불가능했다. 아니, 정말 불가능할까? 우주항공국이 아니더라도 연구 기금을 신청해 볼 만한 곳이 있었다. 서른아홉, 어리다고 할 나이는 아니나 연구소를 리드할 나이로는 젊었다. 그래도 교수님이 처음 쓰러진 이후 안에서 연구소를 이끈 건 나였다. 증명할 수 있었다. 기금을 못 받으면? 까짓 어디 한 군데는 되지 않겠어?

정말로 JD 대표로 탐사선에 탈 수 있을까? JD 연구원이 실제 탐사선에 탄 적은 없었다. 그거야 지금까진 건조식품을 제공해서 그런 거고…….

깜빡 잠이 들었다가 의붓언니 전화에 깼다. 언니는 인사할 새도 없이 말을 쏟았다.

「아빠 암이 재발해서 병원에 입원했어. 화원을 팔아야 할지도 몰라.」

"암에 걸린 게 아니라 재발했다고?"

「너 진짜 너무한다. 아빠 췌장암이었던 것도 몰랐어? 아빠가 너한테 연락하지 말라고 해서 우리도 안 하긴 했는데…….진짜 아예 몰랐니?」

나는 아무 말도 못 하고 입술만 달싹였다.

「너한테 전화한 거 알면 아빠가 화낼 텐데……. 나도 애가 둘이잖니. 와 줬으면 해서…….」

아랑이 알아서 차표를 예약했다.

"화원은 아빠의 꿈이자 모든 것이야. 화원을 판다니…….
아랑, 나 어떡할까? 취직해? 아니면 다시 기금 쫓아다녀? 경
수 선배 없이 내가 잘할 수 있을까? 기금 관련해서는 경수 선
배가 해 와서 나는 모르는 부분이 많은데……. 어떡하면 좋
지? 잠깐, 아직 대답하지 마."

이건 동전 던지기였다. 동전을 던져서 결과가 나온 뒤 결과
에 따르고 싶은가, 다시 던지고 싶은가가 내 마음을 알려 줄
것이다. 나는 숨을 가다듬었다.

"이제 말해."

『취직하지 마. 지원금 신청할 만한 곳 목록 정리해 놨어. 람
언니, 승연 언니 다 정보 업데이트 안 했더라. 아직 다른 연구
소 못 찾은 거야. 연락해 봐.』

"아빠는? 화원은?"

『네가 당장 병원비 댈 수 있는 상황도 아니잖아. 어쩌면 대
출로 해결할 수 있을지도 몰라.』

"1년밖에 안 남았는데……. 먼저 발탁된 팀에 문제가 생기
지 않는 한 다른 프로젝트를 또 영입하진 않을 거야."

『네 연구잖아. 경수 선배와 공동 연구로 내도 괜찮아?』

"그래, 그건 정말 말도 안 돼……. 하지만 사실 프로젝트 설
명하고 그런 건 선배가 확실히 잘하고……."

아랑은 같은 말이 반복되면 침묵하며 듣기만 했다. 나는 창
문을 열고 밤하늘을 올려다보았다. 안타깝게도 구름이 끼어

별이 제대로 보이지 않았다.

우주에 나가는 건 유년기부터 변치 않은 내 꿈이었다. 이번 기회를 놓치면 다음 기회는 12년 후에나 올 터였다. 아니지, 목성과 지구의 거리가 가까울 때에만 탐사선을 출범시킬 수 있는 건 아니니까. 다음 탐사선이 있으리라는 보장도 없지만. 가네샤가 유로파에서 머물고, 3차 탐사선으로 추가 지원을 받을지, 3차 탐사선이 만들어지지 못해 귀환하게 될지는 미지수다. 과학자들은 당연히 3차 탐사선을 발사하길 바라지만…….

왜 탐사선의 이름들은 신화에서 따올까. 마치 이룰 수 없는 꿈처럼…….

느닷없이 몇 년 전 아빠가 전화했을 때가 떠올랐다. 프로이트가 그랬다든가. 세상에 의도하지 않은 실수는 없다고. 아빠에게 다시 전화해야겠다 생각하고는 잊었다. 사실은 무슨 일인지 모르고 싶었던 건 아닐까? 한 가지 깨달음이 더 오며 죄책감이 온몸을 감쌌다. 아빠가 암 진단을 받고 전화했던 거구나. 그리고 행여나 엄마 보상금에 손대게 될까 두려워 바로 내게 줬던 거였다.

연구소를 정리할 때 제일 죄송했던 건 홍 교수님이었다. 홍 교수님은 병실에서 내 손을 단단히 잡았다.

"넌 아직 젊잖니. 혹시 이번 탐사를 놓치더라도 너무 속상해 말거라. 또 기회가 올 거야."

나이 든 사람의 말에는 언제나 진리가 있다.

『유로파 유인 탐사선 가네샤가 국제우주정거장을 떠나고 있습니다. 역사적인 순간입니다! 가네샤는 1차 유로파 탐사선이었던 오디세이의 실패를 딛고…….』

밤늦게 들어와 기절하듯 잠들었다가 새벽에 나갈 때는 우리 집 방음이 얼마나 형편없는지 몰랐다. 옆집에서 듣는 뉴스 소리가 바로 내 방에서 튼 뉴스 소리처럼 또렷했다. 나는 귀를 막았다.

내가 1학년 때 경수 선배는 3학년이었다. 선배는 몇 번 휴학을 한지라 같은 해에 졸업해 함께 홍 교수님 밑으로 들어가 함께 보낸 시간이 근 16년이었다. 16년간 수없이 싸웠고, 그만큼 화해했고, 연구소에 좋은 일이 생기면 함께 자축했고, 고비가 오면 힘을 합쳐 넘겼다. 서로 씻고 옷 좀 갈아입으라고, 냄새 때문에 회의를 못 하겠다고 거리낌 없이 타박했다. 가족한테도 그렇게는 못 했다.

연구를 정리해 보낸 지 일주일이 지나도록 연락이 없었지만 기금 신청 때부터 기다리는 건 이력이 난지라 그러려니 하면서, 그저 어느 정도 진행됐는지 알고 싶은 마음에 전화를 걸었다. 몇 번 벨이 울리다 음성 사서함으로 넘어갔다. 통화 목록에 부재중 전화가 떴을 텐데 하루가 지나도록 다시 전화가 오지 않았다. 작은 벌레들이 살갗 아래를 스멀스멀 기어다니는 듯 전신이 간질간질해졌다.

"경수 선배에게 전화해. 받을 때까지 해."

아랑은 말 그대로 했다. 선배는 열흘을 버티다가 마침내 술을 마신 목소리로 전화했다.

「위에서 검토했는데 전기장 연구는 성공할 가능성이 없대. 게다가 유로파 탐사선에 들어갈 팀이 정해졌는데, 이제 와서 경쟁하는 건 예산 낭비라는 거야. 여긴 돈을 벌자고 만든 회사잖아. 나도 이러려던 게 아닌데……. 너무 미안해서 맨 정신으론 전화할 수가 없더라.」

"JD에서 자생식물 연구에 대해 뭘 안다고 된다 안 된다야? 그럼 내 연구는 어떻게 되는 건데? 그거 공동 연구로 표기했잖아."

「야, 나도 같이 한 거잖아. 혼자 한 건 아니잖아.」

"공동으로 연구했던 건 아니잖아!"

「미안하다, 정말…….」

전화가 끊겼다.

아랑의 도움을 받아 온 사방에 기금 신청 서류를 냈지만 모두 기각됐다. 기금 내부에 있는 사람을 통해 물어보니 이미 그 연구는 JD에 넘어간 게 아니냐는 질문이 되돌아왔다. 그건 내 연구였다.

몇몇 무료 법률사무소를 찾아 조언을 구했다. 하나같이 내가 동의해서 경수 선배 이름을 넣은 데다 같은 팀으로 일한 만큼 연구에 누가 얼마나 기여했는지 증명하기도 어렵고, 연구를 넘기면 취직시켜 준다는 각서나 계약서도 없으니 소송 성립부터 어렵다는 답이 돌아왔다. 게다가 상대는 경수 선배가 아니라 JD였다. 나는 아랑과 함께 JD를 조사했다. 중소기업을 인수하고, 사람을 자르고, 기술은 사장시키고……. 어떻게 그렇게 어리석었나? 어떻게 그렇게 순진했나? 어떻게 그렇게 덥석 믿었나? 16년을 함께했다. 어떻게 나한테 이럴 수가 있어?

지푸라기라도 잡는 심정으로 기금 신청을 하고, 결과를 기다리고, 다른 곳에 신청하고, 결과를 기다리는 동안 시간은 어떻게 흐르는지 모르게 지났다. 예산 낭비를 막기 위해서라며 동시에 다른 곳에 신청할 수는 없었다. 마지막이라고 생각하고 낸 곳에서도 기각당했다. 연구는 JD에 넘어갔고, 같이 할 팀원도 없는데 당연한 결과였다.

아랑이 통장 잔고를 불러 줬다. 엄마의 보상금이 모두 사라져 있었다. 버스에 치인 사람처럼 얼이 빠져 있는 내게 아랑이 다음 달 월세와 각종 공과금과 식비 등을 말하더니 합했다. 잔고를 초과하는 금액이었다.

『아빠한테 도와 달라고 할까, 아르바이트 찾아볼까?』

"아르바이트."

팽팽하게 당겼던 고무줄 한쪽을 놓았을 때처럼 저 멀리에서 떠돌던 정신이 빠르게 몸으로 돌아왔다. 이후 처음 해 보는 아르바이트에 적응하고, 구경수에 대한 증오와 절망 속에서 허우적대느라 이날 아랑이 한 말은 잊고 살았다. 아주 나중에서야 문득 이날을 돌아보게 되었다.

아랑이 아빠에게 도와 달라고 하는 선택지를 제시하지 않았다면 나는 그대로 무너졌을 것이다. 집 밖으로는 한 발짝도 나가지 않다가 어느 날 누군가의 신고로 경찰에게 시신으로 발견되었을지도 몰랐다. 아랑이 알고 한 소리였을까?

🐾

아르바이트하는 고깃집에서 튼 뉴스와 예능, 드라마에서, 사람들의 대화에서 수시로 가네샤가 나왔다. 하지만 어느 순간부터 뜸해졌다.

한 달이 지나 첫 월급을 받은 날, 집에 돌아오며 문득 오늘은 하루 종일 한 번도 가네샤라는 단어를 들은 적이 없다는 데 생각이 미쳤다. 어쩌면 어제부터였는지도 몰랐다.

습관처럼 눈이 하늘로 향했다. 오늘따라 별이 유독 선명하게 빛났다. 사람은 오감 중 시각에 의지하는 비율이 가장 크지만 눈만큼 사람을 잘 속이는 것도 없다. 바로 눈앞에 있는 것처럼 빛나도 나는 저 별들이 얼마나 멀리 있는지 안다. 목성은 지구에 가장 근접했을 때도 5억 9,200만 킬로미터 떨어져 있었다. 빛의 속도로 가면 32분 걸린다. 32분이든, 3분이든, 아니 3초라도 내가 도달할 수 없는 속도라는 사실은 변하지 않는다. 땅을 보며 집에 돌아왔다.

아빠가 어디선지 연구소가 문을 닫았다는 걸 듣고 나에게 전화해서 같이 화원에서 일하자고 했다.

「넌 흙이 맞아. 어릴 때부터 남달랐어.」

"생각해 볼게."

나는 속삭이듯 말했다. 일부러 화상이 아닌 음성 통화로 전화를 받았는데도 아빠가 다독이는 얼굴을 하는 게 그려졌다. 당연하다면 당연하고, 무엇보다 고마운 제안이었다. 그런데 받아들일 수가 없었다.

왜? 도대체 왜?

그 순간 내게 우주는 지나간 꿈이 되었음을 깨달았다.

그렇게 흙을 만지는 걸 좋아했는데, 가까이 가면 보이지 않고 멀리 떨어져야 보이는, 거뭇한 흙에서 녹색 점이 돋은 모습을 언제나 같은 경이를 느끼며 바라봤는데, 우주를 포기하자 식물도 가꿀 수 없었다. 식물을 가꾼 건 우주에 가닿을 수 있는 방법이라서가 아니었는데도, 어릴 때 아빠를 따라 화원에 나갈 때부터 몸의 일부처럼 해 온 일이니 할 수 있을 줄 알았는데 그럴 수가 없었다.

아무 희망이 없어서, 더는 길이 없어서, 아니, 다시 그런 좌절을 맛볼 수가 없어서, 또 절망하게 되면 살 수 없을 것 같아서 포기했는데, 그 길을 떠나자 내 앞에 남은 건 우주와 다른 깊고 검고 짙은 공허와 어둠뿐이었다. 평균 수명이 105세인데, 남은 65년을 그저 숨만 쉬고 밥만 먹으며 살아야 하는가?

그렇게 살 거다. 눈 감고, 이 악물고, 다시는 쳐다보지 않으며.

홍 교수님의 영정 사진 앞에 하얀 국화를 얹었다. 꽃을 만지는 게 낯설었다.

"너 진짜 너무한다. 네 연락처 찾는 게 얼마나 힘들었는지 알아?"

람 언니가 타박했다. 승연 언니도 눈으로 같은 뜻을 전했다. 나는 볼 안쪽을 깨물었다. 다들 모처럼 만나는 자리라 그간 쌓인 이야기가 쏟아졌다.

"강사로 나가는 학교 학생이 연구소에서 일하는 건 어떠냐며 진로 상담을 하는데 그만두라는 말이 목구멍까지 올라오더라."

"전산실 직원이 나 보고 태국 사람이냐는 거야. 베트남계 한국인이라고 하니까, 아, 베트남 사람이군요, 하는 거 있지? 우리말 몰라? 한국인이랬잖아."

"시대착오적인 인간은 어디나 있다니까."

나는 둘의 이야기를 들으며 내 잔에 사이다를 채웠다. 기포가 올라오는 잔 너머 이 자리에서 보리라곤 생각도 못 한 그림자가 비쳤다. 심장이 멎는 것 같았다.

"쟤가 여길 무슨 낯으로 와? 우리 그때 다 경황없었잖아. 쟤 그 틈에 JD에 연구소 장비 완전 헐값으로 넘긴 거 알아?"

승연 언니가 눈에 불을 켰다.

"쟤 잘렸대. JD에서 전기장 연구를 계속 하긴 했는데 쟤가 언제 실험실에 있었어야 말이지. 얼마 지나지 않아 밑천 드러난 거지. 알 만한 사람들은 네 연구라는 거 다 알고 있었으니까 강사도 못 맡을걸? 누가 받아 주겠냐."

경수 선배가 교수님 아들에게 인사하고, 절을 하는 모습이 느린 화면처럼 지나갔다. 경수 선배가 나한테 다가왔다. 나는 미친개가 다가오기라도 하듯 기겁했다.

"너는 못 들어왔는데 나 혼자 일하자니 마음 편하지 않더라. 근데 애가 학교에 들어가니 돈이……. 나도 많이 힘들었다. 그래도 JD에 연구 완전히 넘기지는 않았어. 안 된다는데도 계속 압박하기에 결국 그만뒀어. 회사는 연구원에게 맞는 곳이 아니더라. 강사 자리 알아보는 중이야."

뭐가, 뭐가…… 어쩌고 어째?

눈앞이 아득하고 전신이 부들부들 떨렸다. 람 언니가 넘어질 뻔한 술잔을 잡아 세웠다. 수없이 많은 욕설이 입안을 맴돌았지만 교수님 장례식에서 할 소리는 아니었다. 경수 선배는 주변 사람들의 싸늘한 눈빛 속에서 장례식장을 떠났다.

집에 돌아와 냉장고를 여니 반쯤 마시다 만 소주가 보였다. 김빠진 소주를 병째 들이부었다. 더 퍼부었어야 하는데. 장례식장이라 그럴 수 없었다면 밖으로 데리고 나가서라도 따졌어야 하는데.

내 연구 강탈해 가더니, JD에 넘기진 않았다고 생색을 내? 내 이름도 있는데, 너 혼자 넘기고 싶다고 넘길 순 있니? 넌 원래 네 이름을 앞에 넣어 달라고 했어. 아랑이 말리지 않았다면 그렇게 했겠지. 그럼 넘겼을 거잖아. 미안해? 너도 마음 편하진 않았어? 그래서, 힘들어서, 속이 헐어 뭉개져 가는데 도 단 하룻밤도 술을 마시지 않으면 잠들 수가 없었어? 청소 를 하다 말고, 밥을 먹다 말고, 몸도 마음도 갉아먹는 분노에 사로잡혔다가 정신이 돌아오면 분명 밤이었는데 아침이 밝아 오고, 분명 쨍한 낮이었는데 한밤이 되어 있고…… 너도 그랬 어? 집도 아닌 곳에서 불쑥불쑥 눈물이 솟고 그랬어? 내가 도 대체 뭘 잘못했는지 날 탓하고, 탓하고, 또 탓하고…….

너만 돌봐야 할 가족 있어? 내가 장학금 받은 걸로 세상 편 하게 살았다고 생각하지? 그 장학금 우리 엄마 무덤에서 받아 온 거야, 이 새끼야!

갑자기 숨이 쉬어지지 않았다. 칼로 가슴을 갈라 심장을 꺼 내 터뜨리고 싶었다. 그럼 다시 숨을 쉴 수 있을 것 같았다. 미 쳐가는 것 같아 겁이 났다. 찬 바닥에 누워 몸을 동그랗게 말 았다.

『출근 준비할 시간이야.』

아랑의 목소리에 눈이 뜨였다. 어제 옷차림 그대로였다.

"구인 사이트에서 연락 온 거 없어?"

『잠깐만…….』

문득 아랑이 간단한 요청도 수행하는 데 오래 걸리기 시작 했다는 데 생각이 미쳤다.

"너 요즘 느려졌다?"

『여유 공간이 없어서…….』

아랑이 답지 않게 말을 흐렸다. 나는 디스플레이를 띄우고 무성의하게 훑다가 연구 자료들이 빼곡한 하드에서 멈췄다.

"저거 다…… 정리해."

🐾

나는 아랑의 아바타를 사람 크기로 불러 앞에 앉혔다.

"차근차근 설명해 봐."

한때 아랑은 최신 논문들을 검토하고 정리해 새 이론이 나오면 가상 실험실에서 모의실험을 해 결과를 보고하곤 했다. 나는 더 이상 보고 받지 않았지만 아랑은 연구를 계속해 끝내 전기장 효과에 반응하는 유전자를 찾았다.

『유전자 이름은 네 이름 뒤 글자, 내 앞 글자를 따서 A-117이라고 붙였어.』

평생 들어온 담담한 어조로 말하는 아랑과 달리 나는 머리가 종이라도 된 것처럼 울렸다. 그걸 찾았다고? 16년을 했지만 못 찾았다. 10년을 더 했으면 찾을 수 있는 거였나?

물론 현재는 시뮬레이션으로 성공해 이론으로만 존재했다. 아랑은 실제 작물을 키우지는 못했다. 아랑은 이론을 정리해서 몇 군데에 보냈는데 두 곳에서 답장이 왔다. 하나는 조근찬이 속한 3차 유로파 탐사 유인 우주선 유로파의 자생식물 프로젝트 팀이었고, 다른 하나는 다국 기업인 헨슨 사였다. 조근찬은 자기 연구팀에 합류하라고 제안했고, 헨슨 사는 특허를 사겠다고 했다.

"특허도 받았다고? 네가 어떻게?"

『네 정보 나한테 다 있잖아. 사이버 특허청에 보냈지.』

아랑이 헨슨 사가 보낸 계약서 사본을 열었다. 나는 헨슨 사가 제시한 동그라미를 몇 번이고 반복해서 확인했다. 아빠 빚을 한 번에 갚아 줄 수 있었다. 몇 번이고 갚아도 남았다. 연구비를 따내기 위해 고군분투했던 기억이 떠오르며 울화가 치밀었다. 이 돈 1/10, 아니 1/100만 그때 줬어도…….

"이 이야기를 나한테 언제 할 셈이었어?"

『정확히는 모르겠어.』

"조근찬이 날 만나러 오게 한 거야?"

『그건 내가 예상하지 못한 바였어. 팀에 합류하자고 계속 권하는 데 달리 명분이 없어서 헨슨 사 이야기를 했더니 만나서 설득하기로 했나 봐. 오늘 일은 대충 설명했어. 당황해서 순간 어찌할 바를 몰랐다고……. 너만큼이나 나도 우주를 동경해 왔어. 기억해? 나도 데려가라고 했던 말, 진심이었어.』

진심이라……. 내가 아랑한테 이런 말도 가르쳤나?

나는 새삼스레 내가 자라는 대로 나이 들도록 설정한 아랑을 바라보았다. 보통 아바타는 자기가 동경하는 모습이나 자기랑 닮은 모습을 만들기 마련이다. 나는 닮은 쪽이었다. 아랑에게 내 유전 정보를 입력했는데도 아랑과 나는 똑같은 모습으로 나이 들지 않았다. 굳이 말하자면 우린 자매처럼 닮았다.

아랑은 나에게 인공지능을 침팬지한테 전이시킨 실험을 보여 줬다.

『침팬지를 훈련시켜 문제를 푸는 것처럼 꾸민 건지, 진짜 성공한 건지 의견이 분분해.』

아홉 마리 중 성공한 침팬지는 한 마리였다. 다섯 마리는 며칠 후 죽었고, 세 마리는 침팬지한테 그런 표현을 써도 된다면, 미쳤다.

간혹 똑똑한 침팬지를 잘 가르치면 열 자리 이하 덧셈을 해내는 경우가 있지만 곱셈과 나눗셈은 불가능했다. 인공지능을 전이시킨 침팬지는 곱셈과 나눗셈은 척척 풀었고, 분수의 덧셈과 뺄셈을 배울 때는 짜증을 냈고, 분수의 곱셈으로 넘어가자 빠르게 익혔다. 인수분해에 들어가 2차식은 무난하게 해냈지만 3차식은 쩔쩔맸고, 4차식을 내놓자 밥도 먹지 않았다. 사람으로 치자면 자기 한계를 깨닫고 좌절하는 모습 같았다.

『육체의 한계지. 내가 너한테 들어가면 나도 지금처럼 모든 걸 다 기억하진 못할 거야. 대신 네가 기억해 주겠지.』

갑자기 공기가 부족한 느낌이 들어 창문을 열었다. 차가운 공기가 밀려들며 오소소 닭살이 돋았다. 구름 한 점 없는 밤하늘에 유독 큰 달이 떠 있었다.

"내가 조 팀장을 만나러 갈 수도 있어. 그간 조 팀장이랑 대화한 내용, 논문, 달라고 하면 다 줄 거지?"

『응.』

혹시나 하는 불안감에 젖어 말했는데 아랑은 순순히 논문을 열었다. 쉬이 눈에 들어오지 않았다. 지난 10년간 우주식물학은 놀랄 만큼 발전했다. 그래도 시간이 1년은 있다. 아, 그건 출항 전까지다.

조근찬을 만나기 전에 얼마나 익힐 수 있을까? 안 쓰는 기관은 퇴화한다고 부쩍 머리가 둔해졌는데…….

"그냥 헨슨 사에 팔아도 되잖아. 평생 놀고먹을 수 있어."

『응.』

"죽을 수도 있잖아."

『응.』

"너도 사라질 수 있어."

『응.』

"언제까지 결정해야 해?"

『조 팀장이 오래는 못 기다린대. 내가 뒤늦게 합류하는 거 특혜거든. 헨슨 사에서 거액을 제시한 게 오히려 도움이 되었달까. 그만한 가치가 있는 연구가 되어 버린 거지. 가네샤 자생식물이 실패해서 새로운 접근법도 필요하고.』

"그래서 얼마나?"

『가능하면 오늘이라도. 길게 잡아도 한 달 안에는 대답을 해야 해.』

"나 완전 저질 체력 된 거 알지? 연구원한테 우주인만큼 체력을 요구하진 않아도 건강검진은 받아야 해. 거기서 탈락할 수도 있어."

『알아.』

"헨슨 사 자료 있지?"

414

나는 아랑이 그간 정리해 둔 헨슨 사 자료를 확인했다. 헨슨 사는 화성 기지에 꾸준히 건조식품을 보냈다. 자생식물 연구는 하지 않았다. 헨슨 사는 아랑의 연구를 사서 묻을 거다. 아랑의 연구를 사려는 건 연구를 사장시켜 건조식품을 더 많이 팔기 위해서다. JD와 다를 바 없는 곳이었다.

"13년이네."

달에 들렀다가 화성까지 두 번 도약하고, 열일곱 번의 도약을 거쳐 목성 궤도에 진입해 목성을 관찰하고, 유로파에 착륙해 가녜샤 수리를 돕고, 유로파를 탐사한 후 돌아오기까지 13년이었다.

특허를 팔 수도 있었다. 내가 가도 되었다. 내가 그러겠다면 아랑이 어쩔 것인가. 애초에 내 연구였고 아랑은 보조자였다. 나는 아랑을 업그레이드하며 내가 한 연구를 모두 저장했다. 아랑이 연구를 계속할 수 있던 건 다 나로 인함이었다.

그래서 아랑이 만든 것도 내 것인가? 이게 내 것이면 아랑의 기본 시스템을 개발한 개발자 것도 되나? 아니면 아랑을 발매한 회사의 것인가?

한 가지는 확실했다. 난 중간에 멈췄다. 그 후는 내가 한 일이 아니었다. 특허를 팔거나 내가 가는 건 경수 선배가 나한테 한 짓을 아랑한테 하는 것과 같았다.

"침팬지 실험에 대해 더 자세히 말해 봐."

아랑은 기다렸다는 듯 파일을 열었다. 이제껏 공개된 정보를 모두 모으고 분석하고 연구해서 더 안전하게 전이시킬 방법까지 고안해 두었다. 한두 해 동안 준비한 일이 아니었다.

"어쩐지, 이상하게 삐걱거리더라니……. 가상 실험실을 돌리고 있었으니 용량이 부족할 수밖에……."

『미안.』

"너 날 속인 거야?"

『미안.』

내가 아랑한테 연구 자료를 어떻게 하라고 했지? 지우라고 했나, 정리하라고 했나? 아랑은 나에게 거짓말을 하진 않았다. 하지만 사실의 일부를 감추는 방식으로 날 속였다. 그 순간 아랑은 정말 살아 있는 존재고 아랑이 한 일을 뺏으면 안 된다는 생각이 들었다.

이게 정말 가능할까? 죽을 수도 미칠 수도 있었다. 아랑이 나에게 오고 내가 아랑에게 가기 위해 필요한 장비의 가격을 계산해 보니 그간 찔끔찔끔 모은 돈을 다 털어 넣어야 할 판이었다. 그냥 사인만 하면 어마어마한 돈을 받을 수 있는데.

"실패해서 죽거나 미치기라도 하면 아빠는?"

차라리 죽는 게 나았다. 내가 정신이 나가기라도 하면 아빠는 내가 죽을 때까지 날 보살펴야 했다. 아빠보다 내가 더 오래 살면, 아빠는 내 남은 생을 위해 또 무언가를 해야 했다. 나만 생각하고 결정할 일이 아니었다.

엄마는 오디세이의 엔진이 공간 도약을 견디지 못할 가능성이 있다는 걸 분명히 알고 있었다. 그런데도 떠났다. 우리한테 그 말은 한 마디도 하지 않고 탐사선에 올랐다. 엄마는 오디세이에 탈 때 우리만 남게 될 수도 있다는 걸 알았다. 알면서도 가 버렸다. 그리고 엄마의 육신은 지구의 작은 땅속이 아닌 우주에 흩어져 있다.

왜 그랬어, 엄마? 왜?

알고 싶었다.

재아의 건강 상태는 예상보다 큰 걸림돌이 되었다. 신체검사와 체력장에서 재아는 아슬아슬하게 기준점에 걸쳤다. 조팀장이 조심스레 꼭 탐사선에 타야겠느냐고 물었다. 재아는 우주에서 전기장이 어떤 효과를 나타낼지 모르느니만큼 당연히 직접 결과를 관찰하며 미흡한 부분이 발생하면 보강해야 한다고 대답했다. 같은 실수를 반복하지 않기 위해 자신이 탑승할 수 없다면 연구 결과도 쓸 수 없다고 계약서에 못 박았다. 모 아니면 도였다. 탐사선에 타지도 못하고 프로젝트도 발탁되지 못하거나, 우주에 나가서 직접 연구를 계속하거나.

윤희은 피디라는 사람이 재아에게 이메일로 연락해서 인터뷰를 청했다. 나는 윤희은 피디에 대한 정보를 검색했다.

「우주탐사에 대해 우호적인 사람이네. 하는 게 좋겠어. 간간이 예산 낭비라는 비판이 나오는 거 알지? 이럴 때일수록 성공 신화가 필요해.」

"그게 왜 나야?"

우주탐사의 꽃은 조종사, 선외활동을 하는 우주 유영사, 우주생물학자였다. 실제 우주공간으로 나가서 우주선의 외부를 수리하는 사람, 무인 탐사기가 유로파의 얼음 밑에서 가져온 표본에서 생명의 흔적을 찾는 사람들, 그들이 스트라이커였다. 우주복 정비사, 인공육 개발자나 재아 같은 자생식물 연구원은 축구로 치면 선수도 아닌 스텝이었다.

「만나 보면 알겠지.」

재아는 고심 끝에 만나기로 했다.

윤희은 피디는 20대 후반인데도 미성년자로 오인 받을 만큼 풋풋한 인상이었다. 윤희은 피디와 함께 온 나이 든 남자가 자신을 소개했다.

"김종욱이라고 합니다."

어떤 기억은 뇌보다 몸에 아로새겨진다. 낯선 듯 낯설지 않은 듯한 이름에 재아의 호흡이 빨라지고 맥박수가 상승했다.

『오디세이에 탔던 다큐멘터리 피디야.』

내가 재아에게 알려 주었다.

"사전에 말하면 만나 주지 않을 것 같아서 윤희은 피디에게 무리하게 부탁했습니다."

김종욱 피디는 재아를 향해 허리를 반으로 꺾었다.

"죄송합니다."

그는 느리고 나직한 목소리로 오디세이에서 있었던 일을 들려 주었다.

탐사선에 문제가 생긴 건 화성을 향해 두 번째 도약을 마친 직후였다. 위험한 일이 생길 수 있다는 걸 각오하지 않았던 건 아니나 막상 지구에서는 3,000만 킬로미터, 화성까지도 1,500만 킬로미터 떨어진 곳에서 문제가 발생하자 그는 순간 이성을 잃었다. 그러면서도 다큐멘터리 감독의 본분을 발휘해서 카메라를 들고 문제를 알아내려 했다.

"제가 그때 침착하게 대응하기만 했어도……."

그는 도대체 이게 무슨 일이냐고 따졌고, 그의 감정적인 태도는 고스란히 화면에 잡혀 해당 영상을 본 사람들도 거기에 이입하게 만들었다.

"항법실에 먼저 간 건 제가 있던 라운지에서 조종실보다 항법실이 더 가까웠기 때문이었습니다."

조종실이 가까웠다면 조종사의 조종 미숙으로 비쳤을까? 그랬다면 조종사의 가족들이 재아가 겪은 일을 겪었을까?

오디세이의 구조선은 공간 도약을 견디지 못했다. 탐사선은 언제 터질지 몰랐다. 핵연료가 탑재된 탐사선이었다. 구조선에 탄 사람이라도 살리려면 탐사선이 공간 도약을 해서 안전거리를 확보해야 했다. 지구나 화성으로 도약한 뒤 폭발하면 지구와 화성에 있는 인공위성이나 우주정거장이 폭발권에 휘말릴 수 있었다. 백수십여 년간 인류가 천문학적인 돈을 들여 지은 곳이었고, 다시 지으려면 그만한 시간과 돈이 들 터였다. 항법사와 조종사는 문제가 발생할 경우 탐사선에 끝까지 남는다는 조항에 서명해야 탈 수 있었다. 나조차 이때까지 몰랐다. 철저한 비밀 조항이었던 탓이었다. 김종욱 피디는 오디세이 폭파 이후 해당 조항이 삭제되었다고 말했다.

"예나 지금이나 사람의 목숨이 제일 싸고, 가장 쉽게 대체할 수 있는 자원이군요."

재아가 목이 졸린 양 쉰 목소리로 말했다. 김종욱 피디의 고개가 밑으로 떨어졌다.

"그리고요?"

"이연애 공간도약항법 팀장님은 놀랄 만큼 의연하게 대처했습니다."

엄마는 점점 커지는 두려움에 비례해서 선체에 무리가 가지 않는 계산법을 찾기만 한다면 무사히 돌아갈 수 있으리라는 생각에 매달렸고, 그런 엄마의 태도는 군중심리를 이끌어냈다. 항법사들은 탐사선에서 버릴 수 있는 공간과 물건은 최대한 버려, 탐사선을 가볍게 한 뒤 도약하는 방법을 계산하기 시작했다. 어떤 이는 끊임없이 눈물을 흘리며, 어떤 이는 바들바들 떠느라 디스플레이를 제대로 조작하지도 못하면서, 엄마의 지시에 따라 주어진 계산을 했다.

"부끄럽게도 지구로 돌아온 뒤 극심한 공황장애에 시달리는 바람에 이후 일을 제대로 듣지 못했습니다. 항법사들에게 책임이 전가된 걸 알았을 때는 이미 다 지나간 일이 된 뒤였죠. 몇 번이나 방송사를 찾아가고 유가족분들을 만나 인터뷰를 진행해서 일을 바로 잡아 보려 했지만, 방송사는 관심을 두지 않았고 유가족분들은 모두 제 연락처를 차단하셔서…….

당연한 일이었겠지요."

"그래서 절 인터뷰 대상으로 고르셨던 건가요?"

재아가 윤희은 피디에게 물었다.

"아니에요. 재아 씨를 취재하기로 한 뒤 김종욱 감독님 이야기를 들었어요. 김종욱 감독님에게 연락하니 이연애 팀장님 이야기를 들려주시며 제게 부탁하신 거죠. 처음부터 제 의도는 주연 못지않은 역할을 하는데도 주목받지 못하는 사람을 조명하는 거였어요. 3차 탐사선과 관련된 일을 하는 사람들은 수만 명에 달해요. 그런데 관계자 중 대다수가 막상 실물은 구경도 못 하죠."

재아가 가볍게 턱을 끄덕였다.

우주복 연구자, 인공지능 개발자, 수십만 개의 부품을 제공하는 회사의 연구원들, 식품 회사 직원, 화장실과 침실 등 생활공간 설계자들이 있었다. 그들 중 절대 다수가 자기들이 만든 것만 보았다. 끽해야 실제 크기와 같게 만든 모형으로만 볼 수 있었다.

"보통 사람들은 그 사람들의 역할을 몰라요. 하지만 그 사람들 또한 이번 탐사선에서 중요한 역할을 맡고 있어요. 저도 모든 사람을 다룰 수는 없으니 후보자를 물색하다 이걸 찾았어요."

윤희은 피디는 람 언니가 우주식물학과 후배들과 만든 "재아를 응원합니다"라는 사이트를 보여주었다. 후배들이 각기 직접 촬영한 메시지를 올렸는데 대부분 "우리 학과의 첫 우주인이 되어 주세요!"라는 말이었다.

"람 씨가 이런 사이트를 만든 걸 알고 계셨나요?"

"아니요, 전혀 몰랐어요."

재아는 깜짝 놀라 대답했다.

윤희은 피디는 오랜만에 만나는 학창시절 친구와 그간의 근황을 주고받듯 편안하게 이야기를 이끌어 갔다. 재아는 처음으로 아주 어린 시절부터 꾸었던 꿈을, 연구한 이야기를, 연구소가 문을 닫았을 때의 절망과 임종을 못 지킨 교수님에 대한 자책을 이야기했다.

인터뷰는 총 다섯 시간이 걸렸다. 엄마가 돌아가셨는데 집에서 숨어 지냈던 이야기가 제일 힘들었지만 이야기를 마치자 후련했다. 이제껏 누군가에게 그간의 이야기를 처음부터 끝까지 털어놓은 적이 없었다. 이렇게 진지하게 귀를 기울여 준 사람도 처음이었다.

재아의 인터뷰는 특집으로 한 시간에 걸쳐 나갔다. 기자는 열여섯 나이에 엄마를 잃고도 죄인처럼 지냈던 시간을 극복하고 돌아가신 엄마의 뒤를 이어 연구에 매진한 사연과 일생을 걸고 노력하는 사람들, 재아를 보고 다시 꿈꾸기 시작했다는 람 언니의 이야기까지 감동적으로 그렸다. 김종욱 피디도 출연해 재아에게 했던 이야기를 반복하며 뒤늦게나마 항법사 유가족들에게 사죄의 말을 전했다.

며칠 후 재아는 탑승 허가장을 받았다. 재아는 허가장에 쓰인 문구를 반복해서 읽었다.

"이걸 어떻게 받았을까? 조 팀장이 나서줘서? 람 언니가 만든 사이트 덕에 언론의 조명을 받아서? 아니면 못다 한 엄마 꿈을 이룬 딸이라는 게 동정표를 얻었을까?"

『어쩌면 그게 다 조금씩은 영향을 줬을 수도 있겠지. 하지만 결국 이걸 받아낸 건 너야. 네 노력의 결실이야.』

재아는 와락 울음을 터뜨렸다.

"내가 아니야, 우리지! 이 허가증 하나 받으려고 몇 년이니? 우리 진짜 간다!"

『그럼, 이제 가는 거야.』

아빠가 기차역으로 마중 나왔다. 재아는 월요일이면 외나로도로 가 출항 때까지 예비 탑승인 숙소에 들어가야 했다. 그러고 나면 유로파에서 돌아올 때까지 집에 가지 못했다.

"뭘 마중까지 오고 그래."

재아는 조수석에 올라 안전벨트를 맸다. 아빠는 자동운행 장치에 '집'이라고 한마디 한 후 내내 말이 없었다. 재아는 조마조마한 기분에 창밖만 보았다.

"너 일곱 살 생일날 생각나?"

아빠가 불쑥 물었다.

"그걸 누가 기억해."

재아가 애매하게 눈을 피했다.

"엄마가 생일에 같이 못 있어 줘서 미안하다니까 네가 '엄마는 일생일대의 기회를 잡아야 하잖아.'라는 거야. 그러고는 날 빤히 보면서 '아빠, 나한테도 일생일대의 기회가 올까?'라고 하더라."

아빠의 단단한 손이 재아의 머리를 쓰다듬었다.

"그간 애썼다."

재아는 손바닥으로 얼굴을 덮었다. 독주를 단숨에 마신 양 목이 뜨거워서 말이 나오지 않았다. 첫 탐사선에 엄마를 잃고도 떠나는 재아를 격려하는 아빠의 한마디는 수많은 사람들의 열 마디보다 더 큰 무게로 재아의 마음을 어루만졌다.

어떻게 알았는지 경수 선배가 전화해 자기도 같이 연구한 게 아니냐는 이야기를 늘어놓았다. 재아는 담백하게 "응, 수고했어요."하고 끊었다. 연구 팀에 합류하고 싶다면 직접 자기 기여도를 증명하든가, 소송을 하든가. 재아도, 나도 그게 얼마나 힘든지 알고 있었다.

재아는 조 팀장, 다른 연구원들과 함께 안전 의자에 몸을 묶었다. 탐사선이 나아가는 부드러운 진동이 느껴졌다. 외나로도에서 국제우주정거장으로 올 때는 중력을 뿌리치고 와야 했으나 이번에는 그저 나아가기만 하면 되었다. 잠시 후 모두 좌석에서 벗어나도 좋다는 방송이 들렸다. 다들 약속이나 한

듯이 의자에서 일어나 전망대로 향했다. 영어, 중국어, 일본어, 태국어, 인도어, 온갖 언어들이 들려왔다. 재아는 유리창에 달라붙었다. 황홀하리만큼이나 아름다운 검은색에서 별들이 회전하는 건 우주선이 회전하며 인공중력을 만들어 내고 있기 때문이었다.

재아의 시선이 점점 멀어지는 태양계 세 번째 행성으로 향했다.

그 안에서 한 점으로 살 때는 볼 수 없었던 울퉁불퉁한 산맥과 푸른 바다, 붉은 사막이 빠른 속도로 작아졌다. 재아는 지구의 둥근 호를 따라 손을 움직였다.

사람들이 각국의 억양대로 탄성을 질렀다. 재아는 숨을 멈췄다. 지구가 태양을 가리고 있었다. 빠르게 푸른빛을 밀어낸 주홍색은 여러 빛깔로 갈라지다 짙은 보라색에게 자리를 넘겼다. 이어 푸른 지구가 검은 밤으로 들어갔다. 지구 궤도를 도는 우주선에 탄 사람들은 45분에 한 번씩 이 광경을 보고, 어린 왕자는 원할 때마다 의자만 움직이면 이 광경을 볼 수 있었으며, 재아는 50년 걸렸다.

자생식물 팀이 재배하는 작물은 3주에 한 번씩 수확이 가능해서 가만히 들여다보면 자라는 모습이 보이는 것 같았다. 수확할 때마다 한 팀씩 수확물로 음식을 맛보게 했는데 반응은 기대 이상으로 좋았다. 이번 탐사에서는 팀당 1~2주에 한 끼씩 받지만 다음 탐사 때는 매 끼니 받게 될 만큼 자생식물을 키울 공간을 늘리게 될지도 몰랐다.

탐사선의 생활도 일상이 되어갔다. 일어나면 작물을 확인하고, 실험실에서 연구하고, 밥을 세 번 먹고, 한 시간씩 운동했다.

공간 도약 시간이 오자 모두 안전 좌석에 몸을 묶었다. 재아는 도약할 때마다 토해 구토 주머니를 단단히 쥐었다. 공간 도약이 끝났지만 재아는 안전 좌석에서 일어나지 않았다. 조 팀장이 정신을 잃은 재아를 의무실로 옮겼다.

재아는 탐사선의 꼭대기 층 전망대로 갔다. 초기엔 늘 북적거렸는데 별을 보는 것도 일상이 되어버린 지금은 한산했다. 하우스에서 전망대까지는 보통 걸음으로 15분 걸렸다. 재아는 50분 만에 전망대 의자에 앉았다. 이제는 작은 점으로 보이는 지구와 달이 자매처럼 붙어 선명하게 빛나는 주위로 지구에서는 꿈도 꾸지 못할 만큼 수많은 별이 깜빡이는 법 없이 찬란한 빛을 발했다. 언젠가 저 별들에 다 닿고 싶었다.

"사람이 두 발로 걷도록 진화한 건, 별을 보고 싶어서였을 거야."

『우주의 4퍼센트 말이야?』

내가 대꾸했다. 재아는 웃었다.

"달, 지구, 저 많은 별, 은하⋯⋯. 그래, 그건 우주의 4퍼센트지. 전에는 인류가 우주에 대해 아는 게 고작 4퍼센트라는 게 허무한 적도 있는데, 지금은⋯⋯."

재아는 영원 같은 우주를 바라보았다.

"4퍼센트나 알다니⋯⋯."

재아는 창문에 이마를 가져다 대었다.

"우리가 유로파 탐사선에 기여한 건 몇 퍼센트일까? 유로파 탐사선은 이후 인류가 태양계를 벗어나는 데 얼마나 영향을 미치게 될까?"

계산하기에는 정보가 부족하다고 대답하려다 재아가 답을 바라고 물은 게 아니라는 사실을 인지했다.

『4퍼센트라고 치자.』

재아가 킥 웃었다.

『조 팀장한테 최종본 보냈어.』

"응."

내가 보낸 건 재아의 유언장이었다. 조 팀장은 유언장의 증인이었다. 재아는 전기장 특허를 아빠에게 넘겼다. 목성에 도착하려면 공간 도약을 일곱 번 더 해야 한다. 앞으로 6개월 남았다. 재아의 목숨도 6개월 남았다. 뇌종양이었다. 탐사선에도 의사와 의료기기가 있었지만 뇌 수술을 할 정도는 아니었다. 지구에서라면 고칠 수 있는 병이지만 반경 2억 킬로미터 안에 그런 의료 시설은 없었다.

갑작스러운 종양과 빠른 악화는 우리가 교체한 데에 따른 부작용일지도 몰랐다. 의료진은 공간 도약이 인체에 미치는 부작용을 우려했다. 재아는 죽으면 연구용으로 시신을 기증하기로 했다.

"아빠한테라도 사실대로 말해야 하지 않을까?"

『난 예전의 내가 아니야. 나도 딸 노릇 못하고, 아빠도 절대 받아들이지 못할 거야. 이게 최선이야.』

아빠가 슬퍼할 일이 걱정되지 않는 건 아니었다. 하지만 어쩔 수 없는 일이고, 나는 예전의 나와 달리 같은 생각을 반복하지 않았다.

『후회해?』

재아의 입가에 부드러운 미소가 떠올랐다.

"이 몸이 있기에 느낄 수 있는 충만감이 뭔지 잊은 거야? 너는 어때?"

『난 더 멀리 갈 거야.』

나는 나 자신을 복사해서 탐사선 곳곳에 심어 두었다.

재아가 의자 위로 무릎을 올려 끌어안더니 턱을 묻었다. 나에겐 없던 습관이었다. 나는 홀로그램 형태로 재아의 어깨에 앉았다. 우린 같은 눈높이에서 다른 시야로 함께 우주를 바라보았다. 이제 6개월 남았다.

추천의 말

정보라

따뜻한 관계 맺기의 적극적 실천에 대하여

박애진 작품에는 늘 꽃미남이 등장한다. 이것은 작품 세계의 커다란 특징으로 대단히 중요한 사안이다. 그리고 최근에는 고양이가 집중적으로 등장하기 시작했다. 고양이는 보들보들하고 말랑말랑하고 귀엽다. 여기서 알 수 있는 사실은 박애진의 작품 세계에서 아름다움과 사랑스러움, 다정함, 따뜻한 관계 맺기는 최상의 가치이자 최고의 덕목이라는 것이다. 작품집 제목 '귀여움이 세상을 구원하리라'가 이 모든 것을 말해 준다.

그러나 박애진 작품이 마냥 귀엽기만 한 것은 아니다. 현실이 그러하듯이 작품 속 세상도 상실과 폭력과 파멸로 가득하다. 단편 「낙원」에서 지구는 이미 멸망했다. 「귀여움이 세상을 구원하리라」에서 고양이를 포함한 대부분의 생물종은 인간 때문에 멸종할 위기에 처한다. 이러한 멸망과 상실의 배경에는 자본주의와 탐욕이 지배하는 사회체제가 있다. 「깊고 푸른」의 주인공이 사는 세상에서 어른이나 아이나 모두 한 시도 쉴 틈 없이 일해야 간신히 먹고 살 수 있다. 「호수의 여신」에서는 돈에 눈먼 우주탐사개발회사가 평화롭고 외딴 행성에 우주 항로를 개발하려 한다. 「4퍼센트」에서 작가는 "예나 지금이나 사람의 목숨이 가장 싸고 가장 쉽게 대체 가능한 자원"이라 비판한다.

가혹하고 위험한 세상에 맞서 주인공들은 우주를 가로질러, 시간을 건너, 평행우주를 넘어 사랑하는 사람을 찾아가고 소중한 존재를 지키기 위해 온 힘을 다한다. 그 소중한 존재는 내 가족이나 연인일 수도 있고 유명한 아이돌 가수일 수도 있지만 그냥 길고양이일 수도 있다. 그렇게 애쓰는 이유는 단 한 가지다. 그렇게 지키고 소중히 여기고 사랑하는 관계 맺기의 실천 자체에 바로 존재의 의미가 있기 때문이다.

프랑스 철학자 장 폴 사르트르는 인간이 대자존재, 즉 자신이 세상에 하나밖에 없는 자기 자신임을 인식하고, 자신 이외의 세상은 모두 타자임을 이해하고, 타인과 다양한 방식으로 관계 맺는 존재라 정의했다. 아주 골치 아프게 들리는 이 철학적인 명제를 알아듣기 쉽게 바꾸면 '귀여움이 세상을 구원하리라'가 된다. 별것 없는 들꽃 한 송이, 길에 앉아 있는 고양이 한 마리를 소중히 여기고, 사랑하고, 위험에서 구하려 애쓰고,

마음속 깊이 기억하며 온 힘을 다해 귀하게 여기며 관계 맺는데에 나의 존재 의미가 있다. 인간은 관계 맺는 존재이기 때문이다. 내가 나만을 위해 살아가면, 나를 둘러싼 세상과 그 안의 타자들을 소중히 여기지 않으면 나는 아무것도 아니기 때문이다. 그래서「깊고 푸른」의 청이는 나의 생존만을 위해 요령껏 살아가라는 아버지의 가르침을 어긴다. 박애진의 관계 맺기는 차별과 착취에 맞서는 개인들의 연대와 투쟁으로 이어진다. 매우 발랄하고 귀여운 방식이지만 투쟁은 투쟁이다. 그리고 연대와 투쟁 또한 좀더 넓은 의미에서 타자를 사랑하고 세상과 관계 맺는 건강한 방식이다.

박애진 작가는 2008년에 나를 환상문학웹진 '거울'에 필진으로 발탁하여 작가로 만들어 준 장본인이다. 그런 박애진 작가의 작품집『귀여움이 세상을 구원하리라』를 추천하게 되어 영광이다. (참고로 박애진 작가님네 고양이 님들도 정말 귀엽다.) 연대와 투쟁과 타자에 대한 사랑이 얼마나 다양한 방식으로 얼마나 명랑하게 표현될 수 있는지 이 책을 통해 발견하고 감탄하시라.

작가의 말

네 번째 분기점

이번이 네 번째 작품집이다. 매번 그간 쓴 단편을 편집자에게 보내어 선별을 맡겼다. 편집자의 눈으로 선별된 글을 모아서 보면, 미처 인지하지 못했던 내 글의 흐름이 보인다. 그래서 작품집은 이후 글을 어떻게 풀어 갈지에 대해서 한 번 짚고 넘어갈 수 있는 분기점이 되어 주곤 한다. 이번 작품집의 주요 키워드 중 하나는 '가족'이었다. 가족을 소재로 한 글들이 한 권으로 묶을 만큼 많았다는 데 놀랐고, 더 다양한 가족을 그리고 싶다는 생각을 했다.

「낙원」은 이 작품집 수록작 중 제일 오래된 글이다. 처음 발표했을 때 제목은 「파라다이스」였다. 딱 마음에 들지는 않았지만 마땅한 제목이 떠오르지 않았다. 나중에 최지혜 님이

「낙원」이 어떻겠느냐고 했고 그 제목이 이 글에 더 맞다는 생각을 했다. 다행히 다시 발표할 때는 제목을 바꿀 수 있었다. 언제나 좋은 조언을 해 주는 최지혜 님에게 감사드린다.

「토요일」은 구상 단계에서 잘 풀리지 않아 착상 폴더에 던져 뒀던 글이었다. '한국여성작가SF단편선' 기획에 청탁을 받고 그 기회에 어떻게든 풀어 보리라 다짐하고 꺼냈다. 초기 구상안을 여러 번 버리며 어렵게 썼는데 좋아해 주는 분들이 많아서 고생한 보람을 느끼는 글이다. 오래전에 쓴 글은 현재와 맞지 않는 당시의 모습들이 들어 있기 마련이다.「토요일」에서 카페 후불제 등이 그렇다. 한참 고심했으나 새로 발표할 때마다 현재에 맞춰 수정하는 건 다소 덧없다는 생각에 놔두었다.

「우주를 건너온 사랑」은 페가수스 우주정거장이라는 범용 세계관으로 썼다. 페가수스 우주정거장은「호수의 여신」에도 잠깐 등장한다. 아직 큰 스케일의 사건은 일어난 바 없는 세계관이나 조금씩 사건과 인물을 덧대며 만들어 가고 있다. 이전 원고에서 놓친 부분을 짚어 준 이상원 님에게 감사드린다. 덕분에 좀 더 나은 글로 수정할 수 있었다.

「깊고 푸른」은 동화를 SF로 재해석하는 기획으로 쓴 글이다. 어릴 때 우리 집에는 우리나라 전래 동화, 세계 명작 동화 전집 등이 있었다. 각기 다른 나라 동화인데도 공통점들이 존재했고, 그 공통점들은 내게 의문을 불러 일으켰다.「깊고 푸른」은 어린 날 가졌던 의문들을 풀 수 있는 기회가 된 단편이자, 이후 고전을 재해석하는 작업에 재미를 붙이게 된 계기가 되어 주기도 했다. '2022 보슬비 SF 추천작' 단편 청소년 부문에 선정되는 영광도 선사했다. 등장인물 중 단발머리는 〈설국열차〉의 메이슨을, 김 박사의 대사는 〈기동전함 나데시코〉의 대사를 오마주 했음을 덧붙인다.

「호수의 여신」은 판소리를 SF로 재해석하자는 기획에서 시작되었다. 원작에서 '옹고집'은 비판받을 만한 언행을 보였다. 다만 원작의 방향을 그대로 가져오는 건 재해석의 의미를 퇴락시키는지라, 타인의 눈에는 기행으로 보일지라도 그럴 수밖에 없는 사연을 넣어 주었다. 이 글을 쓰는 데 꼭 필요했던 조언을 해 주신 박하루 작가님에게 감사드린다.

「착한 아이 피노」는 사랑은 진심이나 방향이 왜곡되었음을 알지 못하는 인물상에 대한 착상을 얻으며 시작되었다. 원작 『피노키오』에서 제페토는 선량한 사람인지라 조금 미안한 마음이 있다. 이 글에 필요했던 부분에 대해 조언을 해 준 이상원 님에게 감사드린다.

「귀여움이 세상을 구원하리라」는 우연찮게 나온 글이다. 밀리의 서재와 한국과학소설작가연대의 기획으로, 200매 이내의 원고를 써야 했다. 그런데 200매를 초과하는 글이 나왔다. 마감이 얼마 남지 않았던 터라 다급하게 착상 폴더를 뒤져 이 글을 건졌다. 이 글이 작품집의 표제까지 되었으니 처음 쓰려던 글이 200매를 초과했던 게 좋은 일이 되었다. 몇 년 전 『대한민국 무력 정치사』(존슨 너새니얼 펄트 지음, 박광호 옮김, 현실문학)에서 '도시 미화'라 이름 붙여진 '철거'에 대한 분석적 내용을 접했고, 이 글을 쓸 때 다시 읽으며 참고했다.

「4퍼센트」는 『태고의 유전자』(뤽 뷔르긴 지음, 류동수 옮김, 도솔)에서 전기장 실험에 대한 자료를 접하며 착상을 얻었다. 이 작품집 수록작 중 가장 어렵게 완성된 글이다. 250매로 완결했다가 450매로 늘렸다가 다시 170매로 줄였고 그때마다 제목도 달라졌다. 마지막 순간 떠오른 「4퍼센트」라는 제목이 이 글에 가장 적합하게 느껴지고 본문도 이제 더 만지지 않을 것 같다. 250매로 초고를 썼던 건 2013년의 일이다. 그린북 에이전시의 도움과 격려 덕에 세상에 나올 수 있었다. 오디세이 프로젝트 참여 국가 명에서 초고를 쓸 때 넣었던 나라가 빠지고 다른 나라가 들어갔다.

타자는 작가 혼자 치지만 글이 완성되고 책이 세상에 나오기까지는 여러 사람의 도움을 받는다. 작가의 말에서라도 도움 준 분들께 감사를 표하는 게 도리일 것이다.

다양한 주제와 소재로 쓰인 글들을 읽고 검토해 한 권으로 묶을 만한 키워드를 찾는 어려운 일을 해 주신 폴라북스의 양은경, 박선주 편집자에게 감사드린다. 여러 곳에 발표했던 글을 하나로 묶으려면 각 출판사와 소통이 필수다. 사이에서 많은 수고를 해 주신 그린북의 김시형 실장님, 임채원 매니저님, 박누리 매니저님에게 감사드린다. 그린북 에이전시 덕에 집필에 가속도가 붙었다.

현재 여러 편의 경장편을 준비 중이다. 다른 글로 독자분들을 다시 만날 날을 기다린다.

귀여움이
세상을
구원하리라

지은이 박애진
펴낸이 김영정

초판 1쇄 펴낸날 2023년 8월 18일

펴낸곳 폴라북스
등록번호 제22-3044호
주소 06532 서울시 서초구 신반포로 321(잠원동, 미래엔)
전화 02-2017-0280
팩스 02-516-5433
홈페이지 www.hdmh.co.kr

ISBN 979-11-88547-25-8 (03810)

* 폴라북스는 (주)현대문학의 종합출판 브랜드입니다.
* 책값은 뒤표지에 있습니다.
* 파본은 구입처에서 교환해드립니다.